Mareike Allnoch
A Touch of Wilderness

MAREIKE ALLNOCH

A Touch OF WILDER NESS

Roman

everlove
by PIPER

Mehr über unsere Autorinnen, Autoren und Bücher:
www.everlove-verlag.de

Wenn dir dieser Roman gefallen hat, schreib uns unter Nennung
des Titels »A Touch of Wilderness« an *empfehlungen@piper.de,* und wir
empfehlen dir gerne vergleichbare Bücher.

Von Mareike Allnoch liegen im Piper Verlag vor:
Lake-Louise-Reihe:
Band 1: Where the Hummingbirds Sing
Band 2: Where the Fireflies Dance

Whispers of the Wild:
Band 1: A Touch of Wilderness
Band 2: A Glimpse of Northern Lights

Inhalte fremder Webseiten, auf die in diesem Buch (etwa durch
Links) hingewiesen wird, macht sich der Verlag nicht zu eigen.
Eine Haftung dafür übernimmt der Verlag nicht.
Wir behalten uns eine Nutzung des Werks für Text und
Data Mining im Sinne von § 44 b UrhG vor.

ISBN 978-3-492-06451-4
© everlove, ein Imprint der Piper Verlag GmbH, München 2024
Dieses Werk wurde vermittelt durch Agentur Brauer.
Redaktion: Isabelle Toppe
Elefanten-Illustration: rawpixel.com, gefunden auf freepik.com
Fotos: Stefanie Salzmann
Satz: Satz für Satz, Wangen im Allgäu
Gesetzt aus der DTL Albertina ST
Druck und Bindung: CPI Books GmbH, Leck
Printed in the EU

Liebe Leser*innen,

dieses Buch enthält potenziell triggernde Inhalte.
Um euch das bestmögliche Leseerlebnis zu verschaffen,
findet ihr deshalb auf Seite 351 eine Contentwarnung.

Mareike und das *everlove*-Team

Für meine Grundschullehrerin Elisabeth Creutzburg

1. Kapitel

»Diesen Mist kann sich doch keiner merken!«, fluchte ich und schmiss meine Lernutensilien im hohen Bogen vom Bett. Kunstvoll drapierten sich meine Notizzettel auf dem Boden. Ich würde Rechnungswesen nie kapieren. Was bei meinem Studiengang wirklich eine sehr schlechte Voraussetzung war.

Während ich meinen dunkelbraunen Lockenkopf in beiden Händen vergrub, gab ich ein leises Stöhnen von mir. Selbst wenn ich noch eine Nacht durcharbeitete, würde ich den Stoff für die Klausur nicht schaffen. Mein Kaffeekonsum hatte mittlerweile schon ein besorgniserregendes Level erreicht.

Wieso noch mal hatte ich mich ausgerechnet für BWL entschieden? Ach ja, weil meine Eltern mich förmlich dazu genötigt hatten. Wenn es nach ihnen ging, dann war meine Zukunft ohnehin schon in Stein gemeißelt. Ich würde in ihre Firma einsteigen und dort vermutlich für den Rest meines Lebens am Schreibtisch versauern, da Mama und Papa wollten, dass ich mich um die Buchhaltung unseres Familienunternehmens *Sonnenfelds Weinspezialitäten* kümmerte.

Mein Opa hatte es vor fünfzig Jahren ins Leben gerufen, mittlerweile war es in den Besitz meiner Eltern übergegangen. Weinhandel mit Familientradition. Der Name *Sonnenfeld* stand für hochwertige, erlesene Weine und eine fundierte Expertise. Unser Unternehmen war weit über die Grenzen von Köln hinaus bekannt, und wir konnten mit einem beachtlichen Kundenstamm aufwarten.

Seit ich denken konnte, hatten sich meine Eltern gewünscht, dass ich im Familienunternehmen mitwirkte und *Sonnenfelds Weinspezialitäten* eines Tages übernahm. Diese Aussicht setzte mich enorm unter Druck. Eigentlich wäre ich nach dem Abitur gern für eine Weile ins Ausland gegangen. Doch mein Pflichtbewusstsein gegenüber unserem Weinhandel hatte letztendlich gesiegt. Ich hatte mein Studium begonnen und parallel dazu angefangen, im Familienbetrieb zu arbeiten. Mittlerweile bereute ich das aber sehr.

Wobei es auch nicht so war, dass ich unser Familienunternehmen und das, worum es dabei ging, nicht mochte. Ganz im Gegenteil: Ich liebte Wein.

Ich liebte es, nach einer Flasche zu greifen, ihre Aufmachung zu begutachten, über das Etikett zu streichen und schließlich den Korken zu lösen, um die einzigartige Vielfalt der Aromen zu erleben. Meine Sinne spielen zu lassen. Das fing schon an, bevor ich überhaupt einen Tropfen gekostet hatte. Der Wein barg so viele Facetten, er war nicht einfach nur rot oder weiß.

Allein das Farbspiel im Glas fand ich faszinierend. Beim Weißwein reichte das Farbspektrum von zitronenfarben über herbstliche Goldtöne bis hin zu einem satten Bernsteingelb. Beim Rotwein hingegen bewegten sich die Nuancen zwischen Hellrosa über Kirschrot bis hin zu Blauschwarz. Kein Wein glich dem anderen. Jeder von ihnen war einzigartig, denn es gab viele verschiedene Rebsorten.

Sobald ich an einem Glas Wein roch, war es, als bekäme ich bereits eine erste Vorstellung davon, welches Geschmacksfeuerwerk sich nur Sekunden darauf in meinem Mund entfalten würde.

Doch meine Leidenschaft für Wein war mir in den letzten Monaten immer mehr abhandengekommen, und jeder Tropfen barg nun einen bitteren Beigeschmack. Eine dunkle Note, die ich nicht abschütteln konnte, sosehr ich mich auch bemühte. Es fühlte sich beinahe so an, als hätte ich einen regelrechten Widerwillen entwickelt, weil mich selbst der edelste Wein an die Erwartungen meiner Familie erinnerte. An meine Verantwortung gegenüber unserer alten Tradition.

Meine Eltern hatten mir kaum eine Wahl gelassen. Sie würden es nicht verkraften, wenn ich ihr Erbe nicht fortführte. Und da ich nun einmal Einzelkind war, würde der Weinhandel wohl oder übel eines Tages mir gehören.

Manchmal fragte ich mich, ob ich undankbar war, und mein schlechtes Gewissen meldete sich sofort zu Wort. Warum war ich nicht einfach glücklich? Meine Zukunft war sicher, und ich konnte ein erfolgreiches Familienunternehmen fortführen. Ich hatte das, wovon viele träumten. Manch einer wusste sein Leben lang nicht, wohin ihn seine Reise führen würde.

Aber vielleicht lag genau da das Problem. Es war der Traum meiner Eltern. Und nicht meiner.

Nur hatte ich mich bisher nie getraut, ihnen das zu sagen.

Meine Gedanken kehrten zurück zu der morgigen Klausur, und ich bekam schon wieder Bauchschmerzen. Ich war absolut kein Prüfungsmensch. War ich noch nie gewesen.

Das wird ein Desaster, schoss es mir durch den Kopf. Da mir mittlerweile schon der Schädel rauchte, drehte ich mich auf den Rücken und starrte an die Decke. Ein zaghaftes Lächeln schlich sich auf meine Lippen, als mein Blick das LED-Lichternetz streifte, das den Anschein erweckte, als würden unzählige Sterne am Firmament funkeln.

Meine Gedanken schweiften ab und verloren sich zwischen den Sternen. Sollte das Leben nicht wild und unvorhersehbar sein? Voller Überraschungen und Glücksmomente?

Das Leben war so viel mehr als BWL. Aber wie sollte ich das meinen Eltern beibringen? Die Firma war ihr Ein und Alles.

Mein Blick wanderte weiter zu der Pinnwand über meinem Schreibtisch, an der Postkarten, Sticker und alte Zeichnungen hingen. Ich blieb an der Zeichnung von einem Elefanten hängen, die ich etwa vor drei Jahren gemacht hatte. Früher hatte ich gern und viel gezeichnet, doch leider hatte unter dem stetig zunehmenden Druck auch meine Kreativität gelitten. Ich konnte nicht mal genau sagen, wann ich das letzte Mal einen Bleistift in der Hand gehalten und losgelöst von irgendwelchen Alltagsgedanken gezeichnet hatte.

Mein Handy vibrierte. Als ich einen Blick darauf warf, musste ich schmunzeln. Meine beste Freundin Sophie hatte mir geschrieben. Was täte ich nur ohne sie? Sie war mein Fels in der Brandung, wann immer mein Leben kopfstand. Und sie war der Mensch, dem ich all meine Sorgen und Sehnsüchte anvertrauen konnte.

Hey, kommst du gut mit
dem Lernen voran?

Eher schlecht als recht,

schrieb ich zurück und setzte noch einen deprimierten Smiley hinterher.

Sophies Antwort kam prompt.

Ich denk morgen auf jeden Fall ganz
doll an dich, wenn du deine Prüfung hast.
Du schaffst das!

Danke, Soph! Wie war es heute bei euch?
Wäre so gern gekommen,
aber versinke im Lernchaos …

Sophie war bereits eifrig am Tippen, da sich ihr WhatsApp-Status von »Online« zu »schreibt« änderte.

Dilara ist bereits voll und ganz mit ihren Südafrika-Planungen beschäftigt. Unglaublich, dass sie schon in wenigen Tagen für drei Monate im Kruger-National-park ist. Bin so gespannt, ob wir das Tierschutzprojekt der Sibaya Lodge anschließend in unser Programm aufnehmen. Safaris, Wildtierbeobachtungen, Vogel-zählungen und so … Ich glaube, das könnte ein schönes Projekt für die WWS sein!

World Wildlife Savers, kurz WWS, war der Name der Organisation, bei der Sophie und ich ehrenamtlich arbeiteten. Dabei handelte es sich um eine Untergruppe der *Heynemann Stiftung für Tier und Natur,* die auch über das Vermögen und die Spendeneinnahmen der Stiftung finanziert wurde. Diese war von dem Ehepaar Eva und Günther Heynemann ins Leben gerufen worden, einem wohlhabenden Ehepaar aus Köln, das sich von ganzem Herzen dem Tier- und Naturschutz widmete.

Nur wenige Mitarbeiter bei WWS waren wie unsere Chefin Dilara fest angestellt. Die meisten arbeiteten auf ehrenamtlicher Basis – so auch Sophie und ich. Die Organisation bot Freiwilligenarbeit auf dem ganzen Globus an, wobei alle Projekte eines gemeinsam hatten: Der Erhalt bedrohter Tierarten stand im Mittelpunkt. WWS stand für Fernweh, ehrenamtliches Engagement und einzigartige Erfahrungen.

Ich liebte meine Arbeit dort. Der Tierschutz hatte mir schon immer am Herzen gelegen und war – neben dem Wein – meine zweite große Leidenschaft. Bereits als junges Mädchen hatte ich mich für die einzigartige Tierwelt interessiert und konnte es nicht mit ansehen, wenn ihr Lebensraum durch Menschenhand zerstört wurde. Es war beängstigend, wie viele Tiere mittlerweile auf der Liste bedrohter und gefährdeter Arten standen. Mal ganz davon zu schweigen, dass bereits viele von ihnen von unserem Planeten verschwunden waren. Der Mensch beutete die Natur aus, es kam zu immer mehr Ressourcenabbau, und der Lebensraum von Tieren und Pflanzen wurde zunehmend kleiner. Dabei betraf der Schutz unseres Planeten uns alle. Und genau aus dem Grund waren die *World Wildlife Savers* eine Herzensangelegenheit für mich.

Sophie und ich hatten schon einmal ein Projekt im Auftrag der Organisation testen dürfen und ehrenamtlich vor Ort helfen können. Letzten Sommer waren wir für zwei Wochen in einem forschungsbasierten Meeresschildkrötenprojekt in Griechenland tätig gewesen, in dem wir unter anderem Nistschildkröten markiert, Jungtiere aus Gefahren gerettet, Nester gezählt und das Verhalten der Meeresschildkröten analysiert hatten. Das war ein unvergessliches Erlebnis gewesen! Und auch wenn es nur eine minimale Veränderung bewirkte – es hatte sich toll angefühlt, einen Beitrag leisten zu können.

Meine Arbeit bei den *World Wildlife Savers* war eine willkommene Ablenkung zu meinem BWL-Studium und machte mir unglaublich viel Spaß. Ich konnte nicht nur andere Tier- und Naturfreunde über die Vielfalt unserer Freiwilligenprojekte informieren, nein, ich konnte mich auch selbst engagieren.

Natürlich war es ebenso wichtig, den Tierschutz in Deutschland zu unterstützen. Zu Schulzeiten hatte ich unter anderem in einem Tierheim hier vor Ort in Köln ausgeholfen. Aber die weltweiten Projekte der *WWS* übten eine ungemeine Anziehungskraft auf mich aus, und oft träumte ich mich zu den Projekten an die entlegensten Winkel der Erde. Auch wenn es wohl nie dazu kommen würde, dass ich tatsächlich dorthin reise. Dazu war ich viel zu eingebunden in mein Studium und meine Arbeit im Weinhandel.

Ich seufzte. Als ich mich nach meinem Abitur den *World Wildlife Savers* angeschlossen hatte, sprudelte ich nur so vor Reiselust. Ich wollte meinen Horizont erweitern und über den Tellerrand hinausblicken. Es gab so viele Länder, die ich eines Tages bereisen wollte. Und auch wenn ich meine Reisepläne bisher noch nicht in die Tat umsetzen konnte, an meinem Traum würde ich festhalten.

Nike, bist du noch da?,

hatte Sophie inzwischen geschrieben.

Sorry, war mal wieder am Träumen.

Meine Gedanken schweiften erneut ab. Schon in wenigen Tagen würde unsere Freundin und Chefin Dilara im Flieger sitzen. Südafrika. Allein in dem Namen schwangen so viel Abenteuer und Lebenslust mit.

Ich spürte einen Anflug von Neid. Das Abenteuerlichste, das mir in meinem zukünftigen Job passieren konnte, war, dass mir ein Tacker auf den Fuß fiel, während ich am Schreibtisch saß. Ich pustete mir missmutig eine Locke aus dem Gesicht.

Es klopfte an der Tür.

»Herein«, rief ich, noch immer vollkommen in Gedanken versunken.

»Hey«, vernahm ich eine mir nur allzu vertraute Stimme, und als ich von meinem Bett aus träge den Kopf wandte, stand mein Freund Tim im Türrahmen. Im Gegensatz zu mir hatte er sein BWL-Studium bereits erfolgreich und mit Auszeichnung absolviert. Seitdem war er im Weinhandel meiner Eltern angestellt. Mama und Papa waren richtig vernarrt in ihn.

Er schloss leise die Tür hinter sich und betrat das Zimmer, ein zögerliches Lächeln auf den Lippen.

»Ich hab schon dreimal geklopft, aber du hast nicht reagiert.«

»Ehrlich? Sorry, ich muss mit meinen Gedanken ganz woanders gewesen sein. Wie gut, dass du einen Schlüssel hast. Vermutlich hätte ich die Klingel auch überhört.« Ich grinste schief.

Ein herbes Parfüm schwebte durch das Zimmer, und eine widerspenstige Strähne hatte sich in Tims Stirn geschlichen.

Ich konnte nicht sagen, wer von uns beiden die störrischeren Haare besaß.

Tim setzte sich zu mir auf die Bettkante und hauchte mir einen Kuss auf die Lippen, so zaghaft, dass ich das Gefühl hatte, mich würde lediglich der Flügel eines Schmetterlings streifen. »Ich wollte mal nach dir sehen, wo doch morgen deine Klausur ansteht.«

Er ließ seinen Blick durch mein Schlafzimmer schweifen, das mir gleichzeitig auch als Arbeitszimmer diente, und blieb dabei an dem Chaos hängen, das ich verursacht hatte. »Oh, was ist denn da passiert?«

»Das war ein Ich-pack-die-Prüfung-morgen-nicht-Anfall«, jammerte ich. »Tim, ich glaub, das wird eine regelrechte Katastrophe. Ich hab einfach nicht so eine Affinität zu Zahlen wie du.«

Verzweifelt blickte ich meinen Freund an. Doch ich hatte den Eindruck, dass Tim mir gar nicht richtig zuhörte. Stattdessen bückte er sich nach den losen Zetteln und begann, diese einzusammeln.

»Tim, lass gut sein … Ich räume das schon noch weg. Du musst nicht mein Chaos beseitigen.«

Tim war ein Mensch, der gern den Überblick hatte und Ordnung für eine der wichtigsten Zutaten des Erfolgs hielt. Daher ließ er sich von meinem Einwand nicht beirren, sondern sammelte weiter meine lose Blättersammlung auf, nur um sie dann zwischen uns aufs Bett zu legen und mir ein aufmunterndes Lächeln zu schenken.

»Natürlich packst du das.« Er strich mir über den Arm. »Das weiß ich sogar ziemlich sicher.«

»Ach ja, und woher weißt du das?«, fragte ich.

Tim griff nach meiner Hand und streichelte mit seinem Daumen über meinen Handrücken. »Na, weil du meine wunderbare Freundin bist. Wie könntest du da nicht bestehen?«

Wenn es bloß so einfach wäre …

Ich schluckte und nahm meinen ganzen Mut zusammen. »Tim, was ist … Was ist, wenn das hier einfach nicht das Richtige ist? Also nicht das Richtige *für mich*? Wenn die Arbeit im Unternehmen meiner Familie nicht für mich bestimmt ist? Mir kommt das alles zu theoretisch vor, nicht kreativ genug.« Tim runzelte die Stirn. »Wie kommst du denn darauf?«

»Ich weiß nicht, es ist so ein Gefühl …«

Wieder lächelte Tim und tippte mir mit dem Zeigefinger auf die Nase. »Das ist Unsinn, mein Schatz. Ich meine, alles ist bestens, oder nicht? Du und ich zusammen im Unternehmen deiner Eltern … Das ist doch alles, was man sich erträumen könnte. Was *wir* uns immer erträumt haben.«

Ich schluckte meine aufwallenden Gefühle und meine Enttäuschung darüber, dass Tim meine Zweifel einfach so abbügelte, herunter. Ich wusste, dass er mich nur aufmuntern wollte, doch sein Kommentar versetzte mir einen Stich.

Ich kannte Tim schon seit dem Kindergarten. Bereits im zarten Alter von drei Jahren waren wir unzertrennlich gewesen und hatten mit Hingabe Sandküchlein in Form von Herzen füreinander gebacken – so zumindest lautete die Geschichte unserer Eltern.

Tim war nicht nur mein fester, sondern auch mein bester Freund. Letzteres seit fast zwanzig Jahren.

Als Freunde waren wir unzertrennlich gewesen, wir hatten immer über alles reden können. Doch seitdem wir vor knapp drei Jahren ein Paar geworden waren, kratzten unsere Gespräche oftmals nur noch an der Oberfläche. Dabei sollte es eigentlich genau andersherum sein.

Sobald ich etwas ansprach, das mir wirklich auf dem Herzen lag, fühlte ich mich von Tim irgendwie nicht … gesehen. Auch wenn er der liebevollste und fürsorglichste Mensch war, den ich kannte … Er sah mich einfach nicht. Nicht richtig. Ergab das überhaupt einen Sinn?

»Machst du dir etwa immer noch Sorgen wegen der Klausur?«, fragte Tim und strich eine Locke hinter mein Ohr. »Das musst du nicht. Ich weiß, dass du das schaffst.«

So aufbauend seine Worte auch gemeint waren, meine Laune besserte sich dadurch nicht. Ganz im Gegenteil. Tims hohe Erwartungshaltung setzte mich zusätzlich unter Druck, da es für ihn außer Frage stand, dass ich meine Prüfung schaffte. Ich merkte, wie ich innerlich immer unruhiger wurde, daher deutete ich entschuldigend auf meine Lernkarten.

»Du, nimm es mir nicht übel, aber ich glaube, ich brauche noch ein bisschen Ruhe vor der Klausur.«

»Klar, das versteh ich total!«, sagte Tim verständnisvoll und stand von meinem Bett auf. »Ich drücke dir ganz fest die Daumen für morgen.«

Er gab mir einen Kuss auf die Wange, und der Geruch seines Parfüms drang mir aufs Neue in die Nase.

Im Türrahmen drehte er sich noch einmal zu mir um. »Denkst du an das Essen morgen Abend mit deinen Eltern?«

Ich hatte nur mit halbem Ohr zugehört, dementsprechend irritiert war ich im ersten Moment.

»Hm? Essen?«, hakte ich nach und runzelte die Stirn.

Tims Lächeln fiel in sich zusammen, stattdessen zeichnete sich Enttäuschung in seinem Gesicht ab. »Wir wollten doch meine Beförderung feiern, schon vergessen?«, fragte er, und ich meinte, einen leicht gekränkten Unterton aus seiner Stimme herauszuhören.

Ach ja, da war ja etwas gewesen. Tim war es gelungen, einen guten Deal mit einem französischen Weingut an Land zu ziehen. Unser Familienunternehmen sollte den Wein exklusiv in Deutschland bewerben und verkaufen, was eine wirklich große Ehre war. Tim hatte sich dafür ordentlich ins Zeug gelegt und mächtig Eindruck bei meinen Eltern gemacht, weswegen sie ihm nun auch mehr Verantwortung übertragen wollten.

Irgendwie war es ernüchternd zu realisieren, dass Tim und ich uns zurzeit in völlig unterschiedlichen Lebensphasen befanden. Er würde morgen offiziell von meinen Eltern befördert werden, während ich hier in Jogginghose und mit Zahnpastafleck auf meinem Shirt über irgendwelchen bescheuerten Lernkarten brütete und ganz offensichtlich die Kontrolle über mein Leben verloren hatte. Gerade fühlte es sich an, als trennten uns Welten.

Ich nickte Tim zu und zwang mir ein Lächeln auf die Lippen.

»Ach, das Essen. Natürlich habe ich das nicht vergessen.«

»Schön, ich freue mich.« Tim verließ sichtlich zufrieden das Zimmer, während ich allein und mit Bauchschmerzen vor meinen Lernkarten zurückblieb.

2. Kapitel

Während ich auf die U-Bahn Richtung Uni wartete, glitten meine Gedanken zu meiner bevorstehenden Prüfung, und erneut zog sich mein Magen zusammen. Ich hatte das Gefühl, vollkommen unvorbereitet in diese Klausur zu gehen, und in meinem Kopf machten sich Zweifel breit.

Wollte ich wirklich den Rest meines Lebens im Weinhandel meiner Eltern verbringen? War das mein Weg?

Als meine U-Bahn einfuhr, nahm ich Platz und blickte aus dem Fenster. Es kam mir so vor, als würde ich alles nur durch eine dicke Scheibe betrachten.

Menschen zogen an mir vorbei. Alt, jung, groß, klein. Ich nahm all das binnen Sekunden wahr. Ob diese Menschen wussten, wohin das Leben sie eines Tages führen würde?

Vielleicht war es auch einfach nur eine Phase, dass ich so unzufrieden war? Vielleicht würde sie vorübergehen wie eine Erkältung, die einem zu Beginn auch immer unerträglich und ätzend vorkam und dann ganz von allein wieder verschwand? Möglicherweise steigerte ich mich einfach ein bisschen zu sehr in all das rein.

Ich versuchte, mich geistig auf die Klausur zu konzentrieren, aber es wollte mir nicht gelingen. Stattdessen rasten meine Gedanken weiter hin und her. Zwischen meinem Studium, meinen Eltern, Tim und meinem Leben.

Ein unangenehmes Druckgefühl breitete sich auf meiner

Brust aus. Erst war es noch so dumpf, dass es sich verdrängen ließ, doch es nahm stetig zu. Mit jeder Station, der ich mich der Uni näherte.

Mein Hals schnürte sich zu.

Beruhige dich, Nike. Es bringt jetzt gar nichts, in Panik zu verfallen, appellierte ich an meinen Verstand, aber das Druckgefühl wollte nicht verschwinden.

»Hier ist heute Endstation, bitte steigen Sie aus«, drang die Stimme des Schaffners gedämpft an mein Ohr.

Wie ferngesteuert stand ich von meinem Platz auf und verließ hinter den anderen Passagieren die U-Bahn, bis mich der überfüllte Bahnsteig verschluckte.

Ich konnte nicht einmal mehr sagen, wie ich die letzten Meter zur Uni zurückgelegt hatte. Alles ereignete sich wie in Trance.

Auch jetzt bewegten sich die Zeiger der Uhr an der nackten weißen Wand wie in Zeitlupe, während ich auf das noch leere Blatt Papier vor mir starrte.

Ich blickte zu meinen Kommilitonen und Kommilitoninnen, die eifrig über ihre Klausurzettel gebeugt waren und schrieben. Der ganze Lernstoff, den ich mir gestern noch mühsam eingeprägt hatte, war aus meinem Gedächtnis verschwunden. Einzelne Wörter, die durch meinen Kopf geisterten, glitten mir wie Sand durch die Finger.

Kopfschmerzen bahnten sich hinter meiner Schläfe an, und ich kniff die Augen zusammen. Die Zeit lief, nur mein Papier blieb weiß.

Und dann stand ich einfach mitten in der Prüfung auf und ging. Wohl wissend, dass ich durchgefallen war und sowohl Tim als auch meine Eltern bitter enttäuschen würde.

Endstation, hallten die Worte des Schaffners in mir nach.

Mein Herz donnerte wild bei der Vorstellung daran, was mir blühte. Was ich hier tat.

Doch ich war mir sicher, dass mein Herz diese Entscheidung

insgeheim schon viel früher getroffen hatte. Ich hatte es mir bloß selbst nicht eingestehen wollen.

Sophie sah von ihrem Arbeitsplatz auf, als ich das Gebäude der *World Wildlife Savers* betrat. Sofort wurde ich angesichts der vertrauten Umgebung etwas ruhiger. Vor meiner besten Freundin lag einer der Kataloge, die vor Kurzem aus dem Druck gekommen waren. Sophie und ich hatten maßgeblich zur Gestaltung beigetragen. Ich hatte das neue Logo für die Organisation designen dürfen: drei ineinander verschlungene Buchstaben, die von Blätterranken eingerahmt wurden und den Wildnisaspekt unserer angebotenen Freiwilligenprojekte verdeutlichen sollten.

»Nike, was machst du denn hier? Müsstest du nicht in der Uni sein?« Auf Sophies Gesicht lag ein Ausdruck der Verwunderung, in die sich Besorgnis mischte.

»Ich hatte einen Blackout und hab die Klausur geschmissen«, sagte ich lediglich, woraufhin Sophie wortlos den Tisch umrundete und mich fest in den Arm nahm. Ihre blonden Haare, die sie zu einem Side Cut trug, kitzelten an meiner Wange. Schließlich schob sie mich auf Armeslänge von sich.

»Möchtest du darüber reden? Du weißt, ich bin immer für dich da.«

Ich winkte ab. »Das weiß ich, Soph. Mir ist nicht nach Reden zumute. Aber du kannst mich gern auf andere Gedanken bringen.«

Claudia, eine festangestellte Mitarbeiterin, rauschte hektisch an Sophie und mir vorbei und grüßte lediglich im Vorbeigehen. Auf ihrem Hals entdeckte ich nervöse Flecken. Normalerweise blieb sie immer für einen Plausch.

»Was ist denn mit Claudia los? Ist hier im Büro alles in Ordnung?«

Sophie verzog gequält das Gesicht. »Dilara hat sich den Fuß gebrochen.«

»O nein, die Arme! Wie ist das denn passiert?«, fragte ich bestürzt.

»Sie ist in ihrer Wohnung an einer Treppenstufe hängen geblieben. Na ja, den Rest kannst du dir denken.«

»Aber was ist mit Südafrika und dem Projekt, das sie sich im Kruger-Nationalpark anschauen wollte? Soll es nicht in ein paar Tagen schon losgehen?«

»Ja, das ist das Problem. Der Flug ist gebucht, ebenso die Unterbringung im Projekt. Dilara sucht jetzt krampfhaft nach einer Ersatzperson, die den Job übernehmen könnte.«

»Was ist mit Claudia? Kann sie nicht fliegen?«

Sophie schüttelte den Kopf. »Claudia hat Familie und kann nicht einfach alles stehen und liegen lassen.« Meine beste Freundin machte eine kurze Pause. »Wäre die Uni nicht, ich hätte mich sofort angeboten. Drei Monate sind aber auch eine verdammt lange Zeit, da verpasse ich einfach zu viel Lernstoff …«

Und plötzlich war er da. Der Ausweg. Das Zeichen, auf das ich vielleicht schon die ganze Zeit gewartet hatte. Es blinkte so hell und klar wie eine Leuchtreklame.

»Ich mache es. Ich springe für Dilara ein und fliege nach Südafrika«, antwortete ich, ohne mit der Wimper zu zucken. »Was muss ich tun?«

3. Kapitel

Meine Wohnung befand sich direkt über der Wohnung meiner Eltern. Diesen Umstand hatte ich schon mehr als einmal verflucht, denn auch wenn wir in zwei voneinander abgetrennten Bereichen wohnten, blieb es trotzdem ein und dasselbe Haus. Tim hatte mir schon des Öfteren angeboten, zu ihm zu ziehen, aber bisher hatte ich mich gesträubt. Vielleicht, weil sich auch dieser Schritt für mich nicht richtig anfühlte. Doch gerade hatte ich viel größere Sorgen. Mir drohte das Essen mit Tim und meinen Eltern, und ich hatte keinen blassen Schimmer, wie ich ihnen möglichst schonend beibringen sollte, dass ich plante, mein Studium zu schmeißen.

Tim bekam von meinem Kummer nichts mit, da sich seine Gedanken einzig und allein um seine Beförderung drehten. Er rückte verunsichert seine Krawatte zurecht.

»Zu viel?«, fragte er, während er an sich hinabblickte.

»Vielleicht ein bisschen«, antwortete ich zögernd, deutete jedoch ein Lächeln an, das meine Worte entschärfte. »Es sind doch bloß meine Eltern. Du kennst sie schon seit dem Kindergarten, Tim.«

»Ja, aber da waren sie noch nicht meine Arbeitgeber, Nike. Ich möchte, dass deine Eltern ihre Entscheidung nicht bereuen.«

Ich musste mich zusammenreißen, um nicht die Augen zu verdrehen. Immer ging es um die Firma. Allmählich konnte ich es nicht mehr hören. Es war wirklich nicht einfach, wenn man sowohl beruflich als auch privat ständig damit konfrontiert wurde.

Ich versteifte mich und merkte, wie sich schon wieder diese Unruhe in mir ausbreitete. Eine Unruhe, die mit jeder Minute zuzunehmen schien.

Mein Blick glitt über Tim. Plötzlich wollte ich nicht länger reden, sondern nur fühlen. Fühlen, um dem Chaos in meinem Kopf zumindest kurzzeitig entfliehen zu können.

Ich griff aus einem Instinkt heraus nach Tims Krawatte und zog ihn näher zu mir heran, sein Haar kitzelte an meiner Haut.

»Ich hätte da vielleicht eine Idee, wie wir auf andere Gedanken kommen könnten«, hauchte ich, wobei meine Zungenspitze sein Ohr streifte. Zeitgleich legte ich meine rechte Hand auf Tims Brust. Ich fühlte, wie sich sein Herzschlag beschleunigte und sein Atem schneller ging, was mich ungemein beflügelte.

Ich begann, Tims Nacken mit sanften Küssen zu bedecken, verwöhnte jeden einzelnen Millimeter seiner Haut, während ich mit meinen Händen weiter auf Erkundungstour ging und sein Hemd aufknöpfte. Ein unterdrücktes Keuchen verließ Tims Mund, als ich meine Lippen schließlich auf die nackte Haut darunter senkte.

Er sog scharf die Luft ein und griff nach meinem Handgelenk.

»Nike, deine Eltern warten unten«, presste er hervor, als fiele es ihm schwer, einen klaren Gedanken zu fassen.

»Na und?«, entgegnete ich.

»Wir sollten nicht …«

Ich erstickte Tims Protest im Keim, indem ich mich stürmisch zu ihm beugte und ihn in einen leidenschaftlichen Zungenkuss verwickelte. Tim vergrub seine Hände in meinen Locken und stöhnte leise in den Kuss hinein. Die wirren Gedanken in meinem Kopf waren auf einmal nur noch ein undeutliches Rauschen und verzogen sich in immer weitere Ferne.

Als ich mich von Tim löste, pikste ich ihm mit dem Zeigefinger in die Brust und drückte ihn aufs Bett. Dann krabbelte ich über ihn und sah ihn eindringlich an.

»Nichts anderes sollten wir gerade tun«, raunte ich. »Und dein Freund hier scheint das auch so zu sehen.« Meine Hand streifte wie beiläufig seinen Schritt, und ich spürte, wie ich zwischen meinen Beinen feucht wurde.

Tim biss sich auf die Lippen, als müsste er sich beherrschen, keinen Laut von sich zu geben. Mit glasigen Augen sah er mir dabei zu, wie ich mich an seiner Hose zu schaffen machte.

Doch als ich diese aufknöpfte, schien sich bei Tim plötzlich ein Schalter umgelegt zu haben. Der Schleier über seinen Augen verschwand, und er richtete sich ruckartig auf.

»Nike, das können wir nicht machen, nicht, wenn deine Eltern unten auf uns warten. Außerdem hat deine Mutter das Essen bestimmt schon fertig.«

Tim schob mich ein Stück von sich und das Hemd zurück in seine Hose, während ich nicht fassen konnte, dass er mich von sich gewiesen hatte. Noch dazu wegen meiner Eltern.

»Sicher, das Essen«, sagte ich kurz angebunden. »Wie hatte ich das nur vergessen können!«

Mit einem dicken Kloß im Hals rutschte ich vom Bett, um möglichst schnell etwas Abstand zwischen Tim und mich zu bringen, stand auf und blickte aus dem Fenster.

Es dauerte nicht lange, da war Tim hinter mich getreten und legte seine Hände um meine Taille. Sanft drehte er mich zu sich herum und sah mich an. Reue blitzte in seinen Augen auf.

»Hey. Sei nicht sauer, ja? Ich kann mich unter den Umständen einfach nicht so fallen lassen. Sorry.«

Ich nickte. »Alles gut«, flüsterte ich, auch wenn es mich insgeheim verletzte, dass Tim gedanklich schon wieder nur bei meinen Eltern war.

»Sollen wir langsam mal runtergehen?«

»Geh ruhig schon vor, ich zieh mir schnell noch was anderes an.

»Sicher?«, hakte Tim nach. Er schien mit sich zu hadern.

»Sicher«, bestätigte ich, auch wenn ich mir insgeheim gewünscht hätte, dass Tim mir widersprach und blieb.

»Gut, dann bis gleich.« Er beugte sich noch einmal zu mir und gab mir einen Kuss auf die Wange, bevor er das Zimmer verließ.

Stille hüllte mich ein, die in meinem Kopf immer lauter wurde. Als mein Blick in den Spiegel in meinem angrenzenden kleinen Badezimmer fiel, musste ich schlucken.

Wieso nur wurde ich das beklemmende Gefühl nicht los, darin einer fremden Person entgegenzublicken?

Wann war ich Zuschauerin meines eigenen Lebens geworden?

Als ich die Wendeltreppe aus Holz nach unten gestiegen war und vor der Wohnungstür meiner Eltern stand, drückte ich die Klinke nach unten. Weder bei mir noch bei meinen Eltern war diese Tür jemals verschlossen.

Im Wohnzimmer, das direkt in die Küche überging, schwebte mir bereits der Geruch von Lasagne entgegen. Normalerweise wäre mir dabei das Wasser im Mund zusammengelaufen, doch ich konnte die unterschwellige Bedrohung, die mit diesem Essen einherging, förmlich spüren. Alle Muskeln in mir spannten sich an, dennoch zwang ich mich, ein heiteres Gesicht zu machen. Das prompt verrutschte, als meine Mutter mein Outfit kommentierte, noch bevor überhaupt etwas Freundliches ihre Lippen verlassen konnte.

»Hättest du dich nicht etwas schicker machen können, Nike?«, fragte sie, als sie eine dampfende Auflaufform ins Wohnzimmer trug und in der Mitte des rechteckigen Tisches aus massivem Eichenholz abstellte. Sie zog die Augenbrauen hoch und ließ ihren Blick missbilligend über meine dunkle Jeans und das tiefblaue Oberteil mit Wasserfallausschnitt gleiten, während sie sich die Kochhandschuhe von den Händen streifte.

Sie selbst trug ein knielanges, schwarzes Kleid und hohe Schuhe. Sogar mein Vater, der wenig von Schnickschnack hielt, hatte sich in Schale geworfen und sich für ein hellblaues Hemd entschieden.

»Mir war nicht bewusst, dass das Essen einem Staatsempfang gleichen würde«, entgegnete ich verärgert. »Es steht doch schon seit Wochen fest, dass ihr Tim mehr Verantwortung übertragen wollt und er demnächst auch größere Kunden betreuen wird. Und mal davon abgesehen: Was ist bitte an einer Jeans und einem Oberteil verkehrt?«

Meine Mutter überging meine Frage schlichtweg. »Du und dein Zynismus immer. Kannst du dich nicht etwas mehr für Tim freuen?«

Tim sah verunsichert zwischen uns hin und her und lachte nervös. Eigentlich hatte ich erwartet, dass er mir zur Seite springen würde, doch er schenkte mir lediglich ein schiefes Lächeln.

Der Knoten in meinem Bauch wurde größer.

»Also ich finde, du siehst ganz bezaubernd aus, mein Schatz«, nahm Pa mich in Schutz und drückte mich an sich. »Das muss an den guten Genen deines alten Herrn liegen.« Er schnitt eine Grimasse und zwinkerte mir über den Rand seiner schwarzen Brille hinweg zu, was mich trotz meiner inneren Anspannung zum Kichern brachte. Mama entlockte es nur ein müdes Augenrollen. Sie verschwand wieder in der Küche und kehrte kurz darauf mit einer Weinflasche in der Hand zurück. Am Etikett erkannte ich, dass es sich um einen edlen Tropfen handelte.

»Wie könnten wir heute gebührender anstoßen als mit einem Glas Weißwein von dem Weingut, mit dem Tim einen wirklich großen Auftrag für uns erzielen konnte! Tim, möchtest du uns allen nicht zur Feier des Tages einschenken?«, fragte sie und hielt ihm die Weinflasche auffordernd entgegen.

»Wenn ihr darauf besteht, sehr gern«, erwiderte Tim mit einem breiten Lächeln, und mir wurde von der Lobhudelei schon ganz schlecht.

Ich würde viel Alkohol benötigen, um diesen Abend zu überstehen, daher war ich froh, als mir Tim von dem gelblichen Chardonnay eingoss.

Meine Mutter sah meinen Freund voller Stolz an. »Du bist eine Bereicherung für unseren Weinhandel, Tim. Nike kann sich eine Scheibe von dir abschneiden.« Dabei konnte sie sich einen vielsagenden Blick in meine Richtung nicht verkneifen.

Tim hüstelte, während ich angestrengt lächelte und schwieg. War ja klar, dass Mama mit noch einem Seitenhieb um die Ecke kommen musste. Nicht einmal an diesem Abend konnte sie es lassen, auf mir herumzuhacken.

Mehr denn je wünschte ich mich an einen *sehr* weit entfernten Ort. Ich hatte allerdings den Eindruck, dass nicht einmal der Mond ausreichen würde, um genügend Abstand zwischen meine Familie und mich zu bringen.

Ob jetzt wohl der richtige Zeitpunkt gekommen war, die Bombe platzen zu lassen und zu verkünden, dass ich mein Studium hinschmiss?

Pa schien zu merken, dass die Stimmung angespannt war, denn er klinkte sich hastig ein.

»Ich denke, wir sollten endlich anstoßen und von der Lasagne kosten, bevor sie kalt wird. Wäre doch wirklich schade um das schöne Essen.« Hilfesuchend sah er zu Tim.

»Gute Idee«, krächzte der.

Überschwänglich tat Pa jedem von uns eine Portion Lasagne auf. Anschließend nahm er sein Glas in die Hand und warf dabei insbesondere mir einen – wie ich meinte – aufmunternden Blick zu.

»Prost! Auf uns. Oder nein, besser gesagt: Auf Tim.«

»Prost!«, erklang es einstimmig.

Ich nahm einen Schluck Wein und schloss für einen Moment die Augen. Die meisten Menschen würden vermutlich sagen, dass er leicht säuerlich schmeckte. Ich hingegen schmeckte zahlreiche Fruchtaromen heraus, darunter Apfel, Birne, Zitrone, Honigmelone und Haselnuss. Seit meiner ersten professionellen Weinprobe versuchte ich, jede einzelne Nuance herauszufiltern und zu benennen.

»Da hast du wirklich einen tollen Griff gemacht«, sagte ich anerkennend zu Tim.

Mein Freund strahlte mich an und strich mir liebevoll über das Bein. »Danke.«

»Wäre ja schön, wenn du eines Tages auch mal einen solch großen Auftrag für uns an Land ziehst, Nike«, kommentierte meine Mutter mit einem süßlichen Lächeln, was ich mindestens ebenso süßlich zurückgab.

Dann stürzte ich meinen Wein auf ex herunter, was sogar meine Mutter endlich verstummen ließ.

Kaum, dass wir alle Platz genommen hatten, setzte gefräßige Stille ein. Der Appetit war mir mittlerweile allerdings endgültig vergangen.

Meine Eltern und Tim wechselten ein paar Worte über das Geschäft, während ich schweigend zuhörte. Meine Gedanken kehrten unterdessen immer wieder zurück zu meinem Gespräch mit Sophie. Wie sollte ich meinen Eltern bloß begreiflich machen, dass ich nach Südafrika gehen würde? Was würde ich darum geben, jetzt schon im Flieger zu sitzen …

Irgendwann erhob ich mich von meinem Platz. »Wenn ihr mich entschuldigt, ich hole mir mal ein Glas Wasser …« Mit diesen Worten flüchtete ich in die Küche.

Ich füllte ein Glas mit Mineralwasser und nahm einen großen Schluck. Nebenbei schickte ich ein kurzes SOS per WhatsApp an Sophie. Ich kam mir vor wie in einem goldenen

Käfig. Ein goldener Käfig, aus dem es kein Entrinnen gab. Und den ich mir leider in gewisser Weise selbst geschmiedet hatte. Hätte ich eher mit meinen Eltern geredet, dann wäre ich jetzt nicht in dieser verzwickten Lage und würde mich nicht dermaßen in die Enge gedrängt fühlen. Ich verstand selbst nicht, warum es mir so schwerfiel, mit meinen Eltern zu reden. Vielleicht, weil der Gedanke, sie zu enttäuschen, wie Blei auf meinen Schultern lastete und ich nicht der Grund dafür sein wollte, dass unser Weinhandel keinen Nachfolger fand. Meine Eltern hatten all ihre Energie in unser Familienunternehmen gesteckt. Es war verständlich, dass sie es später in den besten Händen wissen wollten. Aber wenn ich ehrlich zu mir selbst war, dann war ich nicht die beste Wahl für unseren Weinhandel. Nicht verglichen mit Tim. Er hängte sich wirklich rein und tat alles in seiner Macht Stehende für den Laden, was ich von mir nicht behaupten konnte.

Ich vernahm Schritte hinter mir. Eigentlich hatte ich angenommen, dass es Tim war, der nach mir sehen wollte, doch zu meiner Überraschung war es Pa. Eine ganze Weile rückte er nur seine Brille zurecht, bis er schließlich das Wort ergriff.

»Deine Mutter meint das nicht so, Nike. Sie ist manchmal bloß etwas …« Er brach ab, da er nach dem richtigen Wort zu suchen schien.

»Selbstgerecht? Unfair? Bevormundend?«, half ich ihm mit einem bitteren Lächeln auf die Sprünge.

Wieder rückte Pa seine Brille zurecht. »Das wären jetzt vielleicht nicht die Formulierungen, die ich verwendet hätte, aber ich kann mir vorstellen, wie du dich fühlst. Möglicherweise schießt sie manchmal ein bisschen übers Ziel hinaus.« Er strich mir über den Arm. »Ich weiß, dass sie streng und hart erscheinen mag, aber sie meint es nur gut mit dir. Sie liebt dich sehr, Nike. Und sie möchte doch nur das Beste für dich. Dass dir eine sorgenfreie Zukunft bevorsteht.«

Die alte Leier wieder. Wie oft hatte ich mir schon anhören

müssen, dass Mama in ärmlicheren Verhältnissen aufgewachsen war und damals nicht solche Privilegien wie ich gehabt hatte! Bis sie meinen Vater heiratete und er sie in das Familienunternehmen einführte.

Ich warf einen Blick in mein Wasserglas. Kurz entstand Stille zwischen Pa und mir.

»Nike, darf ich dich etwas fragen?«

»Sicher.« Ich sah zu meinem Vater auf. Sein Blick war plötzlich ernst geworden.

»Kann es sein, dass du eigentlich gar nicht in den Weinhandel einsteigen möchtest?«

Mir fehlten die Worte. Wann hatte Pa mitbekommen, dass ich mit meiner Zukunft im Familienunternehmen haderte?

Ich blickte ertappt drein. »Wie … Wie kommst du darauf?«

»Ich sehe, wenn meine Tochter etwas beschäftigt«, sagte er sanft und mit Bedauern in der Stimme.

Auf einmal verspürte ich einen dicken Kloß im Hals. Mit diesem plötzlichen Richtungswechsel unseres Gesprächs hatte ich nicht gerechnet.

»Ich … ich bin mir nicht sicher, ob der Weinhandel etwas für mich ist, Pa«, antwortete ich leise. Es war befreiend, diese Worte endlich laut auszusprechen.

Er nickte lediglich, dann legte er mir die Hände auf die Schultern und sah mir fest in die Augen. »Nike, bitte vergiss nicht, was deine Mutter und ich alles für die Familie aufgebaut haben. Ich kann verstehen, dass dich deine eigene Zukunft verunsichert. Als junger Mensch fühlt man so, das ist vollkommen normal. Man möchte sich ausprobieren, viel erleben. Aber mach nicht den Fehler, deine Zukunft aus einer Laune heraus wegzuwerfen. Daher bitte ich dich inständig, noch einmal in dich zu gehen.«

Auch wenn seine Worte versöhnlich klangen, wurde mir bewusst, dass Pa meine Gefühle nur als Phase abtat. Er nahm mich nicht ernst. Und das tat weh. Noch mehr tat es weh, dass er mir zwischen den Zeilen zu verstehen gab, wie enttäuscht er von mir wäre, wenn ich mich gegen unseren Weinhandel entschied. Wieder einmal festigte sich bei mir der Eindruck, dass ich keine Wahl hatte, kein Mitbestimmungsrecht. Ich fühlte mich unsagbar hilflos und alleingelassen.

Mein Brustkorb verengte sich, und ich musste mich zusammenreißen, nicht in Tränen auszubrechen. Pa seufzte.

»Vielleicht … Vielleicht sagen wir deiner Mutter erst mal nichts, was meinst du? Nicht jetzt, in diesem Augenblick. Lass uns versuchen, den Abend so gut es geht hinter uns zu bringen. Ohne dass Köpfe rollen. Und danach setzen deine Mutter, du und ich uns zusammen und besprechen alles in Ruhe. Einverstanden?«

Wenn ich dem Vorschlag meines Vaters jetzt zustimmen würde, dann hätte ich schon verloren. Dann hätte ich mich selbst verraten. Daher schwieg ich, was Pa fälschlicherweise als Zugeständnis wertete.

»Schön, dann lassen wir deine Mutter und Tim nicht länger warten.«

4. Kapitel

Meine Mutter tupfte sich mit einer weißen Stoffserviette vorsichtig den Mund ab, damit ihr Lippenstift nicht verschmierte. Sie deutete ein steifes Lächeln an.

»Und Nike, wie ist eigentlich die Klausur gelaufen?«

»Ich weiß nicht genau …«, wich ich überrumpelt und mit unwohlem Bauchgefühl aus, obwohl ich die Antwort ganz genau kannte.

»Was soll das heißen?«, fragte Mama. »Du musst doch wissen, ob du alle Klausurfragen beantworten konntest. Ich hatte es so verstanden, dass die Prüfung sehr wichtig war. Und du hast doch vorher ausreichend gelernt, oder?«

»Mir fällt diese stumpfe Theorie einfach nicht so leicht«, erwiderte ich schnippisch. Aus irgendeinem Grund hatte ich das Gefühl, mich vor meinen Eltern und Tim rechtfertigen zu müssen. Dabei war ich kein Kind mehr, sondern einundzwanzig Jahre alt!

»Vielleicht liegt es auch einfach an deiner Arbeit bei den *World Wildlife Savers*«, hielt meine Mutter dagegen. »Das lenkt dich viel zu sehr vom Wesentlichen ab.«

»Ach, was ist denn deiner Meinung nach das Wesentliche?« Obwohl ich mir vorgenommen hatte, ruhig zu bleiben, schlich sich ein spitzer Unterton in meine Stimme.

»Deine Zukunft in unserem Weinhandel natürlich«, erwiderte sie mit einer Selbstverständlichkeit, die mich rasend machte. »Dir fehlt einfach nur der nötige Ehrgeiz. Sieh dir Tim an.«

Ich krallte meine Finger in die Serviette.

Pa legte Mama eine Hand auf den Arm. »Schatz, das können wir doch auch ein andermal besprechen.«

»Nein!«, entrüstete sie sich und schob seine Hand abrupt fort. »Ich werde nicht dabei zusehen, wie unsere Tochter noch länger ihre Zeit verplempert.« Sie wandte ihre Aufmerksamkeit wieder mir zu. »Ich verstehe einfach nicht, warum du alles nur so halbherzig machst, anstatt aufs Ganze zu gehen. Das ist, weil du viel zu viel träumst. Du bist mit deinen Gedanken immerzu in fremden Welten, aber die Realität sieht nun einmal anders aus. Wenn du es denn nur einsehen würdest!«

Das brachte das Fass schließlich zum Überlaufen. »Ach, du meinst, ich soll mehr wie ihr sein, ja? Du bist wirklich unfassbar!«, stieß ich aus und schob geräuschvoll meinen Stuhl zurück. Mein Körper bebte, und ich spürte, wie mir vor Wut Tränen in die Augen stiegen. »Und nur, dass ihr es wisst: Ich bin bei der Prüfung durchgefallen! Ich schmeiße mein Studium!«

»Bitte was?!« Meine Mutter wurde erst bleich, dann rot. »Das hast du nicht zu entscheiden!«

»O doch, das habe ich!« Mittlerweile schrie ich fast. »Ich bin die Einzige, die darüber entscheidet, denn es ist mein Leben!«

Mein Vater verzog das Gesicht, als würden ihn auf einmal mordsmäßige Kopfschmerzen plagen. »Das ist jetzt vielleicht nicht der passende Zeitpunkt, um …«

»Wenn es nach euch geht, dann ist es nie der richtige Zeitpunkt! Immer dreht sich alles nur um den Weinhandel!«, fiel ich ihm ins Wort.

Meine Mutter zitterte vor lauter Empörung. »Wie kannst du es wagen? Nach allem, was wir dir ermöglicht haben?«

Tim hatte dem Streit bisher still beigewohnt. Niemand wollte freiwillig ins Kreuzfeuer zwischen Mama und mir geraten.

Jetzt aber griff er nach meiner Hand und sah mich verstört an.
»Warum hast du nichts gesagt?«

Ich hob hilflos meine Schultern. »Weil … Weil das gar nicht so leicht ist in dieser Familie.«

Eine steile Falte zog sich über die ansonsten straffe Stirn meiner Mutter. »Es gibt sicherlich eine Möglichkeit, die Klausur zu wiederholen. Du wirst morgen zu deinem Professor gehen und mit ihm reden.«

Ich starrte sie an. Hatte sie mir auch nur eine Sekunde lang zugehört? Während es in mir tobte, besann ich mich und versuchte, nach außen möglichst ruhig zu wirken. Offenbar brachte es rein gar nichts, wenn ich gegenüber Mama lauter wurde, also musste ich einen anderen Weg wählen.

»Daraus wird nichts. Ich werde für drei Monate nach Südafrika gehen und dort an einem Tierschutzprojekt im Kruger-Nationalpark teilnehmen«, sagte ich langsam. Ich machte eine kurze Pause. »Und ihr werdet mich nicht davon abbringen können. In vier Tagen geht der Flug.«

Die Bombe war geplatzt.

Pa setzte seine Brille ab und rieb sich wortlos über die Schläfe, als wollte er das von mir Gesagte erst einmal verarbeiten. Meine Mutter holte tief Luft, ihr Gesicht war schon ganz rot angelaufen.

»Bist du von allen guten Geistern verlassen, Nike?! Das kann doch nicht dein Ernst sein! Wie stellst du dir das vor?«, explodierte sie schließlich und glich einem feuerspeienden Vulkan. »Was sind das nur für wirre Tagträumereien, denen du dich schon wieder hingibst? Drei Monate Südafrika! Was ist mit deinem Studium und unserem Weinhandel?«

Ich atmete möglichst langsam. Mir war schwindelig, als die nächsten Worte meinen Mund verließen.

»Ich will das nicht.«

»Was willst du nicht?«, hakte Mama nach.

»Das Studium. Die Arbeit im Weinhandel. So stelle ich mir mein Leben einfach nicht vor.«

Als sie bereits zum nächsten Ausbruch ansetzte und ich befürchtete, der Rauch würde ihr gleich aus den Ohren quillen, entschied ich, dem Ganzen ein Ende zu setzen.

»Es tut mir leid, euch zu enttäuschen. Aber meine Entscheidung steht fest.«

Ich stand von meinem Stuhl auf und verließ den Raum, bevor die Situation noch vollends eskalierte. Wobei es kaum noch hätte schlimmer werden können.

»Nike, du kommst sofort wieder her!«, vernahm ich die aufgebrachte Stimme meiner Mutter aus dem Wohnzimmer, doch ich ignorierte sie.

Der Abend war ohnehin gelaufen.

5. Kapitel

»Das meinst du doch alles nicht ernst, oder? Du willst wirklich nach Südafrika? Für *drei* Monate?«, fragte Tim fassungslos, als wir anschließend zu zweit in meinem Wohnzimmer auf der Couch saßen. Sein Adamsapfel hüpfte auf und ab.

»Es tut mir leid, Tim. Ich muss einfach raus, weg von hier. Weg von allem, verstehst du das?«

»Weg von allem, aha«, wiederholte Tim lediglich, bevor er aufsah und mir direkt in die Augen blickte. »Weg von allem … Bedeutet das auch weg von mir?«

Mit verschleiertem Blick schaute ich aus dem Fenster.

»Ich weiß es nicht«, hörte ich mich sagen. In mir fühlte sich alles so leer an.

»Ich weiß es nicht, ich weiß es nicht«, äffte Tim mich nach. »Ist dir eigentlich klar, wie oft du diesen Satz in letzter Zeit verwendest?«

»Ja. Und genau deswegen muss ich etwas ändern.«

»Dass du dich deinen Eltern nicht anvertraut hast, ist eine Sache. Aber ich bin dein Freund, Nike! Bin ich ein solcher Unmensch, dass du nicht mit mir hättest reden können?«

»Du liebst den Weinhandel meiner Eltern, du liebst dieses Leben«, sagte ich lediglich, als würde das als Erklärung genügen.

Tim rückte an mich heran und umfasste mein Gesicht. »Ich liebe *dich*, Nike! Das ist das Einzige, worauf es ankommt. Hast du überhaupt darüber nachgedacht, was es für unsere Beziehung bedeutet, wenn du für drei Monate nach Südafrika gehst?«

Für einen kurzen Moment schloss ich meine Augen, um mich zu sammeln. Ich wusste, dass ich die Worte, die jeden Augenblick meinen Mund verließen, nicht mehr würde zurücknehmen können. Ich öffnete meine Lider, nahm Tims Hände von meinen Wangen und umschloss sie mit meinen Fingern.

»Du bist mein bester Freund, Tim. Und du bist mir unglaublich wichtig. Aber ich habe das Gefühl, dass ich nicht nur mich selbst verloren habe, sondern dass wir auch einander an irgendeinem Punkt verloren haben. Als Paar.«

Tim schluckte geräuschvoll. Tränen schimmerten in seinen Augen.

»Was möchtest du mir damit sagen?«, fragte er mit belegter Stimme.

Meine Stimme zitterte, während eine Träne meine Wange hinablief.

»Ich glaube, dass ich diesen Weg vorerst allein gehen muss. Um herauszufinden, wer ich wirklich bin und was ich mir eigentlich von meinem Leben wünsche. Zurzeit habe ich das Gefühl, dass ich gestrandet bin und nicht weiterkomme. Ich fühle mich wie auf einer Sandbank mitten im Ozean.«

»Sag doch gleich, dass ich dir ein Klotz am Bein bin.«

»Tim, so habe ich das nicht gemeint«, versuchte ich ihn zu beschwichtigen, aber er ließ nicht mit sich reden. Unsanft entzog er mir seine Hände und sprang von der Couch auf.

»Ich hab schon verstanden. Du musst diesen Weg gehen. Ohne mich.«

»Tim …«

»Nein, nichts ›Tim‹! Ich hatte schon länger das Gefühl, dass du nicht mehr glücklich bist, wollte aber nicht wahrhaben, dass es vielleicht etwas mit mir zu tun haben könnte.«

Ich wusste, wie lächerlich meine Worte klangen, doch ich

hatte keine Ahnung, was ich Tim sagen konnte, um die Situation irgendwie noch zu retten. Oder besser gesagt: Um zu retten, was noch zu retten war.

»Ich glaube einfach, dass wir als Freunde besser funktionieren …«

Plötzlich sah mich Tim mit einem Ausdruck von Abscheu in den Augen an.

»Funktionieren? Dass wir besser *funktionieren?*« Tim fiel alles aus dem Gesicht. »Sag mal, ist dir eigentlich klar, wie emotionslos sich das anhört?« Er schüttelte den Kopf. »Unfassbar. Nicht einmal jetzt hast du den Arsch in der Hose, mir zu sagen, dass du dich von mir trennen willst. Erwarte nicht von mir, dass ich das übernehme. Aber offensichtlich machst du es dir gerne leicht, schließlich hast du bisher auch immer andere die Entscheidungen für dich treffen lassen. Vielleicht kannst du es einfach nicht besser.« Tims Stimme hatte einen stichelnden Unterton angenommen.

Und tatsächlich: Seine Worte trafen mich mitten ins Herz.

»Das ist nicht fair«, sagte ich mit tränenerstickter Stimme.

»Nicht fair?«, echote Tim. »Was ist an diesem Gespräch denn in irgendeiner Weise *fair?* Du stellst mich vor vollendete Tatsachen! Ich habe in dieser Sache doch gar kein Wort mehr mitzureden!«

»Glaubst du etwa, mir fällt das leicht?«, erwiderte ich aufgebracht.

Tim warf in einem Ausdruck von Verzweiflung die Arme in die Luft. »Hm, ich weiß nicht. Wenn man mal überlegt, dass du gerade drei Jahre Beziehung in den Wind schießen möchtest, dann scheint dir diese Entscheidung nicht sonderlich schwerzufallen.«

Ich atmete tief ein und aus. »Tim, es tut mir aufrichtig leid. Ich will dich nicht verletzen, und ich möchte dir auch nicht Lebewohl sagen …«

»Weißt du, was, Nike? Ich mache es dir leicht. Leb wohl und

viel Spaß in Südafrika. Mir reicht es.« Mit diesen Worten stand Tim auf und wandte sich zum Gehen.

Ich stand nun ebenfalls vom Sofa auf. »Tim, bitte warte!«

Seine Hand lag bereits auf der Türklinke. Ein letztes Mal sah er mir in die Augen.

»Ich hoffe, du findest, wonach du suchst«, sagte er bitter.

Die Tür fiel mit einem lauten Knall hinter ihm ins Schloss, und ich zuckte zusammen. Kurz erdrückte mich das Geräusch meines eigenen Herzschlags.

Auf der einen Seite fiel eine große Last von mir ab, weil ich endlich eine Entscheidung getroffen hatte.

Aber war es das wert gewesen, dafür meinen besten Freund zu verlieren?

6. Kapitel

Als ich am nächsten Morgen aufwachte, fühlte ich mich hundeelend. Die ganze Nacht über hatte ich kein Auge zugetan, weil der Streit mit meinen Eltern und Tim mir permanent im Kopf herumschwirrte. Ich war nicht stolz darauf, wie der gestrige Abend verlaufen war. Ich hatte nicht nur meine Eltern vor den Kopf gestoßen, sondern auch Tim. Ihn sogar noch schlimmer.

Ich hatte alles gehabt. Einen Studienplatz, einen Job und einen Freund. Und jetzt besaß ich nichts mehr davon. Ich startete bei null, was sich wahnsinnig beängstigend anfühlte. Auf einmal zweifelte ich an meiner eigenen Courage. Hatte ich mich womöglich falsch entschieden?

Bevor ich in meinem Gedankenstrudel noch weiter nach unten rutschte, rief ich Sophie an. Wir hatten gestern noch telefoniert, nachdem Tim gegangen war, doch viel mehr als Gestammel und Schluchzer hatte ich nicht herausbekommen. Jetzt, wo ich einen etwas klareren Kopf besaß, musste ich unbedingt vernünftig mit ihr reden.

»Was ist, wenn ich einen riesigen Fehler gemacht habe?«, fragte ich meine beste Freundin, sobald sie das Gespräch angenommen hatte.

Sophie schwieg für einen Moment am anderen Ende der Leitung. »Ich weiß, das ist ein beschissener Rat, aber man weiß leider immer erst hinterher, ob eine Entscheidung die richtige war. Du hast auf dein Herz gehört, und das ist gut so. Und ich bin fest überzeugt: Was immer auch kommt, die Reise kann dich nur weiterbringen.«

»Meinst du wirklich?«, fragte ich und knibbelte an meiner Unterlippe. Mein Herz schlug rasend schnell vor Angst.

»Ja, das meine ich wirklich.«

Ich schwieg einen Augenblick, da ich meine wirren Gedanken ordnen musste.

»Soph?«, fragte ich.

»Hm?«

»Hilfst du mir bei den letzten Vorbereitungen?«

Sophie lachte. Es tat so gut, ihr Lachen zu hören. Wenn meine ganze Welt schon aus den Angeln gehoben wurde, so war wenigstens meine allerbeste Freundin noch dieselbe.

»Was ist das für eine Frage? Natürlich helfe ich dir!«, antwortete Sophie überschwänglich.

Keine Stunde später trafen wir uns im Büro der *World Wildlife Savers* und machten uns direkt an die Arbeit.

Meine beste Freundin unterstützte mich, wo sie nur konnte, und ging mit mir die Unterlagen über das Projekt und die Sibaya Lodge durch. Ohne irgendeinen Kommentar, dass ich mich da gewaltig in etwas verrannte. Denn ganz im Ernst? Ich wüsste nicht, wie ich reagiert hätte, wenn Sophie versucht hätte, mich aufzuhalten. Soph, die schon immer die Wildere und Mutigere von uns beiden gewesen war. Wahrscheinlich hätte ich mich noch einmal mehr gefragt, ob ich nicht mehr ganz dicht und das alles hier eine Schnapsidee war.

Ich informierte mich über mögliche Impfungen und ein Visum. Glücklicherweise waren für Südafrika weder Pflichtimpfungen vorgesehen, noch musste ich mich bei einem neunzigtägigen Aufenthalt in Südafrika vorab bei der Botschaft um eine Einreiseerlaubnis kümmern. Und da ich meinen Reisepass erst letztes Jahr bei der Stadt Köln beantragt hatte, war dieser auch noch lange gültig.

Ich funktionierte wie ein Roboter, so angespannt war ich innerlich immer noch. Hatte ich das wirklich getan? Mein Studium und meinen Job geschmissen, um mich Hals über Kopf ins Abenteuer zu stürzen? Mich mit meinen Eltern angelegt und mich von Tim getrennt? Das alles kam mir so surreal vor. Als hätte ich gestern nur geträumt. Doch das Stechen in meiner Brust führte mir immer wieder vor Augen, dass dem nicht so war. Ich hatte alles auf eine Karte gesetzt.

Dilara hatte unterdessen die Flüge auf meinen Namen umgebucht und die Campmanagerin der Sibaya Lodge im Kruger-Nationalpark über die kurzfristige Änderung in Kenntnis gesetzt.

Alles ereignete sich jetzt Schlag auf Schlag. Ich hätte nicht einmal die Chance gehabt, es mir noch einmal anders zu überlegen, da dafür keine Zeit blieb. Und das war auch gut so.

War ich verrückt? War ich leichtsinnig?

Gut möglich.

Aber so, wie mein Leben derzeit war, konnte es nicht weitergehen. Ich steckte in einer Einbahnstraße fest.

Und ich wollte auf keinen Fall die richtige Ausfahrt verpassen.

Bevor ich Deutschland verlassen würde, gab es etwas, das ich unbedingt noch erledigen musste. In gewisser Weise wollte ich mich verabschieden.

Ich stand in unserem Weinhandel, der sich ein paar Straßen entfernt von unserem Wohnhaus befand. Es war fast schon Mitternacht. Entgegen meiner Befürchtung, ich könnte meinen Eltern begegnen, war das heute zum Glück nicht der Fall. Dabei saßen die beiden oft bis spät abends in ihrem Büro, brüteten über irgendwelchen Kalkulationen oder überlegten sich, wie sie die Kunden noch besser abholen konnten.

Ich war schon immer der Meinung gewesen, dass wir viel mehr Budget ins Marketing hätten stecken sollen. Marketing war einfach so viel wert.

Meine Eltern hatten jedoch vermehrt auf unsere treuen Stammkunden und alten Geschäftspartner gesetzt, anstatt in neue Verbindungen zu investieren. Aber vielleicht würde es Tim gelingen, meine Eltern zum Umdenken zu bewegen und neue Vertragsverhandlungen zu führen. Er war ein guter Verkäufer und ein noch besserer Weinkenner, der es verstand, Menschen von seiner Leidenschaft zu überzeugen.

Ich besah mir die unzähligen Weinflaschen, die in den Regalen standen. Rotwein, Weißwein, Rosé. Behutsam strich ich mit meinen Fingern über die unterschiedlich farbigen Flaschen und die Etiketten. Leider hatten meine Eltern so gut wie keine Bioweine in ihrem Sortiment. Dabei gab es viele Kunden, denen ein biologischer Weinanbau wichtig war. Allein aus dem Grund, dass dieser schonender im Hinblick auf Umwelt, Ressourcen und Klima war.

Mein Blick streifte weiter über die robusten Eichenholzweinfässer und die künstlichen grünen und orangefarbenen Weinblattranken, die von der Decke hingen. Ich betrachtete die Weidenkörbe und Holzkisten auf der Anrichte und die Geschenkesets, die unseren Wein noch besser zur Geltung brachten.

Kurz blitzte erneut ein Funken Wehmut auf. Wie viele Tage, Wochen und Monate hatte ich in diesem Laden verbracht?

Ich warf noch einen Blick in das Lager und die Büroräume, die hinten an den Verkaufsraum angeschlossen waren.

Eine Erinnerung leuchtete auf, hell und warm. Tim und ich hatten uns eines Abends durch sämtliche Weine durchprobiert. Heimlich, versteht sich. Man, waren wir betrunken gewesen! Ein Lächeln umspielte meine Lippen.

Es kam mir vor, als wäre seitdem eine halbe Ewigkeit vergangen.

Zurück im Verkaufsraum drehte ich mich ein letztes Mal im Kreis. Dann löschte ich das Licht und ging nach draußen.

Ich schloss die Tür zum Weinhandel mit einem lachenden und einem weinenden Auge ab. Es hieß nicht umsonst: Wenn sich eine Tür schließt, öffnet sich irgendwo eine andere …

Und darauf wollte ich fest vertrauen.

7. Kapitel

Als ich drei Tage später mit einem großen Rucksack auf dem Rücken am Flughafen Köln/Bonn stand und meinen Koffer bereits am Check-in-Schalter aufgegeben hatte, fragte ich mich abermals, ob ich die richtige Entscheidung getroffen hatte. Ein mulmiges Gefühl breitete sich in meinem Magen aus.

Sophie, Mama und Pa hatten mich begleitet, doch ich sah meiner Mutter nur allzu deutlich an, dass sie meine Entscheidung immer noch für einen riesigen Fehler hielt. Pa musste ganze Überzeugungsarbeit geleistet haben, dass sie überhaupt mitgekommen war.

»Du weißt, dass dir unsere Türen immer offenstehen, Nike, oder?«, sagte mein Vater zum Abschied und sah mich dabei liebevoll an.

Obwohl ich mir fest vorgenommen hatte, nicht zu weinen, traten mir Tränen in die Augen.

»Wenn du dich entscheiden solltest, nach deinem Auslandsaufenthalt doch wieder bei uns im Weinhandel anzufangen, dann sind wir die Letzten, die dir dabei ein Hindernis wären.« Er strich mir eine Locke aus dem Gesicht und musterte mich eindringlich, als wollte er sich jedes Detail von mir genauestens einprägen. »So ganz wohl ist mir noch immer nicht dabei, mein einziges Kind für drei Monate nach Südafrika gehen zu lassen. Aber ich weiß, dass du jede Herausforderung meistern wirst.«

»Danke, Papa. Das bedeutet mir viel«, flüsterte ich gerührt.

Sophie nahm mich so fest in den Arm, dass ich fast erstickte. Ich lachte, doch es war ein trauriges Lachen. Sie würde mir fehlen. Was würde ich nur ohne sie mitten im Busch machen? Im Busch! Wie seltsam das klang ...

Meine beste Freundin schob mich ein Stück von sich und sah mir fest in die Augen. »Das wird eine richtig geile Erfahrung, ich sag es dir. Ich bin so stolz auf dich, das glaubst du gar nicht!« Na, wenigstens eine Person ...

Und dann stand ich meiner Mutter gegenüber. Wir wussten beide nicht, was wir sagen sollten. Die Enttäuschung über meine Entscheidung stand ihr ins Gesicht geschrieben. Sie verzog ihre geschminkten Lippen zu einem halbherzigen Lächeln, das ihre Augen nicht erreichte.

»Ich wünsche dir einen guten Flug, mein Schatz«, sagte sie nur und nahm mich etwas steif in den Arm. Kein »Hab eine schöne Zeit!« oder »Ich wünsche dir ganz viel Spaß!«. Aber vielleicht war das in diesem Moment auch zu viel erwartet. Dennoch spürte ich, wie sich ein schmerzhafter Stich in meiner Brust bemerkbar machte.

Es war ein unbefriedigendes Gefühl, so mit Mama auseinanderzugehen. Zu viel war zwischen uns unausgesprochen geblieben. Aber ich wusste auch, dass keine von uns gerade etwas hätte sagen können, was die jeweils andere versöhnlich gestimmt hätte. Dafür gab es einfach viel zu hohe Berge zwischen uns, die wir noch nicht erklommen hatten.

Vielleicht war ich auf dem besten Wege, den größten Fehler meines Lebens zu begehen, aber nun hatte ich diese Abzweigung gewählt und würde diesen Weg beschreiten. Wer wusste schon, ob ich nicht mit Abstand endlich klarer erkennen konnte, was ich wirklich wollte?

»Versprichst du mir, ein Auge auf Tim zu haben?«, bat ich Sophie.

Tim fehlte mir jetzt schon. Ich fühlte mich schlecht, dass ich ihm so wehgetan hatte. Und es war ein komisches Gefühl, zu wissen, dass er nun nicht mehr Tag für Tag an meiner Seite sein würde.

Doch jetzt gab es kein Zurück mehr. Ich hatte mich entschieden und musste mit den Konsequenzen leben. Dennoch wünschte ich mir insgeheim, dass wir eines Tages vielleicht wieder Freunde sein könnten. Immerhin hatten wir seit dem Kindergarten fast jeden Tag zusammen verbracht.

Sophie nickte. »Selbstverständlich. Auch wenn es Zeit braucht … Er wird über die Trennung hinwegkommen, Nike.«

Für einen Moment standen wir uns schweigend gegenüber. Mir war bewusst, dass ich den Augenblick des endgültigen Abschieds nur hinauszögerte.

Sophie war schließlich diejenige, die das Eis brach.

»Nun geh schon! Auf in dein größtes Abenteuer! Und wehe, du lässt nicht regelmäßig von dir hören.«

Mein Ziel in Südafrika war der Flughafen Hoedspruit. Als das Flugzeug zur Landung ansetzte und ich aus dem Fenster schaute, traute ich meinen Augen kaum. Auf dem Grünstreifen, der sich direkt neben der Landebahn befand und sich immer näher in mein Sichtfeld schob, tollten einige Affen herum. Affen!

Ich musste zweimal hinschauen, um auf Nummer sicher zu gehen, doch ich hatte mich nicht verguckt. In Deutschland wäre es undenkbar gewesen, dass sich wilde Tiere auf dem Flughafengelände herumtrieben. Und selbst wenn – ein deutscher Flughafenmitarbeiter hätte alles dafür getan, diese zu vertreiben, da war ich mir hundertprozentig sicher.

Mein Blick schweifte über die Berge am Horizont und wieder zurück zu dem angrenzenden Buschland rund um den Flughafen.

Wenn mich nicht alles täuschte, dann hatte ich gerade freie

Sicht auf einen Zebrahintern, der aus dem Gebüsch hervorlugte. Nicht zu fassen!

»Dass mir das noch mal passiert, dass ich vom Flugzeug aus auf einen Zebraarsch blicke«, sagte die ältere Dame neben mir und sprach genau das aus, was mir durch den Kopf ging. Treffender hätte ich es nicht formulieren können.

Die Maschine setzte auf, und es rumpelte, sodass ich ordentlich durchgeschüttelt wurde. Die Affen verzogen sich in die umherstehenden Bäume, die zu dieser Jahreszeit recht kahl waren.

Ich war froh, endlich in der Stadt in der südafrikanischen Provinz Limpopo am Fuße der Kleinen Drakensberge angekommen zu sein. Die Anreise war nervenzehrend gewesen, da sich der Weiterflug von Johannesburg um etliche Stunden verspätet hatte. Dementsprechend erschöpft war ich.

Ich wusste nicht, was ich erwartet hatte, aber tatsächlich war Hoedspruit genauso klein, wie es klang. Mit dem Flughafen in Köln war dieser rustikale Provinzflughafen gewiss nicht zu vergleichen. Wobei ich es eigentlich als sehr angenehm empfand, dass hier mitten im Busch kein riesiges Terminal stand. So fügte sich das Gebäude fast schon harmonisch in die Landschaft ein und fiel gar nicht weiter auf.

Als ich das Flughafengebäude betrat, musste ich grinsen, denn die Stühle im Wartebereich waren mit Sitzpolstern im Leopardenprint versehen. Das war mal was anderes als die hässlichen Grau- und Weißtöne an den deutschen Flughäfen.

Während ich zusammen mit einer Handvoll anderer Passagiere am Gepäckband auf die Koffer wartete, zog ich mein Handy aus der Hosentasche und schickte eine Nachricht an Sophie und an meine Eltern. Ich war mir sicher, dass meine Mutter sich noch immer ärgerte, daher erwartete ich keine Antwort von ihr. Wenn Mama richtig sauer war, dann schaffte sie es sogar, tagelang nicht mit mir zu reden, darin war sie Weltmeisterin. Es war nicht schwer zu erkennen, von wem ich meinen Sturkopf hatte. Wahrscheinlich gerieten Mama und ich genau deswegen immer wieder aneinander.

Gedankenverloren öffnete ich den Chat mit Tim, als mein Zeigefinger wie erstarrt in der Luft verharrte. Was tat ich hier eigentlich? Eilig löschte ich meine bereits getippten Worte wieder. Es hatte sich so selbstverständlich angefühlt, Tim eine Nachricht zu schreiben. So, wie ich es sonst jeden Tag getan hatte.

Mein Blick fiel auf Tims Profilbild. Er hatte unser gemeinsames Foto, das wir letztes Jahr in London gemacht hatten, durch eines ersetzt, das ihn vor dem Kölner Dom zeigte.

Ich scrollte durch unseren Chatverlauf und blieb schließlich an meinen Nachrichten hängen, die ich ihm nach unserem letzten Gespräch geschickt hatte.

Hey, wie geht es dir?

Es tut mir wirklich leid.

Bitte melde dich.

Hinter jeder waren zwei blaue Häkchen, doch Tim hatte sie allesamt unbeantwortet gelassen.

Mein Herz verkrampfte sich von Neuem bei dem Gedanken daran, wie sehr ich ihm wehgetan hatte. Und dass ich nicht nur meinen Partner, sondern auch meinen besten Freund verloren hatte. Ich schluckte, da ich auf einmal einen dicken Kloß im Hals spürte. Tränen traten mir in die Augen, und ich blinzelte sie weg.

Ich würde keinen Rückzieher machen. Dieses innere Mantra sagte ich mir gedanklich etwa zehnmal auf, und danach ging es mir besser. Zumindest ein bisschen.

Kurz zögerte ich, ob ich Tim etwas schreiben sollte, aber dann beschloss ich, es sein zu lassen. Ich war mit Sicherheit die letzte Person, mit der er Kontakt haben wollte, und ich konnte es ihm nicht verübeln. Dennoch tat es weh.

Frustriert schob ich das Handy zurück in meine Hosentasche. Ich war mittlerweile so erledigt, dass ich auf der Stelle hätte einschlafen können. Vor lauter Erschöpfung hatte ich außerdem zu frieren begonnen. Ich war froh um die Strickjacke, die ich über meinem Shirt trug.

Ich hatte nicht einmal mehr Augen für das Treiben um mich herum. Wobei das Wort »Treiben« definitiv nicht passte, denn in diesem Provinznest schienen die Uhren irgendwie anders zu ticken. Vielleicht waren sie aber auch allesamt bereits stehen geblieben.

Um die Zeit bis zur Ankunft meines Koffers sinnvoll zu überbrücken, warf ich noch mal einen Blick in die Unterlagen, die mir Dilara mitgegeben hatte. Ich hatte die Info erhalten, dass ich von einem Ranger, der beim Camp angestellt war, abgeholt werden würde. Ein Lächeln stahl sich auf meine Lippen, als ich den Prospekt über das Freiwilligenprojekt betrachtete. Auf dem Cover waren verschiedene Tiere abgebildet. Ob ich bald einen Elefanten in freier Wildbahn erleben würde? Mein Puls begann vor Aufregung schneller zu rasen. Elefanten waren schon immer meine absoluten Lieblingstiere gewesen. Die sanften Riesen strahlten für mich eine beneidenswerte Ruhe aus.

Ein bisschen mehr von dieser inneren Ruhe hätte mir auch gutgetan. Ich wünschte mir nichts sehnlicher, als endlich im Camp anzukommen und eine erfrischende Dusche zu nehmen.

Wo blieb denn bloß mein Koffer? Mittlerweile zogen nur noch drei ihre Kreise auf dem Gepäckband, ein pinker, ein roter und ein schwarzer. Von meinem Gepäckstück war weit und breit nichts zu sehen.

Ein junger Mann in etwa meinem Alter zog soeben den schwarzen Koffer vom Band und warf mir einen mitleidigen

Blick zu. Als das Gepäckband schließlich vollständig leer war und mein Koffer noch immer nicht aufgetaucht war, sprach ich einen der Mitarbeiter an, der sich in der Nähe des Gepäckbands aufhielt.

»Entschuldigen Sie bitte, aber waren das schon alle Koffer, die mit der Maschine aus Johannesburg angekommen sind? Oder kommt da noch etwas?«

Der Flughafenangestellte zuckte nur bedauernd mit den Schultern und verwies mich an den Infoschalter. Die Mitarbeiterin dort teilte mir nach einem Blick auf ihren Bildschirm mit, dass sich mein Koffer vermutlich immer noch in Johannesburg befand und nicht den Weg nach Hoedspruit zurückgelegt hatte. Na wunderbar! Obwohl ich mich bemühte, weiterhin freundlich zu bleiben, merkte ich, wie meine Laune merklich in den Keller rutschte.

Ob das wohl ein schlechtes Omen war? Was würde noch alles schiefgehen, wenn bereits meine Ankunft in Südafrika außerplanmäßig verlief? Meine Nerven lagen nach der langen Reise blank, und das Letzte, was ich jetzt noch gebrauchen konnte, war ein verlorener Koffer.

»Und wie lange dauert es, bis ich meinen Koffer wiederbekomme?«, presste ich zwischen zusammengebissenen Zähnen hervor.

Die Dame am Schalter zuckte wie auch zuvor der Flughafenangestellte nur mit den Schultern. »Das kann ich Ihnen leider nicht sagen. Lassen Sie Ihre Kontaktdaten und eine Beschreibung Ihres Koffers da, und wir werden unser Bestes geben, dass Sie Ihr Gepäck so schnell wie möglich zurückbekommen.« Sie reichte mir ein Formular, das ich ausfüllen sollte. Damit hatte sich die Sache für sie erledigt.

»Ja, aber Sie müssen doch irgendwelche Erfahrungswerte haben, wie lang ein vermisster Koffer bis hierher braucht?«

Wieder zuckte die Frau mit den Schultern.

»Wie schon gesagt, das kann ich Ihnen nicht genau beantworten, das ist unterschiedlich. Sie werden wohl ein oder zwei …«

»Ein oder zwei was?«, fiel ich ihr ins Wort. »Tage?«

Ich erhielt auf meine Frage keine Antwort mehr. Anscheinend konnte ich mir jetzt selber zusammenreimen, ob sie Tage, Wochen oder Monate meinte.

Nachdem ich auf dem Formular das Aussehen meines Koffers beschrieben und die Adressdaten des Camps im Kruger-Nationalpark notiert hatte, verließ ich mit hängendem Kopf die Wartehalle.

Ich war so frustriert, dass ich mit meiner Laune dem Grinch alle Ehre gemacht hätte. Was, wenn mein Koffer jetzt überhaupt nicht mehr auftauchte?

In der Hoffnung, vielleicht einige Kleidungsstücke in dem kleinen Flughafenshop zu finden, betrat ich den Laden, nur um dann enttäuscht festzustellen, dass es dort lediglich Souvenirs, billige Sonnenbrillen in allen möglichen Farben sowie Caps mit touristischem Logo gab.

Nur gut, dass ich wenigstens an ein kleines Notfallset gedacht hatte. Seitdem Sophie im letzten Jahr auf unserem gemeinsamen Flug nach Griechenland ihr gesamtes Gepäck abhandengekommen war, hatte ich vorsorglich immer ein paar Unterhosen, eine Zahnbürste, Zahnpasta und eine Haarbürste in meinem Handgepäck. Allerdings wären etwas Ersatzkleidung und vor allem ein frisches T-Shirt auch nicht schlecht gewesen …

8. Kapitel

Mit meinem kleinen Rucksack auf dem Rücken trat ich in die Ankunftshalle und erspähte sogleich einen jungen Mann, den ich auf etwa Ende zwanzig bis Anfang dreißig schätzte. Er hielt ein Schild in die Höhe, auf dem »Nik Sommerfeld« stand, was mich trotz meiner Misere zum Schmunzeln brachte. Damit war wohl ich gemeint. Dass man mich für einen Mann hielt und meinen Nachnamen falsch geschrieben hatte, war bei Weitem nicht so schlimm wie das Fehlen meiner gesamten Kleidung.

Wenigstens hatte es geklappt, dass ich abgeholt wurde. Nachdem ich mit großer Verspätung in Hoedspruit angekommen war, hielt ich das mittlerweile auch nicht mehr für selbstverständlich – auch wenn ich von unterwegs eine Mail an das Camp geschickt hatte, um Bescheid zu geben, dass mein Weiterflug sich verzögern würde.

Ich fuhr mir durch die Haare und versuchte, nicht mehr ganz so müde und miesepetrig dreinzuschauen. Wobei es ehrlich gesagt schwierig war, beim Strahlen des jungen Mannes überhaupt weiter grummelig zu bleiben. Er hatte so ein ansteckendes Lächeln, dass sich meine Mundwinkel wie von selbst hoben. Er trug eine khakifarbene Uniform, staubige Boots und hatte eine super stylishe Frisur, die ihm wahnsinnig gut stand. Sein schwarzes Haar war zu Rastazöpfen geflochten, die wiederum in einem Dutt hinten im Nacken endeten, die Seiten waren rasiert.

Ich schulterte meinen Rucksack, ging auf den Mann zu und streckte ihm meine Hand entgegen.

»Hey, ich bin Nike Sonnenfeld von den *World Wildlife Savers*.«

Das Lächeln des Mannes wurde noch etwas breiter. Er ließ das Schild sinken und reichte mir seine freie Hand. Sein Händedruck war fest und resolut.

»Ah, Nike, wie schön, dass du hier bist. Herzlich willkommen in Südafrika! Ich bin Kyano, Safari-Guide im Camp und unter anderem für die Betreuung der Freiwilligen im Projekt zuständig. Komm, mein Wagen steht draußen.«

Als er sich gerade zum Gehen wandte, hielt er verdutzt inne. »Wo ist denn dein Gepäck?«, fragte er.

Ich berichtete Kyano von meiner Misere, woraufhin er mich zunächst mitleidig ansah, mir im nächsten Moment aber wieder ein aufbauendes Lächeln schenkte.

»Mach dir keine Gedanken. Das passiert hier öfter mal. Sicher wird dein Koffer noch hinterhergeschickt.«

Die Info war ja wirklich unglaublich beruhigend. Nicht.

Kyano und ich verließen das Flughafengebäude. Als ich nach draußen trat, war ich angesichts der angenehmen Temperaturen überrascht. Vermutlich hatte es höchstens um die zwanzig Grad, wobei es sich in der Sonne etwas wärmer anfühlte. Wir hatten Juni, und während in Deutschland der Sommer Einzug hielt, begann hier in Südafrika gerade der Winter. Ich war froh, dass ich zu dieser Jahreszeit hergeflogen war. Zumal Dilara betont hatte, dass der südafrikanische Winter sich bestens dazu eignete, den Kruger-Nationalpark zu erkunden, da die Vegetation nicht so hoch wuchs und man bessere Chancen hatte, viele Wildtiere zu sichten.

Da mir in der Sonne schnell zu warm wurde, band ich mir meine Strickjacke um die Hüfte.

Kyano lotste mich zu einem offenen Jeep und steuerte selbstbewusst die rechte Seite des Wagens an. Völlig irritiert fragte ich mich, ob er allen Ernstes erwartete, dass ich den Wagen fuhr.

Doch als ich das Auto näher betrachtete, sah ich, dass sich das Lenkrad auf der rechten Seite befand. Ach ja, in Südafrika herrschte Linksverkehr!

Noch ein Grund, warum ich mich hier besser nicht ans Steuer setzte.

Also nahm ich links auf der Beifahrerseite Platz. An diesen Wechsel würde ich mich erst einmal gewöhnen müssen.

»Wie lange dauert denn so etwas? Also das Hinterherschicken des Koffers?«, fragte ich.

»Wenn du Glück hast, ist der Koffer spätestens in ein bis zwei Wochen im Camp.«

»In ein bis zwei Wochen?«, entfuhr es mir ungläubig. »Wie soll ich denn so lange ohne meine Sachen auskommen? In dem kleinen Shop im Flughafen konnte ich auch nichts Brauchbares finden.«

»Keine Sorge, alle im Camp sind super hilfsbereit. Da wirst du dir für den Anfang bestimmt von den anderen etwas borgen können. Und einmal in der Woche fährt Taio in die Stadt, da kann er dir sicher das Nötigste besorgen.«

»Taio? Wer ist denn das?«, hakte ich nach, da ich den Namen zum ersten Mal hörte. Bisher hatte ich lediglich Kontakt mit einer Frau namens Loraine gehabt, die die Leiterin des Camps war.

»Taio ist der Mann von Loraine, die beiden führen das Camp zusammen und kümmern sich auch um das leibliche Wohl der Volunteers.«

Kyano beugte sich zu mir herüber, griff ins Handschuhfach und holte eine Sonnenbrille daraus hervor, die er sich auf die Nase schob.

Ermattet ließ ich mich in den Sitz zurücksinken und presste meinen Rucksack an mich. So gern ich auch optimistisch sein wollte, in diesem Augenblick fiel es mir schwer, mich auf meine Zeit in Südafrika zu freuen, wenn der Start in diesem Land schon so holprig war.

»Alles in Ordnung bei dir?«, fragte Kyano besorgt nach, während er den Motor startete.

»Ich bin bloß etwas müde und ausgelaugt von der Reise«, sagte ich, woraufhin er verständnisvoll nickte.

Wieder blieb mein Blick an seinen Haaren hängen. »Du hast übrigens eine tolle Frisur. Das wollte ich dir vorhin schon sagen.«

Kyanos Antwort war ein noch größeres Strahlen. »Das kann ich nur zurückgeben. Du hast sehr schöne Locken.«

Jetzt war ich es, die angesichts von Kyanos Kompliment trotz aller Müdigkeit strahlte. Der Ranger war mir echt sympathisch. Kyano setzte den Jeep zurück und fuhr aus der Parklücke heraus.

»Tut mir übrigens leid wegen der Verspätung. Heute ist irgendwie der Wurm drin.«

Kyano lachte. Es war ein lautes Lachen, so offen und voller Wärme, dass mir das Herz dabei aufging und mein Kummer etwas verblasste.

»Ja, hier in Afrika ticken die Uhren ein bisschen anders. Daran muss man sich erst einmal gewöhnen.«

»Das habe ich schon gemerkt …«, murmelte ich.

»Erzähl mal!«, sagte Kyano. »Wie bist du auf die Sibaya Lodge gekommen?«

»Eigentlich hätte meine Chefin Dilara herfliegen sollen. Doch dann hat sie sich leider den Fuß gebrochen. Als sich mir die Chance geboten hat, an ihrer Stelle an dem Projekt teilzunehmen, habe ich nicht gezögert. Ich habe schon immer die Ferne geliebt, und Tiere liegen mir sehr am Herzen. Daher finde ich es super, dass ich mich im Kruger-Nationalpark für die heimische Tierwelt engagieren kann.«

Und außerdem musste ich dringend mal weg von zu Hause, fügte ich in Gedanken einen weiteren Grund hinzu.

Kyano hörte mir aufmerksam zu. »Loraine, die Campmanagerin, hat schon erwähnt, dass du für eine ehrenamtliche Organisation arbeitest und das Projekt ein bisschen genauer unter die Lupe nimmst. Dann bist du gar nicht nur aus reinem Privatvergnügen hier, sondern auch aus beruflichen Gründen?«

»So könnte man das wohl sagen, ja. Ich arbeite ehrenamtlich für eine Organisation in Köln, die *World Wildlife Savers*. Wir vermitteln deutsche Freiwillige an Projekte in verschiedenen Ländern und konzentrieren uns dabei hauptsächlich auf den Tier- und Naturschutz.«

Kyano warf mir einen kurzen Blick von der Seite zu. »Also bist du so etwas wie eine Projekttesterin? Wie diese strengen Restaurantkritiker, nur auf ein Projekt bezogen?«

Ich lachte bei Kyanos Wortwahl. »So in der Art. Ich würde mich als nicht ganz so streng bezeichnen. Aber stell dich besser gut mit mir, wenn du möchtest, dass wir die Sibaya Lodge bewerben und weiterempfehlen«, sagte ich scherzhaft. »Na ja, wie auch immer. Diese Gelegenheit kam genau richtig.«

Kyano runzelte interessiert die Stirn. »Genau richtig? Wie meinst du das?«

»Sie kam genau in dem Augenblick, als ich mich entscheiden musste, welchen Weg ich zukünftig im Leben einschlagen möchte«, sagte ich leise und schwieg dann.

Kyano schien zu merken, dass ich meine Beweggründe für diesen Auslandsaufenthalt nicht weiter vertiefen wollte, weswegen er elegant das Thema wechselte.

»Die anderen Volunteers freuen sich schon auf dich. Ein Teilnehmer ist gestern angereist, die anderen heute Morgen«, ließ er mich wissen. »Das Team ist nett und wild zusammengewürfelt aus allen möglichen Ländern. Ich bin mir sicher, dass ihr euch gut verstehen werdet.«

»Wie viele Volunteers sind es derzeit?«

»Zurzeit wohnen drei Freiwillige im Camp. Mit dir sind es vier. Du wirst eine tolle Zeit haben, glaub mir. Wer einmal in Afrika war, der kehrt stets zurück und findet Freunde fürs Leben. So heißt es zumindest, und ich glaube fest daran.«

Ich lächelte, und zum ersten Mal ließ der unangenehme Druck, der die letzten Tage auf meiner Brust gelastet hatte, etwas nach. Ich war gespannt, was mich erwartete und wie die anderen Volunteers wohl sein würden. Ein bisschen mulmig war mir schon zumute. Manchmal tat ich mich schwer damit, auf andere Menschen zuzugehen, und es brauchte seine Zeit, bis ich auftaute. Ich nahm mir felsenfest vor, mir diesmal nicht wieder im Weg zu stehen. Es gab so viele Hindernisse im Leben, da musste man es sich selbst nicht unnötig schwer machen.

Unser Weg zum Camp führte uns über eine Schotterpiste, rechts und links davon wuchsen Bäume am Wegesrand. Mein Blick schweifte über die südafrikanische Landschaft. Bergiges Terrain und flache Steppen wechselten sich ab. Abseits der Schotterpiste ging der Boden zum Teil in roten Sand über, und ich erkannte unterschiedliche Spuren darin. Zu welchen Tieren sie wohl gehörten?

»Dieses Naturreservat ist ein von der UNESCO ausgezeichnetes Schutzgebiet«, erklärte Kyano mir, nahm eine Hand vom Steuer und machte eine ausladende Bewegung. »Hier sind über fünfzig Tierarten beheimatet.«

Mein Herz schlug schneller bei dem Gedanken daran, dass ich bald vielleicht wirklich einem Elefanten in freier Wildbahn begegnen würde. Ich sah mich um, konnte zwischen den Bäumen jedoch nichts erkennen.

Plötzlich rumpelte der Wagen über etwas am Boden, kam von der Fahrbahn ab und geriet ins Schlingern. Das Auto schwankte beängstigend, und ich hielt mich erschrocken an der Armatur fest.

»Verdammt, was ist denn jetzt los?«, fluchte Kyano.

Nach der ersten Schrecksekunde brachte er den Wagen am Rand der Schotterpiste zum Stehen und stieg aus. Ich tat es ihm gleich und schlug die Autotür hinter mir zu.

»Was ist passiert?«, fragte ich.

Kyano betrachtete den hinteren Reifen auf der Fahrerseite

und zog steil die Augenbrauen in die Höhe. »Oh no, ich hab es schon befürchtet. Wir haben einen Platten.«

»Einen Platten? Und was machen wir jetzt?«

»Ach, kein Problem. Dafür habe ich ja immer einen Reservereifen parat.«

Er lief zur Ladefläche und öffnete diese.

»Ähm, ja … Das ist mir jetzt unangenehm.« Er drehte sich zu mir und kratzte sich verlegen am Hinterkopf.

»Wieso, was ist denn?«, fragte ich verwirrt.

»Der Ersatzreifen ist auch platt.«

Wie bitte? Das konnte doch nicht wahr sein … Würde ich jemals in der Sibaya Lodge ankommen? Verzögerte Ankunft, ein verlorener Koffer, eine Panne und jetzt auch noch ein platter Ersatzreifen … Ich sehnte mich immer mehr nach einer Dusche und einem Bett, aber beides rückte in scheinbar unerreichbare Ferne.

Mein anfänglicher Enthusiasmus, was diese Reise betraf, geriet beachtlich ins Wanken.

Kyano musste mein betretenes Gesicht gesehen haben.

»Don't worry«, sagte er beruhigend und lächelte mich wieder mit diesem breiten Lächeln an, das trotz allem einfach ansteckend wirkte. »Ich rufe Liam an.«

Er zog ein Handy aus seiner Hosentasche, wählte eine Nummer und hielt es ans Ohr.

Während Kyano telefonierte, blickte ich die Schotterpiste hinab. Bisher hatte ich noch kein einziges anderes Auto gesehen. Wir schienen hier wirklich fernab der Zivilisation zu sein.

Aus dem Buschland um uns herum drangen Geräusche an mein Ohr, die ich nicht zuordnen konnte. Ich glaubte, ein Rascheln direkt neben uns im Gesträuch zu hören. Saß da etwa ein wildes Tier und beobachtete uns? Ich bekam ungeachtet der Wärme eine Gänsehaut. Möglicherweise hatte ich meinen eigenen Mut doch überschätzt? Plötzlich bekam ich wahnsinnig großen Respekt vor meiner Entscheidung, drei Monate auf einer kleinen Lodge mitten in Südafrika zu verbringen und sämtliche Zelte in Deutschland abzubrechen.

Als Kyano aufgelegt hatte, deutete er die menschenleere Straße hinunter. »Liam macht sich direkt auf den Weg. Er ist auch Guide im Camp und wird uns gleich aus der Patsche helfen. Komm, wir setzen uns so lange wieder ins Auto.«

Tatsächlich dauerte es keine fünfzehn Minuten, bis sich uns ein Ford-Ranger-Pick-up näherte. Staub wirbelte auf, als der Wagen unweit von unserem zum Stehen kam.

Der Fahrer stieg aus, Kyano ebenfalls. Ich blieb derweil im Wagen sitzen und beobachtete die beiden. Sie begrüßten einander. Obwohl der Jeep offen war, konnte ich aus dieser Entfernung nicht verstehen, was sie zueinander sagten. Ob sie absichtlich leise sprachen? Ich musterte diesen Liam unauffällig. Er schien nicht viel älter als ich zu sein. Seine Kleidung war wie auch die von Kyano sehr staubig. Er trug ein graues Tanktop, eine beigefarbene Caprihose und schwere Boots. Mein Blick wanderte weiter über seine markanten Gesichtszüge und das blonde, leicht wellige Haar, das mich an die Frisur eines Surferboys erinnerte. Als er aufblickte und mich geradewegs ansah, fielen mir sofort seine graublauen Augen auf, die freundlich, aber auch geheimnisvoll wirkten.

Liam senkte seinen Blick wieder und schien auf Kyano einzureden. Er gestikulierte dabei wild mit den Händen. Ein ernster Ausdruck lag auf seinem hübschen Gesicht, und auch Kyano wurde merklich angespannter. Ich sah es daran, wie sein Kiefer mahlte.

Ich wollte mich eigentlich nicht in die Unterhaltung einmischen, aber auf der anderen Seite kam ich mir auch etwas unbeholfen vor, wie ich hier im Auto saß.

Also gab ich mir einen Ruck, griff nach meinem wenigen Gepäck, stieg aus dem Wagen und ging auf die beiden zu. »Ich möchte wirklich nicht unhöflich erscheinen, aber … Ist alles in Ordnung?«, fragte ich auf Englisch.

Sogleich hatte ich die Aufmerksamkeit der beiden.

Kyano seufzte. »Entschuldige bitte, Nike. Liam hat mir gerade berichtet, dass im Busch ein totes Nashorn gesichtet wurde.« Entsetzt zog ich die Augenbrauen in die Höhe. »Was? Das ist ja schrecklich!« Ich blickte zwischen Liam und Kyano hin und her. »Gibt es einen Grund dafür? War es krank? Was können wir tun?«

Die zwei wechselten einen kurzen, stillschweigenden Blick miteinander. In mir keimte der Gedanke, dass sie mir etwas verschwiegen.

Kyano wagte nicht, mir in die Augen zu sehen, und auch Liam schabte mit seinen verdreckten Schuhen über den Boden, sodass noch mehr Staub aufwirbelte.

Dann setzte Kyano ein Lächeln auf, das in etwa so echt aussah, als hätte er es sich ins Gesicht gemeißelt. Liam hatte bisher immer noch kein einziges Wort mit mir gewechselt, sondern schien gedanklich noch dem Gespräch mit seinem Kollegen nachzuhängen. Sein Blick war irgendwie abwesend und schweifte ins Leere. Er wirkte bedrückt, aber auf der anderen Seite auch wütend. Mir war nicht entgangen, wie er seine rechte Hand immer wieder zu einer Faust ballte.

Kyano fand schließlich seine Stimme wieder. »Hey, das soll nicht deine Sorge sein. Dafür sind wir Ranger ja da, wir kümmern uns um die Wildtiere. Komm du erst einmal richtig in Südafrika an und leb dich im Camp ein.«

Dann wandte er sich wieder an Liam.

»Würdest du mir einen Gefallen tun und Nike ins Camp bringen? Ich würde gern noch mal zu der Stelle fahren, an der das tote Nashorn gefunden wurde, und schauen, ob ich noch bei irgendetwas helfen kann.«

»Klar, kein Ding, Mann. Wir kommen hier schon zurecht. Du kannst meinen Wagen nehmen.« Liam klopfte Kyano freundschaftlich auf die Schulter.

Ich sah zwischen den beiden hin und her.

Kyano hatte diese ebenmäßige, dunkle Haut und ein kräftiges Kinn. Und ein derart strahlendes Lächeln, dass er auch als Model hätte arbeiten können. Er hatte etwas Raues, aber gleichzeitig unfassbar Warmes und Freundliches an sich. In seiner Nähe hatte ich mich von Anfang an wohlgefühlt.

Liam hingegen hatte fast noch etwas Jungenhaftes, Ungestümes, Wildes an sich. Seine Augen leuchteten so unglaublich hell, dass es schwerfiel, ihn nicht permanent anzusehen. Er war kleiner als sein Kollege, dafür jedoch sehniger und nicht so schlaksig wie Kyano. Die beiden erschienen mir wie Yin und Yang.

Kyano lud den Ersatzreifen, den Liam uns mitgebracht hatte, aus dem Wagen und winkte uns noch einmal dazu, bevor er schließlich davonfuhr.

Plötzlich waren Liam und ich allein.

9. Kapitel

LIAM

Kaum dass Kyano fort war, kehrte schlagartig Stille zwischen Nike und mir ein. Von einer Sekunde auf die andere war sie fast schon auffallend ruhig, wobei ich nicht sagen konnte, ob es an meiner Wenigkeit lag oder an der traurigen Botschaft, die ich Kyano eben hatte überbringen müssen. Oder an der Tatsache, dass ich eben nicht Kyano war.

Sicher hatte Nike sich ihre Ankunft in Südafrika etwas anders vorgestellt. Was ich ihr nicht verübeln konnte. Aber so war dieses Land nun mal – unvorhersehbar. Was ja auch irgendwie seinen Charme ausmachte. Es war ebenso schön wie schonungslos.

Ich hoffte, dass Nike die Nachricht von dem toten Nashorn nicht so verschreckt hatte, dass sie am liebsten postwendend zurück nach Deutschland fliegen würde. Auch wenn sie irgendwann zwangsläufig mit der Wilderei im Park konfrontiert werden würde, wollte ich sie nicht gleich an ihrem ersten Tag mit diesem Problem belasten.

Leider wollte mir partout kein guter Themenwechsel geschweige denn Gesprächseinstieg einfallen. In dieser Hinsicht beneidete ich Kyano wirklich. Er war schon immer der bessere Redner von uns beiden gewesen. Während ich noch mein Hirn nach einem lockeren Spruch durchforstete, um die Stimmung wieder etwas zu heben, kramte Nike in ihrem Rucksack und holte eine Wasserflasche hervor, aus der sie in großen Schlucken trank. Dabei wandte sie ihr Gesicht etwas ab und ließ ihren Blick über die Landschaft schweifen. Ich wurde das Gefühl nicht los, dass sie einer Unterhaltung mit mir aus dem Weg gehen wollte. Oder wusste sie vielleicht selber nicht, wie sie am besten ein Gespräch beginnen konnte?

Daher nutzte ich den Augenblick, um Nike möglichst unauffällig zu mustern, während ich vorgab, den Wagen schon einmal wegen des Reifenwechsels zu inspizieren. Mein Blick wanderte über ihre ungestümen Locken und das kleine Muttermal an ihrem rechten Arm. Nike war mir gleich aufgefallen, als sie aus dem Wagen gestiegen war.

Sie war hübsch. Jedoch war da etwas, das ihr zartes Gesicht betrübt wirken ließ.

Ich fragte mich, was Nike hierhergeführt hatte. Die meisten Menschen stellten sich Südafrika malerischer und romantischer vor, als es eigentlich war. Ob Nike auch dazu zählte? Es war selten, dass wir im Camp Volunteers für mehr als vier Wochen hatten, und wenn ich mich richtig erinnerte, dann hatte Loraine erwähnt, dass Nike ganze drei Monate bleiben würde. Das war eine verdammt lange Zeit.

Ein einzelner Wassertropfen verirrte sich und lief Nikes Hals hinunter. Ich ließ den Tropfen nicht aus den Augen und verfolgte, wie er schließlich im Saum ihres Shirts endete.

Nike strich sich eine einzelne Locke aus der Stirn und blickte sich verunsichert um. Als hätte sie Sorge, dass dort draußen im Busch irgendetwas lauern könnte. Ein Schmunzeln umspielte meine Lippen.

Ich beschloss, der Stille zwischen uns beiden ein Ende zu bereiten. So langsam wurde es auch echt peinlich, hier rumzustehen und nichts zu sagen. Daher machte ich einen Schritt auf Nike zu.

»Wo bleibt eigentlich mein Benehmen?«, sagte ich mit einem entschuldigenden Lächeln. »Ich habe mich dir noch gar nicht richtig vorgestellt. Also, ganz offiziell: Ich bin Liam. Freut mich, dich kennenzulernen.«

»Ich bin Nike, hi«, sagte sie, woraufhin ihre braunen Augen aufleuchteten und ihre Mundwinkel zuckten. Was sie gleich viel nahbarer wirken ließ. Sie hatte ein wirklich schönes Lächeln.

Ich machte eine ausladende Handbewegung in Richtung des Buschlands. »Herzlich willkommen in Südafrika!«

Nike stutzte bei meinen letzten Worten. »Du sprichst Deutsch?«, fragte sie verblüfft. »Warum hast du das nicht gleich gesagt?«

Ich lachte leise. »Sorry, ich hab mich irgendwie total daran gewöhnt, Englisch zu sprechen. Außerdem ist dein deutscher Akzent wirklich niedlich.«

Nikes Wangen färbten sich rötlich, und fast bereute ich es schon, dass ich so ein loses Mundwerk gehabt hatte. Um sie nicht noch mehr in Verlegenheit zu bringen, sprach ich schnell weiter.

»Mein Vater ist Deutscher, und ich habe lange in Heidelberg gelebt«, erklärte ich, wobei sich kurz ein schmerzhaftes Ziehen in meiner Brust breitmachte. Ich dachte an Deutschland, an Dad und Mum. An unser gemeinsames Leben in Kapstadt, bevor Mum gestorben war. Als Dad und ich nach ihrem Tod zurück nach Deutschland gegangen waren, hatte es sich stets so angefühlt, als würde mir etwas fehlen. Damals war ich erst acht Jahre alt gewesen.

Deutschland war nie ein richtiges Zuhause für mich gewesen, trotz Dad, trotz meiner Freunde dort. Ich war zerrissen zwischen zwei völlig unterschiedlichen Welten. Während ein Teil von mir in Deutschland war, hatte sich der andere nach Südafrika zurückgesehnt, und das, obwohl Mum da schon lange nicht mehr bei uns war. Vielleicht war aber auch genau das der Grund, wieso mich dieses Land so sehr angezogen hatte. Wieso ich nach dem Abitur zurückgekommen war und Dad allein in Heidelberg gelassen hatte. Und jetzt, da ich hier war ... da vermisste ich Deutschland. Verrückt.

Ich merkte, wie mich ein Anflug von Trauer überkam bei dem Gedanken an Mum. Sie fehlte mir. Jeden beschissenen Tag. Alles wäre so viel leichter, wäre sie jetzt noch hier. Dann würden wir vielleicht immer noch alle in Kapstadt leben. Als Familie. Und ich hätte möglicherweise nicht solch einen schwerwiegenden Fehler begangen ...

»Heidelberg, da wohnt meine Tante!«, antwortete Nike fast schon stürmisch und riss mich damit aus meinen trüben, grauen Gedanken.

Ich lächelte erneut, da Nikes Begeisterung über diese Gemeinsamkeit ziemlich süß war. Trotzdem hingen meine Erinnerungen an die Vergangenheit weiterhin wie eine dunkle Wolke über mir und ließen sich nicht ganz vertreiben.

10. Kapitel

Ich wusste nicht genau, warum, aber in Liams Gegenwart war ich angespannter als an Kyanos Seite, ganz zappelig, als stünde ich auf einem Termitenhaufen. Seine Nähe machte mich nervös.

Noch immer musste ich die Info verdauen, dass Liam ebenfalls deutsche Wurzeln besaß. Damit hatte ich nun wirklich nicht gerechnet. Aber es freute mich, dass es hier vor Ort jemanden gab, mit dem ich mich in meiner Muttersprache unterhalten konnte. Wobei »unterhalten« zumindest in diesem Augenblick eher relativ war, denn es kam mir vor, als hätte ich meine eigene Zunge verschluckt. Ob das an Liams Ausstrahlung lag? Der Naturburschenlook stand ihm. Aber da war noch etwas anderes an ihm, etwas Geheimnisvolles. Vielleicht fand ich ihn auch deshalb so interessant, weil er auf den ersten Blick das genaue Gegenteil von Tim war.

In meinem Bauch schien sich ein Schwarm flatternder Kolibris auszubreiten, als Liam mir ein Lächeln schenkte und einen Schritt auf mich zu machte.

»Hilfst du mir mit dem Reifenwechsel?«, fragte er.

Ich nickte. »Sicher. Wenn du mir sagst, was ich machen muss.«

Nur wenig später war der Wagen wieder einsatzbereit. Ich hatte mir die wesentlichen Handgriffe sogar gemerkt. Wagenheber ansetzen, hochhieven, den platten Reifen von der Achse ziehen, Ersatzreifen drauf – und das ganze Prozedere dann quasi noch mal im Rückwärtsmodus.

Währenddessen war kein einziges Auto an uns vorbeigekommen. Wahnsinn! Selbst auf einer Landstraße außerhalb von Köln wäre das wohl undenkbar. Trotzdem vermisste ich den Autolärm nicht. Ganz im Gegenteil.

»Abfahrbereit?«, fragte Liam schelmisch und zwinkerte mir zu.

»Abfahrbereit«, stimmte ich zu und wollte fast schon wieder auf der falschen Seite Platz nehmen.

»Daran muss ich mich wirklich noch gewöhnen«, nuschelte ich, was Liam grinsen ließ. Kaum hatten wir Platz genommen, hielt er inne.

»Wo ist denn dein Gepäck? Also ich will jetzt bestimmt nicht alle Frauen über einen Kamm scheren, aber dein kleiner Rucksack erscheint mir doch sehr minimalistisch.«

Ich stieß ein tiefes Seufzen aus. »Mein Koffer steht vermutlich noch in Johannesburg.«

»Oh, shit.« Liam stieß ein ungläubiges Lachen aus. »Na, im Camp wird man dir schon aushelfen. Ich kann dir auch ein paar T-Shirts leihen, wenn du magst. Bei Unterwäsche wird es da schon etwas schwieriger, es sein denn, du nimmst auch mit Boxershorts vorlieb.«

Ich weiß, es hatte nur ein Scherz sein sollen, doch allein bei der Vorstellung, eine Boxershorts von Liam zu tragen, wurde mir unfassbar heiß.

Auch Liam sah aus, als wollte er sich am liebsten die Zunge abbeißen. »Wow, das war mal plump! Wir schieben es einfach auf die Sonne, in Ordnung?«

Das brachte uns beide schließlich zum Lachen, und es fühlte sich so an, als wäre das Eis zwischen uns gebrochen. Die flatternden Kolibris in mir gaben vorerst Ruhe.

»Vollkommen in Ordnung«, stimmte ich zu und grinste.

Liam startete den Motor, und es konnte weitergehen.

Er warf mir einen kurzen Seitenblick zu und lächelte. »Was hat dich eigentlich hierhergeführt?«

»Ach, es war mal ein Tapetenwechsel notwendig.«

Ich spürte, dass Liam mich interessiert musterte.

»Klingt, als würdest du vor etwas flüchten.«

Liam sagte dies so nüchtern, dass mir im ersten Moment nichts dazu einfiel. Ich merkte, wie ich in den Verteidigungsmodus überging.

»Wer sagt denn, dass ich vor irgendetwas flüchte?«, entfuhr es mir energischer als gewollt.

Liam schwieg zunächst und ließ sich Zeit mit seiner Antwort, was mich nur noch kribbeliger machte.

»Die meisten Menschen flüchten vor irgendetwas, wenn sie nach Südafrika kommen. Oder sie sind auf der Suche«, sagte er schließlich. Nicht mehr und nicht weniger.

Sein Satz hallte noch lange in mir nach, auch dann noch, als wir auf einen Feldweg abbogen. Verborgen zwischen Ästen und Büschen entdeckte ich ein verwittertes Schild, auf dem »Sibaya Lodge« stand. Die Farben waren verblichen und die Buchstaben nicht sehr gut lesbar.

Der Weg wurde etwas schmaler und holpriger, wir rumpelten mit dem Wagen von Erdloch zu Erdloch.

Dann tauchte ein Haus mit Veranda, rotem Dach und gelben Steinen vor uns auf.

Als wir geparkt hatten, vernahm ich Stimmen und Gelächter.

Eine Frau um die vierzig stand am Fuße der Treppe vom Haupthaus und schien uns zu erwarten. Ihr limettengrünes Kleid bildete einen tollen Kontrast zu ihrer braunen Haut. Bereits von Weitem konnte ich sehen, dass sie lächelte, ein freundlicher Zug umspielte ihre Mundwinkel.

Als Liam und ich ausgestiegen waren, hielt die Frau sogleich auf uns zu.

»Herzlich willkommen, du musst Nike sein. Ich bin Loraine, die Besitzerin dieses Camps.«

Ich ergriff ihre ausgestreckte Hand. »Ich freue mich sehr, hier zu sein.«

Loraines Blick blieb an meinem Rucksack hängen. »Ist das dein einziges Gepäck?«, fragte sie.

Und so kam ich in die Verlegenheit, nun zum dritten Mal an diesem Tag von meinem Kofferunglück zu berichten. Auch Loraine stand das Mitleid ins Gesicht geschrieben.

»Ach herrje, was für ein Pech! Aber wir helfen dir aus, gar keine Frage. Und ich glaube, deine Mitbewohnerin und du habt ungefähr die gleiche Kleidergröße.«

Ich nickte dankbar.

Gerade hätte ich auch alles dafür gegeben, um in frische Klamotten zu schlüpfen.

Loraine sah mich an. »Was meinst du, sollen wir dich erst einmal ein bisschen herumführen? Die anderen Volunteers haben das Camp schon gesehen. Aber du wirst sie später auf jeden Fall kennenlernen.«

»Das war dann wohl mein Stichwort zu gehen«, klinkte Liam sich ein und grinste verschmitzt.

»Was steht noch auf dem Plan?«, hakte Loraine bei ihm nach.

Er kratzte sich am Kopf. »Ich denke, ich fahre noch mal raus.«

Loraine nickte, und für einen Moment glaubte ich, Besorgnis in ihrem Blick zu erkennen.

Ich drehte mich zu Liam um. »Danke für die kurzfristige Rettung«, sagte ich und lächelte ihn an.

»Immer wieder gerne«, antwortete Liam, wobei seine Augen schelmisch aufblitzten. »Wenn etwas sein sollte, ich bin ebenfalls direkt im Camp in einer der Hütten untergebracht. Also … Hat mich gefreut, Nike.«

Ich spürte, wie sich bei seinen Worten ein warmes Gefühl in meinem Bauch ausbreitete.

»Hat mich auch gefreut«, wollte ich eigentlich sagen. Stattdessen blieben diese Worte nur stillschweigend in meinem Kopf.

Als ich nach ein paar Sekunden noch immer nichts erwidert hatte, tippte Liam sich wie zum Abschied an die Stirn. »Man sieht sich.«

Er wandte sich zum Gehen und stieg wieder in seinen Wagen.

Ich hoffte, dass unser Wiedersehen nicht lange auf sich warten lassen würde …

»Dann starten wir doch mal mit dem Volunteer House, der Hauptunterkunft.« Loraine ging vorweg, ich folgte ihr und versuchte, mir die wichtigsten Informationen direkt einzuprägen. Auf der einen Seite wollte ich so viele Details wie möglich in mich aufsaugen, doch auf der anderen Seite war ich auch einfach nur unfassbar müde.

Wir erklommen die Treppe zum Haupthaus und gelangten in eine offene Diele, die direkt ins angrenzende Esszimmer führte. Sogleich fiel mein Blick auf den riesigen Holztisch in der Mitte. Unweigerlich stellte ich mir vor, wie hier die Freiwilligen aus sämtlichen Nationen zusammenkamen, sich unterhielten und gemeinsam aßen und lachten. Es war eine schöne Vorstellung, und ich konnte es kaum erwarten, all das hier zu erleben.

Auch der Balkon, der nach hinten rausging und auf dem ebenfalls ein großer Esstisch stand, war nicht zu verachten. Pinkfarbene Blüten rankten sich an dem Holz der Balkonstäbe entlang, und man genoss von hier oben einen unfassbar schönen Blick über das Camp und das Naturschutzgebiet. Unter uns schimmerte ein Pool, und nicht allzu weit entfernt erspähte ich ein Wasserloch, an dem Antilopen tranken. Ich konnte mein Glück kaum fassen, und mir blieb vor Begeisterung der Mund offen stehen.

Loraine trat neben mich. »Das sind Impalas«, erklärte sie mir. »Sie werden auch Schwarzfersenantilopen genannt, da sie an der Rückseite der Hinterbeine einen schwarzen Fleck über den Hufen haben. Du wirst sie hier im Nationalpark sehr häufig entdecken. Ich setze mich gern in den Morgen- und Abend-stunden auf den Balkon und verfolge das Treiben am Wasser-loch. Manchmal kann man auch eine Elefantenherde beobach-ten.«

»Eine Elefantenherde? So nah bei der Lodge?«, fragte ich un-gläubig. Eine nahezu kindliche Freude erfasste mich. Loraine nickte und schien über meinen Gesichtsausdruck zu schmun-zeln.

»Am Anfang sind die Volunteers, die hier ankommen, im-mer ganz aufgeregt und wollen am liebsten alle Tiere auf ein-mal sehen. Aber du brauchst dir keine Sorgen zu machen, das passiert mit der Zeit ganz von allein.«

Wir verließen den Balkon und gingen zurück ins Esszimmer.

»Meistens bereiten die Volunteers das Essen vor. Aber manchmal, wenn sie mich ganz lieb drum bitten, lasse ich es mir auch nicht nehmen, sie mit einem traditionellen südafrika-nischen Essen zu verwöhnen.« Loraine zwinkerte mir zu. »Es gibt drei Mahlzeiten am Tag: Frühstück, Mittag- und Abend-essen. Auf dem Tisch steht aber immer eine große Schüssel mit Obst, an der sich jeder bedienen kann.«

Sie deutete auf die Schale, in der unter anderem Äpfel, Bana-nen und Weintrauben lagen.

»In der Küche befinden sich Getränke. Wasser, Tee und Kaf-fee kannst du dir jederzeit nehmen.«

Wir machten auch dort einen kurzen Halt. Die Küche war recht klein, aber gut ausgestattet.

Loraine zeigte mir noch den Gemeinschaftsraum, in dem sich sogar ein Billardtisch und ein Fernseher befanden. In den Holzregalen standen diverse Gesellschaftsspiele und Bücher.

»Die nächste Stadt ist fünfzig Kilometer entfernt. Da lohnt es sich schon, einige Beschäftigungsmöglichkeiten zu haben.« Loraine lachte. »Wobei man die meiste Zeit sowieso im Freien verbringt. Die Natur hier hat einfach so unglaublich viel zu bie-ten, und es gibt immer etwas im Nationalpark zu tun.«

»Kyano hat mir erzählt, dass du die Lodge zusammen mit deinem Mann betreibst«, warf ich ein, woraufhin Loraine nickte.

»Richtig. Ich habe dieses Camp zusammen mit meinem Mann gegründet und schließlich eine Unterkunft für Volunteers daraus gemacht. Taio ist noch in der Stadt, du wirst ihn ebenfalls bald kennenlernen.«

Bei der Erwähnung seines Namens schlich sich ein Strahlen in ihre Augen, das mich leise seufzen ließ. Es musste schön sein, einen Partner an seiner Seite zu haben, mit dem man die gleichen Leidenschaften und Ziele teilte. Insgeheim beneidete ich Loraine darum.

Ich wusste nicht, wann ich das letzte Mal in Gegenwart von Tim ein solches Strahlen in den Augen gehabt hatte. Vielleicht hatten wir uns gegenseitig immer als viel zu selbstverständlich erachtet.

Ich dachte an meine Eltern. Auch bei ihnen sah ich dieses Strahlen nicht. Ob es jemals anders gewesen war? Es fiel mir schwer, mir vorzustellen, dass Mama nicht immer nur die toughe Businessfrau gewesen war und auch mal eine sanftere Seite an sich gehabt hatte.

»Sowohl im Haupthaus als auch in den Zimmern gibt es WLAN, wobei es in den Unterkünften der Volunteers manchmal recht schwach ist«, ließ Loraine mich wissen und riss mich damit aus meinen Gedanken.

Ich wollte gerade zu einer Antwort ansetzen, als ich hinter mir plötzlich ein kehliges Geräusch vernahm, das mir einen kalten Schauer über den Rücken jagte. Langsam drehte ich mich um und konnte nicht glauben, was sich vor meinen Augen abspielte.

11. Kapitel

Vor mir im Türrahmen stand ein Gepard. Ein. Lebendiger. Gepard.

Mein Mund fühlte sich schlagartig staubtrocken an. Wie war dieses Tier hier reingekommen? Instinktiv wich ich einige Schritte zurück, bis ich gegen den Billardtisch stieß.

»Oh, du musst keine Angst haben. Ich hätte vielleicht noch erwähnen sollen, dass wir einen Dauergast im Camp haben. Darf ich vorstellen, das ist Sibaya, quasi unsere Hauskatze.«

Sibaya, hallte es in mir nach.

Noch immer stand ich wie angewurzelt da und starrte den Gepard an, genauso, wie er es mit mir tat.

Leuchtend gelbe Augen musterten mich aufmerksam, und ich begann nun ebenfalls, den Gepard etwas genauer in Augenschein zu nehmen. Sibaya hatte einen kleinen Kopf, viel kleiner, als ich es bei einem Gepard vermutet hätte. Die Wildkatze öffnete das Maul, und ich registrierte die spitzen Zähne.

Ich konnte nicht verhindern, dass mir erneut ein Schauer über den Körper lief. Ob Sibaya meine innere Anspannung spürte?

Die Raubkatze spitzte aufmerksam die Ohren, als wollte sie die neue Situation erst einmal genauestens analysieren. Ich betrachtete die schwarzen Streifen, die neben der Nase von den Augen zum Maul verliefen.

Loraine schien meinem Blick gefolgt zu sein. »Die Streifen

werden als Tränenstreifen bezeichnet. Durch sie wird ein Gepard tagsüber bei der Jagd nicht vom hellen Sonnenlicht geblendet.«

»Sie ist wunderschön«, hauchte ich ehrfürchtig.

Mein Blick glitt weiter über das kräftige goldgelbe Fell mit den schwarzen Flecken, über den schlanken, geschmeidigen Körper, die langen Beine und das weiße Bauchfell.

Dieses Tier war der Inbegriff von Eleganz.

Als die Wildkatze jetzt jedoch gemächlich auf mich zuschlich, begann mein Herz noch schneller zu schlagen. Vor lauter Aufregung schloss ich die Augen. Als ich eine Berührung an meiner rechten Hand spürte, zuckte ich zusammen.

»Du musst keine Angst haben«, vernahm ich Loraines beruhigende Stimme. »Sibaya wurde von Taio und mir von Hand aufgezogen. Wir haben sie vor fünf Jahren als verlassenes Jungtier im Nationalpark gefunden und daraufhin mit der Flasche aufgepäppelt. Sie ist handzahm. Wenn du magst, kannst du sie sogar streicheln.«

Zaghaft öffnete ich meine Lider.

Mittlerweile stand Sibaya direkt vor mir und beschnupperte mich.

Noch immer war ich innerlich so angespannt wie ein Flitzebogen. Das legte sich erst, als Sibaya mit ihrer Zunge plötzlich über meinen Handrücken leckte.

Ganz vorsichtig hob ich meine Hand und strich Sibaya über das Fell, welches sich erstaunlich rau unter meiner Handfläche anfühlte. Die Raubkatze schmiegte ihr kleines Köpfchen noch enger in meine Hand und begann zufrieden zu schnurren.

Es war ein unbeschreibliches Gefühl! Ich durfte tatsächlich einen handzahmen Gepard streicheln, anstatt in einem vollen Hörsaal in Köln zu sitzen.

»Wollen wir erst mal weiter?«, erkundigte Loraine sich sanft, und ich hörte das Schmunzeln aus ihrer Stimme nur allzu deutlich heraus.

Etwas wehmütig löste ich mich von dem Gepardenweibchen und nahm mir fest vor, Sophie von diesem ganz besonderen Erlebnis zu berichten.

Anschließend zeigte Loraine mir noch den Außenbereich.

Wir kamen an dem Pool hinterm Haupthaus vorbei, den ich schon vom Balkon aus gesehen hatte. Mein Herz machte bei dessen Anblick einen Sprung. Wie schön musste es sein, den Abend hier ausklingen zu lassen, während man in die afrikanische Landschaft blickte und den Geräuschen der Wildnis lauschte!

Um den Pool herum standen ein paar Liegen. Auf einer davon lag ein junger Mann. Mir fielen sogleich die Kreuzohrringe in seinem rechten und linken Ohr auf. Auch sein restliches Outfit überraschte mich, denn er trug keine Rangeruniform, sondern war so schillernd bunt gekleidet wie ein Eisvogel. Als er Loraine und mich erspähte, hob er die Hand zum Gruß, und ich lächelte zurück. Ob er einer der Volunteers war?

Wir liefen einen kleinen Pfad entlang und erreichten schließlich eine Reihe von Rundhütten, die reetgedeckt waren und zunächst recht unscheinbar aussahen.

»Die Volunteers sind zu mehreren in den Hütten untergebracht. Da wir im Moment allerdings nicht so viele Freiwillige vor Ort haben, wirst du vorerst nur eine Mitbewohnerin haben.«

Wir passierten einen Brunnen und einen Pavillon mit einer kuscheligen Sitzgelegenheit. Sogleich stachen mir die vielen bunten Kissen ins Auge. Je mehr ich von der Lodge sah, desto mehr freute ich mich auf meinen Aufenthalt hier.

Wir kamen an weiteren Hütten vorbei. Bei einer von ihnen machte Loraine kurz halt. »Hier wohnt übrigens Liam. Du kannst dich auch immer an ihn wenden, wenn du Fragen hast.«

»Und was ist mit Kyano?«, hakte ich nach. »Ist er nicht im Camp untergebracht?«

Loraine schüttelte den Kopf. »Nein, er wohnt in einem kleinen Dorf etwas außerhalb des Nationalparks.«

Wir setzten uns wieder in Bewegung, bis Loraine schließlich auf eine Rundhütte zuhielt, die ein wenig abgeschieden lag.

Sie klopfte entschlossen an die Holztür, doch es kam keine Antwort. »Hm, vielleicht ist sie schon auf Erkundungstour.«

Als nach einem weiteren Klopfen immer noch keine Reaktion aus dem Inneren der Hütte kam, öffnete sie die Tür. Zu meiner Überraschung war sie unverschlossen. In Köln wäre das unvorstellbar gewesen. Erst vor wenigen Wochen hatte es ein paar Straßen weiter von unserem Haus einen Einbruch gegeben.

Andererseits … Welcher Einbrecher würde sich hierher in den Busch verirren? Das Einzige, was passieren konnte, war vermutlich, dass ich unverhofft Auge in Auge mit einem Wildtier stand. Was ich, so gesehen, schon auf meiner Liste abhaken konnte, wenn ich an meine Begegnung mit Sibaya dachte.

Ich folgte Loraine ins Innere und ließ meinen Blick schweifen. Es war alles sehr einfach und rustikal eingerichtet, aber dennoch gemütlich. Der Raum war mit Holzmöbeln bestückt, und unter der Decke hing ein Ventilator, der schon bessere Zeiten gesehen hatte.

Der Bungalow bot Platz für drei Betten, allerdings war nur eines von ihnen bereits belegt.

»Deine Mitbewohnerin wird bestimmt auch bald wieder hier auftauchen. Aber sicher möchtest du dich erst mal ein bisschen frisch machen, oder? Angrenzend ist ein eigenes kleines Bad mit Dusche und Toilette. Aus der Dusche kommt manchmal nur schwerfällig Wasser, aber wie sage ich immer so schön: Man gibt sich mit dem zufrieden, was man hat.«

Loraine lachte so herzlich, dass ihr ganzer Körper bebte.

Nachdem sie mir noch das WLAN-Passwort mitgeteilt und sich schließlich zurückgezogen hatte, um mir etwas Ruhe zu gönnen, ließ ich völlig ermattet meinen Rucksack von den Schultern gleiten und mich auf eines der noch freien Betten fallen.

Einerseits war es schön, endlich etwas Ruhe zu haben und meine Gedanken und Eindrücke sortieren zu können, andererseits fühlte ich mich durch das plötzliche Alleinsein auch ein bisschen verloren.

Ich zog mein Handy aus der Tasche meiner Jeans und gab das WLAN-Passwort ein. Tatsächlich funktionierte das Netz in der Rundhütte eher schleppend, doch nach wenigen Minuten wurde mir angezeigt, dass Sophie und Pa geschrieben hatten. Von dem Kofferdilemma hatte ich ihnen schon berichtet. Zuerst öffnete ich meinen Chat mit Sophie.

So ein Mist mit deinem Koffer! Aber steck den Kopf nicht in den Sand, vielleicht hält das Leben dafür etwas ganz Besonderes für dich bereit. ;) Da bin ich mir sogar ziemlich sicher! Schick mir ab und zu mal ein paar Bilder.
Dilara ist auch schon ganz gespannt.

Ich musste lächeln. Soph, meine kleine Optimistin.

Ich öffnete die Nachricht von Pa in unserer Familiengruppe.

O nein, wie ärgerlich! Drücke die Daumen, dass dein Koffer schnell ankommt und du eine wundervolle Zeit hast.

Tränen stiegen mir in die Augen, als ich die Zeilen las. Eigentlich hätte ich mich über die Worte meines Vaters freuen sollen, doch die Enttäuschung darüber, dass meine Mutter nichts in die Familiengruppe geschrieben hatte, saß tief.

Wieder war da dieser fiese kleine Stich in meiner Brust.

Aber was genau erwartete ich eigentlich? Ich hatte nun einmal die Sturheit meiner Mutter, und daher wusste ich ganz genau, dass ich lange warten konnte, bis sie meine Entscheidung akzeptieren würde.

Ich antwortete Sophie und Pa, dass ich gut in der Sibaya Lodge angekommen war. Sophie erzählte ich auch von meiner Begegnung mit der Gepardin. In den Familienchat schrieb ich darüber lieber nichts. Anschließend blieb ich wieder an dem Chat mit Tim hängen. Immer noch keine Nachricht von ihm. Energisch schloss ich WhatsApp und legte mein Handy zur Seite. Ich hatte keine Lust, Trübsal zu blasen.

Daher entschied ich, eine Dusche zu nehmen. Das würde mir zum einen sicher dabei helfen, mir nicht unnötig den Kopf zu zerbrechen, und zum anderen bewirken, dass ich mich endlich wieder etwas frischer fühlte.

Glücklicherweise befanden sich im Bad Shampoo und Seife sowie saubere Handtücher. Seufzend stellte ich mich unter die Dusche. Allerdings hatte Loraine nicht übertrieben, was die Wassersituation betraf.

Denn als ich vollkommen eingeseift dastand und meine Augen von dem Schaum bereits brannten, kamen lediglich ein paar einzelne Tropfen aus dem Hahn. Mist! So gut es ging, spülte ich mir mit dem Rinnsal die Seife vom Körper.

Ich würde mich schnell daran gewöhnen müssen, dass in Südafrika alles ein bisschen anders lief und Wasser hier vor allem während der trockenen Winter ein besonders rares Gut war. Aber ich war ja auch nicht nach Südafrika geflogen, um einen Luxusurlaub zu machen, sondern um mit anzupacken!

Als ich nur mit einem Slip bekleidet (eine der Wechselunterhosen aus dem Handgepäck!) und einem Handtuch um den Körper gewickelt aus dem Bad kam, erschrak ich fast zu Tode, als eine junge Frau seitlich zu mir im Schneidersitz auf einem der Betten saß. Sogleich fiel mir ihr Rainbow-Undercut auf. Sie trug einfach einen Regenbogen in ihrem Haar! Wie cool war das denn?

Als sie mich im Türrahmen entdeckte, sprang sie von ihrem Bett auf.

»Hey, du musst Nike sein! Ich bin Fleur. Also wie die Blume.

Ich freu mich total, dich kennenzulernen! Das wird so cool, eine Mitbewohnerin zu haben. Fast wie in einer WG, oder?« Bevor ich etwas erwidern konnte, hatte sie mich schon überschwänglich in den Arm genommen. Ich war immer noch viel zu perplex, um auch nur einen Ton von mir zu geben. Was möglicherweise auch daran liegen konnte, dass Fleur mich gar nicht zu Wort kommen ließ, sondern wie ein Wasserfall redete. Während ich lediglich durch ein Handtuch bedeckt im Türrahmen stand.

»Loraine hat mir erzählt, dass du aus Deutschland kommst. Ich bin aus Belgien. Genauer gesagt aus Brüssel«, plapperte sie munter auf Englisch weiter, und ich fragte mich, ob sie nicht langsam mal Luft holen musste.

»Und wie schrecklich, ich hab schon von deinem Kofferverlust gehört. Aber: Nicht verzagen, Fleur fragen!«

»Ähm, hi, ja, mein Koffer …«, stammelte ich, da mir in diesem schrägen Moment nichts Besseres einfiel. Mittlerweile hatte ich es auch geschafft, meinen Blick von Fleurs interessanter Frisur loszureißen, allerdings fiel mir nun ihr T-Shirt ins Auge, auf dem zwei Enten abgebildet waren. Die eine blickte etwas verschmitzt drein, während die andere den Anschein machte, als hätte sie in eine saure Zitrone gebissen. Darunter stand »Duck Sweet Sour«.

»Falls es dir noch nicht aufgefallen ist: Ich habe ein Faible für Sprüche und ausgefallene Kleidung«, sagte Fleur grinsend. »Oh, und für bunte Bandanas und Kopftücher. Damit kann man einfach so coole Statements setzen. Ich bin mir sicher, ich hab auch was Passendes zum Anziehen für dich. Hm, ich glaube, bei deinem hellen Teint steht dir eher ein dunklerer Farbton.«

Ich dachte daran zurück, wie oft ich an Karneval als Schneewittchen gegangen war. Das Kostüm war nicht von ungefähr gekommen.

»Wie wäre es denn mit dem hier?«, riss Fleur mich aus meinen Gedanken.

Sie zog ein schwarzes Shirt aus ihrer Tasche, auf dem in gold-glitzernden Buchstaben »Sweet like honey« stand, daneben war eine breit grinsende Honigbiene abgebildet. Wo hatte Fleur nur diese schrägen Sprüche-Shirts her? Gab es extra Shops dafür? Vermutlich würde ich darin wie eine Neunjährige aussehen. Andererseits wollte ich auch nicht undankbar erscheinen. Wer weiß, wann der Koffer mit meiner Kleidung ankam. Viel-leicht hätte ich doch auf Liams Angebot zurückkommen und mir ein Shirt von ihm ausborgen sollen.

»Danke, Fleur. Das ist wirklich … nett.« Krampfhaft durch-forstete ich mein Gehirn nach einem Einfall. »Sag mal, du hast nicht zufällig ein Shirt, das, nun ja … etwas unauffälliger ist?«

»Unauffälliger? Aber heute ist doch Lagerfeuerabend! Da wollen wir auffallen! Außerdem passt das Shirt perfekt, du bist zuckersüß! Wie eine Honigbiene.«

Ich hielt inne. »Was denn für ein Lagerfeuerabend?« Davon hatte Loraine gar nichts erwähnt. Oder war ich irgendwann einfach mit meinen Gedanken abgeschweift und hatte nicht alles mitbekommen, was sie gesagt hatte?

»Kyano hat mir vorhin verraten, dass hier immer ein Lager-feuer veranstaltet wird, wenn neue Volunteers ins Camp kom-men. Damit sich die Gruppe besser kennenlernen kann«, er-klärte Fleur mir bereitwillig. »Selbstverständlich kann ich noch mal schauen, ob ich ein anderes Shirt …«

»Ach, weißt du, was, das passt schon.«

Da Fleur so hilfsbereit war und darüber hinaus wirklich glücklich wirkte, wollte ich ihr die gute Laune nicht nehmen. Also schnappte ich mir kurzerhand das Bienen-Shirt. Hier kannte mich ohnehin keiner. Und ich würde einfach meine Strickjacke aus dem Flugzeug darüber ziehen, dann würde hof-fentlich niemand den peinlichen Aufdruck bemerken.

Fleur strahlte mich an. »Das wird ein cooler Abend, ich sag es dir!«

»Gut, dann ziehe ich mich mal um …«, stammelte ich und hielt vielsagend das Shirt in die Höhe.

»Ach, tu dir keinen Zwang an, ich bin da ganz locker.«

Ähm, ja …

Unschlüssig stand ich im Raum herum. Da die Situation allmählich unangenehm wurde, wickelte ich mich aus meinem Handtuch und zog blitzschnell meinen BH und das Shirt an. Glücklicherweise war meine Hose noch einigermaßen vorzeigbar, sodass ich mir diese überstreifte.

»Und du?«, fragte ich, während ich den Reißverschluss meiner Jeans nach oben zog. »Was ziehst du heute Abend an?«

»Na, das hier. Das ist mein Outfit für heute Abend!« Fleur deutete auf ihr Ente-süßsauer-Shirt. »Da wissen die anderen gleich, mit wem sie es zu tun haben.«

Fleur wäre in dem Fall wohl ganz klar die süße Ente.

Sie sprang auf und hakte mich unter. »Bist du bereit für deinen ersten Lagerfeuerabend in Südafrika?«

Ich war zwar immer noch hundemüde von der heutigen Reise, doch Fleurs Energie war ansteckend. Ich blickte an mir herunter. Sicherlich gab ich in meinem Aufzug ein unfreiwillig komisches Bild ab. Und die Kombination von Fleur und mir war auch ein Anblick für die Götter. Eine Ente und eine Honigbiene, interessant.

Aber wenn ich hier in Südafrika überhaupt die Chance haben wollte, aus mir herauszukommen, war wohl heute die beste Gelegenheit dazu, mein altes Ich gleich zu Beginn meines Aufenthalts abzuschütteln.

Was auch immer das bedeuten mochte.

12. Kapitel

Als Fleur und ich nach draußen traten, hatte sich die Dämmerung über die Buschlandschaft gelegt. Es war kühl geworden, sodass ich froh um die Strickjacke war.

Als wir an der Feuerstelle unweit des Pools ankamen, fielen mir sogleich die bunten Sitzkissen und Baumstämme auf, die darum herum drapiert waren. Es sah unglaublich gemütlich aus. Loraine und der Junge vom Pool waren auch schon da. Seine dunklen Augen funkelten, und seine goldfarbenen Kreuzohrringe leuchteten im Licht des glimmenden Feuers auf. Ein junger Mann mit braunem Haar und Lippenpiercing stand am Grill und schwang die Grillzange. Vermutlich machte auch er hier Freiwilligendienst.

Die drei schenkten Fleur und mir ein Lächeln, wobei mir die zwei Typen einen neugierigen Blick zuwarfen. Klar, auf einmal war ich »die Neue«.

»Hi, ich bin Nike aus Deutschland«, stellte ich mich schüchtern vor.

Ich wurde freundlich zurückgegrüßt und war erleichtert, dass ich die erste Feuerprobe überstanden hatte. Wenn ich etwas nicht leiden konnte, dann war es, im Zentrum der Aufmerksamkeit zu stehen. Wobei ich schon froh war, dass wir nur eine kleine Gruppe waren.

»Du bist also die Nachzüglerin mit dem verlorenen Koffer«, riss der Typ mit den Ohrringen das Wort an sich und grinste mich belustigt an. Er hatte einen sehr starken Akzent in seiner englischen Aussprache. Wenn mich nicht alles täuschte, dann war Spanisch seine Muttersprache. Meine Annahme bestätigte sich, als er sich mir vorstellte. »Hey, ich bin Carlo und komme aus Madrid. Freut mich, dich kennenzulernen, Nike.«

»Freut mich auch, Carlo. Ich komme aus Köln«, fügte ich hinzu.

Carlo hob seine perfekt gezupften Augenbrauen. »Köln also, cool. Ich war vor zwei Jahren mit einem Kumpel dort. Hat mir gut gefallen. Die Menschen sind so offen und herzlich.«

Fleur klinkte sich in unsere Unterhaltung ein. »Carlo, habe ich dir eigentlich schon gesagt, dass ich deinen Kleidungsstil liebe?«

Carlo lachte geschmeichelt. »Dein Regenbogen-Undercut ist auch super fancy, I love it!«

Schließlich stieß auch der Kerl mit dem Lippenpiercing zu uns. »Hey, ich bin Matti. Hattest du eine gute Anreise?«

Ich stellte mich ihm ebenfalls vor, und wir wechselten ein paar Worte miteinander. Anschließend verzog sich Matti mit einem entschuldigenden Lächeln wieder an den Grill, um nichts anbrennen zu lassen. Nachdem Carlo, Fleur und ich uns bei Loraine vergewissert hatten, ob wir noch irgendwie helfen konnten, sie dies aber verneinte, ließen wir uns auf einem der Baumstämme nieder. Ich links von Carlo, Fleur rechts von ihm.

Im Camp breitete sich ein verlockender Duft nach Würstchen und Gemüsespießen aus.

Carlo deutete auf Matti. »Wir teilen uns übrigens eine Hütte.«

»Und, versteht ihr euch gut?«, wollte ich wissen.

Carlo zuckte mit den Schultern. »Kann ich noch nicht sagen, ich bin ja auch erst heute Morgen angereist. Matti ist kein großer Redner, sondern eher ein Mann der Taten, wie mir scheint. Zu schade, wo ich doch so ein Plappermaul bin. Ich glaube, wir müssen uns erst noch ein bisschen beschnuppern.«

Carlos unverblümte Selbsteinschätzung ließ mich kichern.

»Hey, alle zusammen!« Hinter uns erklang eine gut gelaunte Stimme und bescherte mir aus irgendeinem Grund einen angenehmen Schauer auf meinem Körper. Liam.

Als ich mich umdrehte, gesellten Kyano und er sich zu uns. Mein Blick blieb an Liams Outfit hängen. Er hatte sich umgezogen und trug ein schwarzes T-Shirt, das seine muskulösen Schultern betonte. Ich überlegte, wie alt er wohl sein mochte. Ich vermutete, dass er nur unwesentlich älter als ich war, vielleicht dreiundzwanzig.

Flüchtig streifte Liams Blick den meinen, und schon wieder begann es in meinem Bauch zu kribbeln. Liam und ich sahen einander ein bisschen länger als nötig an, und ich meinte zu sehen, wie er mir zuzwinkerte. Anschließend ließ er seinen Blick über unser kleines Grüppchen schweifen.

»Ist hier noch ein Platz für mich frei?«, fragte er Loraine, die es sich ebenfalls auf einem der Baumstämme bequem gemacht hatte und ins Feuer blickte.

Loraine grinste breit. »Für dich doch immer, Liam.«

Kyano gesellte sich derweil zu Matti an den Grill. Kurz darauf verteilten die beiden Teller mit Grillfleisch oder wahlweise Gemüsespießen an alle. Damit war der Grillabend eröffnet, wir stürzten uns auf das köstlich duftende Essen, und es kehrte eine zufriedene Stille ein.

Über uns erkannte ich bereits die feine Sichel des Mondes.

»Was haltet ihr davon, wenn wir eine offizielle Vorstellungsrunde machen?«, schlug Kyano nach dem Essen vor und deutete auf unsere Gruppe. »Jeder nennt seinen Namen und sagt kurz, was sie oder ihn eigentlich nach Südafrika verschlagen hat. Ich mache gerne gleich mal den Anfang. Also, mein Name ist Kyano, ich bin einunddreißig Jahre alt und komme gebürtig aus Mosambik. Vor acht Jahren habe ich die Ausbildung zum Ranger gemacht. In der Ausbildung habe ich unter anderem gelernt, wie man Spuren richtig liest, Erste Hilfe leistet oder im Notfall mit dem Gewehr umgeht. Allerdings beschäftigt man sich während der Ausbildung nicht nur mit Tier- und Pflanzenkunde, sondern erlangt auch administratives Wissen. Bevor ich für die Sibaya Lodge arbeitete, war ich in der Nationalparkverwaltung beschäftigt. Mittlerweile arbeite ich mit verschiedenen Lodges und Camps zusammen und führe Touristen durch den Nationalpark. Und jetzt gebe ich das Wort an meinen jüngeren Kollegen ab.«

»Vielen Dank für diese schmeichelhafte Überleitung«, flachste Liam und blickte in die Runde.

»Ich bin Liam und vierundzwanzig Jahre alt. Gebürtig komme ich aus Kapstadt, habe aber lange Zeit in Heidelberg in Deutschland gelebt, bevor ich nach meinem Abitur wieder nach Südafrika zurückgekehrt bin. Ebenso wie ihr habe ich in diesem Camp als Volunteer angefangen und vor einer Weile meine Ausbildung zum sogenannten Field Guide absolviert, was bedeutet, dass ich jetzt als Safari-Guide arbeiten darf.«

Er hob seine Bierflasche zu einem Toast. »Auf eine wundervolle gemeinsame Zeit!«

»Oh, it's my turn, I guess«, sagte Loraine fröhlich. Als sie ihren Blick über uns schweifen ließ, wirkte sie so stolz wie eine Löwenmama, die für ihr Rudel sorgte.

»Auch wenn mich alle von euch bereits kennen: Ich bin Loraine, die Camp-Mama. Ich habe die Sibaya Lodge gemeinsam mit meinem Mann Taio gegründet, da uns der Schutz der afrikanischen Tierwelt am Herzen liegt. Ich wurde in Pretoria geboren und habe in jungen Jahren Tiermedizin studiert. Anfangs habe ich als Tierärztin im Nationalpark gearbeitet, doch es war schon immer mein Traum, eines Tages eine eigene kleine Lodge zu führen. Und so kam eins zum anderen. Was nicht bedeutet, dass ich nicht hin und wieder auch in meinem alten Beruf tätig bin. Manchmal verirren sich verletzte Tiere aus dem Nationalpark zu unserer Lodge, und ich päppele sie dann wieder auf, bis sie im wahrsten Sinne des Wortes wieder auf eigenen Beinen stehen können.« Loraine lächelte. »Ihr könnt immer zu mir kommen, mit allen Fragen, Sorgen und Nöten. Ich bin eine gute Zuhörerin.«

»Und eine ausgezeichnete Köchin, nicht zu vergessen«, ergänzte Kyano, was Loraine erröten ließ. »Du kleiner Charmeur, du! Machst mich auf meine alten Tage noch ganz verlegen.«

Ein Lachen ging durch unsere Lagerfeuerrunde. Loraine war einfach nur sympathisch. Ich war mir sicher, dass ich sie sehr schnell in mein Herz schließen würde.

»Ach bitte, Loraine, wo bist du denn alt?«, klinkte sich Liam ein.

»Das lässt sich leicht sagen, wenn man selbst noch ganz grün hinter den Ohren ist«, schoss Loraine liebevoll zurück. Liam nahm es mit Humor und zuckte mit den Schultern.

Neben Loraine saß ein Mann mit Glatze und gemütlichem Bäuchlein. Er war erst vor wenigen Minuten zu unserem Grüppchen dazugestoßen und hatte unauffällig neben Loraine Platz genommen. Seine dunklen Augen strahlten unwahrscheinlich viel Wärme aus.

»Hallo, alle zusammen, ich heiße Taio. Ich bin hier eher der Mann fürs Grobe. Also, falls irgendwas in den Hütten mal nicht einwandfrei laufen sollte, sei es die Dusche oder der Strom, dann könnt ihr euch gern bei mir melden. Und wenn ihr etwas aus der Stadt benötigt: Scheut euch nicht, mich anzusprechen.«

Taio schien kein Mann vieler Worte zu sein, was ihn mir irgendwie nur noch sympathischer machte.

Als Nächstes war Matti an der Reihe. Lässig hob er die Hand. »Hi, ich bin Matti, sportliche fünfundzwanzig Jahre alt und komme aus den Niederlanden. Ich arbeite freiberuflich als Reisejournalist und Tierfilmer, wobei ich Projekte zum Natur- und Umweltschutz teilweise unentgeltlich mache. Ich widme mich in meiner Arbeit vor allem bedrohten Tierarten. Und ich träume davon, eines Tages ein Manis vor die Linse zu bekommen.«

Fleur blickte irritiert drein. »Ein *was*?« Mir ging es ähnlich, und auch Carlo schien nicht zu wissen, wovon Matti da redete. Wohingegen Kyano, Liam, Loraine und Taio wissend nickten.

»Manis«, erklärte Matti, »das ist die wissenschaftliche Bezeichnung für Schuppentier, auch Pangolin genannt. Wobei mit Pangolin eher die asiatischen Vertreter gemeint sind.«

Aha. Ja klar, hatte ich auch schon von gehört.

Matti kam jetzt voll in Fahrt und begann die acht verschiedenen Arten von Pangolinen aufzuzählen, und mein Verstand knipste sich aus.

Fleur beugte sich zu Carlo und mir. »So ungesprächig wirkt der gar nicht«, raunte sie. »Der kleine Nerd kann ja richtig abgehen. Vielleicht solltest du noch ein paar wissenschaftliche Begriffe lernen, damit ihr auch Gespräche auf Augenhöhe führen könnt, Carlo.«

Ich biss mir auf die Zunge, um nicht loszuprusten. Genau in dem Moment schien Matti fertig mit seiner Ausführung zu sein. Das Letzte, das ich mitbekommen hatte, war, dass das Schuppentier auch als Tannenzapfentier bezeichnet wurde. Matti hatte auf jeden Fall ein umfangreiches zoologisches Wissen.

»Dann mache ich mal weiter«, sagte Fleur enthusiastisch und konnte es offensichtlich kaum erwarten, an der Reihe zu sein. Vielleicht hatte sie auch einfach Sorge, Matti könnten noch weitere Funfacts zum Schuppentier einfallen.

»Also ich bin Fleur, einundzwanzig Jahre alt und komme aus Belgien. Ich habe mich für dieses Projekt entschieden, da ich die Tierwelt in Südafrika liebe. Vor allem Giraffen! Nach meinem Aufenthalt hier werde ich ein Biologiestudium beginnen. Davon träume ich schon, seit ich vier Jahre alt bin.«

Ich war baff. Jeder hier schien einen genauen Plan vom Leben zu haben. Nur ich trieb wie ein Pinguin auf einer Eisscholle auf dem offenen Meer und wusste nicht, wohin mit mir. Eine Schwere breitete sich in mir aus, und ich merkte, wie ich immer mehr in mich zusammensank. Am liebsten hätte ich mich unsichtbar gemacht. Was sollte ich nur sagen, wenn ich in der Vorstellungsrunde an der Reihe war?

Loraine nickte anerkennend. »Sehr schön, Fleur.«

Inzwischen waren nur noch Carlo und ich übrig.

»Hellooo, alle zusammen«, sagte Carlo in dramatischer Art und Weise, und fast dachte ich, er würde sich gleich verbeugen. Er zupfte an seinem Outfit. War das eigentlich ein Morgenmantel, was er da als Oberteil trug? So richtig identifizieren konnte ich es nicht.

»Ich bin Carlo, zweiundzwanzig Jahre alt, und ich bin im schönen Madrid geboren. Wobei mir Barcelona, ehrlich gesagt, lieber gewesen wäre, aber … *so what*. Mein Traum ist es, als Designer richtig durchzustarten und die Modebranche aufzurütteln. Stichwort: Nachhaltige Kleidung – sprich Fair Fashion – statt Pelz! Ich bin bereits bei einigen Fashion Shows gelaufen und kann nur sagen: In der Modeindustrie muss sich noch einiges ändern! Ach, und eventuell habe ich mir Südafrika als Ziel ausgesucht, um mir ein bisschen Inspiration für meine erste eigene Kollektion zu holen. Ich interessiere mich für verschiedene Pflanzenarten, aus deren Fasern man Stoffe gewinnen kann. Vielleicht sticht mir im Nationalpark etwas Spannendes ins Auge. Außerdem brauchte ich unbedingt eine Auszeit. Die Modewelt ist unglaublich schnelllebig und oberflächlich, weswegen ich hier etwas Energie auftanken und wieder einen Sinn erkennen möchte in dem, was ich tue.«

»Wow, das ist ja total cool!«, stieß Fleur aufgeregt hervor.

»Danke, Fleur. Ich bin auch schon sehr gespannt, auf welche neuen Ideen mich Südafrika bringen wird. Jetzt übergebe ich aber erst mal das Wort an Nike.«

Plötzlich stand ich im Mittelpunkt der Aufmerksamkeit. Sämtliche Augenpaare waren auf mich gerichtet, und ich geriet ins Schwitzen.

Auf einmal fühlte ich mich wie die größte Versagerin und

wusste nicht, wo ich anfangen sollte. O Gott, hoffentlich lief ich nicht auch noch rot an!

Liam schenkte mir einen aufbauenden Blick. Ob er meine Verunsicherung spürte? Wie stellte ich mich am besten vor, ohne allzu viel von mir preisgeben zu müssen?

Ich räusperte mich. »Hi, also … Ich bin Nike, einundzwanzig Jahre alt und komme aus Köln. Ich arbeite gemeinsam mit meiner besten Freundin Sophie ehrenamtlich in einer Tierschutzorganisation, die sich die World Wildlife Savers nennt. Eigentlich wäre meine Chefin hergeflogen, doch sie hat sich den Fuß gebrochen, sodass ich kurzfristig eingesprungen bin. Ich bin hier, weil mir der Tierschutz sehr am Herzen liegt und die WWS eventuell bald ein gemeinsames Projekt mit der Sibaya Lodge starten will.«

Ein interessiertes Raunen ging durch die Gruppe.

Loraine hob streng ihren Zeigefinger: »Also, ihr habt gehört: Macht ja einen guten Eindruck. Es wäre uns eine große Ehre, mit den World Wildlife Savers zusammenzuarbeiten.«

Ich lächelte entschuldigend. »Das letzte Wort behält meine Chefin Dilara, aber ich bin sicher, dass ich nach drei Monaten nur Gutes zu berichten habe. Ich bin ziemlich aufgeregt und freue mich auf den Aufenthalt hier.«

»Ich finde das total spannend«, sagte Matti. »Auf was für Kriterien achtet ihr als Organisation?«

Ich schluckte. Mit so viel Interesse an meiner ehrenamtlichen Arbeit bei den World Wildlife Savers hatte ich nicht gerechnet.

»Nun ja«, begann ich zaghaft. »Wir achten darauf, ob es sich um gemeinnützige beziehungsweise wohltätige Arbeit handelt. Weitere Kriterien sind die Ansprechpartner vor Ort, die Unterbringung, die Aufgabenbereiche und die Nachhaltigkeit des Projekts. Zudem prüfen wir, inwiefern der Tierschutzaspekt wirklich im Vordergrund steht. Wir organisieren vorwiegend Freiwilligenarbeit für Projekte, die dem Tier- und Umweltschutz gewidmet sind.«

»Ich denke, die Sibaya Lodge schneidet sowohl hinsichtlich des Tierschutzes als auch des ökologischen Aspektes sehr gut ab«, antwortete Liam mit einem selbstbewussten Lächeln und mit Blick in Richtung Loraine und Taio. »Loraine, erzähl doch ein bisschen etwas über das Nachhaltigkeitskonzept der Lodge. Das dürfte für alle hier sehr interessant sein.«

Ich horchte auf.

»Wie ihr alle vielleicht gesehen habt«, setzte Loraine fast schon etwas nervös an, »sind die Rundhütten sehr minimalistisch gehalten. Wir haben bei dem Bau eine umweltfreundliche Safari-Lodge vor Augen gehabt, die überwiegend aus einheimischem Holz besteht. Für die Duschen und Toiletten nutzen wir Regenwasser, soweit es geht. Und wir versuchen, im Camp vollständig auf Plastik zu verzichten. Es gibt noch weitere Überlegungen, die zurzeit wegen fehlendem Budget aber noch nicht umsetzbar sind.«

»Was denn für Überlegungen?«, fragte ich neugierig.

»Es gibt mittlerweile ein paar Lodges, die mit E-Geländewagen experimentieren«, sagte Taio. »Wobei das allerdings auch nicht ganz unproblematisch ist, da die Strecken, die bei einer Safari zurückgelegt werden, meist zu weit für die Batterieladungen sind.«

»So oder so planen wir aber, mehr in Richtung Solarenergie zu gehen«, fügte Loraine noch hinzu.

Ich war begeistert. »Das klingt toll!«

Matti, Carlo und Fleur diskutierten mit Loraine noch weitere Nachhaltigkeitsideen für die Lodge und löcherten mich mit Fragen zu den WWS, bevor Matti die nächste Runde Grillfleisch und Spieße verteilte.

Nachdem ich mich satt gegessen hatte, beschloss ich, mir ein wenig die Beine zu vertreten. Ich entfernte mich ein Stück von der Gruppe und sah in die nächtliche Landschaft hinaus. Ich fragte mich, welche Tiere dort draußen in den Büschen saßen und mich gerade beobachteten. Merkwürdigerweise machte mir der Gedanke keine Angst, da ich mich hier in der Lodge sicher fühlte. Ich lauschte den fremden Geräuschen, dem Zirpen der Insekten und hörte den Ruf eines Nachtvogels. Auch meinte ich, ein Fauchen zu hören. Welche Raubkatze schlich hier wohl durch den Busch?

Ich hatte sämtliches Zeitgefühl verloren, als sich Liam auf einmal zu mir gesellte. In der Hand hielt er zwei Bierflaschen, eine davon reichte er mir. Ich merkte, wie sich mein Herzschlag beschleunigte. Seit unserer ersten Begegnung hatte Liam diese Wirkung auf mich. Und er interessierte mich.

Vor allem seinen Werdegang fand ich spannend. Wie kam man von Heidelberg nach Südafrika, noch dazu als Safari-Guide?

Ich wollte so gern noch viel mehr über ihn erfahren, doch ich traute mich nicht, nachzuhaken. Das erschien mir zu diesem Zeitpunkt irgendwie zu persönlich, schließlich kannte ich ihn ja kaum. Liam hielt mir seine Bierflasche entgegen, und wir stießen miteinander an. »Prost«, sagte er, bevor er einen Schluck nahm und ich ebenfalls von meinem Bier trank.

Sogleich breitete sich ein kühler, herber Geschmack in meinem Mund aus. Normalerweise zog ich ein Glas Wein einer Flasche Bier deutlich vor, zu einem Lagerfeuer passte ein Bier jedoch eindeutig besser.

»Und, was macht dein verschwundener Koffer?«, fragte er. »Kam schon irgendein Lebenszeichen?«

Ich schüttelte den Kopf. »Nein, leider nicht. Aber ich kann mir auch nicht vorstellen, dass mein Koffer schon heute mit der nächsten Maschine nachgekommen wäre. Wahrscheinlich muss erst mal gecheckt werden, wo er sich am Flughafen in Johannesburg befindet. Wenn er dort denn überhaupt ist.«

Ich zuckte ratlos mit den Schultern und rieb mir über die Augen, da mich die Müdigkeit allmählich übermannte. Die lange Anreise hatte mich geschlaucht.

Liam sah mich an und lächelte. »Manchmal ist ein Koffer

voller Erinnerungen und Erfahrungen mehr wert als ein Koffer voller Kleidung.«

Ich seufzte. »Kann ja sein, dass ich da in ein paar Wochen drüber lache, aber jetzt finde ich es nicht so lustig.«

»Verständlich.« Liam nickte. »Wobei ich trotzdem der Meinung bin, dass an dem Spruch etwas Wahres dran ist.«

Ich legte den Kopf schief. »Auf jeden Fall. Hast du eigentlich schon mal überlegt, Poet zu werden?«, zog ich ihn auf.

Er lachte leise. »Keine schlechte Idee. Ich arbeite noch dran.«

»Lass mich wissen, wenn du eine Muse brauchst«, ging ich darauf ein und merkte, wie ich immer mehr Gefallen an unserer Plänkelei fand.

Nachdem unser Lachen wieder abgeebbt war, runzelte Liam die Stirn. »Konnte deine Mitbewohnerin dir denn noch etwas leihen? Wie gesagt, ich hätte mich sonst auch angeboten.«

Kurz zögerte ich, ob ich es wirklich tun sollte, doch dann zog ich den Reißverschluss meiner Strickjacke nach unten und offenbarte Liam meine Errungenschaft von Fleur.

»Sweet like honey«, las Liam, wobei seine Mundwinkel verräterisch zuckten. »Ah, so ist das also. Und, ist da was dran?«

Ich zog den Reißverschluss mit einem energischen Ratschen wieder nach oben. »Hm, gute Frage. Ich würde meine Hand dafür nicht ins Feuer legen.«

Es machte Spaß, hier mit Liam zu stehen und ein bisschen Unsinn zu reden. Wobei es nicht nur das war … Ich fühlte mich zu ihm hingezogen. Was mich verwirrte. Ich wollte das doch eigentlich gar nicht. Immerhin hatte ich mich gerade erst von Tim getrennt und war eigentlich überhaupt nicht auf der Suche nach etwas Neuem. Und dennoch konnte ich nicht leugnen, dass Liam mich faszinierte, in seiner gesamten Art.

Ich hätte trotz meiner Müdigkeit noch stundenlang mit ihm reden können, als mein Handy plötzlich vibrierte und ich leider den Fehler beging, einen Blick aufs Display zu werfen.

Mein Herzschlag setzte für einen Moment aus.

Tim hatte mir geschrieben.

Meine Finger begannen zu zittern, als ich auf unseren Chat tippte.

Es war nur eine kurze Nachricht, aber die hatte es in sich.

Bitte schreib mir nicht mehr.

Ich brauche Zeit.

Mein Hals schnürte sich zu.

Liam schien zu bemerken, dass ich auf einmal sehr still geworden war. »Schlechte Nachrichten?«

Ich steckte mein Handy weg und fühlte, wie eine Welle aus Schuldgefühlen und Zweifeln über mich hinwegrollte.

»Ein Ruf aus der Vergangenheit, nicht der Rede wert«, antwortete ich knapp und starrte auf meine halb volle Bierflasche.

Liam musterte mich, bevor er wieder sprach. »Was auch immer der Grund für deine Reise ist … Du solltest die Vergangenheit nicht verdrängen. Sie ist ein Teil von uns und macht uns zu dem, was wir heute oder eines Tages sind.«

»Ist das noch so ein kluger Kalenderspruch von dir?« Die Worte hatten eigentlich witzig klingen sollen, aber als ich sie aussprach, hörte ich deutlich die Traurigkeit, die darin mitschwang. O Gott, ich wollte jetzt nicht vor Liam anfangen zu weinen. Energisch blinzelte ich die Tränen weg, die sich in meine Augen geschlichen hatten.

Liam zögerte mit seiner Antwort, doch dann sagte er: »Nein, eine Lebenserfahrung.«

Er lächelte mich zaghaft an. Es lag so viel Wärme in seinem Blick, dass ich gar nicht anders konnte, als zu glauben, dass sich für mich alles zum Richtigen wenden würde, egal, wie steinig der Weg sein mochte.

Es gab noch so viel, über das ich nachdenken und mir selbst klar werden musste, aber vielleicht war hier ja genau der richtige Ort dafür.

13. Kapitel

Am nächsten Morgen war ich voller Vorfreude darauf, was mich an meinem ersten richtigen Tag in Südafrika erwarten würde.

Auch Fleur war total aufgekratzt und plapperte munter vor sich hin. Darüber hinaus war sie sehr eifrig gewesen, mir noch ein besonders schönes Shirt rauszulegen, diesmal mit dem Spruch »Feeling Hip«!

Und daneben war – wie sollte es anders sein – ein Nilpferd abgebildet.

Ob Fleur vor ihrem Trip nach Südafrika extra eine große T-Shirt-Bestellung gemacht hatte? Sie selbst trug ein Oberteil, auf dem »Party Animal« stand und ein Leopard mit Sonnenbrille abgebildet war.

Ich konnte nicht sagen, ob es sie oder mich besser getroffen hatte.

»Was meinst du, was heute auf uns zukommt?«, fragte ich Fleur, während ich an meinem Shirt herumzupfte. Ich spielte ernsthaft mit dem Gedanken, Loraine zu fragen, wann ihr Mann das nächste Mal in die Stadt fuhr, damit ich mich wenigstens notdürftig mit ein paar Klamotten eindecken konnte. So lieb Fleur es auch mit mir meinte, so wenig hatte ich Lust, in den nächsten Tagen nur mit irgendwelchen Sprüche-Shirts rumzulaufen.

Fleur zuckte mit den Schultern. »Ich glaube, heute haben wir erst mal eine Einführungsveranstaltung. Wobei ich es ja auch richtig cool fände, wenn die uns hier gleich ein paar brauchbare Survivaltipps beibringen. In einem Fernsehbericht habe ich mal gesehen, wie sich ein Fotograf Tee aus Elefantendung zubereitet hat.«

Mir drehte sich allein vom Zuhören der Magen um. Theatralisch presste ich eine Hand auf meinen Bauch.

»Danke, ich passe. Es ist noch nicht einmal acht Uhr und du erzählst mir so was. Hab Erbarmen mit mir. Mir wäre jetzt eher nach einem Kaffee.«

Ich stieß ein sehnsüchtiges Seufzen aus.

Fleur grinste bloß, während sie sich ihr Haar mit einer Klammer nach oben steckte, sodass ihr Rainbow-Undercut sichtbar wurde. Als sie damit fertig war, ergriff sie meine Hand und zog mich Richtung Tür.

»Na, dann komm, du Kaffeesüchtige. Und dann geht es endlich in den Busch!«

»Ich seh schon, du bist ganz wild auf Elefantenkacke-Tee«, konnte ich mir nicht verkneifen zu sagen.

»Aber so was von! Ich wette, der macht superweiche Haut«, setzte Fleur noch einen drauf.

Bevor wir uns zu unserer Einführungsstunde im Aufenthaltsraum einfanden, machten Fleur und ich noch einen Abstecher in die Küche.

Fleur kochte sich einen Tee (und nein, es war kein Tee aus Elefantenkacke), während ich mir einen Kaffee zubereitete. Anschließend schnappte ich mir noch eine Banane, Fleur entschied sich für einen Apfel.

»Hi, alle miteinander«, grüßte Liam in die Runde, neben ihm stand ein ebenfalls bestens gelaunter Kyano. »Wie war eure erste Nacht in der Wildnis?«

»Ich hab geschlafen wie ein Stein«, teilte Matti mit.

Ich hatte ebenfalls tief und fest geschlafen, die anstrengende Reise hatte mir noch in den Knochen gesessen. Der lange Flug, der Ärger über meinen verlorenen Koffer, die vielen neuen und überwältigenden Eindrücke, meine Gedanken an zu Hause, die Nachricht von Tim …

Nun aber spürte ich neue Energie und ein aufgeregtes Kribbeln im Bauch. Was uns wohl in den kommenden Wochen erwarten würde?

»Heute werden Kyano und ich euch eine Einführung über die Abläufe hier im Camp und bei den Ausfahrten in den Busch geben, damit ihr besser auf das Arbeiten im Nationalpark vorbereitet seid. Glaubt mir, ihr werdet euch schnell einleben und an die neue Umgebung gewöhnen«, ergriff Liam wieder das Wort.

Fleur rutschte unruhig neben mir auf dem Stuhl hin und her. Und auch ich spürte, wie mich der Kaffee zunehmend lebhafter werden ließ. Gebannt richtete ich meinen Blick nach vorne auf das Whiteboard.

»So sieht euer Tagesablauf für die kommenden Wochen aus.« Liam drehte die Tafel um. Auf der Rückseite waren mehrere Stichpunkte notiert. Ein Stöhnen ging durch unsere kleine Runde, und auch ich musste schlucken.

Liam und Kyano grinsten angesichts unserer Reaktionen.

»Heute bekommt ihr noch Schonfrist, aber morgen geht es dann so richtig los.«

Ich nahm unseren Tagesablauf ins Visier.

06:00 Uhr	*Aufstehen*
06:30 Uhr	*Erster Game Drive in den Busch und erste Tagesaufgabe (Birds, Transect, Reserve Work oder Cameras)*
08:30 Uhr	*Frühstück*
10:00 Uhr	*Lecture*
12:00 Uhr	*Mittagessen*
16:00 Uhr	*Zweiter Game Drive und zweite Tagesaufgabe*
20:00 Uhr	*Abendessen*
22:00 Uhr	*Schlafen*

Ich machte mit meinem Handy ein Foto von dem Plan, damit ich ihn später an Dilara schicken konnte.

»Hier gibt's ernsthaft Schlafenszeiten?«, witzelte Matti.

»Glaub mir, hier fällst du abends freiwillig spätestens zwischen 22 und 23 Uhr ins Bett. Die Tage sind anstrengend, da will ich euch nichts vormachen. Ihr könnt froh sein, dass wir erst um 6:30 Uhr in den Busch fahren. Morgens ist es in der Winterzeit wirklich noch kalt, und es wird auch erst später hell. Während der Sommerzeit beginnen die Game Drives bereits um 5:30 Uhr«, erklärte Kyano.

»Was sind denn diese Game Drives?«, fragte Carlo, der bisher erstaunlich still gewesen war. Wahrscheinlich hatte ihm der durchgetaktete Tagesplan ebenfalls die Sprache verschlagen.

»Wir fahren zweimal am Tag raus in den Busch, einmal in der Früh und einmal am Nachmittag. Wir teilen euch dafür jedes Mal in zwei Gruppen auf. Es fallen immer wieder wechselnde Aufgaben an, wobei diese vier im Fokus stehen: Birdpoint Counts, Game Transects, Reserve Work und Camera Trapping. Bei den Birdpoint Counts notiert ihr an bestimmten Plätzen im Busch für jeweils zehn Minuten alle Vögel, die ihr hört oder seht.« Liam hielt inne und vergewisserte sich mit einem Blick in die Runde, dass alle seinen Erklärungen folgen konnten.

»¡Dios mío! Ich kann nicht mal eine Meise von einem Pfau unterscheiden«, murmelte Carlo neben mir. »Wobei«, korrigierte er sich, »ein Pfau schon deutlich schöner ist als eine Meise.«

Ich grinste in mich hinein.

»Bei den Game Transects wiederum notiert ihr sämtliche Tiere, die ihr innerhalb einer Strecke von zehn Kilometern gesichtet habt«, fuhr Liam fort.

Mir schwirrte bereits der Kopf, und auch Fleur sah aus, als müsste sie die neuen Informationen erst einmal verarbeiten.

Leider ließen Liam und Kyano uns kaum Zeit, das Gesagte zu verinnerlichen. Kyano übernahm nun das Wort.

»Bei der Reserve Work stehen verschiedene Aufgaben an. Das reicht vom Beseitigen von nicht einheimischen Pflanzen im Park bis hin zum Sichern der Marulabäume vor den Elefanten.«

Ich runzelte die Stirn. »Was sind das denn für Bäume? Und warum müssen sie vor den Elefanten geschützt werden?«

»Marulafrüchte sind in etwa so groß wie Pflaumen. Aus ihnen wird auch Likör zubereitet. Wenn die afrikanische Sommerzeit beginnt, werden die Elefanten von dem süßen Duft angelockt und klauben die Früchte mit ihren langen Rüsseln aus den Baumkronen. Leider machen sich die Elefanten in der Trockenzeit auch an den Ästen und der Rinde zu schaffen. Wenn die Rinde fehlt, können jedoch Insekten eindringen und den Baum von innen zerstören. Der Baumbestand der Marula hat durch die Elefanten in den letzten Jahren deutlich abgenommen. Mithilfe von Drahtgeflechten schützen wir die Rinde der Bäume oder errichten Schutzmauern aus Steinen um die Bäume.«

Ich hörte interessiert zu. Es machte mir Spaß, so viel Neues zu erfahren. Diese Erkenntnis führte mir wiederholt vor Augen, dass BWL einfach nicht das Richtige für mich gewesen war.

»Und beim Camera Trapping fahren wir die aufgestellten Kamerafallen ab, tauschen die Batterien und SD-Karten aus und bringen gegebenenfalls neue an. In der Regel machen wir das dreimal in der Woche. Auch das Auswerten von Kamerabildern wird in euren Aufgabenbereich fallen. Ihr werdet Augen machen, was im Busch alles los ist.«

Kyano machte eine Pause. »So weit alles verständlich?«

Ein kurzes, einheitliches Nicken folgte.

»In den ersten beiden Wochen habt ihr jeden Tag außerdem zwei theoretische Lerneinheiten. Die Lectures helfen euch dabei, Tierspuren und -laute zu erkennen oder verschiedene Pflanzen im Nationalpark zu benennen. Nach dem Mittagessen habt ihr Freizeit, bevor es gegen 16 Uhr auf einen weiteren Game Drive in den Busch geht. Gegen 19 Uhr sind wir dann wieder im Camp. Natürlich sollt ihr eure Freizeit zwischen den Lectures und Game Drives genießen können, allerdings dürft ihr auch eure täglichen Aufgaben im Haushalt nicht vergessen. Dazu zählen Putzen, die Zubereitung des Abendessens und der Abwasch. Loraine wird jede Woche einen Plan erstellen und euch in Teams aufteilen. Sie hängt den Plan in der Küche auf, also werft am besten immer mal einen Blick darauf. Meist ist es so, dass ein Team kocht, während das andere den Abwasch macht.«

Fleurs Finger schoss in die Höhe. »Ich melde mich freiwillig für den Abwasch. Wenn ich eines nicht kann, dann ist es Kochen. Glaubt mir, das wollt ihr nicht erleben.«

»Chica …«, mischte sich Carlo ein. »Ich nehme dich unter meine Fittiche. Ich mache die beste Gemüsepaella, die ihr je gegessen habt.«

»Na, das klingt doch nach einem guten Vorschlag.« Liam zwinkerte Fleur und Carlo zu.

»Ich weiß, das ist jetzt erst mal ziemlich viel Input für euren ersten Tag«, schloss Kyano den Vortrag. »Aber ihr werdet euch schnell zurechtfinden. Und wer weiß, vielleicht gefällt euch die Arbeit ja auch so gut, dass ihr gar nicht mehr wegwollt und der Busch für euch zur zweiten Heimat wird.«

14. Kapitel

Nach dem Frühstück stand die erste Theorieeinheit auf dem Programm, und ich freute mich darauf, mehr über die Tier- und Pflanzenwelt Südafrikas zu erfahren. Wir hatten uns alle wieder im Aufenthaltsraum versammelt, und ich hatte mein Notizbuch und einen Stift dabei.

»Beginnen wir erst mal mit einer einfachen Frage. Wisst ihr, welche Tiere die sagenhaften Big Five umfassen?«, eröffnete Liam den Unterricht.

Fleur meldete sich. »Elefant, Leopard, Nashorn, Löwe und Afrikanischer Büffel«, zählte sie auf.

Liam nickte lediglich. »Die Aufzählung war korrekt. Doch der Kruger-Nationalpark hat weitaus mehr zu bieten als nur die Big Five. Dazu zählen beispielsweise Geparden, Giraffen, Nilpferde, Krokodile, Wildhunde, Impalas und Antilopen. Die zahlreichen bunten Vögel nicht zu vergessen.«

»Pffft«, machte Carlo. »Ich möchte mich ja jetzt nicht in den Vordergrund stellen, aber ich bin definitiv der schillerndste Vogel von allen.«

Ein Lachen rollte durch unsere kleine Gruppe, und ich schüttelte amüsiert den Kopf. Ich mochte, wie Carlo sich selbst auf die Schippe nahm.

»Nicht dass nachher ein Wettstreit zwischen dir und den hier beheimateten Vögeln entsteht, wer denn nun der schönste von allen ist«, ging Liam scherzhaft darauf ein.

»Das kann ich ganz klar und selbstbewusst mit *Ich* beantworten«, war sich Carlo sicher und klopfte sich auf die Brust, während er fast schon unverschämt grinste.

»Da hast du noch nicht die Gabelschwanzracke oder den Eisvogel gesichtet«, hielt Liam dagegen, der sichtlich Spaß an dem kleinen Schlagabtausch hatte.

Nachdem etwas Ruhe eingekehrt war, nahm Kyano den Faden wieder auf.

»Wisst ihr denn, warum man von den Big Five spricht?«

»Weil es sich um die größten Tiere handelt?«, mutmaßte ich laut.

»Falsch«, widersprach Kyano. »Der Begriff stammt aus der Zeit der Großwildjäger. Er bezieht sich also nicht auf die Körpergröße, sondern darauf, wie schwierig diese Tiere zu erlegen waren. Die Giraffe und das Nilpferd sind auch groß, zählen aber nicht zu den Big Five. Das liegt daran, dass es viel einfacher war, diese zwei Tiere zu jagen. Beim Nashorn unterscheidet man übrigens noch zwischen Breitmaul- und Spitzmaulnashorn.«

In dem Moment wurde mir klar, wie wenig ich noch über dieses Land und die hiesigen Tiere wusste.

»Viel interessanter sind doch die Ugly Five«, warf Matti ein und grinste. »Als Reisejournalist und Tierfilmer reizen mich diese Tiere viel mehr.«

»Die Ugly Five?«, fragte ich. Der Begriff sagte mir nichts.

»Oh, eine sehr interessante Überlegung, die du da eingebracht hast«, meinte Kyano. »Kannst du die Tiere auch benennen?«

Matti legte den Kopf schief. »Hyäne, Geier, Warzenschwein, Gnu und …« Er stockte.

»Und der Marabustorch«, ergänzte Kyano. »Allesamt faszinierende und einzigartige Tiere, die leider nicht als sonderlich glamourös gelten. Hyänen werden in Filmen fast immer als hinterhältig und listig dargestellt. Das Warzenschwein ist ein wildes Schwein, das Höhlen von anderen Tieren plündert und sich dort breitmacht. Der Geier ernährt sich von Kadavern und wird als Vorbote des Todes betrachtet. Das Gnu vereint drei Tiere in einem: Es hat den Kopf eines Ochsen, die Hörner eines Büffels und die Mähne eines Pferdes. Und der Marabustorch wird wegen seines äußeren Erscheinungsbildes auch als ›Bestatter‹ bezeichnet.«

»Makaber«, murmelte Fleur und schüttelte sich.

Ich hingegen fand Kyanos und Liams Erläuterungen äußerst spannend. Erst jetzt wurde mir bewusst, dass ich während des ganzen Vortrags gezeichnet hatte. Die Seite meines Notizbuches war mit Tierskizzen übersät. Elefanten, Giraffen und auch eine Hyäne fanden sich auf meinem Blatt wieder. Ob meine Kreativität neu erwacht war? Ich merkte zumindest, dass ich auf einmal wieder viel mehr Lust aufs Zeichnen hatte.

»Was, denkt ihr, ist das gefährlichste Tier im Kruger-Nationalpark?« Fragend sah Liam uns an.

»Das Nilpferd vielleicht?« Carlo zuckte mit den Schultern. »Die Viecher sollen voll aggressiv sein, vor allem, wenn sie Junge haben. Ich hab da mal einen Bericht im Fernsehen gesehen, da ist ein Nilpferd auf ein Touristenboot losgegangen. Echt krass.«

»Ja, bei Nilpferden ist Vorsicht geboten. Die Hippos sind nicht so süß, wie man vielleicht meint. Doch als das gefährlichste Tier Südafrikas wird der Büffel angesehen. Er ist unberechenbar, und seine Hörner sind sehr spitz. Jedes Jahr sterben mehrere Menschen durch Büffelattacken, deswegen wird er unter den Jägern hier auch ›der schwarze Tod‹ genannt.«

»Das klingt ja gruselig«, flüsterte Carlo und machte für einen Wimpernschlag den Anschein, als würde er am liebsten keinen Fuß mehr in den Busch setzen. Verübeln konnte ich es ihm nicht, denn auch mir war nicht ganz wohl zumute.

»Mann, Liam, musst du uns solche Schauergeschichten erzählen?«, murrte Fleur. »Willst du uns irgendwie loswerden?

Ich dachte, ihr wollt neue Volunteers für dieses Projekt gewinnen und sie nicht vergraulen.«

Liam lachte. »Es ist keineswegs unsere Absicht, euch zu verschrecken. Trotzdem solltet ihr die wichtigsten Dinge über die heimische Tierwelt kennen. Und ja, die Natur kann grausam sein. Aber sie ist auch unglaublich schön.«

Nachdem wir noch mehr über die Gefahren im Busch erfahren hatten, widmeten wir uns zum Glück wieder erfreulicheren Themen.

Ich erfuhr, dass sich der Kruger-Nationalpark über zwei Provinzen erstreckte, und zwar über die feuchte und gleichzeitig heiße Provinz Mpumalanga sowie über die trockene Provinz Limpopo.

Kyano zeigte uns Fotos von einigen Vogelarten, die im Nationalpark lebten, und ich lernte unter anderem, dass der Sekretärvogel das Wappentier von Südafrika war. Begriffe wie Gelbschnabel-Madenhacker, Gabelschwanzracke und Nimmersatt-Storch drangen an mein Ohr.

»Nimmersatt-Storch«, wiederholte Fleur murmelnd. »Wer denkt sich solche Namen aus?«

»Bevor wir morgen auf unseren ersten Game Drive gehen«, läutete Liam allmählich das Ende unserer ersten Theoriestunde ein, »möchte ich euch noch auf ein paar wichtige Verhaltensregeln hinweisen. Und zwar ist es unerlässlich, dass ihr auf Kyanos und meine Anweisungen hört, während wir uns im Busch befinden. Bleibt im Auto, sofern wir nichts anderes sagen, und lehnt euch nicht aus den Fenstern. Wenn wir einem Tier begegnen, bleibt ruhig. Und eigentlich sollte es selbstverständlich sein, aber: Hinterlasst keinen Müll im Park. Wenn ihr euch an diese Grundregeln haltet, dann steht unserem Game Drive morgen nichts im Wege. Entscheidet euch am besten für den Zwiebellook. Morgens ist es wirklich noch sehr kalt.«

15. Kapitel

War der erste Tag im Camp lediglich von Theorieunterricht geprägt gewesen, so stand der nächste Morgen schon voll und ganz im Zeichen unserer ersten Safari.

Noch ehe mein Handywecker mich an diesem Morgen aus dem Schlaf reißen konnte, klopfte es in aller Herrgottsfrühe an der Tür.

Ich drehte mich in meinem Bett, das dabei ein leises Knarren von sich gab, und warf einen Blick auf mein Handy. Es war gerade mal 5:30 Uhr, normalerweise hätte ich noch eine halbe Stunde länger schlafen können.

Müde rieb ich mir über die Augen.

»Fleur?«, murmelte ich, doch von der anderen Seite des Zimmers kam nur ein Brummeln. Offensichtlich war sie ein größerer Morgenmuffel, als ich dachte. Irgendwie hatte ich erwartet, dass Fleur zu jeder Tages- und Nachtzeit wie ein aufgedrehter Flummi war.

Es klopfte erneut, was Fleur nicht zu stören schien. Sie gab ein paar schmatzende Laute von sich, bevor sie sich auf die andere Seite drehte und leise schnarchend weiterschlief.

Ich stöhnte. Also musste ich wohl nachsehen, wer mich da so unsanft und zu solch unchristlicher Zeit aus dem Schlaf gerissen hatte.

Widerwillig schwang ich meine nackten Füße über die Bettkante. Fleur hatte mir glücklicherweise ein Schlafshirt geliehen, sodass ich nicht im Evakostüm durch die Rundhütte stolzieren musste. Zu meiner eigenen Verwunderung handelte es sich sogar um ein ganz normales Shirt ohne irgendeinen Spruch.

Als ich die Tür der Rundhütte öffnete, wehte mir ein eiskalter Luftzug um die Beine. Brrrr, ich bekam sofort eine Gänsehaut. Wer hätte gedacht, dass es in Südafrika so kalt sein würde?

Loraine stand vor mir und neben ihr – ich traute meinen Augen kaum – mein Koffer! Ich gab ein erfreutes Quietschen von mir und schlug mir gleich darauf die Hand vor den Mund, da ich nicht das halbe Camp aufwecken wollte.

»Ist es etwa, was ich denke?«, fragte ich daher in angemessener Lautstärke. Mein anfänglicher Ärger über die Ruhestörung löste sich in Luft auf. Zum Glück hatte ich meinen Koffer wieder!

Loraine schmunzelte angesichts meines Gefühlsausbruchs.

»Guten Morgen, Nike. Es tut mir leid, dass ich euch schon so früh wecke, aber ich dachte, du hättest dein Gepäck gern wieder, bevor ihr zu eurer ersten Exkursion in den Busch startet.«

Plötzlich war meine Müdigkeit wie weggefegt.

»Danke, Loraine! Ich bin echt erleichtert. Wie kommt es, dass der Koffer so schnell nachgeschickt wurde?«

Loraine lächelte noch breiter. »Gestern Abend ging spät noch ein Anruf im Camp ein. Allem Anschein nach hast du ordentlich Eindruck bei der Flughafenmitarbeiterin hinterlassen. Sie hatte solches Mitgefühl mit dir, dass sie alle Hebel in Bewegung gesetzt hat, um den Koffer aufzutreiben. Er ist direkt mit der nächsten Maschine nach Hoedspruit gebracht worden. Und Taio hat sich gestern noch ins Auto gesetzt, um den Koffer abzuholen.«

Ich war sprachlos angesichts der Hilfe, die ich erfahren hatte. Und ich konnte es kaum glauben: Die Flughafenmitarbeiterin hatte Mitleid mit mir gehabt? War ich vielleicht vorgestern so sehr mit mir selbst beschäftigt gewesen, dass ich sie völlig falsch eingeschätzt hatte?

»Danke, dass ihr den Koffer direkt abgeholt habt, Loraine! Du ahnst ja nicht, wie sehr ich mich freue!« Ich war wirklich gerührt über diese Geste.

»Das ist doch selbstverständlich!« Die Campmanagerin lugte an mir vorbei in die Hütte.

»Und, habt ihr euch schon gut eingelebt?«, fragte sie mit gesenkter Stimme, um Fleur nicht zu wecken. Eigentlich war es ein Wunder, dass meine Mitbewohnerin durch meinen Freudenschrei nicht aufgewacht war.

Als ich einen prüfenden Blick hinter mich in die Hütte warf, stellte ich fest, dass Fleur immer noch wie ein Stein schlief. Beneidenswert.

Ich nickte und lächelte Loraine an. »Es ist noch alles sehr neu, aber ich bin froh, hier zu sein«, erwiderte ich und meinte meine Worte auch so.

Loraine strahlte mich nun ebenfalls an. »Das freut mich sehr zu hören! So, dann lasse ich euch zwei jetzt aber mal allein. Ich wünsche euch einen wunderschönen ersten Tag im Busch, und wir sehen uns dann später zum Frühstück, in Ordnung?«

Ich nickte, verabschiedete mich von Loraine und schloss leise die Tür hinter ihr, nachdem ich meinen Koffer in die Hütte gewuchtet hatte.

Eifrig öffnete ich den Reißverschluss, und pure Erleichterung strömte durch meinen Körper, als mein Blick auf meinen dunkelblauen Lieblingspulli fiel, den ich letztes Jahr von Sophie zum Geburtstag bekommen hatte. Der Koffer hatte zwar etwas gelitten und von dem Flug einige Dellen davongetragen, aber das interessierte mich nicht im Geringsten. Hauptsache, ich hatte meine Sachen wieder.

In Anbetracht der ganzen Kleidung, die mir plötzlich zur Verfügung stand, war ich tatsächlich etwas ratlos, was ich heute zu meiner ersten Exkursion in den Busch anziehen sollte, beschloss dann aber, zuerst eine Dusche zu nehmen.

Pünktlich zum Klingeln meines Weckers kam ich aus dem Bad. Fleur saß wie ein verschrecktes Erdmännchen in ihrem Bett und drehte ihren Kopf von links nach rechts. Ihre Haare standen strubbelig vom Kopf ab.

»Um Gottes willen, was ist das für ein Krach?«

Hastig stellte ich den Alarm am Handy aus. »Sorry, war nur der Wecker. Ich weiß, der Klingelton ist grässlich. Mein Ex-Freund hat mir den irgendwann mal eingestellt, um mich zu ärgern.«

Ein schmerzhafter Druck legte sich auf meine Brust, und es fiel mir schwer, dieses Gefühl abzuschütteln. Allein das Wort *Ex-Freund* klang fremd aus meinem Mund.

Fleur schien meinen plötzlichen Stimmungswechsel zu bemerken. Glücklicherweise lenkte sie direkt auf ein anderes Thema, indem sie auf meinen Koffer zeigte.

»Wo kommt der denn auf einmal her?«

»Loraine hat ihn mir vor einer halben Stunde vorbeigebracht. Ist das nicht super?«

Fleur sah ein bisschen enttäuscht aus und schürzte die Lippen. »Och manno, dabei hatte ich dir schon so ein schönes Shirt für heute rausgelegt.«

Fragend hob ich die Augenbrauen.

Fleur sprang von ihrem Bett auf, öffnete den Holzschrank und zog ein Oberteil daraus hervor. Der Schriftzug »Keep me wild« sprang mir ins Auge, daneben war eine lüstern dreinblickende Giraffe zu sehen.

Ich prustete los. »Fleur, sei mir nicht böse, aber ich bin froh, dass meine Kleidung wieder aufgetaucht ist.«

Fleur zuckte betont gleichgültig mit den Schultern. »Na gut, dann nehme ich eben das Giraffen-Shirt. Du hast ja keine Ahnung, was du verpasst.«

Sie zwinkerte mir zu.

Wir blödelten noch eine Weile herum, während wir uns für unseren ersten Game Drive bereit machten. Ich hatte mich für feste Boots, ein khakifarbenes Top und beige Shorts entschieden, in der Hoffnung, dass es in der Sonne nachher wärmer sein würde. Vorsichtshalber würde ich jedoch auch meinen Lieblingspulli mitnehmen. Fleur hingegen hielt nach wie vor an ihrem unmoralischen Giraffen-Shirt fest, was mich grinsen ließ.

Auch ein dünnes Baumwolltuch fischte ich noch aus meinem Koffer, da es auf den Fahrten im offenen Jeep zugig sein konnte. Wie gut, dass Dilara mir vor meinem Abflug nach Südafrika noch eine Packliste mitgegeben hatte.

Dilara! Siedend heiß fiel mir ein, dass ich ihr unbedingt später schon mal ein kurzes Update geben musste, denn ich war ja im Auftrag der *WWS* hier. Meine Aufgabe war es schließlich einzuschätzen, ob wir zukünftig mit der Sibaya Lodge zusammenarbeiten könnten. Kurzerhand steckte ich mein Notizbüchlein ein, damit ich ein paar Beobachtungen aufschreiben konnte. Schaden würde es sicherlich nicht.

In bester Laune trafen Fleur und ich pünktlich um 6:30 Uhr am Haupthaus ein, wo sich die anderen schon versammelt hatten. Matti und Carlo deckten sich mit Obst für die Fahrt ein, doch ich war viel zu aufgeregt, um jetzt an Essen zu denken.

Wie es wohl sein würde, gleich raus in den Busch zu fahren? Was würde uns erwarten?

Auf einmal merkte ich, wie surreal die Situation sich anfühlte. Noch vor wenigen Tagen hatte ich mich in Köln befunden, gefangen in meinem Alltag aus Studium und Weinhandel und meinen festgefahrenen Strukturen. Und jetzt befand ich mich plötzlich mitten im Busch in Südafrika. Mitten im größten Abenteuer meines Lebens! Wie crazy war das bitte? Mein Herz hüpfte vor Freude.

Liam und Kyano gesellten sich zu uns.

»Guten Morgen, liebe Volunteers! Die heutigen Aufgaben lauten Game Transects und Birdpoint Count«, ließ Kyano uns wissen. »Gruppe eins wird Tiere zählen, und Gruppe zwei wertet Vogelstimmen aus und notiert diese.«

Fleur war so nervös, dass sie nach meiner Hand griff. Ihre kindliche Aufregung war so niedlich, dass ich meine eigene für einen kurzen Moment vergaß.

In meinem Bauch kribbelte es wie ein ganzer Ameisenhaufen.

Kyano klatschte in die Hände. »Ich werde nun die Einteilung der heutigen Gruppen verkünden. In Gruppe eins, die mit Liam unterwegs ist, sind Carlo und Nike. Fleur und Matti, ihr seid in Gruppe zwei und habt die Ehre, mich durch den Busch zu begleiten. Alles klar soweit?«

Fleurs Blick wurde etwas traurig. »Jetzt sind wir beide gar nicht in einer Gruppe«, nuschelte sie. Auch ich war etwas enttäuscht in Anbetracht der Aufteilung.

Diesmal war ich diejenige, die nach Fleurs Hand griff und diese drückte. »Nachher beim Frühstück erzählen wir uns alles, ja?«

Fleur nickte eifrig.

In dem Augenblick kam Carlo mit einem breiten Grinsen auf mich zu. »Wie es aussieht, sind wir beide dann wohl in einem Team.«

Ich grinste zurück. »Sieht ganz so aus.«

Auf einmal fiel mir auf, dass Carlo für seine Verhältnisse heute sehr dezent gekleidet war.

»Nanu, hast du nicht kürzlich noch behauptet, du würdest mit deinem schillernden Outfit allen Vögeln im Nationalpark Konkurrenz machen?«, zog ich ihn auf.

Carlo zupfte an seiner beigefarbenen Jacke. »Da hab ich vielleicht etwas übertrieben. Außerdem soll es ja praktisch sein. Wir sind schließlich hier, um zu arbeiten.«

Ich nickte beeindruckt. »Die Haltung gefällt mir.«

Carlo zögerte nur ganz kurz. »Trotzdem bin ich der mit Abstand Bestaussehende des ganzen Camps, nur um das mal gesagt zu haben.« Ein frecher, verschmitzter Unterton schwang in seiner Stimme mit, und ich musste lachen.

Wir verabschiedeten uns von Fleur und Matti und stiegen in den Geländewagen von Liam ein, der offen war. Carlo setzte sich nach hinten, und ich nahm vorne neben Liam Platz.

»Und, wie waren die ersten Nächte im Camp für dich?«, fragte Liam mich neugierig auf Deutsch.

Ich dachte über seine Frage nach. »Anders«, antwortete ich schließlich.

»Anders gut oder anders schlecht?«, hakte Liam mit einem vielsagenden Augenbrauenzucken nach, das mich zum Lachen brachte.

»Definitiv anders gut.«

»Das freut mich«, antwortete Liam, und sein aufrichtiges Lächeln bestätigte mir, dass er es auch so meinte. Ein warmes Gefühl breitete sich in meinem Bauch aus.

Liam drehte sich zu Carlo um. »Bereit für eure erste Fahrt in den Busch?«, fragte er, jetzt wieder auf Englisch.

Carlo streckte den Daumen in die Höhe, und ich nickte Liam zu. Liam startete den Motor. Plötzlich war die Wildnis nur noch ein Fingerschnipsen entfernt, und mein Herz schlug lauter als eine Buschtrommel.

Und dann ging es tatsächlich los. Liam lenkte den Wagen gekonnt über Schotterpisten, und wir gelangten immer tiefer in das weite Buschland. Nebelschwaden hingen in der Luft, was das Ganze noch mystischer wirken ließ, dazu gesellte sich das aufgeregte Kreischen eines Affen irgendwo im Dickicht der Bäume. Ich hoffte, dass das kein Warnruf war.

Die Tatsache, dass sowohl Liam als auch Kyano für den Notfall ein Gewehr bei sich hatten, schüchterte mich mehr ein, als ich mir selbst eingestehen wollte. Bedeutete das, dass es manchmal wirklich Situationen gab, in denen Liam und Kyano schießen mussten? Allein der Gedanke ließ mir einen eiskalten Schauer den Rücken hinabrieseln.

16. Kapitel

Wir fuhren durch karges, trockenes Buschland und sandige Flussbetten. Sträucher und Bäume wuchsen am Wegesrand, über uns flogen unzählige Vögel, die ich noch nie gesehen hatte. Und auch die Geräusche, die ich wahrnahm, waren völlig anders als die, die ich aus Köln gewohnt war. Fremder. Intensiver. Aufregender.

Allmählich hatte sich der Nebel aufgelöst, und die Sonne bahnte sich ihren Weg über den Horizont. Die ganze Landschaft um uns herum war in blasses, zartrosa Licht getaucht, was einfach nur magisch aussah. Ich ertappte mich immer wieder dabei, wie ich andächtig den Atem anhielt. Es sah aus, als würde die Sonne das Buschland küssen, als würden die Farben ineinander übergehen.

Es war ein unbeschreibliches Gefühl zu sehen, wie alles immer mehr Kontur annahm, die Landschaft sich erhellte und die dunklen Umrisse der Bäume stetig mehr Farbe gewannen.

Hin und wieder stoppte Liam den Wagen, um uns auf bestimmte Pflanzen oder Besonderheiten der Umgebung hinzuweisen.

Während der Fahrt gab er uns außerdem weitere Informationen über die Anfänge des Nationalparks. Ich hörte aufmerksam zu und versuchte, mir alle Details zu merken. »Der Kruger-Nationalpark, der auch als Lowveld bezeichnet wird, erstreckt sich über insgesamt zwanzigtausend Quadratkilometer und ist der älteste und größte Nationalpark Afrikas. Er wurde 1898 durch den damals amtierenden Präsidenten Paul Kruger gegründet, zu dem Zeitpunkt noch unter dem Namen Sabie Game Reserve. Erst 1926 wurde der Park umbenannt. Schon bei Gründung war es die Absicht von Paul Kruger, ein Wildtierreservat zu schaffen, in dem die einzigartige Artenvielfalt geschützt wird. Es gibt ein Zitat von ihm, das ich im Hinblick auf die heutige Gesellschaft und Entwicklung sehr treffend finde: ›Wenn ich diesen kleinen Teil des Lowvelds nicht schütze, werden unsere Enkelkinder nicht wissen, wie ein Elefant, Löwe oder Kudu aussehen.‹«

Als Liam wieder einen Stopp mit dem Wagen einlegte, drehte er sich zu Carlo und mir um. »Ihr könnt stolz auf euch sein, dass ihr euch für dieses Projekt entschieden habt und dadurch helft, die Artenvielfalt im Kruger-Nationalpark zu schützen.«

Carlo nickte andächtig, und auch mir gingen Liams Worte unter die Haut. Wenn man bedachte, wie viele Tier- und Pflanzenarten schon durch den Menschen ausgerottet worden waren, dann war es umso wichtiger, Naturschutzgebiete wie dieses zu erhalten. In diesem Moment verspürte ich unwahrscheinlich viel Zufriedenheit, aber vor allem Dankbarkeit. Dankbarkeit darüber, dass ich hier sein und einen Beitrag zum Schutz der Natur leisten durfte.

Ich betrachtete die morgendliche Landschaft und lauschte in den afrikanischen Busch hinein. Geräusche drangen an mein Ohr, die ich nicht einordnen konnte. Eines war sicher: Da draußen wartete eine ganz neue Welt voller Abenteuer und Überraschungen auf mich. In diesem Augenblick kam es mir so vor, als hätte ich mich noch nie lebendiger gefühlt, nie wacher. Ich war voll und ganz bei mir. Nicht wie in einer meiner Vorlesungen in einem anonymen Hörsaal, wo ich stets das Gefühl hatte, mein Körper wäre zwar anwesend, nicht aber mein Geist und meine Seele. Ich hatte mich immerzu weit weg geträumt, aber die Ziele meiner Träume waren mir unerreichbar erschienen.

Und jetzt … Jetzt war ich hier und wollte nirgendwo anders sein.

Je weiter wir in den Nationalpark hineinfuhren, umso deutlicher konnte ich spüren, wie der Busch zum Leben erwachte.

Wieder war da ein Geräusch, und ich zuckte zusammen. Ich verspürte eine Mischung aus Vorfreude und Nervosität. War das eben das Trampeln einer Elefantenherde gewesen? Und Löwengebrüll?

Meine Hände wurden feucht.

Mittlerweile fiel mir nicht mal mehr auf, wie frisch die Luft am frühen Morgen noch war, da mich allein der Gedanke an die Wildnis, die nun direkt vor mir lag, von innen wärmte.

Liam warf mir einen Blick von der Seite zu. »Aufgeregt?«, fragte er mich leise, wobei ein sanfter Zug seine Mundwinkel umspielte. Seine graublauen Augen blitzten auf, und in mir regte sich etwas.

Ich war nicht mal in der Lage, ein einfaches Ja zu erwidern. Stattdessen nickte ich nur und lächelte zurück.

Liam schien mich auch ohne Worte zu verstehen, denn sein Lächeln wurde noch etwas breiter. »Mir ging es bei meiner ersten Fahrt in den Busch genauso. Ich konnte kaum still sitzen. Deine Begeisterung und deine leuchtenden Augen zu sehen, ist … richtig schön.«

Seine Worte waren so süß und voller Bedacht gewählt, dass ich auf einmal das starke Bedürfnis verspürte, Liams Hand zu ergreifen. Doch ich hielt mich gerade noch zurück. Ich war nicht hergekommen, um zu flirten und mit einem Safari-Guide auf Tuchfühlung zu gehen. Trotzdem war da plötzlich ein Verlangen in mir, wie ich es seit einer Ewigkeit nicht mehr verspürt hatte. Mir wurde heiß, und ich wandte meinen Blick schnell von Liam ab, zurück in Richtung Natur.

Mein Puls ging noch eine ganze Weile unregelmäßig, während ich in das Dickicht starrte.

»So, ab hier starten wir mit der Zählung der Tiere«, ergriff Liam schließlich das Wort. »Notiert dabei alle größeren Säugetiere, die ihr sehen könnt. Erfasst die Anzahl, wenn möglich das Geschlecht, den Lebenszyklus, den Zustand sowie Uhrzeit und GPS-Daten.«

Liam hatte jedem von uns ein GPS-Gerät sowie einen Zettel in die Hand gedrückt, auf dem eine Tabelle abgedruckt war. Darauf standen Tiere wie Giraffen, Elefanten, Nashörner, Nilpferde und Geparden.

»Ähm, was genau ist mit Lebenszyklus gemeint?«, hakte Carlo nach. Auch ich fühlte mich der Aufgabe gerade nicht gewachsen.

»Damit ist zum Beispiel gemeint, ob es sich um ein Jungtier oder um ein ausgewachsenes Tier handelt«, erklärte Liam.

Angespannt blickte ich mich um, während Liam möglichst langsam durch den Busch fuhr. Ich wollte nichts verpassen. Mein Ehrgeiz war geweckt, heute eine einzigartige Tierbegegnung im Busch zu machen.

Als Erstes sichteten wir eine Herde Impalas.

»Um Gottes willen, wie soll ich denn so die ganzen Antilopen zählen, geschweige denn einen Überblick über den Lebenszyklus und das Geschlecht behalten?«, fragte Carlo überfordert. Auch ich hatte Mühe und kam mit dem Zählen kaum hinterher. Zwischen den Herden entdeckte ich auch immer wieder Jungtiere. Zum Glück war das Geschlecht bei den ausgewachsenen Tieren recht einfach zu bestimmen, da die Weibchen wesentlich kleiner als die Männchen waren.

Liam lachte über Carlos Entsetzen. Für ihn schien es leicht zu sein, den Überblick zu behalten. Er stoppte den Wagen kurz, um etwas in seiner Tabelle einzutragen. Fast war ich geneigt, hinüberzuschielen.

Liam hatte uns zuvor erklärt, dass die Game Transects dazu

dienten, eine Bestandsaufnahme der Tiere im Park zu machen. Teilweise wurden die so gesammelten Daten zur weiteren Auswertung auch an Universitäten weitergeleitet.

Als uns die vierte Herde Impalas über den Weg lief, wurde mir klar, dass Loraine nicht übertrieben hatte, als sie mir sagte, dass ich diesen Tieren häufiger im Nationalpark begegnen würde.

Danach tat sich eine Weile lang nichts, bis Liam schließlich etwas entdeckte. Er ließ den Geländewagen langsam ausrollen. Unser Safari-Guide deutete nach vorn, und da sah ich es auch: Ein Nashorn stand am Wegesrand. Ein Nashorn!

Mit aufgerissenen Augen starrte ich auf das graue Tier. Unweigerlich bildete sich eine Gänsehaut auf meinen Armen, als ich das Tier in seiner vollen Größe erfasste. Mein Blick blieb an seinem spitzen Horn hängen. Schnell machte ich ein Foto mit meinem Handy, bevor ich es wieder in meiner Hosentasche verstaute.

Das Tier störte sich nicht an uns, kaute genüsslich, hob und senkte hin und wieder den Kopf, bis es irgendwann gemächlich weitertrottete.

Mir fiel auf, dass wir im Wagen allesamt angespannt die Luft angehalten hatten, niemand machte auch nur einen Mucks.

Erst als das Nashorn in einiger Entfernung verschwunden war, gab Carlo den ersten Laut von sich. Es klang in etwa wie »Wuuaaaaooooow! Ein Nashorn! Ein echtes Nashorn!«.

Das löste die allgemeine Anspannung im Wagen etwas auf, und wir begannen zu lachen. Fast war ich traurig, dass der Augenblick mit dem Nashorn so schnell vorübergegangen war. Zu gern hätte ich ihn noch etwas länger ausgekostet.

Ich fragte mich, ob meine Mutter meine Entscheidung, für eine Zeit lang nach Afrika zu gehen, wohl verstanden hätte, wenn sie jetzt bei mir gewesen wäre. Hätte sie sich in mich hineinversetzen und nachvollziehen können, warum ich aus meinem eigenen Käfig fliehen musste?

Für einen Wimpernschlag überlegte ich, ihr ein Foto von unserer Pirsch zu schicken, doch dann entschied ich mich dagegen. Ich musste endlich aufhören, anderen Menschen etwas beweisen zu wollen. Der einzige Mensch, dem ich etwas beweisen musste, war ich selbst.

Nachdem wir die Begegnung mit dem Nashorn noch eine Weile hatten sacken lassen und ich sie in meiner Tabelle notiert hatte, setzten wir unsere Arbeit fort und hielten nach weiteren Tieren Ausschau. Während der Fahrt stand Liam über Funk in permanentem Kontakt mit Kyano, sodass sich beide lotsen konnten, falls eine Gruppe eine interessante Sichtung machte und wir gegebenenfalls schnell zu der Stelle fahren mussten.

Ich erblickte einige bunte Vögel, und Liam sagte, dass wir uns bei den Birdpoint Counts näher mit ihnen befassen würden. Ich war schon gespannt darauf, in den nächsten Wochen zu erfahren, wie man die einzelnen Vogelstimmen in diesem Vogelkonzert bestimmen konnte.

Weiter ging es über rotsandige Pisten und teils unebene Wege, bis eine Herde Gnus an uns vorbeilief. Wir zählten die Tiere, was bei dem Tempo der Herde ähnlich wie bei den Impalas gar nicht so einfach war.

Als Liam einen weiteren Stopp einlegte, war ich kurz abgelenkt von den Zweigen, die sehr tief hingen und mein Sichtfeld beschränkten. Ich war so sehr darauf konzentriert, durch die Blätter zu spähen, dass ich gar nicht wahrnahm, was sich direkt vor meinen Augen befand. Erst als sich auf dem Geäst direkt vor der Windschutzscheibe etwas ganz langsam bewegte, stutzte ich.

»Ist das … Ist das etwa ein Chamäleon?«, fragte ich und betrachtete fasziniert das kleine Tier, das mit seiner Umgebung förmlich verschmolz. Es hatte sich perfekt der Farbe des braunen Asts angepasst, sodass man es kaum wahrnahm.

»Sehr gut entdeckt«, sagte Liam versehentlich auf Deutsch zu mir, bevor er schnell wieder ins Englische wechselte, damit auch Carlo ihn verstehen konnte. Liams Lob machte mich stolz und beschämte mich zugleich. Ich wollte keinesfalls als Streberin gelten oder besserwisserisch wirken.

Offensichtlich hatte ich mir umsonst Sorgen gemacht, denn als ich mich im Wagen umdrehte, lächelte Carlo mich an. »Nicht schlecht, Nike. Hast ein richtiges Adlerauge«, sagte er ehrlich beeindruckt.

Liam drehte sich nun ebenfalls um.

»Seht ihr, wie perfekt das Chamäleon getarnt ist? Sie passen sich an ihren jeweiligen Lebensraum an. Dadurch schützen sie sich vor Feinden und sind als Beute schwerer zu erkennen. Sie sind wahre Verwandlungskünstler. Wie vielfältig die Tarnfähigkeit ist, hängt vom Lebensraum ab. Chamäleons wechseln allerdings nicht nur ihre Farbe, um sich zu schützen, sondern auch, um mit ihren Artgenossen zu kommunizieren oder ihre Körpertemperatur zu regulieren. Und was ganz besonders interessant ist: Wenn Chamäleonmännchen ihre Herzensdamen auserkoren haben, schillern sie am buntesten, um die Weibchen zu beeindrucken.«

Carlo gab ein Glucksen von sich. »Wie eine leuchtende Discokugel.«

Wissbegierig notierte ich alles in Stichpunkten in meinem Notizbuch. Sicher würde mir das helfen, mich schneller im Busch zurechtzufinden. Warum mir das so wichtig war, konnte ich nicht einmal beantworten. Vielleicht, um mir selbst vor Augen zu führen, dass die Welt so unglaublich viel zu bieten hatte.

Dann versuchte ich mich an einer Skizze des Chamäleons. Neugierig betrachtete ich das kleine Tier. Fast bildete ich mir ein, dass es mich aus seinen großen Augen, die kugelig hervorstanden, ebenfalls musterte. Mit schnellen Strichen zeichnete ich den auffälligen Kamm auf dem Rücken und den ausgeprägten Helm auf seinem Kopf.

Das Chamäleon machte den Anschein, als sei es erstarrt. Doch als es sich schließlich Millimeter für Millimeter fortbewegte und in Richtung Blattgrün wagte, wechselte es seine Farbe von matschbraun zu allen möglichen Grüntönen. Ich schaute überwältigt zu.

»Uh, ich glaube, das Chamäleon hat sich soeben in Nike verliebt und versucht sie nun zu bezirzen«, giggelte Carlo in seinem spanischen Akzent.

Liam lachte schallend los. »Das Chamäleon beweist auf jeden Fall Geschmack.«

»Haha«, machte ich lediglich und war kurz geneigt, Carlo die Zunge herauszustrecken, ließ es dann aber bleiben. Gleichzeitig fragte ich mich, wie Liam seinen Kommentar gemeint haben könnte. Bedeutete das etwa, dass ich ihm gefiel? Wärme flutete bei dieser Vorstellung meinen Bauch. Da ich Angst hatte, dass ich rot anlaufen oder dass Liam mir meine Gedanken ansehen könnte, zwang ich mich schnell dazu, an etwas anderes zu denken.

Ich stellte mir mich selbst als Chamäleon vor. Als eine wandelbare Person, die sich allen Situationen anpassen konnte. Es faszinierte mich, wie einzigartig dieses kleine Tier war. Und irgendwie beruhigte mich der Gedanke, dass auch ich in der Lage war, mit neuen Situationen klarzukommen.

Das Rauschen des Funkgeräts holte mich aus meinen Gedanken. Kyano hatte nicht weit vom Camp eine kleine Giraffenherde erspäht.

Also ließ Liam den Motor wieder anspringen, und wir fuhren in Richtung Sibaya Lodge. Leider waren die Giraffen jedoch schon weitergezogen, als wir ankamen.

»Schade«, sagte Liam. »Aber es war ja nicht eure letzte Fahrt in den Busch.«

Nein, das war es glücklicherweise nicht. Genau genommen hatte das Abenteuer gerade erst begonnen.

17. Kapitel

LIAM

Während unserer Rückfahrt ins Camp kam ich nicht umhin, Nike immer wieder einen Blick zuzuwerfen. Es war schön, die Freude in ihrem Gesicht zu sehen. Jede einzelne Tierbegegnung entlockte ihr ein neues Lächeln. Ich konnte mich nicht erinnern, wann ich das letzte Mal so uneingeschränkt glücklich gewesen war, doch ihre Freude hatte sich auch auf mich übertragen.

Ob ich mit meiner Bemerkung, dass das Chamäleon Geschmack besaß, wenn es ein Auge auf Nike geworfen hatte, zu weit gegangen war? Nikes Reaktion darauf war schwer zu deuten gewesen. Im Nachhinein ärgerte ich mich über meinen Kommentar. Das war nun schon meine zweite blöde Bemerkung in ihrer Gegenwart, wenn ich daran dachte, wie ich ihr an ihrem ersten Tag hatte aushelfen wollen und ihr eine Boxershorts von mir angeboten hatte. In ihrer Nähe schien mein Hirn nicht klar denken zu können. So unüberlegt handelte ich normalerweise nicht.

Ich fragte mich, ob Nike zu Hause in Deutschland wohl einen Freund hatte. Ob es jemanden an ihrer Seite gab, der ihr ebenjenes wunderschöne Lächeln entlockte, das ich heute zu Gesicht bekommen hatte. Die Vorstellung missfiel mir mehr, als ich mir eingestehen wollte, was mich noch mehr verwirrte und in einen Strudel aus Fragen warf. Ein Strudel, der mich strampelnd zurückließ und dem ich nicht entkommen konnte, sosehr ich auch dagegen anschwamm.

Es war zum Verrücktwerden. Auf der einen Seite löste Nike Gefühle in mir aus, die mich in einen Rausch versetzen. Ein Rausch, der sich nach Wärme und Geborgenheit anfühlte. Nach Zuhause. Und auf der anderen Seite weckte Nike Erinnerungen, die ich am liebsten vergessen wollte. Erinnerungen an Deutschland, an meine innere Zerrissenheit. Daran, dass ich mich seit Mums Tod nirgends so richtig zu Hause fühlte und nicht mehr wusste, wohin ich eigentlich gehörte.

Ich dachte an den großen Streit mit Dad zurück, als ich ihm unmittelbar nach meinem Abitur an den Kopf geknallt hatte, dass ich zurück nach Südafrika gehen würde. Er hatte wenig Verständnis für meine Entscheidung gezeigt, da er gedacht hatte, ich würde mir wie er ein Leben in Deutschland aufbauen. Wir waren damals ziemlich heftig aneinandergeraten, und ich wusste noch, dass ich ihm ein paar sehr hässliche Worte ins Gesicht geschleudert hatte. Dass ich etwas aus meinem Leben machen und nicht in meinem eigenen Kummer versauern wollte wie er.

Monatelang hatte ich mich danach als Backpacker durch Südafrika treiben lassen, ohne Rast und ohne Ziel. Ich war naiv und leichtgläubig gewesen, hatte den falschen Menschen vertraut und ziemlich großen Mist gebaut. Mein Leben bestand aus einer Welle, die immer höher und immer unkontrollierbarer wurde und schließlich mit lautem Knall an den Klippen zerschellte. Immer wieder stellte ich mir die Frage, wie Dad sich gefühlt haben musste, als er durch die Behörden erfuhr, dass sein Sohn am Flughafen von Johannesburg festgenommen und danach direkt in Untersuchungshaft gebracht worden war.

Mein Magen verkrampfte sich, und Schuldgefühle schnürten mir die Kehle zu. Auch wenn Dad und ich mittlerweile wieder im Reinen miteinander waren und er meine Beweggründe, nach Südafrika zurückzukehren, inzwischen verstehen konnte, so wurde ich dennoch das Gefühl nicht los, dass ich ihn in gewisser Weise im Stich gelassen hatte. Obwohl er immer nur das Beste für mich gewollt hatte. Er hatte sich den Arsch aufgerissen, um mir ein schönes und behütetes Leben in Deutschland zu schenken. Hatte jede Woche mehrere Nachtschichten eingelegt. Und dennoch war ich nicht glücklich gewesen.

Ich hatte mich immer weiter von ihm entfernt. Innerlich zerrissen zwischen zwei Ländern und zwei Kulturen. Zwischen richtig und falsch. Zwischen dem Gefühl, mich selbst zu verlieren, und der Hoffnung, endlich anzukommen.

Und dann war die Sibaya Lodge wie ein Silberstreif am Horizont aufgetaucht, und Loraine, Taio und Kyano waren in mein Leben getreten. Sie hatten mich gerettet. Sie hatten mir die Perspektive gegeben, von der ich so lange geträumt hatte.

Wieder schweifte mein Blick zu Nike. Genau in dem Augenblick wandte sie mir ihr Gesicht zu und lächelte. So ungestellt und natürlich, dass ich es am liebsten für immer festgehalten hätte.

Ich verspürte in mir den Drang, mich ihr anzuvertrauen. All die Jahre hatte ich niemandem davon erzählt, was damals passiert war, nicht einmal Taio oder Loraine. Das lastete schwer auf meiner Seele, aber noch schwerer wog die Angst. Was würde Nike über mich denken, wenn sie meine Vergangenheit entdeckte? Sie durfte auf keinen Fall davon erfahren! Aber konnte ich jemals meinen inneren Frieden finden und mit der Sache abschließen, wenn ich weiter schwieg?

18. Kapitel

Als wir wieder im Camp ankamen, stand der Geländewagen von Kyano bereits vor dem Haupthaus und die anderen chillten in der Sonne.

Liam brachte den Jeep neben dem von Kyano zum Stehen. Nachdem ich ausgestiegen war, drehte ich mich noch einmal zu Liam um.

»Danke für die schöne Fahrt.«

»Es freut mich, wenn sie dir gefallen hat«, sagte er.

»Es war wirklich toll. Ich kann verstehen, dass es dich von Deutschland wieder nach Südafrika gezogen hat. Wann wusstest du, dass du Ranger werden wolltest?« Kaum, dass die Frage meine Lippen verlassen hatte, bereute ich sie. Sie kam mir plötzlich zu privat vor, und ich hatte das Gefühl, dass sich die Stimmung zwischen uns auf einmal verändert hatte.

Liam lächelte zwar immer noch, doch der Glanz in seinen Augen war verschwunden. Mir war, als hätte sich ein Schatten wie eine dunkle Wolke auf sein Gesicht gelegt.

»Das ist eine längere Geschichte«, antwortete er knapp und wechselte dann das Thema. »Vermisst du deine Familie und Freunde in Deutschland?«

Ich wusste erst nicht, ob ich gekränkt sein sollte, dass Liam meine Frage so abgebügelt hatte. Ich wurde den Eindruck nicht los, dass er nicht viel von sich preisgeben wollte. Ob er mich jetzt einfach aus reiner Höflichkeit fragte, ob ich meine Familie vermisste, damit ich nicht weiter nachhakte? Mein Magen zog sich zusammen, dennoch versuchte ich, mir meine Verwirrung über den unerwarteten Stimmungswechsel nicht anmerken zu lassen.

Da ich jedoch ebenfalls nicht sonderlich viel Lust hatte, über meine Familiensituation zu reden, hielt auch ich meine Antwort relativ knapp.

»Es geht schon«, sagte ich. Hm, das hatte jetzt ungewollt schroff und schnippisch geklungen, dabei war das gar nicht meine Absicht gewesen.

»Na, es gibt doch sicherlich Menschen, die dich auch sehr vermissen und traurig darüber sind, dass du für drei Monate fort bist?«, forschte er weiter nach.

»Ähm, ja schon«, antwortete ich erstaunt, da ich nicht wusste, worauf Liam hinauswollte.

Deshalb war ich auch ganz froh, dass unser stockendes Gespräch unterbrochen wurde, als Kyano sich zu uns gesellte und mit Liam sprechen wollte.

Fleur nutzte die Gunst der Stunde und sprintete auf mich zu. Aufgeregt fasste sie mich am Arm. »Nike, es war einfach sooo schön! Und es gibt so viel zu erzählen!«

Ihre Wangen glühten vor Begeisterung, und ihre Augen wirkten, als würden kleine Lichtpunkte darin tanzen.

»Wir haben Giraffen gesehen! Ist das nicht toll? Vor allem, weil ich mein super cooles Giraffen-Shirt anhatte!«

Fleurs Freude über den Ausflug in den Busch war ansteckend, und ich musste lachen. Während Fleur enthusiastisch zu erzählen begann und dabei so schnell redete, dass sie die Wörter zur Hälfte verschluckte, ließ auch ich meine erste Safari Revue passieren.

Ich beschrieb Fleur im Gegenzug die Nashornsichtung, woraufhin sie gespannt die Backen aufblies.

Ich dachte an die Tiere, die ich heute gesehen hatte.

Seltsam. Ich hatte eigentlich erwartet, dass ich enttäuscht

sein würde, keinen Elefanten zu Gesicht bekommen zu haben. Oder dass mich das Nashorn auf unserer heutigen Pirsch am meisten erfreut hätte.

Aber es war der Gedanke an das Chamäleon, der mich am glücklichsten stimmte.

Wenn sich sogar ein Chamäleon, das so winzig klein war, inmitten der Wildnis Südafrikas behaupten konnte, warum sollte ich dann nicht auch über mich selbst hinauswachsen können?

Wie sich herausstellte, hatte Loraine für unsere kleine, hungrige Gruppe bereits ein köstliches Frühstück gezaubert. Es gab Müsli, Joghurt, Brot und verschiedene Aufstriche. Besonders die köstlichen Marmeladen und die in der Region angebauten Pfirsiche hatten es mir angetan.

An unserer langen Tafel wurde eifrig geredet und gelacht, und ich fühlte mich ein bisschen an meine Klassenfahrten aus der Schulzeit erinnert.

Nach dem Frühstück hatten wir eine Lecture, in der wir mehr über die Tier- und Pflanzenwelt erfuhren.

Liam und Kyano waren ein unfassbar gutes und eingespieltes Team, das war mir bereits mehr als einmal aufgefallen. Es machte Spaß, ihnen zuzuhören und zuzusehen, wie sie sich die Sätze gegenseitig wie Pingpongbälle zuspielten.

Mir entging jedoch auch nicht, wie Carlo Kyano die ganze Zeit über schmachtende Blicke zuwarf und dabei an seinem Kreuzohrring rumspielte.

»*¡Dios mío!* Wie kann man bloß so unverschämt gut aussehen?«, flüsterte Carlo mir ins Ohr, und ich musste kichern. Auch Fleur giggelte mit, bis auf einmal Liam vor uns stand.

Ich hatte gar nicht mitbekommen, dass er inzwischen das Bild eines Vogels über einen Projektor an die Wand geworfen hatte.

»Carlo«, sagte Liam in strengem Tonfall. »Du kannst uns doch sicher sagen, wie der Vogel dort vorne heißt, oder?«

Abrupt verstummten wir drei in unserem Gekicher, und ein leichter rötlicher Schimmer schlich sich auf Carlos Nasenspitze. »Ähm, also …«

Ich besah mir den Vogel etwas genauer. Er hatte ein außerordentlich buntes Gefieder. Die Brust war violett gefärbt, der Bauch hingegen leuchtete in einem hellen Blau. Nacken und Kopf des Vogels schimmerten grünlich.

Ich meinte mich zu erinnern, dass Liam diesen Vogel schon einmal erwähnt hatte. Wie hieß er noch gleich? Irgendwas mit Racker? Oder Racke?

»Schabracke«, schoss es aus Carlos Mund. »Nein … Grünscheißerracke, ja! Oder war es Gabelschwänzler?«

Kurz war es im Raum sehr still, dann konnten Fleur, Matti und ich unser Lachen nicht mehr zurückhalten.

Auch Liam schien sich das Grinsen kaum verkneifen zu können, seine Mundwinkel zuckten unentwegt.

Kyano hatte sich etwas weniger im Griff. Er presste sich eine Hand auf den Mund und gluckste. Selbst als er sich schließlich Richtung Wand drehte, konnte er sich kaum beruhigen. Nachdem unser gemeinschaftlicher Lachanfall abgeklungen war, ergriff Liam wieder das Wort.

»Sehr kreativ, Carlo, das muss man dir lassen«, antwortete er. »Aber leider nicht ganz richtig. Der Vogel wird als Gabelracke beziehungsweise als Grünscheitelracke oder Gabelschwanzracke bezeichnet.«

»Ups.« Carlo grinste, schien jedoch nicht wirklich peinlich berührt zu sein. Vielmehr hatte ich den Eindruck, dass er die Aufmerksamkeit, die ihm zuteilwurde, sehr genoss.

19. Kapitel

Da es in der Mittagssonne angenehme 23 Grad hatte, entschieden Carlo, Fleur und ich uns für den Pool. Nach dem Mittagessen (Loraine hatte vorzüglich gekocht!), machten wir es uns auf den Liegen hinterm Haus bequem. Überraschenderweise hatten wir den Nachmittag von Liam und Kyano freibekommen. Matti verabschiedete sich von uns mit der Info, dass er einen wichtigen Call zur Vorbereitung eines neuen Filmprojekts hatte, und verschwand mit seinem Laptop unterm Arm im Haupthaus.

»Ach, herrlich!« Fleur rekelte sich zufrieden auf ihrer Liege und zog sich ihre flippig aussehende Sonnenbrille tief auf die Nasenspitze. »So lässt es sich doch leben. Am Pool liegen, während über einem die Sonne strahlt und exotische Vögel in den Bäumen zwitschern.«

Fleur wandte ihren Blick vielsagend Carlo zu. »Wie zum Beispiel der Gabelschwänzler«, zog sie ihn auf und prustete von Neuem los. »Wo warst du denn bitte mit deinen Gedanken? Kyano hat dich ja völlig aus dem Takt gebracht.«

»Ich weiß nicht, wovon du redest«, gab Carlo sich betont ahnungslos, bevor er sich zwei Sekunden später aufrichtete und nun ebenfalls über den Rand seiner Sonnenbrille schielte. »Aber habt ihr diesen Oberkörper gesehen? Wahnsinn!«

Fleur grinste. »Also ich finde, sowohl Kyano als auch Liam sind ganz ansehnlich. Nike, was sagst du dazu?«

Fleurs direkte Frage überforderte mich, und mir fehlten prompt die Worte.

»Ich … Ich weiß nicht. Darüber hab ich noch gar nicht so genau nachgedacht.«

Das entsprach nicht ganz der Wahrheit, denn natürlich war mir nicht entgangen, wie attraktiv die beiden waren. Vor allem Liam war mir aufgefallen. Doch ich hatte in meinem Leben gerade weitaus größere Baustellen, als mir Gedanken über irgendwelche Kerle zu machen.

»Aber«, redete ich hastig weiter, »ich finde, die zwei machen ihre Arbeit super. Bei den Lectures kommt wirklich keine Langeweile auf.«

Fleur richtete sich auf. »Kommen wir noch mal zu dir, Carlo. Offensichtlich tun es dir raue, attraktive Kerle an, die auch als Model arbeiten könnten, was?«

»Ich stehe nicht nur auf Männer.«

»Ach, nicht?«, rutschte es mir heraus. Ich war felsenfest davon ausgegangen, dass Carlo schwul war, nachdem er Kyano so offensichtlich angeschmachtet hatte.

Auch Fleur wirkte überrascht angesichts dieser Offenbarung.

Carlo schüttelte den Kopf. »Ich bin bi. Eine Person muss interessant sein. Und wenn ich mich verliebe, dann ist mir das Geschlecht meines Lieblingsmenschen erst recht egal.«

Fleur lehnte sich wieder zurück. »Die Einstellung find ich cool.«

Ich ließ meinen Blick zwischen Carlo und Fleur hin- und herschweifen. In diesem Moment kam mir zum ersten Mal der Gedanke, wie gut Fleur und Carlo eigentlich zusammenpassen würden …

Beide waren herrlich verrückt, sympathisch, offen und zu hundert Prozent sie selbst. Ich beneidete die beiden darum. Wenn ich hingegen daran dachte, wie sehr ich in den letzten Jahren meine eigenen Träume und Wünsche außer Acht gelassen hatte … So sehr, dass ich jetzt nicht einmal mehr wusste, was ich wollte und mir für meine Zukunft erhoffte.

Um nicht in Grübeleien zu verfallen, holte ich stattdessen mein Notizbuch hervor, um noch ein paar wichtige Eckdaten zum heutigen Tag aufzuschreiben. Ich ließ die morgendliche Tour und die Lecture Revue passieren, als ich gedanklich wieder bei dem Chamäleon hängen blieb.

Immer noch konnte ich die Faszination spüren, die für mich mit dieser einzigartigen Begegnung einhergegangen war. Einfach unbeschreiblich.

Ich schlug die Seite mit meiner Skizze wieder auf und begann eine neue Zeichnung des Tieres. Erst die groben Umrisse, dann den Kopf, die Augen, den Helmfortsatz und den Kamm auf dem Rücken.

Strich für Strich trat das Chamäleon deutlicher in Erscheinung, bis es sich beinahe lebensecht auf dem weißen Papier abzeichnete. Dieser Entwurf war mir noch besser gelungen als der erste, den ich während der Tierbeobachtung angefertigt hatte. Ich war so sehr in meine Tätigkeit versunken, dass ich zusammenzuckte, als Fleur plötzlich laut meinen Namen sagte. Ich sah auf und blickte etwas desorientiert drein. »Wie, was?«

Fleur lachte. »Du bist ja völlig in einem anderen Universum. Was machst du denn da?«, fragte sie und beugte sich zu mir herüber. Überrascht hob sie die Augenbrauen und sah mich geradezu entgeistert an. »Du kannst ja mega gut zeichnen, Nike!« Sie staunte nicht schlecht.

Mittlerweile hatte sich auch Carlo zu mir herübergelehnt, was etwas witzig aussah, da er neben Fleur lag und sich somit komplett über sie rüberstrecken musste, um einen Blick auf mein Notizbuch zu erhaschen.

»Nike, das ist grandios! Warum hast du das nicht erzählt?«

Ich zuckte mit den Schultern. »Früher habe ich viel gezeichnet, aber dann lange nicht mehr. Ich weiß auch nicht, es ist einfach so über mich gekommen.«

»Das muss an Afrika liegen«, erklärte Fleur mir ernst. »An der Magie, die einen hier umgibt.«

Ich ließ meinen Blick über das Camp und die dahinterliegende Landschaft schweifen. Ja, magisch war es hier wirklich. Die Sonne wirkte leuchtender, das Licht heller und die Farben kräftiger.

Grashalme wogten sanft im Wind, und eine laue Brise ließ meine Locken tanzen. Ach, wie schön wäre es gewesen, wenn ich diesen Augenblick gemeinsam mit Sophie hätte erleben können! Es hätte ihr sicher auch gefallen.

Fleur und Carlo begaben sich auf ihren Liegen wieder in senkrechte Positionen. Fast synchron seufzten sie zufrieden auf.

Als ich einen Blick auf mein Handy warf, um nachzusehen, wie spät es war, trudelte eine WhatsApp-Nachricht von Sophie ein. Als hätte sie geahnt, dass ich eben noch an sie gedacht hatte.

Hast du Zeit zum Telefonieren? ;)

Ein Schmunzeln legte sich auf mein Gesicht. Entschuldigend wackelte ich mit meinem Handy in der Hand in Richtung Fleur und Carlo.

»Sorry, Leute, aber ich muss meine beste Freundin Sophie mal anrufen. Wir sehen uns später, ja?«

Fleur und Carlo winkten mir zu und wandten dann ihre Gesichter wieder der Sonne zu, während ich meine Sachen schnappte und mir ein gemütliches und ungestörtes Fleckchen im Camp suchte.

Ich ließ mich im Schatten eines großen Baumes nieder, wählte meinen Chat mit Sophie aus und drückte auf das Videosymbol. Es war wirklich praktisch, dass es während der mitteleuropäischen Sommerzeit keine Zeitverschiebung von Deutschland nach Südafrika gab.

Es klingelte kurz, dann hatte ich auch schon Sophie vor mir auf dem Bildschirm.

»Da ist ja meine Weltenbummlerin«, grüßte sie mich verschmitzt und strahlte. »Wie geht's dir?«

Ich wusste überhaupt nicht, wovon ich Sophie zuerst berichten sollte. Auch wenn es erst mein zweiter voller Tag in Südafrika war, gab es einfach schon so viel zu erzählen. Ich plapperte gleich drauflos und berichtete von Fleur und Carlo und von meiner heutigen Safari in den Busch.

»Klingt wirklich spannend! Es freut mich, dass du schon so viele tolle Dinge erlebt hast«, sagte Sophie, als ich nach einem ersten Redeschwall Luft holte.

»Und wie läuft's bei dir?«, fragte ich, als mir bewusst wurde, dass seit Beginn unseres Gesprächs ausschließlich ich geredet hatte.

»Eigentlich recht entspannt. Im August muss ich einen Kurzfilm für die Uni drehen. Ich habe überlegt, Jonas zu fragen, ob wir das Projekt gemeinsam angehen wollen …«

Ich zog eine Augenbraue hoch und konnte mir ein Grinsen nicht verkneifen. »Soso, Jonas also?«

Sophie winkte ab. »Hör auf, dir da schon wieder irgendwelche Sachen in deinem Kopf zusammenzubasteln, Nike! Da ist nichts zwischen Jonas und mir, und da wird auch nie mehr sein.«

Meine Augenbraue stand jetzt mindestens so steil wie die Black Mamba im Phantasialand.

»Ja, sicher doch. Und ich bin die Kaiserin von China«, entgegnete ich mit so viel Ironie in der Stimme, wie mir nur möglich war.

»Er ist mein bester Freund, Nike«, sagte Sophie leise und sah auf einmal sehr hilflos aus.

Ich seufzte. »Soph, wann wirst du Jonas endlich sagen, dass du Gefühle für ihn hast? Ihr passt zusammen wie Arsch auf Eimer. Und ich bin mir ziemlich sicher, dass es Jonas genauso geht, so wie er dich immer anschaut.«

Sophie knibbelte an ihrer Unterlippe. Plötzlich wirkte sie sehr still und nachdenklich, was ich von meiner eigentlich eher lauten besten Freundin so gar nicht gewohnt war. Sobald es um Jonas ging, wurde sie unsicher und zog eine Schutzmauer um sich herum. Als könnte sie dadurch vergessen, dass Jonas ihr mehr bedeutete, als sie zugeben wollte.

Die beiden waren schon total lange miteinander befreundet. Auch wenn Sophie und Jonas sowohl charakterlich als auch äußerlich grundverschieden waren, interessierten sie sich beide sehr fürs Filmen. Daher hatten sich auch beide für denselben Studiengang entschieden.

Mein Blick fiel auf die zwei Bilder, die hinter Sophie auf der Kommode standen. Das eine Bild zeigte Sophie und mich, während sie auf dem anderen Foto zusammen mit Jonas zu sehen war.

Ich konnte verstehen, warum sich meine beste Freundin in Jonas verliebt hatte. Er war nicht nur attraktiv mit seinen unfassbar blauen Augen und dem dunkelblonden Wuschelkopf, sondern noch dazu wirklich schlau. Er wusste, wie er Sophie zum Lachen bringen konnte, und schaffte es oft, ihr temperamentvolles Wesen durch sein sonniges, ruhiges Gemüt auszugleichen.

Meine beste Freundin blieb noch immer still.

»Soph, du bist die toughste Frau, die ich kenne, und nimmst normalerweise kein Blatt vor den Mund. Wie kann es sein, dass dir Gefühle solch eine Heidenangst einjagen?«

Sie zwirbelte nachdenklich ihr Nasenpiercing. Der feine Ring und der Side Cut waren mittlerweile ihr Markenzeichen.

»Ich weiß es nicht. Ich habe einfach eine Scheißangst, dass er meine Gefühle nicht erwidert und ich ihn dadurch verliere.« Sie machte eine kurze Pause. »Und wenn ich sehe, wie es bei Tim und dir gelaufen ist, dann habe ich ehrlich gesagt noch mehr Angst, Jonas meine Gefühle zu gestehen. Das könnte alles kaputtmachen.«

Ihre Antwort ließ mich schlucken. Denn leider hatte sie nicht unrecht mit dem, was sie sagte. Vielleicht war ich ein bisschen zu übereifrig gewesen.

Ich nickte verständnisvoll. Ich hatte es ja gerade erst selbst erlebt. Durch die Trennung von Tim hatte ich nicht nur meinen Partner, sondern auch meinen besten Freund verloren. Die Traurigkeit legte sich schwer auf mein Herz. Jetzt blickten Sophie und ich beide ziemlich geknickt drein, und die Freude vom Anfang unseres Videocalls war verschwunden.

»Und, habe ich sonst irgendwas verpasst? Wie ist es in Köln?«, versuchte ich einen Themenwechsel.

»Nicht dasselbe ohne dich«, seufzte Sophie theatralisch. »Aber der Kölner Dom steht immer noch, falls du das wissen wolltest.« Meine beste Freundin schnitt eine Grimasse.

»Haha«, machte ich lediglich und verstummte. »Und hast du … Hast du etwas von Tim gehört?« Meine Augen brannten bei der Frage. Ich hatte versucht, unser Gespräch wieder in eine andere Richtung zu lenken, aber es war mir nicht gelungen.

Sophie schüttelte den Kopf. »Leider nicht. Aber ich denke, er braucht zurzeit auch etwas Abstand von allem.«

Ich hätte nicht gedacht, dass es so schwer sein würde, hinter meine Beziehung mit Tim einen Haken zu setzen. Dass eben doch mehr dazugehörte, als nur einen Rucksack auf den Rücken zu schnallen und für ein paar Monate nach Afrika zu gehen.

Er bedeutete mir noch immer viel.

Es juckte mich in den Fingern, Tim erneut eine Nachricht zu schicken. Offensichtlich war ich zu lesen wie ein offenes Buch, da Sophie ihre Augenbrauen zusammenzog. Sie fuchtelte mit ihrem Zeigefinger wild vor der Kamera herum.

»Denk nicht mal dran, meine Liebe. Du wirst ihm nicht noch mal schreiben!«

»Jahaa …«

»Da war noch nicht ausreichend Elan in deiner Stimme!«, setzte Sophie hinterher und blickte wie ein Terrier drein.

Ich stieß einen tiefen Seufzer aus. »Ich verspreche dir, dass ich ihm nicht noch mal schreibe.«

20. Kapitel

Nach dem Telefonat war ich so in Gedanken versunken, dass ich wie betäubt in die afrikanische Landschaft starrte.

Plötzlich hatte ich aus einem unerfindlichen Grund den Verdacht, beobachtet zu werden. Ich wandte meinen Blick und entdeckte Sibaya nur wenige Meter von mir entfernt.

Kurz wusste ich nicht, ob ich Angst haben sollte, doch Sibaya strahlte solch eine Ruhe aus, dass ich mich entspannte. Trotzdem versuchte ich, möglichst still zu bleiben, um sie nicht zu verschrecken.

Sibaya legte den Kopf schief und sah mich aufmerksam an. Fast kam es mir so vor, als könnte sie bis in meine Seele blicken.

Sie spitzte die Ohren und kam langsam auf mich zu.

Ich hielt den Atem an. Die Raubkatze blieb dicht vor mir stehen und schnupperte an meiner Hand, ähnlich, wie sie es auch bei unserer ersten Begegnung im Haupthaus getan hatte. Noch immer wirkte sie mir gegenüber etwas misstrauisch, jedoch längst nicht mehr so vorsichtig wie am Anfang.

Unerwartet ließ sich Sibaya direkt neben mir im Schatten des Baumes nieder. Ich beobachtete, wie sich ihr eleganter, schmaler Körper bei jedem Atemzug hob und senkte. Träge blinzelte sie in die Nachmittagssonne.

»Leistest du mir ein bisschen Gesellschaft?«, flüsterte ich.

Als Sibaya meine Stimme hörte, hob sie den Kopf und blickte mich aus ihren gelben Augen an.

Und dann legte die Gepardin ihren Kopf plötzlich auf meinem Schoß ab. Einfach so.

Ich wusste überhaupt nicht, wie mir geschah, und hatte keine Ahnung, wie ich mich nun verhalten sollte. Diese Geste war so vertrauensvoll. Ganz vorsichtig senkte ich meine Hand auf das Fell und begann, Sibaya über den Kopf zu streicheln. Als Antwort darauf rieb sie ihre Stirn an meinem Bein.

Ich hatte den Eindruck, dass sie mich trösten wollte. Oder war der Gedanke albern?

»Sie mag dich«, sagte plötzlich eine Stimme, und ich erspähte Liam, der ganz in der Nähe an einem der Bäume lehnte und Sibaya und mich betrachtete.

Ich hatte nicht einmal bemerkt, dass er sich genähert hatte.

»Wie … Wie lange bist du schon da?«, fragte ich leise, um die dösende Sibaya nicht zu erschrecken.

Liam kam ein paar Schritte auf mich zu. »Keine Sorge, ich beobachte euch erst seit wenigen Sekunden«, sagte er mit einem entschuldigenden Lächeln.

»Sehr beruhigend«, erwiderte ich grinsend.

Liam ließ sich auf der anderen Seite von Sibaya im Gras nieder. »Sibaya hat die Fähigkeit zu spüren, was die Menschen brauchen. Oft erkennt sie, wenn es jemandem nicht so gut geht«, sagte er unvermittelt.

Ich schluckte und wagte nicht, ihm in die Augen zu sehen. Stattdessen kraulte ich weiter Sibayas Kopf. Dennoch merkte ich, wie Liam mich aus dem Augenwinkel beobachtete, und schielte nun doch nach rechts.

»Alles in Ordnung bei dir?«, erkundigte Liam sich und zog eine Augenbraue nach oben, was irgendwie sexy aussah.

»Na ja … Irgendwie hatte ich gehofft, dass es mir leichter fiele, mein bisheriges Leben in Deutschland in gewisser Weise hinter mir zu lassen, zumindest für die drei Monate, die ich hier bin. Aber es ist doch schwieriger, als ich dachte«, gestand ich verhalten.

Liam antwortete nicht sofort, sondern hielt inne, als würde er seine Worte mit Bedacht wählen.

»Weißt du, was Taio zu mir gesagt hat, als ich meinen ersten Tag in der Lodge hatte?«

Abwartend sah ich Liam an.

»Er hat gesagt: Du musst dich auf Südafrika einlassen und dein Herz öffnen. Dann ist alles möglich.«

Ich lächelte zaghaft. »Das klingt schön. Hat es dir denn geholfen? Dich Südafrika zu öffnen, meine ich.«

Liam griff nach einem Grashalm. Nachdenklich spielte er damit herum. »Ja, das hat es.«

Unser Gespräch wurde jäh unterbrochen, als Sibaya ruckartig ihren Kopf von meinem Schoß nahm und sich erhob. Sie musste etwas erschnuppert haben, denn sie reckte ihre Nase in die Höhe und stromerte davon.

»Sie hat irgendwas gewittert«, vermutete auch Liam, bevor wieder Schweigen zwischen uns entstand.

Mittlerweile hatte die Nachmittagssonne die Buschlandschaft in goldfarbenes Licht getaucht. Fast sah es so aus, als hätte jemand ein Bild mit flüssigem Honig bestrichen. Alles war überzogen von einem stimmungsvollen Leuchten und einem schimmernden Glanz, den ich nicht in Worte fassen konnte.

Liam deutete auf einmal in die Ferne. »Sieh mal da!«

Ich folgte Liams ausgestrecktem Zeigefinger mit meinem Blick. Selbst aus dieser Distanz konnte man gut die unzähligen Zebras sehen, die am Wasserloch standen und tranken. Ab und an hoben sie ihre Köpfe und blickten in unsere Richtung, doch sie ließen sich nicht stören. Und dazwischen … Dazwischen befanden sich auch Elefanten.

Mir blieb die Luft weg, und mein Herz überschlug sich beinahe. Meine erste Elefantensichtung!

»Wie schön!«, hauchte ich ergriffen und wusste nicht, wohin mit meinen Emotionen. Pure Glückseligkeit erfasste mich.

Plötzlich waren die grauen Riesen nicht mehr nur eine Vorstellung in meinem Kopf, nein, ich sah sie wahrhaftig. Im Busch von Südafrika. Dass mein Traum so schnell in Erfüllung gehen würde, hätte ich nicht gedacht. Natürlich hatte ich Elefanten schon als Kind im Zoo gesehen. Aber sie in freier Wildbahn zu erleben, war ein völlig anderes Gefühl. Es war einfach unbeschreiblich.

In der Herde befanden sich ausgewachsene Elefantenbullen und Elefantenkühe sowie kleine Kälber. Mir ging das Herz auf, als ich sah, wie die Elefantenjungen übermütig durchs Wasser tollten, dabei immer wieder über ihre eigenen Beine stolperten und noch Schwierigkeiten hatten, ihre Rüssel zu kontrollieren. Mir stiegen Tränen in die Augen.

»Elefanten sind schon beeindruckende Tiere, nicht wahr?«, meinte Liam leise, der bestimmt mitbekommen hatte, wie ergriffen ich war.

Ich nickte und wandte ihm meinen Blick zu. »Elefanten sind meine absoluten Lieblingstiere. Es war immer mein großer Traum, sie eines Tages in freier Wildbahn zu erleben.«

Mein Blick schweifte wieder in Richtung Wasserloch. Die Dickhäuter in ihrer natürlichen Umgebung und nicht hinter irgendeinem Zaun zu sehen, führte mir abermals vor Augen, wie wichtig es war, unsere Tierwelt zu schützen. Und dass es notwendig war, eine vielfältige Flora und Fauna zu erhalten, wenn wir nicht wollten, dass es solche Augenblicke eines Tages nicht mehr gab.

Ich lächelte still in mich hinein.

Hier mit Liam zu sitzen und die Elefanten zu beobachten, während die Sonne die Szenerie in goldfarbenes Licht tauchte, hatte etwas unglaublich Romantisches an sich. Ob es Liam ähnlich erging? Fühlte er es auch?

Ich holte erneut mein Notizbuch hervor, dann begann ich die Elefanten am Wasserloch mit ein paar schnellen Strichen zu skizzieren. Dabei konzentrierte ich mich vor allem auf das Elefantenjunge. Das Kleine hatte es mir besonders angetan.

Liam beugte sich interessiert zu mir rüber. »Du kannst ja richtig gut zeichnen.«

Ich strich mir eine Locke hinter das Ohr und lächelte. »Danke. Leider hab ich das in der letzten Zeit viel zu sehr vernachlässigt. Ich muss erst mal wieder reinkommen.«

Liam hob seine Augenbrauen. »Das sieht aber nicht danach aus, als müsstest du erst wieder ›reinkommen‹. Das sieht total professionell aus. Ich bekomme vielleicht gerade so ein Strichmännchen zustande.« Er lachte.

Ein bisschen verlegen steckte ich mein Notizbuch wieder weg.

»Das war erst mal nur eine grobe Skizze. Später geht es noch an den Feinschliff, vor allem die Schattierungen sind wichtig. Sie lassen die Figuren plastischer wirken.«

»Wirklich beeindruckend«, staunte Liam, bevor es wieder still zwischen uns wurde.

Ich hatte keine Ahnung, wie lange wir einfach nur schweigend das Treiben am Wasserloch verfolgten. Doch die Stille zwischen uns fühlte sich nicht unangenehm an, ganz im Gegenteil. Vielmehr hatte ich den Eindruck, dass sie uns miteinander verband.

Irgendwann zog die Elefantenherde weiter, und auch mich überkam eine innere Unruhe.

»Tja, ähm, dann …« Ich stand auf und klopfte mir etwas Gras von der Hose. »Ich schaue mal, was Fleur, Matti und Carlo so machen.«

Plötzlich verwirrte mich Liams Nähe. Ich kratzte mich nervös am Hinterkopf.

Liam richtete sich nun ebenfalls auf. »Ja, mach das.«

Aus irgendeinem Grund war ich fast ein bisschen enttäuscht von seiner Reaktion. Hatte ich gehofft, dass er mich aufhalten würde? Vielleicht. Denn es fühlte sich merkwürdig an, jetzt einfach auseinanderzugehen, nach diesem magischen Erlebnis.

»Okay, ja dann … Wir sehen uns.«

Ich hob meine Hand wie zum Gruß und wollte mich bereits umdrehen, als Liam mich auf einmal zurückhielt.

»Nike, warte … Hast du noch etwas vor?«, fragte er plötzlich.

Überrascht hielt ich inne. Ich drehte mich wieder zu Liam um und schirmte meine Augen gegen die Sonne ab. »Außer die Zeit bis zum Abendessen zu überbrücken, eigentlich nichts.« Zaghaft lächelte ich.

»Loraine und Taio haben mich gebeten, das Schild des Camps zu erneuern. Hättest du Lust, mir zu helfen?«

In meinem Bauch flatterte es leicht.

»Klar, warum nicht?«

21. Kapitel

Liam und ich bewaffneten uns mit Pinseln, Farbe, Holz, Fuchs-
schwanzsäge, Buschmesser und einem Werkzeugkasten und
stapften den staubigen Weg hinunter, der das Camp mit der
Straße verband. Das weiße Schild mit der Aufschrift »Sibaya
Lodge« schob sich in mein Sichtfeld. Eine Schönheit war es
wirklich nicht mehr. Die Farbe bröckelte an vielen Stellen ab,
und auch das Holz war spröde und verblichen von der Sonne.
Zumal die Wildnis einen Teil des Schildes bereits für sich bean-
sprucht hatte. Äste und Blattgrün rankten sich daran entlang
und schienen es immer weiter Richtung Boden zu ziehen. Mutter Natur hatte ganze Arbeit geleistet.

Liam hielt anscheinend nichts von dem Motto »Aus Alt mach
Neu«, da er das Schild entschlossen aus dem Geäst freischnitt
und es dann mit einem beherzten Ruck aus dem Boden zog.

»Da ist nichts mehr zu retten«, befand er. »Wir machen lieber
ein neues Schild. Es kann nicht schaden, wenn mehr Menschen
auf die Lodge und unsere Arbeit aufmerksam werden.«

Da konnte ich Liam nicht widersprechen. Liam benutzte
einen dicken Stein als Unterlage, schnappte sich die Fuchs-
schwanzsäge und begann, das mitgebrachte Holz auf Schild-
größe zuzuschneiden.

Als er fertig war, hielt er mir fast schon beschämt das Holz
entgegen. »Meine Handschrift ist absolut fürchterlich, sosehr
ich mich auch bemühe. Würdest du …?«

Ich grinste. »Also gut. Dann will ich doch mal sehen, was ich hieraus zaubern kann.«

Während ich mich ans Werk machte und in geschwungenen Lettern »Sibaya Lodge« auf das Holz malte, griff Liam sich das Buschmesser und schnitt die Stelle, an der wir das Schild wieder aufstellen wollten, von Ästen und Ranken frei.

Die Sonne brannte in meinem Nacken, und meine Locken klebten gefühlt überall in meinem Gesicht. Doch ich war so in meine Arbeit vertieft, dass ich es kaum bemerkte.

Ich strich mir über die verschwitzte Stirn, hob den Kopf, und mein Blick blieb an Liam hängen, der immer noch versuchte, dem wuchernden Grün am Wegrand Herr zu werden. Einen Moment lang konnte ich meine Augen nicht von seinem Rücken und den Oberarmen abwenden, die sich jedes Mal anspannten, sobald Liam einen dickeren Ast zerhieb.

Auch er war sichtbar am Schwitzen, das Tanktop klebte an seiner Haut.

Mein Puls beschleunigte sich, und meine Zunge wurde trocken. Lag das an der Hitze oder an Liam?

Abermals wischte ich mir den Schweiß von der Stirn.

In dem Augenblick drehte sich Liam zu mir um. »Und, kommst du gut voran?«

Ich hielt ihm das Schild entgegen, auf dem ich die Buchstaben bisher nur vorgemalt hatte.

»Das sieht doch schon gut aus«, stellte Liam fest, und seine Mundwinkel hoben sich.

Er sieht so zufrieden aus, schoss es mir durch den Kopf. Als hätte er seinen Weg bereits gefunden und als wäre er völlig im Einklang mit sich und mit dem afrikanischen Busch.

»Kann ich dich etwas fragen?«, setzte ich an. Ich hoffte, dass er mir diesmal nicht wieder ausweichen würde.

»Sicher«, Liam nickte. »Schieß los, was brennt dir unter den Nägeln?«

»Wie hast du es geschafft, deinen eigenen Weg zu gehen?«

Liam hielt inne, und auf einmal lag da wieder dieser Schatten auf seinem Gesicht.

»Es hat lange gedauert, bis ich meinen Weg gefunden habe«, gestand er.

»Du musst nicht darüber reden, wenn du nicht magst«, sagte ich hastig, da ich auf einmal Sorge hatte, wieder einen wunden Punkt getroffen zu haben, und nicht wollte, dass die schöne Stimmung ein abruptes Ende nahm.

»Nein, ist schon okay«, antwortete Liam. Er lächelte zaghaft und setzte sich auf einen Stein. Ich tat es ihm gleich und suchte mir ein Exemplar ihm gegenüber, sodass wir auf Augenhöhe miteinander waren.

»Meine Mutter ist verstorben, da war ich acht Jahre alt«, setzte Liam an, und ein trauriger Ausdruck zeigte sich in seinen Augen.

Ich musste schlucken. Diese Information kam unerwartet, und ich wusste nicht, wie ich richtig darauf reagieren sollte. Wobei, gab es überhaupt ein *richtig?*

»Das tut mir sehr leid«, sagte ich leise. »Das war bestimmt schwer für dich.«

Liam flocht seine Finger ineinander und blickte ins Leere. »Mein Vater und ich haben beide sehr darunter gelitten. Dad entschied nach ihrem Tod, dass wir zurück nach Deutschland gehen würden. Er war der Meinung, dass es nichts mehr gab, dass uns in Südafrika hielt. Aber für mich war Südafrika das Einzige, das mich noch an Mum erinnerte, verstehst du?«

Ich nickte.

Liam schien zu überlegen, wie er seine Gefühle am besten in Worte fassen konnte.

»Es war nicht einfach, mich in Deutschland zurechtzufinden. Ich hatte Schwierigkeiten in der Schule und tat mich schwer damit, neue Freunde zu finden. Alles war so anders als das, was ich aus Südafrika gewohnt war. Ich hatte schreckliches Heimweh.«

»Ist deine Mum der Grund, weshalb du nach dem Abitur wieder hergekommen bist?«

Liam nickte langsam. Es schien, als würde er nach den richtigen Worten suchen. »Ich wusste nicht, wohin mit mir, und fühlte mich irgendwie verloren. Ich hatte gehofft, dieses Gefühl würde in Südafrika vergehen.«

»Und … Hat es funktioniert?«, wagte ich zu fragen.

Liam wog den Kopf hin und her. »Anfangs ganz und gar nicht. Ich habe einige Umwege in Kauf genommen. Ich …« Er hielt inne. Ich hatte den Eindruck, dass er noch etwas sagen wollte, es sich im letzten Moment aber doch anders überlegte.

Er schüttelte unmerklich den Kopf und setzte von Neuem an. »Als mich mein Weg nach einer langen Achterbahnfahrt schließlich in den Kruger-Nationalpark führte, da hatte ich endlich ein Ziel vor Augen. Und das hat mich angetrieben, sosehr ich auch gezweifelt habe.«

»Welches Ziel war das?«

Liam lächelte auf eine zugleich zufriedene, aber auch traurige Art und Weise.

»Meine Mutter war Biologin und hat mir früher oft von den vielen Tieren Südafrikas vorgeschwärmt. Sie liebte dieses Land, sowohl die Menschen als auch die Tier- und Pflanzenwelt. Ich hörte als Kind immer fasziniert zu, wenn sie mir von den verschiedenen Arten erzählte. Ihre Begeisterung für Tiere hat sich auch auf mich übertragen. Und als ich schließlich im Kruger-Nationalpark landete, fühlte es sich auf einmal wie ein Wegweiser an. So kam es, dass ich meinen eigenen Weg im Tierschutz gefunden habe. Es war das Beste, was mir passieren konnte. Ich fühle mich unglaublich wohl hier im Nationalpark und endlich auch wieder mit meiner Mum verbunden. Hier ist sie mir irgendwie näher, und ich fühle mich nicht mehr so allein wie in Deutschland.«

In Liams Augen entdeckte ich einen leichten Schimmer.

Ich hatte mit einem Mal einen dicken Kloß im Hals und

spürte, dass auch meine Augen feucht wurden. Tränen der Rührung stiegen in mir auf, doch ich drängte sie zurück.

»Ich … Ich weiß nicht, was ich sagen soll. Das ist …« Mir fehlten die Worte. »Das ist toll, Liam, ehrlich. Deine Mutter wäre sicher unheimlich stolz auf dich«, sagte ich mit so viel Aufrichtigkeit in der Stimme, wie mir nur möglich war.

Liam schabte mit seinen dreckverkrusteten Boots über den sandigen Boden.

»Danke, Nike. Deine Worte bedeuten mir viel.«

Als er aufsah, entdeckte ich Verunsicherung in seinem Blick.

Da Liam sich mir heute in einer Weise geöffnet hatte, die mich sehr berührte, verspürte auch ich den Drang, ihm gegenüber ebenfalls etwas offener zu sein.

»Weißt du, an dem Abend am Lagerfeuer … Da habe ich nicht alles gesagt. Ich bin nicht nur wegen der Organisation hier. Also auch, weil es sich angeboten hat, aber …«

Ich knibbelte an meiner Unterlippe.

Liam sah mich ehrlich interessiert an und ich merkte, wie ich unter seinem Blick nervös wurde.

»Ich habe mich in Deutschland eingeengt gefühlt«, setzte ich schließlich an. »Meine Eltern führen einen Weinhandel in Köln, den damals mein Großvater gegründet hat. Das Geschäft läuft auch wirklich gut. Wir verkaufen exquisite Weine und haben Kunden weltweit. Für meine Mutter und meinen Vater stand schon immer fest, dass ich eines Tages den Weinhandel übernehmen würde, da ich ihr einziges Kind bin. Ich wurde aber nicht einmal gefragt, ob ich das auch will. Sie haben es mehr oder weniger vorausgesetzt. Und ich hatte immer dieses Pflichtgefühl gegenüber meinen Eltern und den Gedanken, dass ich sowieso keine Wahl habe.«

Noch immer fühlte es sich an, als würde ich einen schweren Rucksack mit mir tragen. Und so gern ich auch die Gurte kappen und mich von diesem Ballast trennen wollte – so einfach war das nicht.

Vielleicht musste ich selbst erst einmal lernen, wieder mit mir ins Reine zu kommen. Die letzten Monate hatte ich mich immer weiter von mir selbst entfernt, von meinem eigenen Ich. Von meinen Wünschen, meinen Träumen. »Ich habe mich so leer gefühlt. Wie eine ausgepresste Zitrone. Als wäre nur noch eine Hülle von mir übrig, aber das, was diese Hülle mal mit Leben gefüllt hatte, war fort.«

Liam unterbrach mich nicht, sondern hörte mir aufmerksam zu. Er signalisierte mir mit einem leichten Nicken, dass ich fortfahren sollte.

Ich versuchte, die wirren Gedanken in meinem Kopf zu ordnen.

»Meinen Eltern zuliebe habe ich schließlich begonnen, BWL zu studieren. Meine komplette Zukunft schien bereits geschrieben, jedoch nicht durch mich, sondern durch meine Eltern. Hinzu kam, dass meine Mutter meine Arbeit bei den *World Wildlife Savers* nicht wirklich gutgeheißen hat. Sie sagte mir ständig, ich würde meine Zeit verschwenden und zu viel träumen. Von der großen weiten Welt, wo ich ihrer Meinung nach doch alles in Köln hatte.«

»Und du warst nicht glücklich?«, fasste Liam zusammen.

Ich schüttelte den Kopf. »Nein, das war ich nicht. Ich habe mich wie in einem goldenen Käfig gefühlt. Zusätzlich habe ich eine wichtige Prüfung in den Sand gesetzt. Als meine Chefin Dilara diese Reise nicht antreten konnte, war es plötzlich so, als hätte ich endlich einen Ausweg gefunden. Es war wie ein Weckruf, weißt du? Und dann habe ich alles auf eine Karte gesetzt. Ich habe mein BWL-Studium abgebrochen und mich noch dazu von meinem langjährigen Freund Tim getrennt, der ebenfalls in dem Unternehmen meiner Eltern arbeitet.«

»Das ist … radikal«, antwortete Liam. »Und verdammt mutig. Diesen Schritt hätte nicht jeder gewagt.«

Ich stieß ein Schnauben aus. »Meine Eltern haben es wohl als jugendlichen Leichtsinn abgetan. Oder besser gesagt, meine

Mutter. Und vielleicht ist es das auch. Leichtsinnig. Ich weiß es nicht.«

Liam schwieg eine Weile. »Manchmal muss man erst mal aus allem ausbrechen, um zu erkennen, wohin man möchte.«

»Ich glaube, ich bin nicht nur ausgebrochen. Ich habe eine regelrechte Spur der Verwüstung hinterlassen«, schob ich theatralisch hinterher. »Meine Mutter ist sehr enttäuscht von mir. Weil sie meine Beweggründe einfach nicht nachvollziehen kann.«

»Ich kann mir nicht vorstellen, dass sie enttäuscht von dir ist«, hielt Liam dagegen. »Für sie war es bestimmt nur nicht einfach, einzusehen, dass ihr Traum nicht zwangsläufig deinen Träumen entspricht.«

»Ich habe immer angenommen, ich hätte gar keine Wahl.«

»Man hat immer eine Wahl«, sagte Liam sanft und mit einem aufbauenden Unterton in der Stimme. »Man muss sie nur ergreifen.«

Ich seufzte. »Inzwischen ist mir das auch bewusst geworden. Ich hätte gegenüber meinen Eltern viel eher den Mund aufmachen müssen.«

»Das bedeutet, du kannst mit Wein nicht sonderlich viel anfangen?«, hakte Liam nach.

»Nein, so ist es nicht. Ganz und gar nicht«, widersprach ich und überlegte fieberhaft, wie ich Liam meine widersprüchlichen Gefühle, was Wein betraf, glaubhaft darstellen konnte.

Liam sah mir offensichtlich an, dass ich Schwierigkeiten hatte, die richtigen Worte zu finden, und wartete geduldig.

Ich sammelte meine Gedanken. »Weißt du, an sich finde ich Wein unglaublich faszinierend und vielfältig. Aber diese Vielfalt spiegelt sich einfach nicht in einem BWL-Studium wider. Es ist so trocken und öde. Deshalb habe ich mein Studium geschmissen. Ebenso fehlt mir die Vielfalt, nach der ich suche und die ich mit Wein verbinde, in dem Fachhandel meiner Eltern. Natürlich befassen wir uns dort jeden Tag mit Wein. Und versteh mich nicht falsch, unser Laden ist wirklich schön. Mein Opa und meine Eltern haben sich etwas Tolles aufgebaut. Aber diese Arbeit ist für mich persönlich einfach zu eintönig, da wir nur mit dem Verkauf von Wein zu tun haben. Und der Wein an sich, das, worum es geht, das rückt in den Hintergrund. Ich würde zum Beispiel gern ein paar Bioweine ins Sortiment aufnehmen. Dazu würde ich natürlich vorher die Winzer besuchen, mich über ökologischen Weinanbau informieren und die Weinstöcke besichtigen. Das halten meine Eltern aber für zeitraubend und nicht notwendig. Sie interessiert nur, dass der Wein sich gut verkauft. Aber mir ist das zu wenig. Ist das irgendwie verständlich?«

Für einen winzigen Moment verspürte ich einen Stich in der Brust, doch ich konnte das Gefühl nicht richtig deuten. War es Wehmut? Oder Sehnsucht? Das Gefühl, etwas verloren zu haben?

Liam nickte langsam. »Das kann ich sogar sehr gut nachvollziehen. Vielleicht wäre die Arbeit auf einem Weingut eher etwas für dich? Eine Tätigkeit, mit der du bei der Weinherstellung wirklich von Anfang an dabei bist.«

Meine Mundwinkel hoben sich. »Weingüter sind toll. Sie versprühen einen ganz besonderen Charme. Aber darauf, mich direkt mit der Herstellung von Wein zu befassen, bin ich noch nie gekommen.«

Ich spann den Gedanken noch ein wenig weiter und fand mehr und mehr Gefallen an der Idee. Was, wenn das Thema Wein immer noch meine Zukunft war, nur eben nicht so, wie meine Eltern und auch ich immer gedacht hatten?

22. Kapitel

Die nächsten Tage waren für mich noch immer neu und ungewohnt, aber so langsam fand ich mich in die neuen Aufgaben und Rhythmen ein. Unsere morgendlichen und nachmittäglichen Game Drives wurden ergänzt durch Lerneinheiten, in denen wir viel Wissenswertes erfuhren, das uns bei der Arbeit im Busch half. Hinzu kamen die täglichen Aufgaben in der Lodge. Ich versuchte, mir so viele Notizen wie möglich zu machen. Inzwischen hatte ich es auch geschafft, Dilara einen ersten Bericht per Mail zu schicken. Ich war gespannt, wie sie am Ende entscheiden würde und ob wir das Projekt in den Katalog der *World Wildlife Savers* aufnehmen würden.

So verging die erste Woche im Camp wie im Flug.

Die Freiwilligenarbeit auf der Sibaya Lodge war so geregelt, dass wir am Wochenende mindestens den Samstag oder Sonntag freihatten, manchmal auch beide Tage, je nachdem, wie viel Arbeit anfiel. Heute war eigentlich unser freier Tag, doch Carlo, Fleur und ich hatten uns dazu entschieden, gemeinsam mit Liam in den Busch rauszufahren. Ich hätte es viel zu schade gefunden, den Tag lediglich in der Lodge zu verbringen, während da draußen das wahre Abenteuer wartete.

Matti hingegen hatte sich mit Kyano zu einem gemeinsamen

Bush Walk verabredet, um nach dem sagenhaften Schuppentier zu suchen und es mit etwas Glück vor die Linse zu bekommen. Er hatte in den letzten Tagen von nichts anderem geredet. Da der Pangolin jedoch nachtaktiv und noch dazu sehr selten anzutreffen war, mussten Kyano und Matti bereits mitten in der Nacht aufbrechen, worauf Carlo, Fleur und ich nicht sonderlich scharf waren.

Ich wünschte den beiden, dass sie Erfolg hatten, und war gespannt, ob es Matti tatsächlich gelingen würde, das seltene Tier zu fotografieren.

Ich war an diesem Morgen die Erste. Ich hatte nicht mehr schlafen können und mich daher entschieden, noch ein bisschen die Ruhe im Camp zu genießen, bevor es trubeliger wurde. Pünktlich zum Sonnenaufgang setzte ich mich an den Tisch auf dem Balkon. Glücklicherweise hatten Carlo, Fleur und ich Liam dazu überreden können, den Game Drive an unserem freien Tag etwas später starten zu lassen. Wie lange Matti um diese Uhrzeit wohl schon mit Kyano unterwegs war?

Vor mir stand eine dampfende Tasse Kaffee, während mein Blick über den Nationalpark schweifte. Unter mir glitzerte das Wasser im Pool, und in der Ferne zeichnete sich das Wasserloch ab, an dem ich Zebras, Gnus und Antilopen ausmachen konnte.

Alles war so friedlich.

Über mir zogen bunte Vögel ihre Kreise. Ich meinte, eine Gabelschwanzracke unter ihnen erkennen zu können.

Das Camp lag still zu meinen Füßen, wobei ich unter mir Taio erkannte, der mit einem Kescher ein paar Blätter aus dem Pool fischte. Als er mich auf dem Balkon erspähte, winkte er mir freudig zu, und ich winkte zurück. Ich mochte Taio. Seine gelassene Art war unglaublich beruhigend.

Das frühe Aufstehen machte sich bezahlt, denn noch nie war ich mit solch einem eindrucksvollen Sonnenaufgang belohnt worden. Der Himmel war in Rot, Gelb und Orange getaucht, und über dem Nationalpark entstand eine wahre Farbexplosion. Unweigerlich begann ich, das Farbspektrum mit dem von Wein zu vergleichen.

Ich dachte an den sogenannten Orange Wine, dessen Farben von einem prachtvollen Orange bis zu einem leuchtenden Bernstein reichten. Der Wein bekam seine besondere Tönung dadurch, dass die Weißweintrauben mit den Beerenschalen vergoren wurden.

Die Strahlen der Sonne brachen sich in einem goldgelben Schimmer und erinnerten mich an einen sizilianischen Chardonnay, den ich einmal im Italienurlaub gekostet hatte. Die Rottöne am Himmel waren so vielfältig wie die Weine selbst. Das Violettrot verband ich mit einem jungen Syrah, während das Granatrot eher einem mittelalten Brunello di Montalcino glich.

In meinem Brustkorb breitete sich ein warmes Gefühl aus, und ich konnte mich an den Farben kaum sattsehen. Es war einzigartig.

Jede Farbe hatte sich tief in meinem Gedächtnis verankert, und ich wusste, dass ich selbst nach diesem Sonnenaufgang noch jede einzelne Nuance in meinem Kopf gespeichert haben würde.

»Konntest du etwa auch nicht mehr schlafen?«

Als ich meinen Blick vom Himmel abwandte und stattdessen Richtung Esszimmer sah, stand Liam im Türrahmen zum Balkon. Wieder durchfuhr mich in seiner Gegenwart ein Kribbeln, fast wie ein Stromschlag.

Ich schüttelte den Kopf und lächelte. »Nein, irgendwie nicht.«

»Ging mir ganz genauso. Darf ich mich zu dir gesellen?«

»Sicher.«

Als Liam sich mit einem Apfel in der Hand mir gegenübersetzte und seinen Blick über das Buschland schweifen ließ, stahl sich ein Lächeln auf sein Gesicht.

»Ich liebe die morgendliche Ruhe im Camp. Wenn du Zeuge davon wirst, wie die Natur um einen herum zum Leben erwacht.«

Einträchtig lauschten wir der Stille, die hin und wieder durch munteres Vogelzwitschern durchbrochen wurde. Irgendwann gesellte sich auch das Gebrüll eines Löwen hinzu, das über die Ebene hallte.

Wir betrachteten die Tiere am Wasserloch und ließen die Szenerie auf uns wirken.

»Manchmal wünschte ich, meine Mutter könnte all das sehen. Es hätte sie glücklich gemacht«, sagte Liam leise.

Mein Herz zog sich zusammen. Es fühlte sich an, als würde eine eiskalte Faust fest zudrücken, und mich überkam tiefes Mitgefühl.

»Fehlt sie dir sehr?«, fragte ich vorsichtig. Ich fühlte mich unsicher dabei, Liam solch eine intime Frage zu stellen. Doch seitdem wir gemeinsam das Schild im Camp ausgetauscht hatten, bestand eine neue, tiefere Verbindung zwischen uns.

Liam fasste an die Krempe seines Huts und rückte ihn zurecht.

»Ich glaube, ich vermisse eher die Vorstellung von ihr. Es ist schwer, eine Person zu vermissen, die man nie richtig kennengelernt hat. Ich war damals noch klein, als sie starb. Und die Erinnerungen, die ich an sie habe, verschwimmen immer mehr. Als würde ihr Gesicht in meinem Kopf durch einen Nebelschleier verdeckt werden. Das macht mir ein bisschen Angst. Ich habe Angst, sie zu vergessen, und ich bedaure, dass wir nicht mehr Zeit zusammen hatten. Manchmal fühlt es sich immer noch so an, als … als wäre ich nicht vollständig. Als würde etwas fehlen.«

Ich nickte still.

»Für das Camp zu arbeiten, bedeutet mir viel«, fuhr Liam fort. »Es gibt mir Zuversicht, dadurch die Leere in mir füllen zu können.«

Dass Liam mir gegenüber so offen über seine Gefühle sprach, ehrte mich.

»Weißt du, auch wenn deine Mutter nicht bei dir ist, wirst du sie trotzdem immer in deinem Herzen tragen. Sie ist ein Teil von dir, deswegen kannst du sie auch niemals vergessen.«

Liams Mundwinkel hoben sich. »Das hätte diesmal auch ein guter Spruch fürs Poesiealbum sein können.«

»Was soll ich sagen, ich hatte einen guten Lehrer«, erwiderte ich ebenfalls mit einem breiten Lächeln, dann kehrte wieder Stille ein.

»Was ist eigentlich mit deinem Dad? Wohnt er weiterhin in Heidelberg?«, fragte ich.

»Ja, das tut er. Mein Dad und ich haben ein ganz gutes Verhältnis. Wir telefonieren auch regelmäßig. Es war allerdings nicht immer so, dass wir uns gut verstanden haben. Es gab eine Phase, in der ich sehr rebelliert habe.«

»Tun wir das nicht alle mal? Die einen früher, die anderen später«, überlegte ich laut. Wobei auf mich definitiv *später* zutraf.

»Schon …«, druckste Liam herum. »Aber dadurch habe ich vielen Leuten viel Kummer bereitet, allen voran meinem Dad.«

Ich wollte bereits nachhaken, was er damit meinte, als Liams Blick auf einmal in die Ferne schweifte. Seine Augen begannen zu glänzen, und ein strahlendes Lächeln legte sich auf sein Gesicht.

»Nike, du solltest dich umdrehen«, flüsterte Liam und starrte dabei weiterhin an mir vorbei in die Ferne.

Was war denn nun los? Als ich Liam schließlich den Gefallen tat und meinen Kopf wandte, traute ich meinen Augen kaum. Nur mit Müh und Not konnte ich ein begeistertes Aufquietschen unterdrücken.

Wenige Meter von der Lodge entfernt standen zwei Giraffen. Zwei riesige, wunderschöne Giraffen.

Auch Taio unter uns hatte in seiner Arbeit innegehalten,

hielt reglos den Kescher in den Händen und blickte ehrfürchtig zu den beeindruckenden Lebewesen hinüber.

Die Giraffen schritten anmutig und grazil durch das Camp an Taio vorbei, die langen Hälse stolz in die Höhe gereckt. Ich betrachtete ihr beigefarbenes Fell mit den charakteristischen braunen Flecken.

Die eine Giraffe war zierlich und hatte nur sehr kurze Hörner, während die andere Giraffe größer war, deutlich ausgeprägtere Halsmuskeln besaß und auch durch längere Hörner hervorstach. Ich vermutete, dass es sich demnach um ein Weibchen und ein Männchen handelte, da die Giraffenmännchen oft größer waren.

Ihre Köpfe befanden sich jetzt genau auf Höhe des Balkongeländers.

Als das Männchen seinen Kopf über das Geländer hob und an mir schnupperte, hielt ich den Atem an. Die Berührung kitzelte. Das Männchen wurde mutiger, und mir entfuhr ein kleiner Schrei, als es mir völlig unerwartet mit der Zunge über die Wange fuhr. Während ich noch immer nicht richtig realisieren konnte, was hier passierte, wischte ich mir mit dem Handrücken die Spucke aus dem Gesicht. Wer hätte gedacht, dass ich Giraffen jemals so nah kommen würde? Auf Tuchfühlung mit Giraffen, Wahnsinn …

Ich hielt meine eine Hand in die Höhe, damit mich das Männchen weiter beschnuppern konnte. Schließlich traute ich mich, über das Fell auf seinem Kopf zu streichen. Es war ein berauschendes Gefühl.

»Ich würde sagen, das frühe Aufstehen hat sich gelohnt.« Das Schmunzeln war aus Liams Stimme deutlich herauszuhören.

Die kleinere Giraffe hatte mittlerweile Liams Apfel erspäht und reckte ihren Hals erwartungsvoll dem Obst entgegen.

Liam nahm den Apfel auf seine flache Hand und bot ihn der Giraffe an.

Flink schnellte ihre blaue Zunge hervor, bevor sie den Apfel in ihrem Maul verschwinden ließ und genüsslich darauf kaute.

Die große Giraffe genoss die Aufmerksamkeit sichtlich und reckte ihren Kopf zwischen unseren Gesichtern hindurch, sodass sowohl Liam als auch ich das Tier mit Streicheleinheiten verwöhnten. Es verrenkte dabei lustig den Kopf, was mich auflachen ließ.

Doch dann zog die Giraffe sich überraschend zurück, und ich blickte direkt in Liams Gesicht, das auf einmal sehr nah an meinem war. Plötzlich schien die Luft um uns herum zu knistern. Alles war irgendwie intensiver.

Mein Herzschlag beschleunigte sich, und ich befeuchtete meine Lippen, da sich mein Mund mit einem Mal ganz trocken anfühlte. Im Licht der Sonne wirkten Liams Augen wie Wellen, die kraftvoll, aber doch anmutig auf einen Strand zurollten. Das Graublau nahm mich gefangen.

Mein Blick wanderte von Liams Augen zu seinem Mund. Ich konnte in diesem Augenblick an nichts anderes mehr denken als daran, wie es wohl wäre, ihn zu küssen.

Auch Liam bedachte mich mit einem Blick, als würde er mich zum ersten Mal sehen. Als würde er mich *richtig sehen*. Nicht nur die äußere Hülle, sondern auch das, was dahinter verborgen lag.

Kam es mir nur so vor, oder waren sich unsere Gesichter in den letzten Sekunden noch näher gekommen?

Die sanften Wellen in Liams Augen verwandelten sich in etwas Raues, Stürmisches.

Liams warmer Atem strich über meine Wange, und mittlerweile fühlte es sich an, als wäre nicht nur die Sonne aufgegangen. Auch mein Herz bäumte sich auf und leuchtete in den schönsten Farben.

Ich war mir sicher, dass es gleich passieren würde. Gleich würden Liam und ich uns küssen. Ich konnte Liams Lippen schon auf meinen fühlen und schloss bebend vor Erwartung die Augen.

Doch nichts dergleichen geschah, denn Kyano trat zu uns auf den Balkon, und Liam und ich fuhren abrupt auseinander. Das Ganze war mir so unangenehm, dass ich rot anlief und kaum wusste, wo ich hinschauen sollte.

»Morgen«, nuschelte Kyano. »Ich hoffe, ich störe nicht.« Hatte Kyano etwa mitbekommen, dass Liam und ich uns eben verdammt nah gekommen waren? Oder war seine Bemerkung lediglich eine Floskel?

»Unsinn, du störst nie«, antwortete Liam schnell. Eine Spur zu schnell. Ich sah seinen Adamsapfel aufgeregt auf- und abhüpfen. Auch ihm war die Situation sichtlich unangenehm.

Ich rang mir ein Lächeln ab. »Guten Morgen. Wo hast du denn Matti gelassen? Und wie war euer nächtlicher Bush Walk?«

»Wir hatten Glück«, antwortete Kyano. »Das Schuppentier hat sich zwar sehr viel Zeit gelassen, bis es rausgekommen ist, aber Matti ist überglücklich. Er wollte sich noch mal ein bisschen aufs Ohr hauen, die Nacht war kurz. Er zeigt euch später bestimmt noch die Bilder.«

»Das ist toll!«, sagte ich. Ich freute mich ehrlich für Matti.

Kyano nickte lächelnd, doch mir fiel auf, wie abgekämpft und müde er aussah. Dunkle Augenringe zeichneten sich in seinem Gesicht ab, und auf seiner Stirn waren tiefe Falten zu erkennen. Der nächtliche Bush Walk musste wirklich anstrengend gewesen sein. Er hatte nicht mal einen Blick für die Giraffen übrig.

Inzwischen hatte Taio unter uns weiteres Obst geholt, vermutlich aus der Küche, und die zwei Giraffen hatten ihn umgehend zu ihrem neuen Freund auserkoren.

Auch Liam musterte Kyano besorgt. »Bro, alles in Ordnung bei dir?«

Kyano winkte ab. »Ja, alles gut, Mann, hab bloß schlecht geschlafen. Und die Nacht war eindeutig zu kurz.«

Ich hatte den Eindruck, dass das nur die halbe Wahrheit war. Noch nie hatte ich Kyano in den letzten Tagen in derartig schlechter Verfassung erlebt. Er wirkte auf mich nicht nur müde, sondern auch besorgt. Ehe ich mir weitere Gedanken darüber machen konnte, wandte Kyano sich ab und machte Anstalten, nach drinnen zu gehen. »Ich werde mich in eine der Hütten zurückziehen und mich auch noch mal ein bisschen hinlegen. Euch wünsche ich gleich viel Spaß bei eurem Game Drive. Also, bis später.«

Mit diesen Worten ließ er Liam und mich allein.

23. Kapitel

»Ach, wie schön, das wird dann heute wohl ein Nicarleur-Tag«, witzelte Carlo, als wir uns bei den Jeeps trafen.

»Ein was?«, fragte ich verständnislos. Gedanklich war ich immer noch bei Liams und meinem Beinahekuss. Ob es ihm ähnlich ging? Ich warf ihm einen flüchtigen Blick von der Seite zu, aber er ließ sich nichts anmerken.

»Na, ein Nicarleur-Tag«, antwortete Carlo voller Selbstverständlichkeit. »Ich hab mal versucht, aus unseren Silben einen Clubnamen zu machen.«

»Klingt ja bescheuert«, befand Fleur. »Ist dir echt nichts Cooleres eingefallen? Und wer ist heute noch in einem Club?«

»Na, die ganz coolen Kids.« Carlo schob sich eine riesige verspiegelte Sonnenbrille auf die Nase. Dabei fiel mir auf, dass er sich die Fingernägel in einem stylishen Türkis lackiert hatte.

»Der Nagellack ist ja total schick. Willst du hier irgendwen beeindrucken, Carlo?«, fragte ich ihn.

»Pffft, ich muss niemanden beeindrucken«, entgegnete Carlo, aber ich war mir ziemlich sicher, dass ich gerade einen schmachtenden Ausdruck auf seinem Gesicht entdeckt hatte. Bestimmt dachte er an Kyano.

»Wir könnten uns ja auch die Grünscheißerracken nennen«, spielte Fleur auf Carlos Fauxpas in der Theoriestunde an.

Carlo blickte übertrieben böse drein, doch seine Mundwinkel zuckten.

»Du bist giftiger als jede Schlange, Fleur, hat dir das schon mal jemand gesagt?«

»Danke für das Kompliment«, ging Fleur feixend darauf ein und warf ihre Haare schwungvoll in die Luft. Diesmal hatte sie ein buntes Tuch darum gewickelt.

»Angeberin«, schoss Carlo gleich darauf zurück, während Fleur diesmal vorne neben Liam Platz nahm, Carlo und ich setzten uns nach hinten.

»Vor welchem Tier fürchtet ihr euch am meisten?«, fragte Carlo unvermittelt.

»Vor Geckos«, schoss es wie aus der Pistole aus Fleur heraus. Missbilligend verzog sie den Mund.

»Geckos?«, hakte ich irritiert nach. »Aber die sind doch harmlos.«

Fleur fuhr ihre Finger zu Krallen aus. »Die sehen richtig angsteinflößend aus. Und irgendwie gefährlich.«

Carlo prustete los. »Gurl, dein Ernst? Geckos? What? Das habe ich ja noch nie gehört.«

»Ich hatte mal eine Freundin, die hatte panische Angst vor Schmetterlingen. Und vor Tauben. *Das* fand ich merkwürdig. Schmetterlinge sind doch wunderschön.« Fleur legte den Kopf schief und drehte sich zu mir um.

»Wovor hast du Angst?«

»Gute Frage«, rätselte ich. Schon immer hatte ich eine unerklärliche Angst vorm Wasser gehabt. Einerseits fand ich Reportagen über die Unterwasserwelt unglaublich faszinierend. Aber auf der anderen Seite machte sie mir auch wahnsinnige Angst. Der Gedanke, dass da irgendetwas unter mir herumschwamm … Absolut gruselig!

»Vor Haien«, antwortete ich daher.

»Wie unspektakulär«, kommentierte Fleur und blickte Carlo lauernd an. »Und, wie sieht es bei dir aus?«

»Spinnen«, sagte Carlo, ohne länger zu überlegen. »Wi-der-lich.«

»Ich mag vielleicht Angst vor Geckos haben, aber wenigstens bin ich kein wandelndes Klischee, was Ängste angeht«, zog Fleur uns auf. »Spinnen und Haie sagt doch jeder.«

Liam hatte mittlerweile hinterm Steuer Platz genommen.

»Liam, vor welchen Tieren hast du Angst?«, fragte ihn Fleur geradeheraus, und Liam schien zunächst etwas überrumpelt von ihrer Frage zu sein. Oder war er gedanklich ebenfalls woanders?

»Hmm … Ich würde auf Mücken gehen.«

»Mücken?«, fragten wir alle drei wie aus einem Mund.

Liam drehte sich zu uns um. »Ja, die kleinen Mistviecher scheinen auf mich zu fliegen. Vielleicht schmecke ich besonders gut.«

Zu meinem Entsetzen schoss mir bei Liams Aussage die Hitze in die Wangen, als ich mir erneut vorstellte, wie es wohl sein mochte, ihn zu küssen.

Glücklicherweise bekam Liam von meinem Gedankenchaos nichts mit, da er sich angeregt mit Fleur und Carlo über Phobien unterhielt.

Ich war froh, als er den Wagen startete und wir uns wieder auf unsere eigentliche Mission konzentrieren konnten: unseren morgendlichen Game Drive.

Kurz darauf erstreckte sich vor uns die endlose Weite des Nationalparks. Hier inmitten des Kruger-Nationalparks kam ich mir auf einmal unendlich frei vor. Frei von Vorstellungen und Erwartungen, denen ich nicht länger entsprach.

Dennoch hallte in mir auch immer noch das Gespräch mit Liam nach, das ich mit ihm geführt hatte, als wir das Schild erneuerten. Ob ich meiner Leidenschaft für Wein doch noch nicht gänzlich abgeschworen hatte? Vielleicht musste man sich manchmal von etwas distanzieren, um es neu für sich zu entdecken? Wieso kam mir dieser Gedanke ausgerechnet Tausende von Kilometern von Deutschland entfernt, noch dazu mitten im Busch? War es manchmal so, dass wir etwas erst schätzen lernten, wenn es auf einmal meilenweit entfernt war?

Ich wusste es nicht.

Während Liam den Geländewagen durch den Busch fuhr, konzentrierte ich mich auf die Umgebung.

Es war ergreifend, der Tierwelt beim Erwachen zuzusehen. Zu hören, wie die Vögel in den Bäumen immer munterer wurden und den Nationalpark mit ihrer Melodie aufweckten.

Ich entdeckte Spuren in dem sandigen Boden und fragte mich, von welchem Tier sie wohl stammen mochten.

Mein Blick streifte den mittlerweile blauen Himmel, und die unterschiedlichen Farben des Sonnenaufgangs schoben sich wieder vor mein inneres Auge.

»Habt ihr die Farben eines Sonnenaufgangs schon mal mit den Farben von Wein verglichen?«, fragte ich verträumt.

Fleur drehte sich zu mir um und blickte mich fragend an. »Wein? Wie kommst du denn darauf?«

»Ach, nicht so wichtig«, winkte ich ab, und Fleur drehte sich wieder nach vorne.

Ich sah, wie mir Liam im Rückspiegel ein Lächeln zuwarf. Und aus irgendeinem Grund machte mich das sehr glücklich.

Vielleicht konnte mir Südafrika wirklich dabei helfen, mich neu zu finden? Und alte Leidenschaften wieder entflammen zu lassen?

Beim heutigen Game Drive war es unsere Aufgabe, die einzelnen Wildtierkameras abzufahren und zu kontrollieren, ob sie noch funktionierten. Wir tauschten einige Kameras aus, um die Bilder darauf später auswerten zu können.

Als wir an einem Wasserloch eine Herde Flusspferde entdeckten, stoppte Liam den Wagen. Wir hielten genügend Abstand, um die grasenden Tiere nicht in Aufruhr zu versetzen. Schließlich hatten wir gelernt, dass bei Nilpferden Vorsicht geboten war.

Mir graute es beim Anblick ihrer gefährlichen Kampfzähne.

Ihre kräftigen Kiefer erweckten den Anschein, als hätten sie die Wucht eines Vorschlaghammers.

»Man mag gar nicht meinen, dass *die* Veganer sind«, meinte Fleur trocken, was uns allesamt leise lachen ließ.

»Aber die kleinen Hippos sind echt süß«, setzte Carlo hinterher. »Die sehen irgendwie drollig aus.«

Nachdem wir auch noch die verbliebenen Wildtierkameras ausgetauscht hatten, sah Liam uns fragend an. »Und, worauf habt ihr jetzt Lust? Irgendwelche Wünsche?«

Mit einem Mal wirkte Carlo ganz verlegen. Er blickte erst zwischen Fleur und mir hin und her und sah dann Liam an.

»Also wenn es euch nichts ausmacht, fände ich es total cool, wenn wir uns die Pflanzen mal ein bisschen genauer ansehen könnten. Ihr wisst schon, weil es doch mein Traum ist, eines Tages Kleidung aus Pflanzenfasern herzustellen.«

Liam nickte. »Von mir aus gerne. Was sagen die Frauen dazu?«

»Klar, da bin ich dabei.« Ich lächelte Carlo an.

Auch Fleur war begeistert. »Da fragt ihr noch? Hallo, es geht um Mode, natürlich bin ich mit von der Partie!«

Wie sich zeigte, hatte Liam auch ein umfassendes Wissen, was die Pflanzenwelt des Kruger-Nationalparks anging. Er ließ uns bereitwillig daran teilhaben und zeigte uns einige wirklich außergewöhnliche Gewächse. Nicht nur Carlo war Feuer und Flamme, auch Fleur und ich kamen aus dem Staunen nicht heraus. So verbrachten wir weitere zwei Stunden im Busch, bevor wir zufrieden und erschöpft wieder im Camp ankamen und das Wochenende dort zusammen mit Matti, der inzwischen etwas Schlaf nachgeholt hatte, gemütlich ausklingen ließen. Matti berichtete von der nächtlichen Schuppentier-Expedition und präsentierte stolz einige Fotos. Nach dem Abendessen fiel ich überglücklich und erfüllt von dem schönen Tag, ins Bett und schlummerte selig ein. Doch leider war die Idylle nicht von Dauer …

24. Kapitel

In der Nacht wurde ich von einem Geräusch wach, das einem lauten Knall glich. Gewitterte es? Oder waren das etwa Schüsse gewesen? Ich setzte mich auf und lauschte angestrengt in die Dunkelheit hinein. Ein heftiger Sturm war aufgezogen. Das Tosen des Windes war laut, und ich war mir nun nicht mehr sicher, ob ich wirklich einen Schuss gehört hatte.

»Fleur«, flüsterte ich. »Fleur, hast du das auch gehört?«

Doch Fleur antwortete mir nicht. Sie schien im Gegensatz zu mir einen weitaus festeren Schlaf zu haben. Ihren Ohropax sei Dank.

Angst breitete sich in meinem Körper aus, mein Puls schoss in die Höhe. So oft wurde in Fernsehberichten oder Zeitungsartikeln davon berichtet, dass Südafrika ein Problem mit Wilderern hatte, auch wenn Loraine, Taio, Liam und Kyano das Thema bisher nicht angesprochen hatten. Aber was war, wenn da wirklich Wilderer ihr Unheil trieben? Der Gedanke, dass zu dieser Stunde Menschen durch den Nationalpark liefen und auf Tiere schossen, ließ mich nicht los.

Ein weiterer Knall ließ mich zusammenzucken. Diesmal war ich mir fast zu hundert Prozent sicher, dass es sich um Schüsse handelte.

Meine Gedanken rasten so wild durcheinander, dass sie mir entglitten. Ob ich irgendjemandem Bescheid geben sollte? Aber wem?

Ich merkte, wie ich am Körper zu zittern begonnen hatte. Sollte ich Taio und Loraine oder Liam wecken? Oder war das keine gute Idee? Gab es überhaupt eine Möglichkeit, mitten in der Nacht etwas zu tun? War es nicht selbst für die Ranger im Park der reinste Wahnsinn, sich um diese Zeit hinauszuwagen? Ich starrte aus dem Fenster in die Schwärze der Nacht. Ein Ast peitschte gegen das Glas.

Ein erneuter Knall riss mich aus meiner Erstarrung und nahm mir meine Entscheidung ab.

Ich wollte es nicht verantworten, dass Tiere ums Leben kamen, nur weil ich zu feige gewesen war, jemanden aus dem Camp zu benachrichtigen.

Also warf ich meine Decke nach hinten und schwang meine Beine über die Bettkante. Hastig streifte ich eine Strickjacke über mein Schlafshirt, schlüpfte in eine lange Jogginghose und in meine Schuhe.

Ich warf einen letzten Blick auf Fleur, die nach wie vor friedlich schlummerte. Erst hatte ich ein schlechtes Gewissen, sie hier allein zurückzulassen. Aber die Zeit drängte.

Ich öffnete die Tür, die leise knarrte, und trat nach draußen. Wolken hatten sich vor den Mond geschoben. Der Regen peitschte mir ins Gesicht und nahm mir die Sicht. Die Bäume im Camp wiegten im Wind hin und her. Eine Böe erfasste meine Strickjacke und blähte sie auf.

Erneut lauschte ich in die Nacht hinein und versuchte, Geräusche abseits des Sturms auszumachen. Doch der Busch schien wie ausgestorben. Ob sich die Tiere vor der drohenden Gefahr versteckt hatten?

Ich lief den Weg entlang durchs Camp. Meine Schritte wurden immer schneller, und mittlerweile stolperte ich fast den sandigen Weg entlang. Mein Herz hämmerte hart gegen meinen Brustkorb.

Ich wägte meine Optionen ab: Sollte ich zu Loraine und Taio ins Haupthaus laufen oder an Liams Tür klopfen? Ich entschied mich für Letzteres, da ich ohnehin an Liams Hütte vorbeikam.

Als ich schließlich vor seiner Tür stand, zögerte ich kurz. Dann ballte ich meine rechte Hand zur Faust und klopfte. Der Wind fegte durch meine vom Regen durchnässten Klamotten und ließ mich frösteln.

Es dauerte keine drei Sekunden, da wurde die Tür von innen aufgerissen. Zu meiner Überraschung trug Liam bereits seine Rangerkleidung.

»Nike?«, fragte er verdutzt. »Was machst du hier?« Er rieb sich über das Gesicht. Auf seiner Wange zeichnete sich der Abdruck seines Kissens ab. Wenn ich nicht gerade so aufgewühlt gewesen wäre, dann hätte ich diesen Abdruck mit Sicherheit ganz entzückend gefunden und ihn genauer begutachtet.

»Ich … Ich hab Schüsse gehört«, sagte ich etwas atemlos, da ich fast den ganzen Weg gerannt war. »Also … Zumindest bin ich mir ziemlich sicher, dass es welche waren.«

Ein grimmiger Zug erschien um Liams Mund. »Ja, ich habe es auch gehört. Da sind Wilderer im Park unterwegs. Sie haben sich absichtlich diese stürmische Nacht ausgesucht, damit das Heulen des Windes ihre Schüsse überdeckt. Ich habe Kyano bereits benachrichtigt. Er ist auf dem Weg hierher, wird aber eine Weile brauchen.«

»Und was machen wir bis dahin?«, fragte ich. Ich wollte nicht einfach tatenlos herumstehen und Löcher in die Luft starren, während da draußen womöglich Jagd auf Elefanten und andere Lebewesen gemacht wurde.

»Wir?«, fragte Liam. Kurz schien er über meinen Drang, zu helfen, überrascht.

Doch er hatte sich gleich darauf wieder unter Kontrolle.

»Wir werden jetzt zu Loraine und Taio rübergehen und vom Lodgetelefon aus die Parkwacht verständigen. Die Parkranger sind für die Verwaltung und Sicherheit zuständig. Komm mit.«

Liam schloss die Tür zu seiner Hütte hinter sich, und ich folgte ihm. Der Sturm hatte noch an Stärke gewonnen. Ich stellte es mir schwierig vor, bei dem Wetter eine gute Chance zu haben, die Wilderer überhaupt lokalisieren zu können.

Mittlerweile konnte ich auch keine Schüsse mehr hören. Ob die Wilderer unterdessen abgehauen waren, oder hatte der Wind die Geräusche lediglich davongetragen?

Im Haupthaus brannte bereits Licht. Offensichtlich hatten die nächtlichen Schüsse nicht nur Liam und mich geweckt.

Als wir das Obergeschoss erreicht hatten, kam uns eine völlig aufgelöste Loraine im kunterbunten Nachtkleid entgegen. Ihre Augen waren vor lauter Schreck weit aufgerissen. Taio redete beruhigend auf sie ein, aber leider erfolglos. Als Loraine vor uns stand, hielt sie inne. »Ihr habt die Schüsse also auch gehört? Geht es euch gut?«

Liam nickte mit düsterer Miene. »Ja, ich habe Kyano bereits informiert. Hast du schon die Parkranger benachrichtigt?«

Loraine nickte. »Ja, sie wussten Bescheid. Ein anderes Camp hat sie ebenfalls gewarnt. Die Parkranger haben sich bereits zusammengeschlossen und fahren raus in den Busch. Ich befürchte allerdings, dass das bei diesem Wetter fast sinnlos ist. Der Regen nimmt einem jegliche Sicht, und der Boden wird durch die Nässe immer weiter aufgeweicht. Hoffentlich sacken die Land Cruiser nicht ein.«

In Loraines Stimme schwang große Besorgnis mit.

Ratlos blickte ich zwischen Liam, Loraine und Taio hin und her.

»Wilderer suchen sich oft stürmische oder gewittrige Nächte für ihre Aktionen aus, damit sie nicht so schnell aufgespürt werden können«, erklärte Taio mir. »Sie sind sehr gerissen und gehen geschickt vor.«

Ich ballte meine Hände zu Fäusten.

»Ich könnte mir einen der Jeeps nehmen und ebenfalls rausfahren«, schlug Liam vor, woraufhin Loraine energisch den Kopf schüttelte.

»Du fährst nicht bei diesem Wetter raus in den Busch, vergiss es! Zumal das die Aufgabe der Parkranger ist!«

»Aber wir müssen doch etwas tun! Wir können doch nicht einfach nutzlos hier sitzen und abwarten, bis die Wilderer bekommen haben, was sie wollten«, rief Liam. Frustriert fuhr er sich mit der Hand durchs Haar.

»Bitte, Liam. Ich verstehe dich, aber es ist zu gefährlich.« Ich erkannte die Angst in Loraines Augen.

Für einen Moment starrten sich Loraine und Liam einfach nur an, dann gab Liam seinen Widerstand auf und senkte den Blick.

»Gut, dann warte ich, bis Kyano hier ist. Wir fahren im Morgengrauen gemeinsam los und sehen nach, ob wir verletzte Tiere finden.«

Liams Worte ließen mich abermals frösteln.

Loraine, die normalerweise nur so vor Energie strotzte, wirkte unfassbar müde. »Wollt ihr einen Kaffee? Ach, was frage ich überhaupt, natürlich brauchen wir alle einen Kaffee!«

Sie wartete nicht einmal mehr eine Antwort von uns ab, sondern marschierte zielstrebig in die Küche.

Liam, Taio und ich ließen uns zögerlich an dem großen Esstisch nieder, während aus der Küche ein fast schon wütendes Klappern drang.

Gleich darauf kehrte Loraine mit einer großen Kanne und vier Tassen an den Tisch zurück.

25. Kapitel

Ein Miauen ertönte, und als ich meinen Blick wandte, stand Sibaya im Flur. Sie kam auf unseren Tisch zu, strich zunächst Liam, Loraine und Taio um die Beine, bevor sie zu mir kam und ihren Kopf auf meinem Schoß ablegte.

»Sie spürt die Anspannung«, sagte Taio. »Und ich glaube, sie versucht, uns zu beruhigen.«

Ich strich über Sibayas Fell. Sie war so ein elegantes Tier.

»Sie mag dich.« Taio schmunzelte.

»Das beruht auf Gegenseitigkeit«, sagte ich und lächelte. Inzwischen hatte Sibaya wieder zu schnurren begonnen.

»Wollt ihr noch einen Kaffee?«, fragte Loraine. Sie sah mitgenommen aus. Und zum ersten Mal in meiner Zeit hier in Südafrika bekam ich eine leise Vorahnung davon, dass das Leben im Kruger-Nationalpark nicht nur eine beeindruckende Natur, wunderschöne Sonnenaufgänge und flammende Abendhimmel bot. Nein, diese Schönheit war massiv bedroht, und zwar durch den Menschen.

Taio stieß ein tiefes Seufzen aus und strich seiner Frau mit der Hand über den Arm. »Nein danke, Schatz.«

Es war ernüchternd zu sehen, dass auch Loraine keine Hoffnung zu haben schien, auch wenn sie es zu überspielen versuchte.

Ein dicker Kloß breitete sich in meinem Hals aus.

Plötzlich zerschnitt ein weiterer Schuss die Nacht, und ich

merkte, wie sich in mir alles verkrampfte. Liam legte mir nun ebenfalls seine Hand auf den Arm.

Ich zuckte hilflos mit den Schultern. »Allein der Gedanke, dass da draußen Menschen rumlaufen und Tiere verletzen … Das ist einfach nur grausam.«

»Ich weiß nicht, wie viele solcher Nächte ich mir schon um die Ohren geschlagen habe«, setzte Loraine an, und Tränen schimmerten in ihren Augen. »Diese verdammten Wilderer und Schmuggler!« Sie schlug mit der Faust auf den Tisch, sodass die Vase darauf bedenklich wackelte. »Das sind doch keine Menschen, das sind Wesen ohne jegliches Mitgefühl oder Empathie! Und die Schmuggler, die das Elfenbein außer Landes bringen, sind keinen Deut besser!«

Liam zuckte neben mir zusammen und rutschte unruhig auf seinem Stuhl hin und her. Vermutlich erlebte er Loraine so auch nicht oft und fühlte sich deswegen unwohl.

»Schatz, beruhige dich«, bat Taio. »Alles wird gut.«

Auf einmal stand Carlo in einem flattrigen Morgenmantel an der Treppe, seine Haare standen wild zu allen Seiten ab. Er machte Loraine in seinem Auftreten ernsthafte Konkurrenz, wobei das Leopardenmuster von Carlos Mantel meiner Meinung nach den Gewinner darstellte.

»Seid ihr auch von dem Lärm wach geworden? Waren das etwa Schüsse?«, fragte er nur.

Wir alle nickten stumm.

Loraine stand von ihrem Platz auf und machte eine einladende Handbewegung.

»Komm, setz dich zu uns. Es gibt Kaffee.«

»Da sage ich nicht Nein. Mir ist gerade alles lieber, als in meiner Hütte zu liegen. Matti schläft wie ein Baby.«

»Willkommen im Club, Fleur hat auch nicht einmal geblinzelt«, sagte ich und zuckte mit den Schultern.

»Die zwei Glückspilze sind zu beneiden, findest du nicht auch?« Carlo seufzte.

Ich zog den freien Stuhl rechts von mir etwas nach hinten und klopfte darauf. »Na komm, gesell dich zu uns.«

Carlo setzte sich neben mich. »Was wollen die Wilderer?«, fragte er irgendwann.

»Elfenbein und Horn von Nashörnern«, murmelte Taio düster. »In den letzten Jahren hat der Bestand an Nashörnern und Elefanten im Park deutlich abgenommen.«

»Wie barbarisch«, sagte Carlo lediglich.

Dem hatten wir alle nichts hinzuzufügen.

Taio, Loraine, Liam, Carlo und ich saßen fast bis zum Morgengrauen zusammen. Wir redeten nicht viel miteinander, dennoch war es schön, die anderen in meiner Nähe zu wissen. In diesem Moment hätte ich nicht allein mit meinen Gedanken sein wollen.

Als Kyano endlich die Lodge erreicht hatte, kam wieder Leben in unsere kleine Gruppe. Ich sprang auf, bereit, etwas zu tun. Doch Loraine befand, dass Carlo und ich noch ein wenig Schlaf nachholen sollten.

»Es reicht, wenn wir uns die ganze Nacht um die Ohren schlagen«, sagte sie sanft, aber mit gewissem Nachdruck in der Stimme. Ich wusste, dass Loraine es nicht dulden würde, wenn Carlo und ich ihr jetzt widersprachen. Und sie hatte ja eigentlich auch recht: Das war jetzt Arbeit der Experten, und Carlo und ich waren wahrscheinlich keine große Hilfe. Carlo nickte, und ich tat es ihm gleich, auch wenn ich nicht einmal ansatzweise an Schlaf denken konnte.

»Kommt, ich bringe euch noch zu euren Hütten«, bot Liam an. Er lächelte, doch es erreichte seine Augen nicht. Auch ihn erschütterten die Vorkommnisse der heutigen Nacht, das sah ich ihm deutlich an. Würde man sich jemals daran gewöhnen, wenn man im Kruger-Nationalpark arbeitete? Ich konnte es mir beim besten Willen nicht vorstellen.

Dennoch hatte ich den Eindruck, dass Liam noch etwas anderes bedrückte.

Wir wandten uns zum Gehen. »Passt auf euch auf. Und danke für den Kaffee«, verabschiedete ich mich.

Taio lächelte mich sanftmütig an. »Gute Nacht.«

Kyano hob ebenfalls die Hand. »Danke, dass ihr hier die Stellung gehalten habt. Schlaft noch ein bisschen.« Er wirkte nachdenklich und hatte seit seiner Ankunft an der Lodge kaum einen Ton von sich gegeben.

»Gute Nacht«, entgegneten Carlo und ich leise, bevor Liam uns zurück zu unseren Hütten brachte. Auf dem Weg dorthin herrschte Schweigen. Inzwischen hatte der Regen nachgelassen, und der Sturm war schwächer geworden.

»Was sind das nur für Arschlöcher?«, brach es mit einem Mal wütend aus Carlo hervor, seine braunen Augen blitzten auf. »Wie kann man so gewissenlos sein? Wieso tun Menschen etwas derartig Grausames?«

Zu meiner Überraschung antwortete Liam nicht sofort.

»Aus verschiedenen Gründen. Oftmals aufgrund von Armut«, sagte er schließlich mit geradezu nüchterner Stimme. »Die Armut in Südafrika ist besorgniserregend. Viele Menschen haben keine Perspektive, es fehlt an Geld, Bildung und Jobs. Ich weiß, hier abgeschottet von der Bevölkerung in der Lodge zu leben, hält vieles von euch fern. Bisher habt ihr nur die schönen Seiten von Südafrika zu sehen bekommen. Die einzigartige Tier- und Pflanzenwelt, die beeindruckenden Farben. Doch die hohe Arbeitslosigkeit im Land führt dazu, dass sich immer mehr junge Menschen ihren Lebensunterhalt mit der Wilderei finanzieren. Natürlich ist das nicht fair, und es ist keineswegs eine Entschuldigung für ihr Handeln oder ihre Taten. Aber Hilflosigkeit lässt Menschen manchmal entsetzliche Dinge tun. Wilderer erhalten umgerechnet etwa dreitausend Euro für ein Horn. Das ist für viele Menschen in diesem Land ein Vermögen.«

Mein Hals schnürte sich zu.

»Aber man muss doch trotzdem dagegen vorgehen können, oder etwa nicht?«, fragte ich.

Mittlerweile hatten wir die Hütte erreicht, in der Carlo und Matti schliefen.

Liam schob die Hände tief in seine Hosentaschen. »Es ist nahezu aussichtslos, den Kampf gegen die Wilderei zu gewinnen, da sie leider ein sehr lukratives Geschäft darstellt. Es gibt ein vergleichsweise geringes Risiko, entdeckt zu werden. Noch dazu sind auch immer wieder korrupte Polizisten und Politiker in die Machenschaften der Wilderer verwickelt. Das macht es zusätzlich schwierig.«

»Das ist einfach nur … schrecklich«, sagte Carlo und sprach damit genau das aus, was auch mir durch den Kopf ging.

Auf der anderen Seite fragte ich mich, wozu ich selbst imstande wäre, wenn ich ums nackte Überleben kämpfen und meine Familie versorgen müsste. Niemand sollte solch einer Entscheidung ausgesetzt sein.

Sämtliche Emotionen strömten durch mich hindurch. Trauer, Verzweiflung, Wut. Wieso nur war die Welt manchmal so ungerecht? Die Ungleichheit zwischen wohlhabenden und armen Ländern schien ständig zu wachsen, was auch eine unüberwindbare Kluft innerhalb der Bevölkerung schuf. Arme wurden immer ärmer, Reiche immer reicher. Dagegen kamen mir meine Zukunftssorgen fast schon banal vor.

Ich blickte mich um. Selbst der Himmel schien in dieser Nacht dunkler als sonst. Als würde er weinend mitansehen, was sich unter ihm abspielte. Und es war ungewöhnlich still hier draußen. Fast schon beängstigend.

»Ihr habt Loraine gehört, ihr solltet wirklich versuchen, noch etwas zu schlafen.«

»Wie soll ich denn jetzt Schlaf finden?«, fragte Carlo. »Mal ganz davon abgesehen, dass Matti schnarcht, als wollte er eine ganze Elefantenherde wachhalten. Und zwischendurch redet er dann noch von dem Schuppentier.«

Er seufzte tief und blickte auf seinen abblätternden Nagellack. »Ich glaube, ich lackiere mir die Nägel neu. Ich muss gerade ein paar giftige Dämpfe einatmen, um den Kopf frei zu bekommen.«

Liam lächelte schwach. »Na dann: Gute Nacht, Carlo.«

»Gute Nacht, ihr beiden.«

26. Kapitel

Kurz standen Liam und ich etwas ratlos voreinander.

Liam deutete auf die Tür, hinter der Carlo verschwunden war. »Carlo ist ein feiner Kerl. Du hast hier gute Freunde gefunden.«

»Ja, ich hätte auch nicht gedacht, dass er und Fleur mir so schnell ans Herz wachsen würden. Die beiden sind toll. Ich bin froh, sie an meiner Seite zu haben.«

»Ich finde, die beiden können ebenfalls stolz darauf sein, dich ihre Freundin nennen zu dürfen.«

War das etwa ein Kompliment gewesen? Es fiel mir schwer, meine Mundwinkel zu kontrollieren, da ich am liebsten dämlich vor mich hin gegrinst hätte. Meine Wangen fühlten sich hitzig an. Schließlich deutete ich in die Richtung von Fleurs und meiner Hütte.

»Den restlichen Weg schaffe ich allein«, sagte ich.

»Nichts da«, entgegnete Liam. »Außerdem möchte ich dich noch das Stück begleiten.«

Bei seinen Worten breitete sich ein warmes Gefühl in meinem Brustkorb aus. Ich lächelte, und wir beide setzten unseren Weg durch das Camp fort.

Einmal stieß ich dabei ungewollt gegen Liams Schulter.

»Entschuldige«, sagten Liam und ich fast gleichzeitig, was uns beide letzten Endes schmunzeln ließ. Warum fühlte ich mich nur so kribbelig in Liams Gegenwart?

Beinahe war ich enttäuscht, als wir die Hütte erreichten. Ich wollte gerade alles andere, als durch diese Tür hindurchzugehen. Am liebsten hätte ich einfach noch ein bisschen mit Liam hier gestanden.

Ich hätte gern nach seiner Hand gegriffen. Um zu spüren, dass nicht alles so verzwickt war, wie es schien. Um mir vor Augen zu führen, dass es auch viel Schönes gab.

Zum Beispiel das zwischen Liam und mir, was auch immer es war.

Noch immer konnte ich unseren Beinahekuss nicht vergessen. Und ich wollte es auch nicht.

Wir sahen einander an. Liam wirkte ähnlich hin- und hergerissen wie ich.

»Versuch, noch ein bisschen zu schlafen, Nike. Es hat keinen Zweck, wenn wir nachher alle total übermüdet sind.«

»Aber ich fühle mich so hilflos. Und würde gerne helfen«, verriet ich ihm meine Gedanken.

»Du kannst gerade nichts tun. Uns bleibt jetzt nur abzuwarten und zu hoffen. Die Parkranger durchkämmen schon das Gebiet.«

Ich nickte. »Und Kyano und du?«

»Wir werden uns zu zweit auf den Weg machen und nach Spuren und verletzten Tieren Ausschau halten.«

Als Liam und ich uns bereits voneinander verabschiedet hatten, drehte ich mich noch einmal nach ihm um.

»Liam?«

»Ja?«

Das Licht der elektrischen Fackel an der Außenseite der Hütte, das durch den Bewegungsmelder ausgelöst worden war, warf sanfte Schimmer auf Liams attraktives Gesicht.

»Ich bin froh, dass ich diese Nacht nicht allein war. Und dass du an meiner Seite warst.« Auch wenn nicht der passende Zeitpunkt für große Gefühlsbekundungen war, wollte ich doch, dass Liam das wusste. Vielleicht bedurfte es nach dieser Nacht auch keiner weiteren Worte. Für den Moment war alles Wichtige gesagt.

Liam lächelte. »Es ist schön, dass du hier bist. Schlaf gut, Nike.«

»Gute Nacht, Liam. Und … Und passt auf euch auf, ja?«

Als ich die Hütte betrat und die Tür hinter mir schloss, lehnte ich mich von innen dagegen. Fleur schlief noch immer tief und fest.

Ich dagegen war so aufgewühlt, dass ich wusste, wie sinnlos es war, mich jetzt noch einmal schlafen zu legen. Mein ganzer Körper war in Aufruhr.

Ich setzte mich im Schneidersitz auf mein Bett, schnappte mir mein Notizbuch und begann, meine Gedanken darin zu notieren, in der Hoffnung, etwas Licht in das Durcheinander in meinem Kopf zu bringen.

Heute ist mir zum ersten Mal richtig bewusst geworden, wie behütet ich doch in Köln aufgewachsen bin. Fernab von Problemen wie Armut und Geldsorgen. Habe ich diesen Luxus immer als viel zu verständlich angenommen?

Gerade würde ich Mama so gern sagen, wie leid mir unser Streit tut. Sie hat sich für mich gewünscht, dass ich ein sorgenfreies Leben führe. Kann ich ihr das wirklich verübeln?

Mama ist in gewisser Weise wie eine Löwenmutter. Sie beschützt ihre Familie, koste es, was es wolle.

Hier in Südafrika wirken meine Sorgen und Ängste auf einmal unbedeutend und klein. Auf dieser Welt gibt es viel größere Probleme, über die ich zuvor nicht einmal ansatzweise nachgedacht habe. Auch wenn ich zu Hause oft das Gefühl hatte, in einem goldenen Käfig aufzuwachsen … Dieser Käfig hat mich auch vor den Grausamkeiten der Welt beschützt. Vielleicht habe ich mein Leben in Köln wirklich nicht genug zu schätzen gewusst. Was ist, wenn ich einen großen Fehler gemacht habe? Wenn ich lediglich aus Trotz einer Zukunft den Rücken gekehrt habe, von der viele Menschen nur träumen können?

Auf der anderen Seite merke ich aber auch, wie mich das Leben hier im Busch Stück für Stück verändert. Ich beginne, mehr zu hinterfragen. Eigene Entscheidungen zu treffen. Und das ist gut so.

27. Kapitel

LIAM

Als Kyano und ich uns auf den Weg machten, war es noch dunkel draußen. Kyano lenkte das Auto in den Busch hinaus. Heute wirkte die Nacht besonders schwarz auf mich. Lediglich die Scheinwerfer unseres Jeeps durchbrachen die Finsternis.

Mein Freund saß am Steuer und gab keinen Ton von sich.

»Hey, danke, dass du so schnell hergekommen bist«, sagte ich und versuchte mich trotz der Situation an einem Lächeln.

»Das ist doch selbstverständlich«, antwortete Kyano, ohne mich dabei anzusehen.

Er wirkte angespannt. Was angesichts der Situation nur allzu verständlich war. Auch ich fühlte mich hilflos. Regelrecht ohnmächtig. Und ich war voller Wut. Wir konnten uns als Ranger noch so sehr für die Tiere einsetzen – die Wilderer waren uns immer einen Schritt voraus. Und das fühlte sich einfach nur beschissen an.

Ich starrte hinaus in den Busch. Wenn ich ehrlich war, dann hatte ich Angst vor dem, was mich dort erwartete.

Auch wenn ich nun schon ein paar Jahre im Kruger-Nationalpark arbeitete, zerriss es mir jedes Mal aufs Neue das Herz, ein totes Tier zu finden. Und damit meinte ich nicht jene, die der natürlichen Nahrungskette zum Opfer gefallen waren. Nein, damit meinte ich all jene Lebewesen im Park, die durch Menschenhand ums Leben gekommen waren.

In solchen Momenten begann ich mein Leben und meine Arbeit in Südafrika zu hinterfragen. Wollte ich immer wieder mit diesem Schmerz konfrontiert werden? Einem Schmerz, von dem ich wusste, dass er nicht vergehen würde?

Ich stellte mir vor, wie mein Leben in Deutschland hätte aussehen können. Wenn ich nach dem Abitur dortgeblieben wäre. Vielleicht hätte ich jetzt einen superlangweiligen Bürojob, fern von Leid und Tod. Aber hätte ich das gewollt? Nein.

Zumal das alles nur ein einziges »Was wäre, wenn …?« war, und das brachte mich in diesem Augenblick auch nicht weiter.

»Ich verstehe einfach nicht, wie die Wilderer uns immer einen Schritt voraus sein können«, überlegte ich laut und furchte nachdenklich meine Stirn.

»Das alles hätte nicht passieren dürfen!«, rutschte es Kyano heraus, und kurz war ich angesichts der Formulierung seines Satzes verwirrt.

»Du hast recht«, stimmte ich ihm zu. »Das alles sollte generell nicht passieren. Leben und leben lassen, warum können wir Menschen uns nicht einfach mal daran halten?«

Ich fragte mich, wie Menschen zu Wilderern wurden und was sich für Menschen dahinter verbargen. Geldgierige Menschen? Verzweifelte Menschen? Wahrscheinlich lag die Wahrheit irgendwo dazwischen.

Während ich versuchte, in der dunklen Landschaft irgendetwas zu erkennen, schweiften meine Gedanken in die Vergangenheit, und ein unwohles Gefühl machte sich in meiner Magengegend breit. Einst hatte ich einen solchen Menschen unterstützt, wenn auch unabsichtlich. Mein schlechtes Gewissen und der Selbsthass stiegen wie Galle in mir hoch, und mir wurde übel. Doch ich durfte mich diesen Gefühlen nicht hingeben. Nicht jetzt, da Tiere in Not waren.

»Wie geht es deiner Familie?«, fragte ich Kyano, um mich abzulenken.

Mir entging nicht, dass er sich bei meiner Frage versteifte. Sein Griff um das Lenkrad wurde noch ein bisschen fester, sodass seine Knöchel hell hervorstachen.

»Wir schlagen uns so durch«, antwortete er kurz angebunden.

Ich bekam das Gefühl, dass es besser war, wenn ich nicht weiter nachfragte.

Auch wenn ich Kyano als sehr aufgeschlossenen Menschen kennengelernt hatte, redete er nicht gern über Persönliches. Bisher hatte ich seine Frau und seine Tochter auch erst einmal gesehen, und zwar, als sie Kyano im Nationalpark besucht hatten. Seine Tochter war ein kleiner Engel. Ich dachte daran zurück, wie sehr sie sich gefreut hatte, als sie zum ersten Mal eine Giraffe sah. Das Lächeln war ähnlich breit gewesen wie das von Nike.

Nike … Schon wieder stahl sie sich in meine Gedanken. Ich bekam sie einfach nicht aus dem Kopf. Eigentlich hatte ich ihr vorschlagen wollen, für ein Wochenende auf das Weingut meines Grandpas in der Nähe von Kapstadt zu fahren. Aber der richtige Moment dafür hatte sich noch nicht ergeben.

Als ich sie vorhin zu ihrer Hütte zurückgebracht hatte, wäre ich gern noch länger geblieben. Da war etwas zwischen uns gewesen, was ich nicht in Worte fassen konnte. Ob sie es auch gespürt hatte?

Doch jetzt überschattete die Wilderei einfach alles …

Ich wusste nicht, wie lange Kyano und ich durch den Busch irrten. Immer wieder kamen uns Ranger von der Parkverwaltung in ihren Land Cruisern entgegen, und helle Lichtkegel blendeten uns. Meter für Meter durchforsteten wir das Gebiet.

In Situationen wie dieser hatte ich das Gefühl, dass alle Ranger im Park stärker denn je zusammenarbeiteten und eine Einheit bildeten, die den Wilderern den Mittelfinger zeigte.

Aber dann sah ich die drei Land Cruiser, die dicht beieinander zum Stehen gekommen waren. Ranger liefen durcheinander und riefen sich etwas zu. Noch konnte ich nichts Näheres erkennen, aber ich ahnte Schlimmes.

Mein Hals schnürte sich zu.

Kyano hielt den Wagen an, und wir stiegen aus. Mit jedem Schritt, den ich machte, beschleunigte sich mein Puls, und meine Knie wurden weicher.

»Haben Sie etwas gefunden?«, fragte Kyano einen Ranger von der Parkverwaltung, dessen Miene unergründlich war. Er deutete hinter sich.

»Wir sind zu spät gekommen.«

Als mein Blick auf das tote Breitmaulnashorn fiel, zog sich mein Herz schmerzhaft zusammen. Es war blutüberströmt, das Horn hatten die Wilderer gewaltsam entfernt. Das Tier hatte keine Chance gehabt.

Tränen stiegen mir in die Augen, und ich wandte den Blick ab. Zornig ballte ich meine Hände.

Würde jemals der Tag kommen, an dem Mensch und Tier friedlich im Einklang miteinander lebten?

Ich hatte mir immer geschworen, nie die Hoffnung darauf aufzugeben. Aber gerade war es verdammt schwer, an eine bessere Zukunft zu glauben.

28. Kapitel

Wie erwartet, war es mir in dieser Nacht nicht mehr gelungen, wieder in den Schlaf zu finden. Um mich abzulenken, tippte ich auf das WhatsApp-Symbol und öffnete den Chat mit Sophie. Mir fiel auf, dass ich mir in den letzten Tagen immer weniger Gedanken gemacht hatte, wie es Tim wohl ging.

Ich warf einen Blick auf die Uhrzeit. 5 Uhr morgens.

Sophie war eine Frühaufsteherin. Vielleicht hatte ich Glück, und sie war schon auf den Beinen.

Hey, bist du schon auf?,

schrieb ich.

Die App zeigte an, dass die Nachricht zugestellt worden war, aber bisher waren die beiden Häkchen noch grau gefärbt. Nervös nagte ich an meiner Unterlippe. Ich sah, dass Sophie gestern das letzte Mal um 23:50 Uhr online gewesen war. Möglicherweise schlief sie doch noch? Wie gern hätte ich jetzt ihre Stimme gehört und in ihr vertrautes Gesicht gesehen! Ich verspürte das tiefe Bedürfnis, mit jemandem über die Ereignisse der Nacht zu sprechen. Mein Blick glitt zu der schlafenden Fleur.

Ich wollte den Chat bereits verlassen, als ich sah, dass Sophie online war. Innerlich jubelte ich.

Noch bevor ich auf das Videochat-Symbol gehen konnte,

hatte Sophie bereits die Initiative ergriffen. Ihr Anruf wurde auf meinem Display angezeigt.

Damit Fleur nicht wach wurde, schlüpfte ich hastig in meine Sneakers und verließ die Hütte. Von den Bäumen fielen vereinzelt Wassertropfen, und ich zuckte zusammen, als mich ein einzelner auf der Nase traf.

»Guten Morgen, Nike. Wie kommt es, dass du so früh wach bist?«, begrüßte Sophie mich, kaum dass sie auf meinem Bildschirm erschien. »Normalerweise bin ich doch die Frühaufsteherin von uns beiden. Oder hast du etwa die Nacht durchgemacht?«

Ihre Stimme hatte einen neugierigen, etwas verruchten Unterton angenommen, und Sophie wackelte mit den Augenbrauen. Wahrscheinlich erwartete sie jetzt eine sexy Story, doch damit konnte ich leider nicht dienen.

»Die Nacht durchgemacht ja, aber nicht so, wie du jetzt vielleicht denkst.«

Und so begann ich zu erzählen. Meine beste Freundin sah von Sekunde zu Sekunde betroffener aus.

»Ach du Scheiße, das klingt ja fürchterlich! Was für Bekloppte gibt es eigentlich? Ich weiß schon, warum ich 99,9 Prozent der Menschen nicht mag.«

Grimmig schüttelte sie den Kopf. »Und jetzt? Gibt es irgendeine Möglichkeit, dagegen vorzugehen? Solchen Widerlingen muss man doch das Handwerk legen!«

Ich zuckte ratlos mit den Schultern. »Liam sagt, dass wir gerade nichts machen können. Die Parkranger durchkämmen das Gebiet, und Liam und Kyano wollten sich auch noch mal auf den Weg machen.«

Sophie zog eine Schnute. »Ich wäre jetzt so gern bei dir.«

Ich seufzte. »Das wäre wirklich toll. Aber erzähl mal irgendwas Schönes, ich muss mich ein bisschen ablenken. Was gibt's Neues?«

Sophie legte den Kopf schief. »Hmm, lass mich überlegen.

Oh, ja, es gibt was, das habe ich dir noch gar nicht erzählt. Also, wir hatten doch vor ein paar Tagen schon mal darüber gesprochen, dass ich für einen Kurs an der Uni einen aussagekräftigen Kurzfilm drehen muss. Wir sollen jetzt tatsächlich Zweierteams bilden.«

Ich zählte eins und eins zusammen. »Lass mich raten: Jonas und du arbeitet zusammen. Habe ich recht, oder habe ich recht?«

Sophie verdrehte die Augen. »Ja, aber nicht so, wie du jetzt vielleicht denkst«, imitierte sie meine Wortwahl von zuvor.

Ich überging ihren Kommentar. »Und, habt ihr konkrete Vorgaben bekommen? Soll es ein bestimmtes Thema sein?«

»Wir sollen eine Art Werbevideo für ein Reiseziel unserer Wahl drehen. Einen Landschaftsfilm.«

»Klingt interessant«, überlegte ich laut.

Sophie nickte. »Ja, finde ich auch. Jonas und ich hatten daran gedacht, einen Film über Island und seine beeindruckende Natur zu machen. Es war schon immer unser großer Traum, Island zu bereisen. Das könnten wir daher ideal miteinander verbinden. Und ich habe mich gefragt, ob sich das nicht auch mit den *World Wildlife Savers* kombinieren lässt, weißt du? Ich denke, in Island hätten wir kameraperspektivisch wirklich tolle Möglichkeiten, und wir könnten die Aufnahmen später als Werbematerial für WWS nutzen, um neue Volunteers auf das Ziel aufmerksam zu machen.«

»Sophie, das hört sich super an!«, stimmte ich zu. »Hast du Dilara schon von der Idee erzählt? Sie wäre sicherlich begeistert.«

»Bisher noch nicht. Ich wollte sie nicht nerven, während sie krankgeschrieben ist. Allerdings kann sie die Füße sowieso nicht stillhalten. Im wahrsten Sinne des Wortes. Gestern ist sie doch wirklich auf Krücken im Büro vorbeigehumpelt. Diese Frau ist einfach unverbesserlich. Aber ich bewundere ihre Power.«

Ich grinste. Das klang voll und ganz nach Dilara.

Für einen Moment hingen wir beide unseren Gedanken nach. Irgendwann legte Sophie den Kopf schief und betrachtete mich aufmerksam. Fast schon, als wollte sie einen Blick in meine Seele werfen.

»Was ist?«, fragte ich.

»Du hast dich verändert«, stellte sie fest.

»Verändert? Inwiefern?«

Meine beste Freundin dachte lange nach, bevor sie antwortete. »Ich weiß es nicht. Du wirkst nicht mehr so angespannt. Und auch wenn du Sachen erleben musst, die nicht schön sind, habe ich den Eindruck, dass Südafrika dir guttut. Du wirkst einfach nicht mehr so … so verloren. Es ist schön, das zu sehen, Nike. Ich glaube, du hast den richtigen Schritt gewagt.«

Ich schluckte, und vor lauter Rührung traten mir Tränen in die Augen.

»Es ist immer noch alles ziemlich unklar, wenn ich an die Zukunft denke, und ich kann dir auch nicht sagen, wohin mich mein Weg führt, aber ich habe das Gefühl, dass ich hier zum ersten Mal richtig und in Ruhe nachdenken kann«, antwortete ich.

Sophie und ich verabschiedeten uns voneinander, doch Sophies Bemerkung klang noch lange in mir nach.

Hatte sich bereits nach so kurzer Zeit etwas in mir verändert?

Hätte ich in Köln weitergemacht wie bisher, hätte sich nichts geändert, da war ich mir sicher. Ich predigte den Menschen bei den *World Wildlife Savers* immer, dass es sich lohnte, einen Blick über den Tellerrand zu werfen und dass es wichtig war, seine eigene Komfortzone zu verlassen.

Aber ich hatte diesen Schritt erst selbst gehen müssen, um zu erfahren, was diese Worte eigentlich bedeuteten. Was wirklich dahintersteckte.

29. Kapitel

Die Stimmung am Morgen war gedrückt. Ich hatte auch in der letzten Stunde nicht mal mehr für ein paar Minuten ein Auge zugetan. Als ich in den Spiegel blickte, hatten sich bereits tiefe Augenringe in meinem Gesicht breitgemacht. Ich machte mir nicht die Mühe, sie zu überschminken. Ohnehin hatte ich mich in meiner bisherigen Zeit hier in Afrika nicht geschminkt.

Und von meinen Augenringen mal abgesehen, gefiel mir die natürlichere Nike besser als die, die in Köln nur mit Mascara und Eyeliner das Haus verließ.

Kaum, dass Fleur aufwachte, erzählte ich ihr von den nächtlichen Ereignissen. Sie war zutiefst schockiert.

»Warum hast du mich nicht geweckt?«, fragte sie vorwurfsvoll.

»Es reicht ja, wenn eine von uns beiden eine schlaflose Nacht hat.« Ich lächelte traurig.

Fleur sah mich mit nachdenklicher Miene an. »Krass.«

Mehr fiel mir dazu auch nicht ein. Liam und Kyano waren zwar mittlerweile zur Lodge zurückgekehrt, doch ich fragte mich, ob wir heute überhaupt einen Game Drive machen würden. Wie jeden Morgen versammelten wir uns alle im Haupthaus. Auch Loraine und Taio waren dabei. Sie standen neben Liam und Kyano und blickten ernst drein.

»Ihr Lieben, leider hat es einen nicht so schönen Hintergrund, dass wir alle heute Morgen hier zusammenkommen«, begann

Liam seine Ansprache. Mir fiel auf, wie blass er aussah. Das Funkeln in seinen Augen war erloschen. Seine Haare waren zerzaust, und seine Stimme war düster.

Er machte eine Pause, in der Matti aussprach, was sich inzwischen unter uns Volunteers herumgesprochen hatte.

»Es sind also wirklich Wilderer im Park unterwegs?«

Liam nickte mit verbissener Miene, und ich sah einen Ausdruck von Wut über sein Gesicht huschen. »Ja, das hat sich leider bestätigt.«

»Kann man schon mehr sagen?«, fragte ich. »Haben die Parkranger schon Anhaltspunkte?«

Liam und Kyano warfen sich einen kurzen Blick zu. Auch Kyano wirkte heute sehr angespannt. Immer wieder kratzte er sich geistesabwesend über den Arm. Es war ein beklemmendes Gefühl, ihn so ernst zu sehen, wo er sonst stets gute Laune verbreitete und immer ein Lächeln auf den Lippen trug.

»Heute Morgen wurde ein totes Nashorn gefunden, das Horn haben die Wilderer abgesägt. Das Tier ist qualvoll verblutet«, eröffnete Kyano uns schonungslos ehrlich und so nüchtern, als würde er ein Referat vortragen und den Text ablesen. »Mehr können wir zu diesem Zeitpunkt nicht sagen. Ein paar Tracker versuchen, die Spuren von Nashörnern im Park aufzunehmen, um das ganze Ausmaß der Katastrophe besser abschätzen zu können.« Erklärend fügte er hinzu: »Tracker sind Personen, die die Fährten der Tiere lesen und sie so schneller auffinden können.«

»Aber warum?«, hauchte Fleur entsetzt. »Warum jagen Wilderer die Nashörner?«

»Weil ihre Hörner wertvoller sind als Gold. Vor allem in China werden Spitzenpreise gezahlt. Nashornpulver gilt als Wundermittel, weil es angeblich gegen Entzündungen, Fieber und Krebs helfen soll. Was natürlich absoluter Schwachsinn ist, auch laut den Wissenschaftlern.« Liam klang bitter und voller Abscheu.

»Ich habe mal gehört, dass es auch als Potenzmittel beworben wird«, sagte Matti und lief noch im selben Augenblick knallrot an.

Liam seufzte resigniert. »Ja, das ist reiner Aberglaube. Nichts davon ist belegt. Und für diesen Aberglauben werden zahlreiche Tiere getötet. Elefanten sind ebenfalls bedroht, wegen ihrer Stoßzähne aus Elfenbein. Doch wir haben hier überwiegend mit Wilderern zu tun, die es auf Nashörner abgesehen haben. Wenn wir nichts gegen diese Räuberbanden unternehmen, wird es in ein paar Jahren keine Nashörner mehr geben.«

Loraine zog traurig die Mundwinkel nach unten und griff nach der Hand ihres Mannes, wie um Kraft zu tanken im Angesicht all der negativen Ereignisse, die dort draußen vor sich gingen.

»Wilderer gehen äußerst brutal vor. Sie nutzen Gewehre, Armbrustbolzen oder Betäubungspfeile. Die Hörner werden mit Macheten oder Kettensägen abgetrennt«, sagte sie.

»Oftmals ist es für die Tiere schon zu spät, wenn die Ranger an Ort und Stelle eintreffen«, fügte Taio hinzu.

Im Raum entstand betroffenes Schweigen. Auf meinen nackten Armen hatte sich eine Gänsehaut gebildet.

»Warum Kyano, Loraine, Taio und ich euch aber eigentlich einberufen haben, ist unsere heutige Fahrt in den Busch«, nahm Liam das Wort wieder an sich. »Auch wenn die Chance gering ist, jetzt noch verletzte Tiere lebendig vorzufinden, fahren wir gleich raus, um zu überprüfen, ob noch weitere Nashörner oder andere Tiere Ziel der Wilderer geworden sind. Wer sich diesem Vorhaben nicht gewachsen fühlt, weil er sich vor dem Anblick fürchtet, der ihn erwarten könnte, darf selbstverständlich im Camp bleiben. Wir haben vollstes Verständnis dafür. Niemand wird gezwungen, mitzukommen. Natürlich freuen wir uns aber über tatkräftige Unterstützung. Je zahlreicher wir sind, desto wahrscheinlicher ist es, dass wir etwas entdecken.«

Ich blickte mich in unserer kleinen Runde um. Auch wenn

ich mich unbehaglich fühlte bei dem Gedanken, dass ich heute ein totes Tier sehen könnte, kam es für mich nicht infrage, hierzubleiben.

Ich wollte unbedingt helfen. Selbst wenn es nur ein Tropfen auf den heißen Stein war.

»In der Nähe der Lodge hält sich normalerweise auch ein trächtiges Nashorn auf, es heißt Kibibi. Das Weibchen hat ein gerade mal zwei Jahre altes Kalb bei sich. Eigentlich trägt Kibibi einen Peilsender, doch diesen können wir seit gestern Abend nicht mehr orten. Im Moment gehen wir vom Schlimmsten aus. Möglicherweise hat Kibibi den Peilsender aber auch nur verloren und konnte ein sicheres Versteck finden, um das Kalb zu schützen und das Junge zur Welt zu bringen.«

Liam blickte jeden Einzelnen von uns an. Bisher hatte niemand geäußert, dass er nicht mit in den Busch kommen würde.

»Ihr könnt auf mich zählen«, sagte ich entschieden, und die Entschlossenheit in meiner Stimme überraschte mich.

»Auf mich auch«, pflichtete Matti mir bei, woraufhin er sich zu mir umdrehte und mich anlächelte.

Auch Carlo und Fleur gaben ihre Zustimmung, Liam und Kyano in den Busch zu begleiten.

Ich glaube, niemand von uns konnte die Vorstellung ertragen, dass dort ein trächtiges Nashorn im Park unterwegs war und möglicherweise den Wilderern zum Opfer fiel. Diesen Gedanken wollte ich nicht einmal zu Ende spinnen.

»Also sind alle dabei?«, fasste Liam noch einmal zusammen, und ein winziges Lächeln umspielte seine Lippen. Ein Lächeln, das doch noch so etwas wie Hoffnung ausstrahlte.

Ein einvernehmliches Nicken folgte.

»Worauf warten wir dann noch?«, fragte Matti. »Lasst uns keine Zeit verschwenden, sondern Leben retten!«

»Das nenne ich Teamgeist!«, lobte Liam. »Also, auf zu den Jeeps!«

30. Kapitel

Diesmal saß ich gemeinsam mit Matti und Liam in einem Wagen. Carlo und Fleur hatten sich zu Kyano in den Jeep geschwungen. Loraine und Taio winkten uns hinterher, bis sie aus unserem Sichtfeld verschwunden waren.

Noch immer hatte ich das Gefühl, dass sich im Busch irgendetwas verändert hatte. Dieser Morgen wirkte grau und trist, nicht so farbenfroh und bunt, wie ich es vom Kruger-Nationalpark gewohnt war.

Ich merkte, wie nervös ich war, während wir durchs Gelände fuhren und mit den Blicken die Umgebung absuchten. Ein paar Impalas sprangen an uns vorbei, und ich entdeckte ein Warzenschwein.

Ansonsten war es ruhig. Als wäre das ganze Tierreich auf der Hut und würde den Atem anhalten in Anbetracht dessen, was sich hier ereignet hatte.

Auch Matti war äußerst still und beobachtete aufmerksam das Buschland. Ich betrachtete Liam von der Seite. Er wirkte sehr ernst und besorgt.

Mitfühlend legte ich ihm eine Hand auf den Arm, woraufhin Liam zusammenzuckte. Er musste tief in Gedanken versunken gewesen sein.

»Es wird bestimmt alles gut«, flüsterte ich auf Deutsch und zog meine Hand sanft wieder fort. »Und bestimmt finden wir Kibibi und ihr Kalb unversehrt.«

Liam nickte. »Ich hoffe es sehr.«

Wir fuhren noch tiefer in den Busch hinein, und mein Blick glitt über die karge, trockene Landschaft. Eigentlich war es von Vorteil, dass Winterzeit war, da es die Möglichkeit verbesserte, Tiere schneller zu sichten. Auf der anderen Seite hatte es aber auch den Nachteil, dass die Tiere nicht gut getarnt waren und somit leichter von Wilderern aufgespürt werden konnten.

Auf einmal drang mir ein bestialischer Geruch in die Nase. Je weiter wir fuhren, desto mehr Fliegen schwirrten umher.

»Iiiih, was stinkt denn hier so?«, fragte Matti hinter mir. »Riecht nach Verwesung.«

Als ich mich in meinem Sitz nach hinten umdrehte, hatte Matti sich eine Hand auf den Mund gepresst, als müsste er sich übergeben.

»Das werden wir gleich sehen«, murmelte Liam.

Ich hörte die Anspannung aus seiner Stimme heraus, und auch ohne dass er es laut aussprach, wusste ich, dass ihm gerade die gleichen Gedanken wie mir durch den Kopf gingen: Hoffentlich ging es Kibibi und ihrem Kalb gut!

Als wir um die nächste Kurve bogen, tauchte die Quelle des widerlichen Gestanks vor uns auf.

Ein Kadaver lag im Gras.

Mir drehte sich der Magen um, und ich war froh, dass ich heute noch kein Frühstück zu mir genommen hatte. Andernfalls hätte es sich mit Freude einen Weg an die Oberfläche gesucht.

Liam ließ den Wagen zum Stehen kommen und stellte den Motor aus. Kyano und die anderen schlossen zu uns auf und hielten neben uns. Liam gab Kyano ein Zeichen und sprang aus dem Jeep. Er näherte sich dem halb verwesten Kadaver, ging in die Hocke und betrachtete diesen, während er seinen Hut zurechtrückte.

»Ein Gnu«, stellte er fest. »Es muss schon ein paar Tage hier liegen.« Er deutete auf den Hals des Tieres. »Es hat einen Kehlbiss, ich gehe davon aus, dass es von einem Leoparden oder einem Löwen gerissen wurde. In der Regel töten sie kleine Opfer mit einem Nackenbiss, während sie größeren Tieren in die Kehle beißen.«

Ich atmete erleichtert auf. Auch wenn es nicht schön war, das tote Gnu zu sehen, war es trotzdem beruhigend zu wissen, dass hier Mutter Natur am Werk gewesen war und kein Wilderer sein Unheil getrieben hatte. So unberechenbar die Natur auch sein mochte, sie hatte immer noch ihre Daseinsberechtigung, ganz im Gegensatz zu diesen Verbrechern, die durch den Busch schlichen und Tiere erschossen.

Ein paar Geier hatten das Gnu offensichtlich auch zu ihrer Beute auserkoren, da sie bereits in der Luft kreisten. Jetzt verstand ich umso besser, warum Geier auch als Todesboten bezeichnet wurden.

»Liam, hinter dir!«, rief Kyano in dem Moment. Ich drehte mich zu ihm und folgte seinem ausgestreckten Zeigefinger mit den Augen.

Zunächst konnte ich nicht viel erkennen, doch als ich meine Augen etwas zusammenkniff, blieb mir fast das Herz stehen.

Ein Löwe! Sein braunes Fell verschmolz regelrecht mit den Brauntönen des Busches, und hätte Kyano uns nicht auf ihn aufmerksam gemacht, hätte ich ihn nicht einmal bemerkt. Langsam erhob sich das imposante Tier und trottete auf uns zu. An seiner Mähne erkannte ich, dass es sich um ein ausgewachsenes Männchen handelte.

Als mich sein Blick streifte, so durchdringend und intensiv, gefror mir das Blut in den Adern.

Passierte das hier gerade wirklich? War das echt?

»Ihr bleibt in den Wagen«, befahl Liam. »Niemand von euch steigt aus. Bewahrt Ruhe und verhaltet euch still.«

Mein Mund war mit einem Mal staubtrocken, und das Blut rauschte in meinen Ohren.

Liam bewegte sich langsam rückwärts von dem toten Gnu

weg, während er den Löwen im Blick behielt. Kyano hatte unterdessen nach seinem Gewehr gegriffen und versuchte, das Tier aus dem offenen Wagen heraus ins Visier zu nehmen.

Meine Augen glitten über den Körper des Löwen, der nur aus Muskeln zu bestehen schien. Dieses Tier war so majestätisch, voller Eleganz. Und zugleich unberechenbar und tödlich. Mir ging der Arsch auf Grundeis.

Das Einzige, das mir etwas Sicherheit verschaffte, war das Wissen, dass Matti und ich im Jeep saßen. Auch wenn der Löwe uns hier vermutlich ebenso leicht angreifen konnte, wenn er es denn nur wollte.

Ich drehte mich wieder zu dem anderen Wagen um, in dem Kyano, Carlo und Fleur saßen. Fleurs Augen waren weit aufgerissen. Sie suchte meinen Blick. Geradezu panisch krallte sie ihre Hand in Carlos Arm, der wie erstarrt neben ihr saß und nur vor Schmerz das Gesicht verzog.

Kyano war mittlerweile ausgestiegen und zielte weiterhin auf die Raubkatze.

Der Löwe war nur noch gute fünf Meter von unserer Gruppe entfernt, und mein Blick schoss gehetzt zwischen ihm und Liam hin und her. Alles in mir schrie: Renn!

Wie konnte Liam nur so ruhig bleiben?

Obwohl das Adrenalin durch meine Adern jagte und mein Herz unregelmäßig schlug, versuchte ich, das Verhalten des Tieres zu analysieren.

Es wirkte träge, und an seinem Maul erkannte ich Blutspuren. Mir lief ein Schauer über den Rücken. Ob der Löwe bereits von dem Gnu gefressen hatte und nun für eine zweite Runde zurückgekommen war?

Meine Gedanken wanderten von *Ich kann nicht fassen, dass ich gerade einem Löwen in der freien Wildbahn begegne* bis hin zu *Ich bin noch nicht bereit, zu sterben.*

Irgendetwas dazwischen vermutlich.

Was war, wenn der Löwe angreifen würde? Liam und Kyano

waren nun eine noch leichtere Beute, da sie sich von den Wagen entfernt hatten.

Bitte lass den Löwen schon gefressen haben, bat ich inständig. Ich hatte gelernt, dass Löwen in der Regel am frühen Morgen oder in den Nachtstunden jagten. Hoffentlich würde er uns nicht als seine nächste Mahlzeit auserwählen … Und war es nicht eigentlich so, dass die Weibchen auf die Jagd gingen, da die Männchen zu faul dafür waren?

Liam blieb ganz still und schien die Ruhe selbst zu sein. Doch ich ahnte: Würde der Löwe angreifen, würde Kyano ohne zu zögern schießen, auch um die Gruppe zu beschützen. Plötzlich hatte ich wahnsinnige Angst um Liam. Er war mir in den letzten Tagen unglaublich ans Herz gewachsen, und ich könnte es nicht ertragen, wenn ihm etwas passierte.

Das Männchen hatte die Jeeps mittlerweile fast erreicht, doch zu meiner Erleichterung schien es nicht sonderlich viel Interesse an uns zu haben.

Möglicherweise war der Löwe auch an die Wagen, die täglich durch den Nationalpark fuhren, gewöhnt. Er hob seinen Kopf und ließ einen kehligen Laut hören, der wie eine Warnung klang, machte dann jedoch plötzlich kehrt.

Als er von dannen zog, konnte ich das Aufatmen, das durch unsere kleine Gruppe ging, förmlich hören.

Ich entspannte mich wieder etwas, und als der Löwe außer Sichtweite war, sah ich mich zu Matti um. »Geht's dir gut?«

Seine Gesichtsfarbe normalisierte sich nur langsam. »Wow, ich hätte ja nicht gedacht, dass ich mal so viel Angst haben würde. Ich glaube, ich eigne mich nicht als Extrem-Tierfotograf. Ich bleibe bei meinen Pangolinen. Beinahe hätte ich mir in die Hose gemacht.«

Willkommen im Club.

Mein Puls beruhigte sich nur langsam.

Als sich Liam wieder unserem Wagen näherte, hätte ich ihn vor lauter Erleichterung am liebsten umarmt. Wäre der Rest der Gruppe nicht da gewesen, hätte ich mich vielleicht sogar getraut.

Doch so hielt ich mich zurück.

»Es ist wichtig, dass ihr Kyano und mir vertraut, wenn wir uns in solchen Situationen befinden. Wegrennen oder in Panik geraten, ist das Schlimmste, was ihr machen könnt«, legte Liam uns nahe. »Was sich bewegt, wird gejagt.«

An diesem Tag hatte ich das Gefühl, zum ersten Mal so richtig mit der Wildnis konfrontiert worden zu sein. Pur. Eindringlich. Unverfälscht.

31. Kapitel

Nachdem wir uns von unserer ersten Begegnung mit einem Löwen einigermaßen erholt hatten, versuchten wir, uns wieder auf unsere eigentliche Mission zu konzentrieren. Liam und Kyano standen per Funk in permanentem Kontakt zu den Parkrangern, die das Gebiet ebenfalls nach verletzten Tieren absuchten. Da das Areal jedoch sehr weitläufig war, konnte es etwas dauern, bis unsere Suche von Erfolg gekrönt war.

Mittlerweile war es auch etwas wärmer geworden. Die letzten Wolken hatten sich verzogen, und die Kälte der Nacht wich den morgendlichen Sonnenstrahlen, die über meine Haut tanzten.

Wir fuhren weiter durch den Busch, sichteten Zebras und Antilopen, die sich am Wasserloch sammelten.

»Was ich ja nicht verstehe …«, setzte Matti an. »Wie finden Wilderer die Nashörner überhaupt so schnell?«

»Oft heuern die Wilderer Fährtenleser an, sogenannte Tracker, um die Nashörner im Park aufzuspüren. Per Funk geben die Fährtenleser die Koordinaten an die Wilderer weiter. Leider gibt es auch sehr viele korrupte Wildhüter, die gemeinsame Sache mit den Wilderern machen.«

Liams Worte hinterließen ein ungutes Gefühl bei mir. Ließ sich die Wilderei überhaupt bekämpfen?

Kyano hatte sich inzwischen etwas zurückfallen lassen und eine andere Spur im Park verfolgt. Irgendwann schien er etwas gefunden zu haben, denn er kontaktierte Liam per Funk.

Während Liam den Jeep in rasantem Tempo zielsicher durch unwegsames Gelände lenkte, als wäre es sein Zuhause, wuchs das mulmige Gefühl in mir.

Und ich konnte es auch die ganze Zeit über nicht abschütteln, sosehr ich mir auch einredete, dass alles gut werden würde.

Doch als wir an der Stelle ankamen, die Kyano uns durchgegeben hatte, erwartete mich ein Anblick, den ich wohl niemals mehr vergessen würde.

Obwohl vermutlich jeder von uns insgeheim die Hoffnung gehegt hatte, Kibibi und den Nachwuchs unversehrt aufzufinden, lag das Muttertier schwer verletzt und blutüberströmt am Boden. Kyano hatte sich über das Tier gebeugt. Es atmete schwer und schien unvorstellbare Qualen zu durchleiden, da es immer wieder Laute von sich gab, die mir durch Mark und Bein gingen. Was war wohl mit ihrem ungeborenen Jungen? Würde es durchkommen?

Nicht weit entfernt befand sich das zweijährige Jungtier und lief aufgeregt auf und ab. Es hatte selbst keine sichtbaren Verletzungen, schien aber völlig durcheinander zu sein. Möglicherweise waren die Wilderer bei ihrem Vorhaben unterbrochen worden und geflohen, bevor sie ihr grausames Werk beenden konnten.

Tränen schossen mir in die Augen, und ich begann zu zittern. Matti legte mir beruhigend seine Hände auf die Schultern, aber auch er war sichtlich geschockt.

Das ganze Szenario spielte sich wie in Zeitlupe vor mir ab, und ich konnte nicht klar denken.

Einzig und allein Liam behielt einen kühlen Kopf und stieg aus dem Wagen.

»Hast du die Parkwacht schon verständigt?«, fragte Liam Kyano routiniert, als würde er dies nicht zum ersten Mal erleben. Doch mir entging nicht der bebende Unterton in seiner Stimme.

»Ja, habe ich«, antwortete Kyano monoton und starrte mit versteinerter Miene auf das verletzte Tier.

Es dauerte nicht lange, da kam ein Land Cruiser angebraust. Kaum waren die Räder zum Stillstand gekommen, stiegen ein Ranger sowie ein Mann mit Erste-Hilfe-Koffer aus. Das musste der Tierarzt sein.

»Wir übernehmen ab hier«, sagte der Mann mit dem Erste-Hilfe-Koffer. »Danke fürs Benachrichtigen. Sie werden vorerst nicht mehr benötigt. Die Mutter und das Jungtier geraten nur noch weiter in Panik, wenn so viele Personen in der Nähe sind.«

Das war mal eine galante Formulierung dafür, dass wir uns verziehen sollten. Wobei die Reaktion des Tierarztes vollkommen nachvollziehbar war. Die Tiere benötigten jetzt unbedingt die richtige Versorgung und Ruhe. Trotzdem fiel es uns allen sichtlich schwer, wieder in die Jeeps zu steigen.

Als wir zurück im Camp waren, verschränkte Kyano wutentbrannt die Hände im Nacken und stieß einen verzweifelten Schrei aus.

»Fuck. Fuck, fuck, fuck!«

Liam näherte sich seinem Freund und Kollegen und legte ihm in einer vertrauensvollen Geste die Hand auf die Schulter.

»Hey, ich weiß, dass es schrecklich ist. Aber du darfst das nicht so nah an dich heranlassen.«

Kyano schlug Liams Hand unwirsch beiseite. »Ach, lass mich in Ruhe! Was weißt du denn schon? Ich bin hier seit mehr als acht Jahren Ranger, und du? Wie lange bist du schon hier? Was musstest du bisher erleben, hm?«

Wir alle waren wie erstarrt, perplex, dass Kyano Liam auf einmal so anfuhr. Auch Liam wusste damit anscheinend nicht umzugehen, da er bloß abwehrend die Hände hob.

»Woah, jetzt beruhig dich mal, Kyano! Was ist dein Problem?«

»Hey, Leute«, schaltete sich Matti schlichtend ein. »Unsere Nerven liegen blank. Vielleicht sollten wir alle erst mal wieder runterkommen?«

Kyano schwieg, dann wandte er sich ab und ging schnellen Schrittes davon. Liam blickte seinem Freund und Kollegen ratlos hinterher. Ich konnte mir aus Kyanos Verhalten ebenfalls keinen Reim machen. Die Ereignisse der vergangenen Nacht hatten uns alle sehr mitgenommen. Aber wieso war Kyano gegenüber Liam so persönlich geworden?

32. Kapitel

Der Schreck saß uns auch am nächsten Tag noch in den Gliedern. Bisher hatten wir keinerlei Information erhalten, wie es Kibibi ging und ob sie und ihr Ungeborenes durchkommen würden.

Beim morgendlichen Game Drive waren alle stiller als sonst. Ich saß gemeinsam mit Carlo und Kyano in einem Wagen, und niemand gab auch nur einen Mucks von sich. Jeder hing seinen eigenen Gedanken nach. Kyano mahlte so stark mit dem Kiefer, dass ich befürchtete, ich könnte seine Knochen knacken hören. Und Carlo hatte nicht einmal einen Blick für die vielen Pflanzen übrig, obwohl er sich doch so darauf gefreut hatte, hier in Südafrika neue Ideen für eine Kollektion zu finden. Auch ich hatte überhaupt keine Lust, nach meinem Notizbuch zu greifen. Als ich es schließlich doch tat, um mich auf andere Gedanken zu bringen, kam nichts Brauchbares dabei heraus. Kein Strich saß, und jede Skizze sah so aus, als fehlte ihr die Lebendigkeit. Frustriert klappte ich mein Notizbuch wieder zu und starrte in den Busch.

Nach dem Frühstück, bei dem ich kaum etwas herunterbekommen hatte, passte Liam mich ab. »Hey, Nike, warte mal!«

Wir hatten bisher noch keine Gelegenheit gehabt, zu zweit miteinander zu sprechen, daher standen wir uns im ersten Moment etwas verlegen gegenüber.

Liam kratzte sich nervös am Hinterkopf. »Ich wollte mich

mal erkundigen, wie es dir geht, nach allem, was passiert ist. Hast du die Ereignisse einigermaßen verkraftet?«

Ich lächelte ihn an. Wie süß von ihm, dass er sich Gedanken machte! Ich fand es toll, dass er wissen wollte, wie ich mich fühlte. Das zeigte doch auch, dass er sich um mich sorgte und ihm etwas an mir lag. Oder?

»Lieb, dass du fragst«, sagte ich, bevor eine unangenehme Pause entstehen konnte. Ich seufzte. »Ehrlich gesagt weiß ich nicht genau, wie es mir geht. Ich bin durcheinander. Verwirrt, verärgert, traurig. Von allem ein bisschen.«

»Das kann ich sehr gut nachempfinden. Mir geht es ähnlich. Da hilft auch die Erfahrung nicht.« Liam trat von einem Fuß auf den anderen. »Es tut mir leid, dass du das miterleben musstest.«

Er zögerte erst noch, dann streckte er seine Hand aus und strich mir über den Arm. Gleich darauf zog er seine Finger wieder fort. Obwohl es nur eine kurze Berührung gewesen war, prickelte meine Haut an jener Stelle.

»Glaubst du, Kibibi wird es schaffen?«, fragte ich hoffnungsvoll und ängstlich zugleich.

Liam zuckte mit den Schultern. »Ich kann es dir leider nicht sagen. Aber ich bin mir sicher, dass sich die Ärzte gut um sie kümmern.«

Ich nickte, zumindest etwas beruhigt.

Wieder fasste sich Liam an den Hinterkopf. Er wirkte unsicher, seine Augen huschten hin und her.

»Ist alles okay?«, hakte ich besorgt nach. Seine Unruhe übertrug sich allmählich auch auf mich.

Liam lachte nervös.

»Ich weiß, dass das gerade der beschissenste Zeitpunkt überhaupt ist …«, setzte er an, nur um dann wieder abzubrechen.

Worauf wollte Liam hinaus? Angespannt hielt ich den Atem an.

»Ich wollte dich schon viel eher fragen, aber dann ist immer etwas dazwischengekommen. Und ich wollte den perfekten Moment abpassen, aber den gab es irgendwie nie …«, druckste er weiter herum.

»Liam, was ist los?«, fragte ich ihn jetzt ganz direkt, da ich dieses Um-den-heißen-Brei-Herumreden nicht länger aushielt. Nicht, nachdem es so viele schlechte Nachrichten gegeben hatte. Was für eine Hiobsbotschaft würde jetzt auf mich zukommen?

Liam atmete tief durch. »Du hast recht, sorry. Nächstes Wochenende fliege ich runter nach Kapstadt, meinen Grandpa besuchen. Er ist der Vater meiner verstorbenen Mutter, und ich war schon eine ganze Weile nicht mehr bei ihm. Das Weingut, das er leitet, ist wirklich fantastisch, und ich glaube, es könnte dir dort gefallen. Was hältst du davon, mich zu begleiten?«

Ich war überrascht von Liams Vorschlag. Und gerührt. Und heillos überfordert. Damit hatte ich beim besten Willen nicht gerechnet. Mein Herz begann unweigerlich höherzuschlagen.

»Dein Grandpa hat ein eigenes Weingut?«, hakte ich begeistert nach.

Liam nickte verlegen. »Ich hoffe, dass ich dich damit jetzt nicht total überrumple, aber … Ich würde mich sehr freuen, wenn du mitkommst.«

Liam wollte, dass ich ihn begleitete? Und ich bekam die Chance, ein echtes südafrikanisches Weingut zu besuchen? Wie konnte ich da Nein sagen?

»Das klingt toll!«, erwiderte ich, und meine Wangen erröteten. »Aber was ist mit dem Flug? Hast du deinen schon gebucht?«

Jetzt errötete Liam.

»Nun ja, wenn ich ehrlich bin, dann hab ich direkt zwei Tickets gekauft. Ich hab gehofft, du würdest Ja sagen.«

Ich war baff.

»Ich … Ich weiß gar nicht, was ich sagen soll«, antwortete ich. »Natürlich bekommst du das Geld für mein Ticket wieder.«

Liam schüttelte den Kopf.

»Mach dir keine Gedanken, ich hab ein Superangebot für die Inlandsflüge bekommen. Betrachte es als nette Geste.«

»Das ist mehr als nur eine nette Geste«, widersprach ich. »Das ist sehr großzügig von dir. Danke, Liam. Wenn ich mich irgendwie revanchieren kann …?«

Erst im Nachhinein fiel mir auf, dass das super doppeldeutig klang. Warum hatte ich nicht vorher eine Sekunde länger nachgedacht, verflucht noch mal?

Doch Liam lächelte lediglich. »Das kannst du bestimmt. Zum Beispiel mit einem Crashkurs in Sachen Wein, damit ich neben dir nicht ganz so ahnungslos wirke.«

Er zwinkerte mir zu.

33. Kapitel

Ein paar Tage später war es so weit. Obwohl ich mich auf meinen Kurztrip mit Liam nach Kapstadt sehr freute, holte mich die Nervosität spätestens dann ein, als ich neben Liam am Provinzflughafen Hoedspruit stand.

An diesem Ort hatte ich keine sonderlich positiven Erinnerungen. Und um ganz ehrlich zu sein, war ich nach meinem Anreisedesaster auch nicht sonderlich scharf darauf, wieder in ein Flugzeug zu steigen.

Glücklicherweise reisten Liam und ich nur mit Handgepäck, sodass ich mir dieses Mal keine Gedanken um mögliche Kofferverluste machen musste. Immerhin etwas.

Und entgegen meiner Befürchtung, Liam und ich könnten dennoch mit unerwarteten Hindernissen konfrontiert werden, verlief unser Flug von Hoedspruit nach Kapstadt reibungslos. Na ja, zumindest, was den organisatorischen Teil betraf.

Ich hingegen hatte es durchaus geschafft, mich ein bisschen zu blamieren.

Denn bei der Landung in Kapstadt musste ich nach zweieinhalb Stunden Flug feststellen, dass ich eingeschlafen und mein Kopf irgendwann zur Seite gekippt war.

Als ich meine Augen öffnete, war ich etwas irritiert, dass sich mein Kopf auf Liams Schulter befand.

Ich hob den Blick und sah geradewegs in seine verschmitzt funkelnden Augen.

Ruckartig setzte ich mich auf und richtete meine Haare, die mit Sicherheit total zerzaust aussahen.

»Habe ich etwa geschlafen?«, fragte ich unnötigerweise, da die Antwort mehr als offensichtlich war. »Warum hast du mich denn nicht geweckt?«

»Warum hätte ich dich wecken sollen?«, fragte Liam, noch immer sichtlich amüsiert.

»Hab ich geschnarcht oder so?«, bohrte ich verunsichert nach.

Liam schüttelte den Kopf, stattdessen grinste er von einem Ohr zum anderen. »Nein, du sahst einfach nur super süß dabei aus.«

Die ältere Dame auf dem Fensterplatz neben mir beugte sich auf einmal zu mir herüber.

»Ich muss Ihnen das jetzt einfach mal sagen: Sie beide sind wirklich so ein hübsches Paar! Hach, da wäre ich doch gern noch einmal in meinen jungen wilden Jahren, frisch verliebt. Da muss ich glatt an meine Zeit mit Harry zurückdenken. Kapstadt eignet sich hervorragend für Flitterwochen.«

Ich war so perplex, dass mir die Worte fehlten, und auch Liam brauchte einen Augenblick, um sich zu sammeln.

»Wir sind kein Paar.« Diesmal war er derjenige, der krampfhaft nach Worten suchte.

»Äh, ja, tut uns leid«, schob ich in Richtung der älteren Dame hinterher und zuckte mit den Schultern. Moment mal … Hatte ich allen Ernstes *Tut uns leid* gesagt?

Ich wagte nicht, mich zu Liam umzudrehen, da mir die Scham ins Gesicht geschrieben stehen musste.

Glücklicherweise erlosch über unseren Köpfen in diesem Moment das Zeichen für die Anschnallgurte, und wir konnten uns von unseren Plätzen erheben.

Ich wollte nur noch aus diesem Flugzeug raus, um auch ein bisschen räumlichen Abstand zu Liam zu bekommen. So nah neben ihm zu sein, hinderte mich daran, einen klaren Gedanken zu fassen. Ich hatte das Gefühl, dass bei mir gerade alles total durcheinandergeriet. Vielleicht war es ein Fehler gewesen, allein mit Liam nach Kapstadt zu fliegen?

»Ich wünsche Ihnen eine schöne Zeit in Kapstadt«, sagte ich an die ältere Dame gewandt, die Liam und mich noch mal mit einem wissenden Grinsen bedachte.

»Die wünsche ich Ihnen auch.« Sie zwinkerte uns beiden zu, und ich fragte mich, was ihr durch den Kopf gehen mochte. Aber vielleicht wollte ich das besser auch nicht wissen.

Ich musste wirklich lernen, cooler mit solchen Situationen umzugehen. Sophie wäre mit Sicherheit ein passender Spruch eingefallen. Ach, Sophie ... Was sie wohl gerade machte? Plante sie schon ihren Island-Trip mit Jonas?

»Wie sieht's aus, wollen wir hier direkt am Flughafen nach einem Mietwagen schauen?«, fragte Liam mich, kaum dass wir das Flugzeug verlassen hatten.

Ich nickte. »Klingt nach einem guten Plan.«

Da Liam und ich nur mit Handgepäck reisten, mussten wir nicht erst stundenlang an der Gepäckausgabe warten, sondern konnten uns direkt zum Ausgang und zum Mietwagenverleih begeben.

Wir suchten das erste Office auf und wurden von einem freundlichen Mitarbeiter angesprochen, der sich uns als Cean vorstellte.

Wir stellten uns ebenfalls vor und wechselten ein paar Worte.

Cean fragte nach, ob wir hinsichtlich eines Mietwagens bestimmte Kriterien hätten, was wir jedoch verneinten. Ich hatte mich gedanklich bisher noch gar nicht damit beschäftigt. Ich hoffte, dass Liam eine Ahnung hatte, worauf wir achten mussten.

Cean ließ seinen Blick fast schon fachmännisch zwischen Liam und mir hin- und hergleiten. »Wie lange bleibt ihr denn in Kapstadt? Und was habt ihr geplant?«

»Wir bleiben nur fürs Wochenende, danach geht es zurück zur Arbeit in den Kruger-Nationalpark.«

Cean hob interessiert die Augenbrauen. »Du arbeitest im Kruger-Nationalpark? Das ist ja total cool. Leider bin ich noch nie dort gewesen. Was machst du da?«

Ich musterte Cean aufmerksam. Er schien nicht viel älter als Liam und ich zu sein. Und er war offensichtlich in Plauderlaune, was aber auch daran liegen konnte, dass in dem Mietwagenverleih keine weitere Kundschaft auf ihn wartete.

»Ich arbeite als Safari-Guide für ein Camp und betreue unter anderem auch die Volunteers, die zu uns kommen, um Freiwilligenarbeit zu leisten«, erklärte Liam.

»Wow!« Cean schien ehrlich beeindruckt und wandte sich schließlich an mich. »Und du? Arbeitest du auch im Kruger-Nationalpark?«

»Ja, ich bin eine der Volunteers, die Liam gemeint hat.« Ich lachte. »Ich bin für insgesamt drei Monate in der Lodge.«

Cean nickte beeindruckt. »Und was führt euch nach Kapstadt?«, fragte er neugierig. Bereits in der kurzen Zeit, die ich mich hier in Südafrika befand, war mir aufgefallen, dass die Südafrikaner viel lockerer und offener als die Deutschen waren. Es war schon nicht ganz ungerechtfertigt, dass man über uns Deutsche sagte, wir seien ein bisschen verschlossen. Wobei man gewiss nicht alle über einen Kamm scheren konnte.

»Wir besuchen meinen Grandpa. Er hat ein Weingut in Stellenbosch«, führte Liam weiter aus.

»Oh, nicht schlecht. Die Winelands in Südafrika sind immer einen Ausflug wert. Na, da wollen wir doch mal sehen, was wir Schickes für euch finden. Kommt mit.«

Wir folgten Cean auf den Parkplatz hinter dem Büro, auf dem sich die verschiedensten Wagen aneinanderreihten.

Offensichtlich schien Cean schon eine klare Vorstellung zu haben, da er zielstrebig durch die Reihen lief und schließlich vor einem Mini-Cooper-Cabrio hielt, der sehr neuwertig aussah und noch dazu in einem funkelnden Türkis leuchtete.

Bei dem Cabrio war es augenblicklich um mich geschehen. Liam musste mir meine Begeisterung ansehen. »Nehmen wir diesen hier?«

Ich zuckte mit den Schultern, konnte mir aber ein Grinsen nicht verkneifen. »Der sieht schon echt schick aus …«

»Das war ein klares Ja.« Liam lachte und sah dann Cean an. »Was soll der denn kosten? Wir würden ihn morgen etwa gegen Mittag zurückbringen.«

Cean blickte plötzlich äußerst verschmitzt drein. »Okay, was hältst du davon? Ich mache euch ein Superangebot für den Mini, und du führst mich irgendwann mal durch den Kruger-Nationalpark? Ich wollte schon immer auf Safari gehen.«

»Das klingt nach einem fairen Deal«, sagte Liam, und die beiden Männer gaben einander die Hand.

»Bist du dir sicher, dass der Mini für dich in Ordnung ist?«, hakte ich bei Liam nach. »Wir können auch ein anderes Auto nehmen.«

Er schüttelte den Kopf. »Nein, dieser hier ist für einen Kurztrip rund um Kapstadt einfach perfekt.«

Gesagt, getan.

Die Abwicklung funktionierte glücklicherweise problemlos. Cean gab uns eine kurze Einführung in die technischen Gegebenheiten des Wagens, und wir füllten ein Formular mit unseren Daten aus.

»Tja dann!«, sagte Cean zum Abschied, als er uns den Autoschlüssel aushändigte. »Ich wünsche euch ein tolles Wochenende in den Winelands. Wenn irgendwas ist, meine Kontaktdaten habt ihr. Und eure habe ich ja auch vorliegen. Glaub mir, Kumpel, ich komme auf den Kruger-Nationalpark zurück.«

Cean deutete vielsagend auf Liam, woraufhin dieser lachte. »Ich hoffe doch, Mann!«

Wir verabschiedeten uns voneinander, und dann konnte es losgehen.

Stellenbosch, wir kommen!

34. Kapitel

Nachdem Liam auf der Fahrerseite und ich auf dem Beifahrersitz Platz genommen hatten, ließen wir das Flughafengebäude recht schnell hinter uns.

Je weiter wir uns von Kapstadt entfernten, desto mehr veränderte sich die Umgebung ringsherum.

Wir fuhren durch malerische Landschaften mit fruchtbaren Tälern, rauen Bergformationen und schönen Wäldern.

Ich versuchte, so wenig wie möglich zu blinzeln, da ich jedes noch so kleine Detail in mich aufsaugen wollte. Ich hatte Angst, ich könnte etwas verpassen. Wie schön musste es hier erst im Frühjahr aussehen, wenn alles zu blühen begann!

Die Temperaturen waren angenehm, und ich war aufs Neue froh darüber, dass ich zu Beginn der Winterzeit nach Südafrika gereist war. Ich war noch nie eine Sonnenanbeterin gewesen, zumindest brauchte ich keine 30 Grad. Mein Blick schweifte gen Himmel.

Auch wenn der Juni hier eigentlich ein recht regenreicher Monat war, zeigte sich das Wetter von seiner besten Seite. Die Sonne schien auf uns herab, ein paar Wölkchen waren sichtbar, und ein lauer Wind wehte mir um die Nase.

Liam folgte meinem Blick.

»Wir haben bisher wirklich Glück mit dem Wetter. Grundsätzlich eignet sich Südafrika das ganze Jahr über zum Reisen, das ist ein großer Vorteil und tut dem Tourismus und der Wirtschaft sehr gut.«

»Kannst du dir eigentlich vorstellen, jemals wieder von hier wegzuziehen?«, fragte ich Liam.

Er blieb eine ganze Weile still. Ein nachdenklicher Ausdruck lag auf seinem Gesicht.

»Hmm, das ist eine gute Frage. Ich weiß es nicht. Im Moment bin ich ungebunden, habe keine eigene Familie und muss mich nach niemandem richten. Aber wenn da plötzlich jemand in meinem Leben wäre und bliebe, dann … dann wäre ich, glaube ich, auch bereit, irgendwo ganz anders hinzugehen. Egal wohin.«

Liam verstummte und warf mir einen Blick von der Seite zu, und mein Herzschlag geriet ins Taumeln.

Was ich wusste, war, dass ich Liam sehr gerne mochte und sehr gern Zeit mit ihm verbrachte. Und dass meine Gefühle ihm gegenüber stärker geworden waren, je mehr Zeit wir zusammen verbrachten.

Dennoch hatte ich noch nie richtig darüber nachgedacht, *wie sehr* ich Liam eigentlich mochte.

Erlaubte ich mir diesen Gedanken vielleicht gar nicht erst, weil ich im Kern immer noch ein schlechtes Gewissen gegenüber Tim hatte? Weil ich selbst so unentschlossen war und nicht wusste, wohin mein Weg mich führte?

Außerdem lebte Liam in Südafrika, ich in Deutschland. Es machte also eigentlich keinen Sinn, sich weiter Gedanken über ein Wir oder ein Uns zu machen. Andererseits hatte Liam ja mehr oder weniger angedeutet, dass in einer Beziehung der Ort für ihn keine Rolle spielte …

Ich verlor mich kurz in meinen Gedanken. In einer Beziehung … Aber womöglich brachte ein Mann nur weitere Unruhe in mein Leben, wo doch ohnehin gerade alles so chaotisch war. Mit meiner Reise wollte ich ja eigentlich bezwecken, meine Gedanken zu ordnen und Klarheit über meine Ziele und

Träume zu gewinnen. Ein Flirt mit einem – zugegebenermaßen – gut aussehenden Safari-Guide war da eigentlich nicht vorgesehen.

»Ich habe mich lange gefragt, was wirklich mein Zuhause ist. Ob Deutschland oder Südafrika … Aber mittlerweile bin ich überzeugt davon, dass das Wort *Zuhause* da beginnt, wo man Menschen um sich hat, in deren Nähe man sich wohlfühlt. Und dass es nicht zwingend abhängig von einem Ort sein muss, auch wenn ich die Schönheit dieses Landes wirklich liebe«, brach Liam schließlich die Stille.

Ich hatte bei Liams Worten zu lächeln angefangen. »Das hast du schön gesagt.«

Unweigerlich fragte ich mich, wie ich das Wort »Zuhause« definierte. Köln war immer mein Zuhause gewesen. Mein Geburtsort. Mein Lebensmittelpunkt, weil sich dort alles abgespielt hatte. Arbeit, Uni, meine Eltern, Tim, Sophie.

Mir wurde durch Liams Worte auf einmal mehr denn je bewusst, dass »Zuhause« ein sehr dehnbarer Begriff war und für jeden eine andere Bedeutung hatte.

»Also, da du ja offensichtlich eine große Weinkennerin bist … Was kannst du mir denn zu den Winelands sagen?«, wechselte Liam schließlich das Thema und grinste dabei frech.

»Soll das etwa eine Feuerprobe sein?«, fragte ich mit hochgezogener Augenbraue.

Liams Grinsen wurde noch eine Spur breiter, er wollte mich tatsächlich testen. Na, der würde sich wundern …

»Die Cape Winelands in Südafrika zählen zu den beliebtesten Regionen im ganzen Land«, setzte ich an. »Schon seit dem 17. Jahrhundert wird hier Wein angebaut.«

Durch den Weinhandel meiner Eltern war ich zwangsläufig auch mit der Geschichte des Weins in Südafrika in Kontakt gekommen, wenngleich ich deutlich mehr Kenntnisse über die Weinbaugebiete in Europa besaß, insbesondere, was Italien und Frankreich betraf.

Es war unter Weinkennern und -liebhabern kein sonderlich großes Geheimnis, dass Südafrika hervorragenden und exquisiten Wein erzeugte, der Menschen auf der ganzen Welt in seinen Bann zog.

»Meine Eltern haben sogar mal versucht, einen Deal mit einem südafrikanischen Weingut an Land zu ziehen. Leider hat ein anderer deutscher Weinhandel ein deutlich besseres Angebot für den Vertrieb machen können. Es ist gar nicht so einfach, sich als Importeur einen Namen zu machen.«

Als die ersten Weinberge links und rechts von uns auftauchten, begann es in meinen Fingerspitzen zu kribbeln, und ich merkte, wie ich fast schon unruhig auf dem Sitz hin- und herrutschte.

Auch Liam war das nicht entgangen. »Musst du mal auf die Toilette?«, fragte er. »Sollen wir irgendwo anhalten?«

»Nein, nein, ich bin bloß aufgeregt«, gab ich zu. »Ich hätte nicht gedacht, dass mich der Gedanke an Wein doch noch mal so in Euphorie versetzen würde. Also danke, dass du mich hierher mitgenommen hast.«

»Dank mir nicht zu früh. Warte, bis du Grandpa Joe kennenlernst. Er ist manchmal sehr direkt.« Liam lachte.

»Allein für diese fantastische Aussicht hat es sich schon gelohnt«, sagte ich.

Die Landschaft war ganz anders als die, die ich vom Kruger-Nationalpark gewohnt war. Bestach der Nationalpark vorwiegend durch Buschland, so fuhren wir jetzt durch grüne Täler mit langen Reihen von Weinstöcken, während sich im Hintergrund beeindruckende Bergformationen in den Himmel erstreckten.

Ich kam aus dem Staunen nicht mehr heraus. Wir machten an einem Aussichtspunkt halt und stiegen aus.

»Das hier wollte ich dir unbedingt noch zeigen«, sagte Liam, und ich ließ meinen Blick über die Natur gleiten. Vor uns offenbarte sich ein echtes Postkartenmotiv aus beeindruckenden Bergpässen, Tälern, Wiesen und Weinbergen.

Auf einmal erfasste mich unbändige Freude in Hinblick auf den Besuch des Weinguts und darüber, dass Liam mich mit in die Winelands genommen hatte.

Ohne dass ich wirklich groß darüber nachdachte, stellte ich mich auf die Zehenspitzen und umarmte Liam. Einfach so. Im nächsten Moment war ich dermaßen überrascht über mich selber, dass ich schon wieder zurückweichen wollte, als sich Liams starke Arme um mich legten.

Für einige Sekunden standen Liam und ich einfach so da, und ich lauschte Liams Herzschlag. Bildete ich mir das nur ein, oder ging sein Puls ebenso schnell wie meiner?

Ich genoss die Wärme, die von Liams Brust ausging.

Als wir auseinanderwichen, herrschte kurz betretene Stille zwischen uns.

»Sollen wir langsam weiter?«, fragte Liam verlegen.

Ich nickte und lächelte still in mich hinein.

Wir bogen irgendwann von der Hauptstraße auf eine schmalere Straße ab, fuhren durch ein breites weißes Tor und schließlich eine Allee entlang. Ich erkannte Olivenbäume, Lavendel, Zitrusbäume und Weinreben. Das Ambiente war so schön, dass es mir beinahe unwirklich vorkam. Die Luft roch frisch, als würde der Frühling bereits seine Fühler ausstrecken.

Das Licht blitzte zwischen den Bäumen hindurch und leuchtete zum Teil fast schon golden. Ich fühlte mich so leicht und unbeschwert, dass ich meine Arme und Fingerspitzen ausstreckte in dem Wunsch, den Himmel zu berühren. Der Wind streifte durch meine Haare und hinterließ eine Berührung auf meiner Seele. Eine wunderschöne Berührung, die mein Herz überlaufen ließ vor Glück.

Diesen Moment hier, gemeinsam mit Liam, würde ich nie wieder in meinem Leben vergessen.

Ein Pfau lief über die Straße, und am Ende der Allee erblickte ich ein imposantes Herrenhaus, das regelrecht so aussah, als wäre es dem viktorianischen Zeitalter entsprungen. Besonders schön fand ich die alten Weinfässer auf der Veranda, in denen man Blumen angepflanzt hatte. Es sah klasse aus.

»Wow, ist das schön!«, entfuhr es mir, und ich lehnte meinen Kopf aus dem Fenster.

Wir fuhren auf einen kleinen Parkplatz, der sich seitlich des Herrenhauses befand. Als ich ausgestiegen war, ließ ich meinen Blick schweifen.

»Kneif mich mal«, hauchte ich, als Liam neben mich trat.

Liam lachte leise, und seine Stimme sandte einen angenehmen Schauer über meinen ganzen Körper.

Gerade war ich so verdammt glücklich und zuversichtlich, dass ich die ganze Welt vor lauter Freude hätte umarmen können, auch wenn mir noch immer die Erinnerungen an die Wilderei im Kopf herumspukten. Tränen traten mir in die Augen. Ja, das Leben war nicht immer fair, und der Kampf gegen die Wilderei erschien mir wie ein Kampf gegen Windmühlen. Dennoch wollte ich das Beste aus meiner Zeit hier in Südafrika herausholen. Ich hatte hier tolle Menschen an meiner Seite. Und glücklicherweise hatten wir vor unserer Abreise aus Hoedspruit noch erfahren, dass es Kibibi und ihrem Nachwuchs gut ging.

»Das ist schon jetzt der schönste Sommer meines Lebens«, sagte ich aus tiefstem Herzen und fühlte jedes einzelne Wort davon so sehr, dass es fast schon wehtat. Südafrika war die beste Entscheidung, die ich je getroffen hatte. Und ich war unendlich dankbar, dass ich diese Chance erhalten hatte.

Liam schien angesichts meines unerwarteten Gefühlsausbruches etwas überfordert.

»Und das, obwohl hier doch gerade Winter ist«, antwortete er ein bisschen flapsig, aber ich sah an dem leichten Spiel seiner Mundwinkel, dass er sich über meine Bemerkung ehrlich freute.

»Du bist der gutherzigste Mensch, den ich je kennengelernt habe.« Mein Herz flammte auf, als ich Liam in seiner ganzen

Vollkommenheit sah. Ich lächelte sanft. »Du tust unfassbar viel Gutes dort draußen im Kruger-Nationalpark. Jeden verdammten Tag. Du glaubst an eine bessere Welt und kämpfst gegen die Wilderei, auch wenn es noch so aussichtslos erscheinen mag. Cean hast du einfach so angeboten, ihn durch den Nationalpark zu führen. Du hast mich mit hierhergenommen, weil du wusstest, dass es etwas mit mir machen würde. Und du forderst nie etwas dafür zurück.«

Ich hatte Liam mit meinen Worten eigentlich zeigen wollen, wie sehr er mir in den letzten Tagen ans Herz gewachsen war. Ich wollte ihm zeigen, dass er mir etwas bedeutete.

Doch plötzlich hatte ich den Eindruck, dass ich etwas Falsches gesagt hatte, denn ein Schatten huschte über Liams Gesicht, und sein Blick verfinsterte sich. Er vergrub die Hände in den Hosentaschen seiner ausgewaschenen Jeans.

Ich streckte meinen Arm nach ihm aus, aber er wich zurück. Stattdessen ließ er seinen Blick nun ebenfalls über die beeindruckende Bergkulisse schweifen und wirkte auf einmal unnahbar.

»Was ist los, Liam?«

Liam rieb sich über die Schläfe und verzog das Gesicht, als hätte er Schmerzen.

»Du siehst in mir einen besseren Menschen, als ich eigentlich bin.«

35. Kapitel

LIAM

Sie sollte aufhören, mich so anzusehen. Und zu denken, ich sei ein guter Mensch. Denn das war ich nicht.

Sie hatte ja keine Ahnung, was alles schiefgelaufen war, bevor ich an diesem Punkt angekommen war und sagen konnte, dass ich mein Leben halbwegs im Griff hatte.

Und sie wusste auch nicht, dass es eben nicht reiner Zufall oder ein Wink des Schicksals gewesen war, der mich in den Kruger-Nationalpark verschlagen hatte. Ich war nicht einfach dort »gestrandet« auf meiner Durchreise.

Nike hatte keinen blassen Schimmer, dass ein paar verschissene Stunden gemeinnütziger Arbeit in einem Elefantenschutzprogramm mir vor Augen geführt hatten, dass ich ein Händchen für Tiere hatte und so vielleicht in Ordnung bringen könnte, was ich falsch gemacht hatte. Also ja, die Entscheidung, eine Ausbildung zum Ranger zu machen, war auch aus egoistischen Gründen gefallen. Um mich ein Stück weit besser zu fühlen.

Ich sah zu Nike hinüber.

Waren wir mal ehrlich, welche Variante von mir gefiele ihr wohl besser? Die des Backpackers, der auf seinem Weg unerwartet seine Berufung im Tierschutz gefunden hatte?

Oder die des verurteilten Kriminellen, dem plötzlich aufgefallen war, dass Tierschutz vielleicht nicht die schlechteste Option war, nach allem, was vorgefallen war?

Ich würde mich ganz klar für die erste Variante entscheiden.

Und hätte ich damals nicht diese gemeinnützige Arbeit verrichten müssen, dann hätte ich mich vielleicht nie für den Tierschutz eingesetzt, selbst wenn meine Mutter mir noch so viele Tiergeschichten erzählt hatte. Die Version, dass der Sohn dem Traum seiner Mutter nachging, war zwar schön, aber die Realität sah leider anders aus.

Es hatte viele Abzweigungen in meinem Leben gegeben, die ich bereute. Zumindest in dem Ausmaß, wie sie geschehen waren.

Die vielen Streits mit Dad, der überstürzte Aufbruch nach Südafrika. Ich bereute es, mich mit den falschen Menschen abgegeben und gedankenlos gehandelt zu haben. Was letzten Endes zu meiner Festnahme am Flughafen von Johannesburg und zu meiner Verurteilung geführt hatte.

Nein, ich war nun wirklich kein Musterbeispiel für den perfekten Schwiegersohn, sondern eher für einen Fall von massiver Leichtgläubigkeit und Dummheit.

Wenn ich die Zeit zurückdrehen und noch mal anders entscheiden könnte, dann würde ich es tun. Ich würde vieles anders machen.

Ich bereute es nicht, dass ich im Kruger-Nationalpark gelandet war, denn es war ehrlich gesagt das Beste, das mir hatte passieren können.

Aber der Weg dahin war das Problem. Die verdammte Geheimnistuerei.

Es fiel mir immer schwerer, Nike diesen Teil meines Lebens zu verheimlichen. Ich wollte ehrlich zu ihr sein, und dennoch hielt mich etwas davon ab: Ich hatte Angst, sie zu verschrecken. Und das zarte Band, das wir in den letzten Tagen geknüpft hatten, kaputt zu machen.

Sie war mir wichtig.

Auch wenn ich sie nicht für einen Menschen hielt, der vorschnell über andere urteilte, fürchtete ich, dass sie mich abstempeln würde. Und vielleicht sogar mit den Wilderern in einen Topf warf.

Ich war hin- und hergerissen. Ich wollte sie so gern die schönere Geschichte von mir glauben lassen. Aber diese Geschichte war eine Illusion. Eine Lüge.

Diese Person, von der Nike dachte, dass ich sie wäre, existierte nicht.

Da brauchte ich mir nichts vorzumachen.

36. Kapitel

»Liam …«, setzte ich an, als ich auf der Veranda des Herrenhauses einen älteren Herrn mit grauem Dreitagebart, Strohhut, Cargohose und Hemd erspähte. Sein Gesicht hellte sich auf, als er uns sah.

Liam, der in den letzten Minuten tief in seinen Gedanken versunken gewesen war, blickte auf.

»Mein Junge, wie schön, dass du da bist«, sagte der Mann, humpelte die drei Treppenstufen herunter und kam schnurstracks auf uns zu.

Liam löste sich aus seiner Starre und ging ihm entgegen. Er wirkte fast erleichtert über die Unterbrechung.

Ich betrachtete den Mann etwas genauer.

Sein Gesicht war sonnengebräunt und von der Arbeit an der frischen Luft gezeichnet. Kleine Lachfältchen umspielten seine Augen, die ähnlich hell wie die von Liam waren.

Man erkannte die Ähnlichkeit sofort. Ich zählte eins und eins zusammen. Bei dem Mann musste es sich um Liams Großvater handeln.

»Grandpa«, sagte Liam mit dem verschmitzt klingenden Unterton in der Stimme, den ich jetzt schon von ihm kannte, und ich fragte mich, wo der nachdenkliche Liam hin verschwunden war.

So gern ich Liams Großvater auch kennenlernen wollte, es ärgerte mich ein bisschen, dass er ausgerechnet in dem Augenblick aufgetaucht war, in dem Liam mir offensichtlich etwas hatte sagen wollen.

Liam und sein Opa umarmten einander, und der ältere Herr klopfte Liam auf den Rücken. »Lange ist es her, mein Junge. Du lässt dich hier viel zu selten blicken.«

»Was soll ich sagen? Im Kruger-Nationalpark ist immer viel zu tun. Aber du könntest mich doch auch mal besuchen?«

»Ich soll in meinem Alter noch auf Safari gehen? Na, ich weiß ja nicht. Außerdem fühle ich mich umgeben von Weinreben und Bergen einfach wohler.«

Der alte Mann kratzte sich am Kopf und lachte, als sein Blick auf mich fiel.

»Willst du mir deine Begleitung nicht vorstellen, Liam?«

»Sicher«, antwortete sein Enkel überschwänglich und deutete auf mich. »Grandpa, wenn ich bekannt machen darf, das ist Nike. Sie ist derzeit als Volunteer bei uns im Camp. Und sie kennt sich sehr gut mit Wein aus.«

»Schön, Sie kennenzulernen«, sagte ich ehrlich erfreut und hielt Liams Großvater meine Hand entgegen.

Er ignorierte diese jedoch geflissentlich, umarmte mich und hauchte mir jeweils links und rechts ein Küsschen auf die Wange.

»Grandpa«, sagte Liam fast schon ein bisschen beschämt. »Nun überfall sie doch nicht so, sonst ist sie gleich wieder weg.«

Ich musste kichern.

»Ach, Unfug«, widersprach ihm sein Opa. »Du kannst mich Joe nennen, Nike. Übrigens ein sehr schöner Name. Woher kommst du?«

»Aus Deutschland. Aus Köln«, antwortete ich.

»Du kommst aus Deutschland?«, fragte Joe mich in etwas gebrochenem Deutsch.

»Sie sprechen ebenfalls Deutsch?«, hakte ich überrascht nach.

Joe hielt seinen Daumen und Zeigefinger übereinander.

»Nur ein bisschen. Immerhin war meine Tochter mit einem

Deutschen verheiratet, und Liam hat viele Jahre in Deutschland gelebt.«

Ich lächelte.

Liam blickte zwischen seinem Opa und mir hin und her. »Grandpa, es dürfte dich bestimmt interessieren, dass Nikes Eltern einen eigenen Weinhandel in Köln haben.«

»Sag bloß! Das ist höchst interessant. Das hast du neulich am Telefon gar nicht erwähnt, Liam. Was für einen Weinhandel führen deine Eltern denn, Nike?«

»Wir verkaufen überwiegend Weine aus Europa«, sagte ich. »Wir arbeiten exklusiv mit einigen Weingütern zusammen. Wobei sich ein exzellenter Wein aus Südafrika mit Sicherheit auch äußerst gut in unserem Sortiment machen würde.«

Ich zwinkerte Joe vielsagend zu.

Joe hakte sich bei mir ein. »Wie praktisch, dass ich derzeit noch einen EU-Importeur suche, der meine Weine exklusiv auf dem deutschen Markt anbietet. Ich glaube, du musst mir mal ein bisschen mehr erzählen, ich bin äußerst interessiert.«

»Sehr gern.« Ich nickte.

»Jetzt lass sie aber erst mal ankommen«, mischte sich Liam schmunzelnd ein und versuchte den Enthusiasmus seines Opas zu bremsen. Womit er jedoch nur mäßig Erfolg hatte.

Joe war Feuer und Flamme, seine Augen sprühten regelrecht.

Dieser Mann brannte für Wein, ich spürte es mit jeder einzelnen Faser.

»Wer weiß, vielleicht gefällt Nike dein Wein ja gar nicht«, goss Liam noch etwas Öl ins Feuer, und seinem Grinsen war anzusehen, dass es ihm Spaß bereitete, seinen Opa aufzuziehen.

Ich verpasste Liam einen leichten Knuff in die Rippen. »Sei nicht so frech.«

Empört drehte Joe sich um. »Und das muss ich mir von meinem eigenen Enkel anhören, der in etwa so viel Ahnung von Wein hat wie ein Esel vom Kochen.«

Die Retourkutsche saß. Ich prustete los, als ich Liams verdutztem Blick begegnete. Damit hatte er offensichtlich nicht gerechnet.

Derweil hatte sich Joe wieder mir zugewandt und tätschelte mir in einer großväterlichen Geste den Arm.

»Das lasse ich nicht auf mir sitzen. Gleich machen wir erst mal ein ordentliches Wine Tasting. Ich bin sehr gespannt, ob dir unsere Weine zusagen.«

»Ich freue mich drauf«, antwortete ich.

Jetzt hakte Joe sich bei mir aus und hielt mir stattdessen seinen Arm entgegen. »Wenn ich bitten darf, Mylady?«

Wieder musste ich kichern. Liams Grandpa war einfach goldig.

Diesmal hakte ich mich bei ihm ein. »Mit Vergnügen.«

»Ich kann es kaum erwarten, dir gleich unsere Weine zu präsentieren. Das wird ein Fest.«

»Ähm, allerdings müssen Liam und ich noch mit dem Auto nach Kapstadt zurückfahren, also darf es auch nicht zu viel Wein sein«, hielt ich dagegen.

Jetzt sah Joe aus, als fiele er vom Glauben ab. Seine Augenbrauen zogen sich so dicht zusammen, dass sie den Anschein erweckten, sie wären zu einer einzigen zusammengewachsen.

»Nichts da!«, widersprach er. »Ihr schlaft heute Nacht hier, das ist doch wohl selbstverständlich. Alles andere würde mich auch schwer kränken. Das Luxus-Cottage direkt auf dem Weingut ist noch frei.«

Joes Stimme machte deutlich, dass Liam und ich kein Mitspracherecht hatten und die Sache damit entschieden war. Jeglicher Widerspruch wäre vermutlich zwecklos gewesen, daher ließ ich Joes Worte unkommentiert. Ich wollte den alten Mann keineswegs vor den Kopf stoßen und wusste seine Gastfreundschaft zu schätzen.

Wann bekam man schon die Gelegenheit, von einem Winzer eigens über sein südafrikanisches Weingut geführt zu werden?

Dennoch warf ich Liam einen Blick zu, der sagen sollte: Ist das in Ordnung für dich?

Wir hatten vorher nicht darüber gesprochen, und irgendwie war ich davon ausgegangen, dass wir noch eine Nacht in Kapstadt blieben.

Zumal es sich so anfühlte, als würde etwas Unausgesprochenes zwischen Liam und mir stehen, daher wollte ich diese Entscheidung nicht ohne ihn fällen.

Doch Liam nickte nur lächelnd.

Wieder war da dieses Flattern in meiner Magengegend. Ein Gefühl, das ich an Tims Seite seit Monaten nicht mehr verspürt hatte.

»Ich sag's ja, der Mann hat Haare auf den Zähnen«, flachste Liam, woraufhin sich Joe zu ihm umsah.

»Du bringst sicherlich euer Gepäck mit, oder? Ich werde Nike schon mal mit mir nehmen.«

»Ach, jetzt bin ich also nur noch der Packesel?«, scherzte Liam, doch Joe überging die Frage schlichtweg.

Stattdessen schenkte er wieder mir seine Aufmerksamkeit.

»Nike, ich mag dich jetzt schon. Du hast Geschmack. Ich sage dir, Menschen, die eine Faszination für Wein hegen, haben das Herz am richtigen Fleck.«

Ich lächelte. »Das Kompliment kann ich nur zurückgeben, Joe.«

Unweigerlich begann ich Joe mit meinen Eltern zu vergleichen. Selbst in diesen wenigen Minuten seit unserem Kennenlernen war mir aufgefallen, wie viel mehr Freude er besaß im Vergleich zu meinen Eltern.

Ob der Unterschied darin lag, dass Joe ein Winzer war und meine Eltern Wein lediglich verkauften und kein eigenes Weingut besaßen?

Mama und Papa waren immer so verbissen.

Doch Joe … Joe war anders. Ich beneidete ihn um seine Leidenschaft und seinen Optimismus.

»Führst du das Weingut allein?«, fragte ich Joe, während er mich links an der Hinterseite des Herrenhauses über einen Kiesweg führte.

Joe schüttelte den Kopf. »Nein, ich habe ein paar Angestellte, anders wäre all das hier auch nicht zu bewältigen. Sie sind mein Anker. Aber falls deine eigentliche Frage ist, ob ich jemanden an meiner Seite habe … Nein. Meine Frau, also Liams Oma, ist vor vier Jahren an Krebs verstorben.«

»Das tut mir leid«, sagte ich betroffen und warf Joe einen mitfühlenden Blick von der Seite zu.

Er schüttelte den Kopf, ein Lächeln umspielte seine Mundwinkel. »Das muss es nicht. Wir haben das Beste aus unserer gemeinsamen Zeit herausgeholt. Maggy hat das Weingut geliebt, es war ihr Ein und Alles. Ich habe ihr so viel zu verdanken.«

Es war schön zu hören, wie Joe über seine verstorbene Frau sprach. Mit so viel Liebe und Wärme in der Stimme. Er musste Maggy sehr geliebt haben.

Hinter uns hörte ich das Knirschen von Kies und das Ächzen von Liam, der unsere Rucksäcke trug.

»Wie viel hast du für die kurze Zeit denn eingepackt, Nike? Dein Rucksack fühlt sich an, als wären da Backsteine drin.«

»Soll er mal schön schleppen, der Junge«, murmelte Joe, und als er mich ansah, funkelte der Schalk in seinen Augen.

37. Kapitel

Als wir die Terrasse hinterm Haus betraten, blieb ich andächtig stehen. Das Panorama war überwältigend.

Von hier aus genoss man einen fantastischen Blick auf die umliegenden Berge und auf die Weinstöcke, die zu dieser Jahreszeit bereits abgeerntet waren.

Eine laue Windböe erfasste mein knielanges rosafarbenes Kleid. Ich spürte die Brise auf meinen nackten Beinen. Es waren zwar höchstens um die 22 Grad, aber in der Sonne fühlte es sich gleich viel wärmer an. Mein Blick wanderte zu dem Brunnen in der Mitte des Anwesens, der leise plätscherte und ein absolutes Schmuckstück war.

Dieses Weingut hatte etwas ausgesprochen Magisches an sich. Eine Magie, die ich im Weinhandel meiner Eltern nie hatte spüren können.

Holzbänke, Stühle und Tische reihten sich im Schatten von sanft raschelnden Olivenbäumen aneinander und boten ein kuscheliges Plätzchen, um den Wein in all seiner Vollkommenheit genießen zu können. Unter einem besonders dicken Olivenbaum stand ein alter, rostiger Wagen, der nicht mehr sonderlich fahrtüchtig wirkte, aber ein tolles Fotomotiv bot.

Ein zufriedenes Seufzen perlte von meinen Lippen, und Sehnsucht zerrte an mir.

Nein, ich hatte dem Wein noch nicht abgeschworen. Ganz und gar nicht.

Mittlerweile war auch Liam an meiner Seite aufgetaucht. Er wirkte ähnlich zufrieden wie ich – auch wenn er unser Gepäck tragen musste.

Joe deutete auf die Bänke unter den Olivenbäumen.

»Hier findet immer das Wine Tasting statt«, erklärte er mir. »Wir besitzen auch Sitzmöglichkeiten drinnen, wenn einmal schlechtes Wetter sein sollte, aber hier draußen hat es einfach mehr Stil.«

Vorfreude erfasste meinen Körper, und ich ertappte mich dabei, wie sich meine Mundwinkel zu einem glückseligen Strahlen hoben.

»Es ist wunderschön, Joe«, flüsterte ich.

»Ich finde es auch immer wieder faszinierend, hier zu sein«, sagte Liam. »Es fühlt sich an, als würde die Zeit stillstehen.«

»Besser hätte ich es nicht ausdrücken können«, sagte ich.

Ein Mann in schicker Arbeitskleidung lief an uns vorbei. Joe legte ihm eine Hand auf den Arm.

»Will, wärst du so gut, das Gepäck meiner Gäste ins Cottage zu bringen? Mein Enkel und seine bezaubernde Begleitung Nike werden heute Nacht unsere Gäste sein.«

Will schenkte Liam und mir ein offenes, freundliches Lächeln. »Das mache ich sehr gern.«

»Ach, das kann ich doch auch selber machen, kein Problem«, protestierte Liam, aber Will hatte sich bereits die Rucksäcke geschnappt und zog mit einem Pfeifen auf den Lippen von dannen.

Joe nahm Liam und mich ins Visier.

»So, ihr zwei, ich würde vorschlagen, ihr sucht euch jetzt ein schönes Plätzchen unter den Olivenbäumen, und wir beginnen gleich mit dem Wine Tasting, was meint ihr?«

Liam blickte auf seine Armbanduhr. »Es ist erst 15 Uhr.«

»Na und? Wein kann man zu jeder Tages- und Nachtzeit genießen«, befand Joe, woraufhin ich zustimmend nickte.

»Vielen Dank für deine Gastfreundschaft, Joe«, sagte ich. »Ich freue mich sehr, hier zu sein.«

Joe nahm seinen Hut ab und deutete eine leichte, galante Verbeugung an. »Es ist schön, euch beide heute bei mir zu haben, ich freue mich immer über Gäste.« Dann wandte er sich um und ging davon.

»Also, wo möchtest du sitzen?«, fragte ich Liam, nachdem Joe im Haus verschwunden war. Mit einem Mal spürte ich wieder eine gewisse Unsicherheit zwischen uns, und die Erinnerung an das verwirrende Gespräch bei unserer Ankunft stieg von Neuem in mir auf. Doch angesichts der traumhaften Umgebung und des bevorstehenden Wine Tastings verdrängte ich den Gedanken daran schnell.

»Hmm, was hältst du von dem Platz dort?«

Liam deutete auf einen Tisch und zwei Bänke, die etwas abseits der bereits besetzten Tische standen und somit mehr Ruhe versprachen.

»Perfekt«, sagte ich.

Als Liam und ich kurz darauf unter den mächtigen Olivenbäumen Platz genommen hatten, das leise Plätschern des Springbrunnens im Hintergrund, seufzte ich erneut zufrieden auf.

»So lässt es sich doch leben, oder nicht?«

Es dauerte nicht lange, da trat Joe zu uns. In den Händen hielt er zwei Weingläser, die etwa zu einem Viertel gefüllt waren.

»Bitte sehr«, sagte er und stellte die Weingläser vor uns ab. »Das ist ein junger, frischer Chardonnay. Bisher konnte ich meinen Enkel noch nie dazu bringen, eine Weinverkostung auf meinem Weingut zu machen, daher nimmst du ihn heute ein bisschen an die Hand, Nike, ja?«

»Du kannst dich zu hundert Prozent auf mich verlassen, Joe.« Ich machte ein todernstes Gesicht.

»Irgendwie fühle ich mich heute von dir gemobbt, Grandpa«, ließ Liam verlauten, woraufhin Joe abwinkte.

»Mobben, was ist das denn für ein Wort? Sagen wir, ich ziehe dich gern ein bisschen auf. Muss wohl in der Familie liegen.« Ich biss mir auf die Innenseite meiner Unterlippe, um nicht ein weiteres Mal unkontrolliert loszuprusten. Es war schon höchst amüsant, Liam und Joe bei ihren Plänkeleien zuzusehen. Ich hörte deutlich heraus, wie wichtig die beiden einander waren, auch wenn Liam und sein Großvater dies hinter ihren Neckereien zu verbergen versuchten.

»So, ich lasse euch zwei dann mal allein. Zumindest vorerst«, setzte Joe grinsend hinzu. »Lasst es euch schmecken. Es heißt nicht umsonst: Die Qualität eines Weinguts zeigt sich daran, wie …«

»… wie es mit seinem Chardonnay umgeht«, vollendete ich Joes Satz. »Habe ich recht?«

Joe war für einen Moment völlig perplex. »In der Tat. Du wirst eines Tages ein eigenes Weingut leiten, liebe Nike. Da bin ich mir sicher. Alles andere wäre eine Verschwendung deines Talents.«

Selbst als Joe sich bereits den anderen Tischen gewidmet hatte, spürte ich die Röte auf meinen Wangen und die Wärme, die Joes Worte bei mir hinterlassen hatten.

Ich sollte eine Winzerin sein? Bisher hatte ich noch nie darüber nachgedacht, aber der Gedanke gefiel mir. Warum war mir selbst nie die Idee gekommen, dass ich meiner Faszination für Wein nachgehen konnte, ohne zwangsläufig im Weinhandel meiner Eltern zu arbeiten? Vielleicht hatte ich mir nur eingeredet, es gäbe keine Alternative, und irgendwann angefangen, das wirklich zu glauben.

Liam blickte in sein Glas. »Dass das ein Weißwein ist, erkenne sogar ich. Und Chardonnay ist sehr beliebt, oder? Zumindest habe ich den Namen schon öfter gehört.«

Ich nickte und war froh darüber, dass Liam die Überlegung seines Grandpas nicht aufgriff. Ich musste meine Gedanken dazu erst einmal selbst ordnen. Hinsichtlich seiner Frage zum

Chardonnay gab ich ihm aber nur zu gern Auskunft, und die Worte sprudelten nur so aus mir heraus.

»Ja, das stimmt. Chardonnay hat ein großes Qualitätspotenzial und verfügt über einen hohen Bekanntheitsgrad. Das liegt unter anderem daran, dass die Rebsorte sehr anpassungsfähig ist und in den unterschiedlichsten Anbaugebieten eine gute Qualität liefert. Der Chardonnay befindet sich auf Platz fünf der meist angebauten Rebsorten.«

»Ich habe den Eindruck, dass du ein wandelndes Lexikon bist, was Wein betrifft«, kommentierte Liam beeindruckt. »Also nicht, dass du das jetzt falsch verstehst, ich finde das toll.«

»Danke«, sagte ich etwas verlegen. Aber es stimmte: Durch die Arbeit im Weinhandel meiner Eltern hatte ich mir viel Wissen aneignen können. Bislang hatte ich das immer für selbstverständlich gehalten, doch jetzt erkannte ich, dass es etwas Besonderes war. In Gedanken versunken betrachtete ich den Wein in meinem Glas.

Der Chardonnay war von einer goldenen Rebe, wenn man jedoch genauer hinsah, erkannte man feinste grüne Nuancen darin. Das mochte ich an Wein so sehr: Kein Wein glich dem anderen, weder geschmacklich noch farblich.

Sie waren allesamt einzigartig. Unikate sozusagen.

Eigentlich war der Wein fast ein bisschen zu schade, um ihn zu trinken. Stattdessen wollte ich ihn voll und ganz auskosten, in all seiner Pracht und Vielfalt erleben.

Ich schwenkte den Wein hin und her, ließ ihn im Glas kreisen, hielt meine Nase darüber und nahm die verschiedenen Aromen wahr.

Liam betrachtete mich fasziniert, was mich verunsicherte.

Ich lachte nervös. »Entschuldige, wenn ich Wein in die Finger bekomme, dann kann ich nicht anders.«

»Ich glaube, ich habe noch nie richtig verstanden, warum man den Wein hin und her schwenkt«, gestand Liam. »Im Gegensatz zu dir fühle ich mich wie der größte Anfänger.«

»So ein Unsinn«, widersprach ich. »Jeder von uns hat ein eigenes Talent, und das ist auch gut so. Ich werde dafür niemals ein solches Gespür für die Tier- und Pflanzenwelt bekommen, wie du es hast.«

Erneut kippte ich mein Glas ein wenig. »Sobald man das Glas leicht schwenkt und den Wein ein bisschen kreisen lässt, können sich die Duftstoffe besser entfalten. Wenn sich der Wein im Glas befindet, ruhen die Aromen recht nah unter der Oberfläche. Doch wenn man ihn verwirbelt und Sauerstoff an den Wein gelangt, können die Aromastoffe einfacher nach oben steigen.«

»Das klingt ... logisch«, überlegte Liam laut und begann nun ebenfalls, sein Glas etwas unbeholfen zu schwenken. »Bei dir sieht das so professionell aus. Bei mir eher ... weniger.«

Hatte er eigentlich eine Ahnung, wie süß er in diesem Augenblick war?

»Ich finde, du machst das schon sehr gut«, lobte ich, roch an dem Wein und hielt Liam schließlich mein Glas entgegen.

»Cheers«, sagte ich.

»Cheers. Auf ein schönes Wochenende.« Liam und ich stießen miteinander an, unsere Gläser klirrten leise. Dabei sahen wir einander tief in die Augen, und ich fühlte mich in den Moment zurückversetzt, als Liam und ich gemeinsam mit den Giraffen »gefrühstückt« hatten. Prompt machten sich die Kolibris in meinem Bauch wieder bemerkbar.

Ich setzte meine Lippen an das Glas und nahm einen kleinen Schluck, Liam tat es mir gleich. Kaum, dass der Wein mit meiner Zunge in Berührung gekommen war, fühlte es sich an, als würde ich in meinem Mund eine wahre Farbexplosion schmecken können.

Von den anderen Tischen wehten leise die Stimmen der anderen Gäste herüber. Für einen Moment schloss ich die Augen und genoss es, hier zu sein. Zusammen mit Liam, das Aroma von Wein in der Nase und auf der Zunge und das Geräusch von zwitschernden Vögeln in den Ohren.

Als ich meine Augen wieder öffnete, betrachtete Liam mich neugierig.

»Ich hoffe, meine Frage ist nicht zu forsch … Aber was denkst du, wirst du dem Weingeschäft noch eine Chance geben?«

Ich blickte in mein Weinglas, als könnte ich auf dessen Boden eine Antwort finden.

»Vielleicht«, antwortete ich und lächelte dabei.

Kurzzeitig senkte sich wieder Stille zwischen uns. Liam winkelte sein Bein auf der Sitzbank an, während er einen weiteren Schluck von dem Chardonnay nahm.

»Also, was erzählt dieser Wein für eine Geschichte? Wenn du dich jetzt irgendwohin träumen könntest, welcher Ort wäre das?«

Es freute mich, dass Liam sich so offensichtlich gemerkt hatte, was ich ihm über Wein erzählt hatte. Dass jeder Wein eine andere Geschichte erzählte und mich an fremde, zauberhafte Orte entführte.

Ich dachte nach. »Eigentlich möchte ich gerade nirgendwo anders sein als hier. So wie es ist, finde ich es ziemlich perfekt«, sagte ich leise und traute mich kaum, Liam dabei in die Augen zu sehen. Mein Herzschlag beschleunigte sich. »Ich hätte keine passendere Geschichte für diesen Wein als die, in der ich mich befinde. Auf einem Weingut in Südafrika im Schatten eines Olivenbaumes zu sitzen und die malerische Landschaft auf mich wirken zu lassen.«

Als ich nun doch wagte, meinen Blick zu heben, hatte sich etwas in Liams Augen verändert. Etwas loderte in ihnen.

»Du hast die nette Begleitung an deiner Seite vergessen«, sagte er. Es hatte wohl witzig klingen sollen, doch seine Stimme hatte einen rauen, verlangenden Unterton angenommen.

Mir wurde warm, und eine knisternde Spannung lag plötzlich in der Luft. Ob das schon dem Wein zuzurechnen war? Dabei hatte ich nicht mal ein halbes Glas getrunken …

Ich tippte mir an die Stirn, als würde ich meinen Fehler erst jetzt einsehen. »Du hast völlig recht, wie konnte ich nur meine charmante Begleitung außer Acht lassen«, ging ich scherzhaft auf Liams Bemerkung ein, und auch ich versuchte, meiner Stimme einen verspielten Touch zu verleihen, der Interpretationsspielraum zuließ.

Zum Glück erschien Joe in dem Moment mit einer riesigen Käseplatte an unserem Tisch.

»Ich hoffe, ihr zwei habt ein bisschen Hunger mitgebracht«, meinte er und zwinkerte mir zu. Verblüfft starrte ich auf die ästhetisch angerichteten Käsehäppchen und merkte, wie mir augenblicklich das Wasser im Mund zusammenlief.

»Das ist total nett, vielen Dank«, sagte ich, und mein Magen knurrte zustimmend.

Joe und Liam lachten, während ich mir eine Hand auf den Bauch presste. »Ups. Da habe ich mich wohl selbst verraten.«

»Tja dann … Prost und guten Appetit, würde ich sagen.«

»Dein Opa ist super«, sagte ich an Liam gewandt, als sein Großvater bereits außer Hörweite war.

Liam lächelte. »Ja, Grandpa ist klasse. Und er … Er bringt mich Mum ein bisschen näher. Verstehst du, was ich meine?«

Gleich darauf ruderte er beschämt zurück, als wäre ihm das zuvor Gesagte auf einmal unangenehm. »Ach, was rede ich denn, das klingt total albern.«

»Ich finde das keineswegs albern«, widersprach ich sanft. »Ganz im Gegenteil, ich finde den Gedanken sogar sehr schön. Und ich bin mir sicher, deinem Grandpa geht es nicht anders.«

»Wie meinst du das?«, hakte Liam nach.

»Na ja, ist dir mal der Gedanke gekommen, dass dein Grandpa genauso fühlt? Dass er seine Tochter sieht, wenn er dich anschaut? Und er sich ihr dadurch ebenfalls näher fühlt?«

»Vielleicht«, räumte Liam nachdenklich ein. »So habe ich das noch nie gesehen. Aber der Gedanke gefällt mir.«

Ich betrachtete den Chardonnay vor mir. »Weißt du, auch wenn ich das niemals offen vor ihr zugeben würde … Manchmal sehe ich mich selbst in meiner Mutter. Ich glaube, was unseren Sturkopf angeht, sind wir uns ziemlich ähnlich.«

Ich lachte leise und verspürte zugleich ein Ziehen in meiner Brust.

Liam betrachtete mich nachdenklich. »Du vermisst sie, oder?«

Ich dachte an die langen Abende mit meinen Eltern im Weinhandel und unsere zahlreichen Gespräche über Wein. Ich dachte daran, wie weh es mir tat, dass Mama nicht auf meine Nachrichten in der Familien-WhatsApp-Gruppe reagierte.

Ein Kloß bildete sich in meinem Hals. »Ja, so schwer es manchmal auch mit ihr ist, sie fehlt mir sehr.«

»Vielleicht solltest du ihr das sagen«, meinte Liam behutsam. »Bevor es zu spät ist.« Er holte tief Luft. »Ich würde alles dafür geben, meiner Mutter noch einmal gegenüberstehen zu können.«

Betroffen schwieg ich und zupfte an meiner Unterlippe. Auch wenn Mama und ich manchmal aneinandergerieten und es nicht einfach mit uns beiden war … Der Gedanke, sie könnte von einem Tag auf den anderen aus meinem Leben verschwinden, jagte mir eine Heidenangst ein.

»Danke, Liam«, flüsterte ich.

Er zog überrascht die Augenbrauen hoch. »Wofür?«

»Dass du mir die Augen geöffnet hast. In vielerlei Hinsicht.«

Liam schmunzelte. »Ich glaube ehrlich gesagt nicht, dass das mein Verdienst war. Es liegt an Südafrika. Dieses Land verändert jeden von uns.«

38. Kapitel

Wie auf Knopfdruck gingen unzählige kleine Lampions in den Bäumen an, und ein begeistertes »Ooooh« hallte von den wenigen Tischen, die noch besetzt waren, zu uns herüber. Es sah aus, als würden unzählige Glühwürmchen das Blattwerk erleuchten.

Wie war es denn so plötzlich Abend geworden? Ich hatte gar nicht gemerkt, wie die Stunden verstrichen waren. Mittlerweile hatte sich das Licht verändert, und rote und orangefarbene Schlieren zogen sich über den Himmel. Auch jetzt kam ich nicht umhin festzustellen, wie magisch die Landschaft der Winelands auf mich wirkte.

Mittlerweile hatten wir unsere Käseplatte bis auf den letzten Krümel verputzt. Joe war inzwischen auf Rotwein umgestiegen und hatte uns zwei neue Gläser Wein gereicht, gefüllt mit Cabernet Sauvignon. Eine wahre Ikone, wie Joe so schön sagte.

Während das Abendrot sich in seiner ganzen Pracht zeigte, machten Liam und ich uns mit Begeisterung über die Cracker her, die Joe uns zusätzlich gebracht hatte, und stießen mit unseren Rotweingläsern an.

»Prost«, sagte ich.

»Cheers«, entgegnete Liam. »Auf einen Abend, der nie enden soll.«

»Das klingt gut, da bin ich dabei.«

Ich schwenkte den tiefdunklen Wein, bevor ich daran roch

und schließlich einen Schluck nahm. Ich schloss erneut die Augen, um die einzelnen Nuancen besser herausschmecken zu können. Der trockene Rotwein hatte eine Note von dunklen Früchten.

Als ich meine Lider wieder öffnete, sah ich Liam erwartungsvoll an. »Und, kannst du die einzelnen Duftnoten herausfiltern? Ohne einen Schluck zu nehmen, sondern indem du nur an dem Wein riechst?«

Liam zögerte, schwenkte das Glas diesmal schon deutlich eleganter und hielt seine Nase tief ins Glas, als wollte er auf Nummer sicher gehen, bevor er mir eine Antwort gab.

Schließlich schüttelte er den Kopf. »Nein, leider nicht. Ich frage mich ernsthaft, ob ich eine andere Nase habe als du oder irgendwie anders rieche.«

Ich lachte.

Liam ließ sein Weinglas wiederholt kreisen und schnupperte daran. »Also wenn mich nicht alles täuscht, dann könnte es ganz vielleicht … schwarze Johannisbeere sein?«

Ich blickte ihn so stolz an, als wäre seine Antwort irgendwie auch mein Verdienst. »Exakt«, stieß ich begeistert aus. »Und Zedernholz. Wer weiß, vielleicht wirst du irgendwann noch ein richtiger Weinkenner.«

»Ich weiß ja nicht …« Liam lachte. »Die Messlatte liegt hoch, wenn ich mir dich so anschaue.«

»Ich glaube, wenn man sich für etwas begeistern kann, wenn es etwas gibt, dass das Herz höherschlagen lässt, dann lernt man schnell.«

Plötzlich wirkte Liam wieder sehr nachdenklich. »Das stimmt wohl«, murmelte er und verstummte dann. Ich fragte mich, was ihm durch den Kopf ging. Ob er an seine eigene Arbeit im Nationalpark dachte?

Ich war überrascht, wie schnell wir auch das zweite Weinglas geleert hatten und das, obwohl Joe uns diesmal wesentlich mehr eingeschenkt hatte.

Zwischendurch setzte Joe sich immer mal wieder zu uns und plauderte mit uns über dies und das. Da er jedoch auch die anderen Tische bedienen und sich um die anderen Weingutbesucher kümmern musste, waren Liam und ich schließlich wieder allein.

Zum Abschluss des Wine Tastings reichte sein Grandpa uns noch einen Rosé zum Testen, ebenfalls ein Cabernet Sauvignon.

»Bitte sehr. Dieser Rosé ist ausgezeichnet für einen schönen Abend und steht dem Rotwein in nichts nach.«

»Willst du uns etwa betrunken machen?«, fragte ich Joe scherzhaft, da ich den Wein mittlerweile nur allzu deutlich spürte.

»Klappt es denn?«, fragte Joe grinsend zurück.

Ich deutete mit einem ebenfalls breiten Grinsen an, dass er Erfolg hatte.

Joe winkte ab. »Eigentlich wollte ich lediglich ein bisschen mit unseren exzellenten Weinen angeben.« Jetzt lachte er aus vollem Hals, und Liam schüttelte amüsiert den Kopf.

Ich glaube, auch ihm war der Wein bereits ein bisschen zu Kopf gestiegen.

»Joe, als ob dir das nicht schon gelungen wäre, mich zu überzeugen. Ich bin total begeistert von deinen Weinen.«

Joe legte sich eine Hand auf die Brust, genau dort, wo sich sein Herz befand. »Damit hast du einen alten Mann sehr glücklich gemacht. Ich bin gespannt, welcher Wein dir am besten gefällt.«

»Und ich werde wohl gar nicht nach meiner Meinung gefragt?«, klinkte Liam sich gespielt empört ein.

»Du bist mein Enkel, du bist Familie. Du hast eigentlich eh keine andere Wahl, als meinen Wein zu mögen.«

Ich mochte es, wie schlagfertig Joe war. Und es war wirklich lustig, mit anzusehen, wie er damit auch Liam aus dem Takt brachte.

»Sehr nett. Immer schön zu wissen, wo man steht«, sagte Liam und wirkte dabei mindestens so trocken wie der vorherige Rotwein.

Ein sanftes Klirren ertönte, als wir mit unseren Weingläsern ein letztes Mal an diesem Abend anstießen.

Als ich von dem Rosé kostete, hatte ich das Gefühl, dass er ähnlich lieblich war wie der Sonnenuntergang, der sich uns gerade in den schönsten Tönen zeigte.

Die Sonne stand bereits tief am Horizont über den Winelands und tauchte die Berge in verschiedene Rot- und Rosatöne.

Ich ließ den Rosé in meinen Händen außer Acht und konnte mich nur an das Farbspiel am Horizont konzentrieren. Fast kam es mir so vor, als würden die Weinberge im Licht der untergehenden Sonne glühen.

Es war ein Moment, der mich all meine Sorgen vergessen ließ. Der Rosé schmeckte perfekt nach diesem Sonnenuntergang. In der Nase hatte ich Aromen von Erdbeeren und Cassis, und ich stellte mir vor, auf meiner Zunge ein Erdbeer-Johannisbeer-Sorbet zu schmecken.

»Wow, dieser Rosé ist mal fruchtig«, sagte Liam anerkennend.

Wir blieben noch eine ganze Weile lang so sitzen, bis die Sonne schließlich vollständig hinter den Weinbergen verschwunden war.

Auf einmal machte sich ein unbeschreibliches Gefühl von Sehnsucht in mir breit.

Auch wenn es daran liegen konnte, dass ich schon gut beschwipst war, zog ich mein Handy aus meiner kleinen Handtasche und öffnete den Familien-Chat.

Meine Finger verharrten über der Taste. Warum fiel es mir so schwer, meiner Mutter zu sagen, dass sie mir fehlte? Ich schluckte.

Als wüsste Liam ganz genau, was ich da vorhatte, sagte er in einem aufmunternden Tonfall: »Ich bin mir sicher, dass du dich danach besser fühlst.«

Ich nickte. Dann begann ich zu tippen, lediglich diese paar Sätze:

Liebe Mama, lieber Papa! Mir geht es gut hier in Südafrika, aber ich vermisse euch. Es tut mir leid, dass ich euch enttäuscht habe.

Mit Tränen in den Augen, aber auch einem leichteren Herz steckte ich mein Handy zurück in meine Tasche.

»Besser?«, fragte Liam leise.

»Besser«, bestätigte ich.

Liam erhob sich von der Bank und hielt mir seine rechte Hand entgegen, während er mit der anderen nach seinem Glas griff.

»Na komm, ich muss dir doch hier noch alles zeigen. Lass uns die Weingläser mitnehmen.« Er wirkte so überschwänglich, dass ich mich von seiner Euphorie anstecken ließ.

»Du willst mir jetzt noch alles zeigen?«, fragte ich ungläubig und beschwingt zugleich. Mein Blick glitt hoch in den Himmel. »Aber es ist fast dunkel.«

»Na und?« Liam zuckte mit den Schultern. »Wenn es dunkel ist, kann ich am besten sehen. Muss meiner Arbeit im Kruger-Nationalpark geschuldet sein, dass ich die Welt nachts mit anderen Augen sehe. Ich mag die Nachtstunden, sie haben eine ganz eigene Magie. Also, was ist? Du wirst mir doch jetzt keinen Korb geben, oder?«

Er warf mir einen intensiven Blick zu, der mein Herz in Flammen stehen ließ.

»Wie könnte ich da Nein sagen?«, antwortete ich, ergriff Liams Hand und ließ mich so schwungvoll von ihm hochziehen, dass der Saum meines Kleides aufwirbelte. Dann schnappte ich mir meinen Wein.

»Und jetzt?«, fragte ich neugierig.

»Und jetzt«, flüsterte Liam geheimnisvoll, »folge mir.«

»Müssen wir deinem Großvater nicht Bescheid geben?« Es kam mir nicht ganz richtig vor, jetzt einfach zu gehen, nachdem Joe alles dafür gegeben hatte, uns einen unvergesslichen Abend zu bereiten.

Doch als ich mich in Richtung Haus umdrehte, sah ich Joe im Licht der Terrasse. Er blickte genau in unsere Richtung und machte mit beiden Händen eine Bewegung, als wollte er andeuten: »Geht endlich!«

Ich spürte die Wärme von Liams Hand, und wieder war es, als würden Kolibris in meinem Bauch umherflattern. Ich genoss es, Hand in Hand mit Liam zu gehen. Seine Nähe zu spüren.

Wir machten einen kleinen Schlenker und ließen die Terrasse, auf der das Wine Tasting stattgefunden hatte, hinter uns. Stattdessen kamen wir wieder auf einen Kiesweg, bis Liam mich schließlich zu den Weinbergen führte.

Schmale Pfade schlängelten sich hindurch. Obwohl die Trauben schon geerntet waren und Südafrika sich im Winter befand, war es trotzdem erstaunlich grün, ganz anders als in Deutschland.

Ich drehte mich im Kreis, und der Wein in meinem Glas schlug Wellen. Durch den Wein war mir sogar so warm, dass ich nicht einmal bemerkte, wie sehr sich die Luft abgekühlt hatte, kaum dass die Sonne am Horizont verschwunden war.

Wieder schweifte mein Blick in Richtung Nachthimmel.

»Schau mal, wie hell die Sterne funkeln«, staunte ich und konnte mich an dem glitzernden Firmament nicht sattsehen. Hier unter dem offenen Himmelszelt wurde mir bewusst, dass ich alle Möglichkeiten der Welt hatte. Ich musste nur danach greifen. Mir wurde schwindelig, und ich legte mich auf den Boden, das Weinglas noch immer in den Händen haltend.

»Nike, was machst du denn da?«, fragte Liam lachend, bis er

kurz darauf neben mir lag. Ich spürte die Kälte des Bodens in meinem Rücken, doch es störte mich nicht.

Stattdessen wurde ich von einer regelrechten Hitzewelle erfasst, als Liams Arm den meinen streifte.

Hier lagen wir also, inmitten von Weinreben, den Blick in den südafrikanischen Nachthimmel gerichtet. Ich konnte es gar nicht richtig glauben. Lag da wirklich dieser unverschämt attraktive Kerl neben mir, der meinen Puls in die Höhe schnellen ließ? Der meine Seele berührte? Fast hatte ich Angst zu blinzeln, als könnte sich dieser Augenblick auf einmal in Luft auflösen. Ich lauschte Liams Atem. Ob sein Herz genauso schnell schlug wie meines?

Liam tastete sanft nach meiner Hand, und in mir begann alles verrücktzuspielen. Die Welt um mich herum rückte in weite Ferne, während in mir alles sprühend und bunt wurde wie ein riesiges Feuerwerk. Als würde der Rosé Funken durch die Luft fliegen lassen und sein ganzes Licht, seine ganze Farbpalette verteilen.

Es fühlte sich widersprüchlich an, diese vielen Emotionen auf einmal zu spüren. Und doch war es wunderschön.

Ich wagte es, nun ebenfalls mit meinen Fingern über Liams Hand zu streichen, und unsere Finger verschränkten sich ineinander.

Ein flüchtiger Gedanke an Tim blitzte auf, aber ich schob ihn schnell beiseite. Jetzt wollte ich die gemeinsame Zeit mit Liam in vollen Zügen auskosten. Ich hatte keine Lust zu grübeln oder zu überlegen, was das Beste für mich war.

Ich wollte nur noch fühlen und das Leben mit jeder Faser meines Körpers genießen.

Hier neben Liam liegend spürte ich eine unglaubliche Energie durch meine Adern fließen und sah die Schönheit des Lebens. Als bestünde die Welt nur aus malerischen Sonnenaufgängen, flammend roten Abendhimmeln und magischen Sternennächten. Ich wollte, dass dieser Moment nie endete.

»Ich glaube, es wird noch Regen geben«, meinte Liam, als der Wind allmählich auffrischte. »Wir sollten besser weiter.«

»Ja, vielleicht sollten wir das«, sagte ich, wobei weder Liam noch ich Anstalten machten, aufzustehen.

»Nike?«, sagte Liam plötzlich. Ich hörte, wie er tief Luft holte.

»Ja?« Mein Herz schlug laut in meiner Brust.

»Ich …«, begann Liam leise, aber dann zögerte er, und mir war, als suche er nach den passenden Worten. »Ich … Ich will dir noch etwas anderes zeigen. Na komm, nicht dass du noch krank wirst. Der Boden ist wirklich sehr kalt.«

Liam verflocht seine Finger für eine Sekunde noch etwas enger mit meinen, dann löste er sich von mir und stand auf.

Wieder half er mir auf die Beine, und diesmal ließ ich mich, ohne zu zögern, von ihm hochziehen.

Übermütig lief ich durch die Reihen der Weinstöcke, und Liam hatte Mühe, mich einzuholen.

»Nike, bleib stehen.« Sanft wehte der Wind Liams Lachen zu mir herüber.

Ich drehte mich nur kurz zu ihm um. »Dann fang mich doch.«

Das ließ Liam sich offensichtlich nicht zweimal sagen. Während ich all meine Energiereserven mobilisierte und wie ein flinkes Impala Haken schlug, hatte auch Liam sein Tempo beschleunigt und war mir dicht auf den Fersen.

Ich hatte Mühe, beim Rennen das Weinglas so zu halten, dass die letzten köstlichen Tropfen nicht hinausschwappten.

Es dauerte nicht lange, da hatte Liam mich eingeholt, schlang seinen rechten Arm um meinen Bauch und hinderte mich daran, weiterzulaufen.

»Hab dich«, flüsterte er. Sein Mund war ganz nah an meinem Ohr, und sein warmer Atem streichelte nicht nur meine erhitzte Haut, sondern auch meine Seele. Ich schloss für einen Moment die Augen.

Als ich sie wieder öffnete, fiel mein Blick auf den See vor uns.

Inzwischen hatte Liam von mir abgelassen, und ich drehte mich zu ihm.

»Wolltest du mir das zeigen?«, fragte ich.

Liam nickte schweigend.

Ich näherte mich dem See, der im Schein der Nacht tiefdunkel glänzte. Im Hintergrund reckten sich die grauen Silhouetten der Berge eindrucksvoll in den Himmel.

Ein Holzsteg führte auf den See hinaus.

Neugierig ging ich bis nach vorne zur Brüstung. Liam war mir gefolgt und stellte sich neben mich an das Holzgeländer.

Auf dem See selbst befand sich eine kleine Insel, auf der ein Holzpavillon stand. Ob man dort wohl nur hingelangte, wenn man schwamm?

In einem Anflug von Übermut war ich fast schon geneigt, lediglich in BH und Slip in den See zu springen, aber vermutlich war das Wasser eisig. Daher verwarf ich den Gedanken ganz schnell wieder.

»Dein Grandpa hat hier wirklich ein kleines Paradies geschaffen«, überlegte ich laut. »Dieses Weingut ist einfach traumhaft.«

Liam drehte sich um, sodass er nun mit dem Rücken am Holzgeländer lehnte. Sein Blick wanderte über die nächtliche Landschaft in Richtung des Anwesens.

»Ja, das hat er. Vielleicht habe ich das nie so richtig zu schätzen gewusst. Ich habe es bei meinen Besuchen zwar gesehen, aber nicht richtig erkannt. Ich glaube, du hast mir heute einen ganz anderen Blickwinkel darauf geliefert.«

»Das freut mich.«

Ich nahm den letzten Schluck Rosé aus meinem Glas und stellte es schließlich auf der Holzbrüstung ab. Nach meinem kleinen Sprint und dank der kühlen Luft war ich mittlerweile wieder etwas klarer bei Sinnen. Eine leichte Gänsehaut hatte sich auf meinen Armen gebildet, und ich begann, in meinem Kleid zu frösteln.

»Ist dir kalt?«, fragte Liam besorgt. »Wir sollten langsam reingehen. Auch wenn der Winter in Südafrika nicht mit dem in Deutschland vergleichbar ist, kühlt sich das hier nachts echt ganz schön ab. Und ich möchte nicht, dass du meinetwegen krank wirst.«

»Du könntest mich ja auch wärmen«, hörte ich mich zu meiner eigenen Überraschung sagen und fragte mich, woher ich auf einmal den Mut nahm, diese Worte auszusprechen. In völlig nüchternem Zustand hätte ich mich das wahrscheinlich nicht getraut.

Liam trank nun ebenfalls den Rest des Rosés, der sich noch in seinem Weinglas befunden hatte, und stellte es neben meinem auf dem Holzgeländer ab.

Erst dachte ich schon, er würde meinen Wunsch ablehnen, doch dann stellte er sich wortlos hinter mich und schlang seine Arme um meine Taille, sodass ich mich mit dem Rücken an seine Brust lehnen konnte.

Sein warmer Körper umschloss mich. Ich hielt unweigerlich den Atem an. Träumte ich das gerade etwa? Würde dieser Augenblick enden, sobald ich auch nur blinzelte?

»Besser so?«, fragte Liam und beugte sich zu mir nach vorn. Sein Haar kitzelte an meiner Wange, und der Klang seiner Worte jagte ein Kribbeln durch meinen Körper.

Ich hatte Angst, dass mir meine Stimme versagen würde, daher nickte ich lediglich.

Schweigend blickten Liam und ich raus auf den See.

Mein Herzschlag ging unregelmäßig, und ich spürte in meinem Rücken, dass auch Liams Herz schneller schlug. Ich hätte mich nur zu ihm umdrehen brauchen, um ihn zu küssen.

Fast war ich ein bisschen erschrocken von mir selbst. Ja, ich fand Liam toll, und dieses Gefühl war auch von Tag zu Tag stärker geworden. Aber wann hatte es begonnen, dass ich ihn so anziehend fand? Dass ich mir immerzu Gedanken machte, wie es wohl wäre, ihn zu küssen?

Sollte ich aufs Ganze gehen? Sollte ich es einfach wagen? Ich war hin- und hergerissen. Meine Trennung von Tim lag noch nicht lange zurück, und ich hatte nicht vorgehabt, mich direkt in etwas Neues zu stürzen. Zumal in weniger als drei Monaten ein ganz anderes Leben in Köln auf mich wartete …

Meine Entscheidung, Liam zu küssen, wurde mir jedoch abgenommen, als mir auf einmal ein Regentropfen auf die Nase platschte. Und noch einer. Und noch ein weiterer.

Auch Liam zuckte hinter mir zusammen. »Was zum …?«

Er folgte meinem Blick und sah in den Himmel hinauf. Dicke Wolken waren aufgezogen, von dem funkelnden Sternenmeer war nichts mehr zu sehen.

»Das wird gleich heftig«, vermutete Liam. »Hätte ich mir bei dem Wind eigentlich schon denken können. Lass uns gehen.«

Er löste sich von mir, und prompt begann ich wieder zu frieren.

Die Regentropfen wurden stärker, und auch wenn ich noch stundenlang eng umschlungen mit Liam an diesem See hätte stehen können, hatte ich ein Einsehen, dass es besser war, sich auf den Weg in Richtung Cottage zu machen.

»Dann mal los«, antwortete ich und konnte nicht verhindern, dass ein Funken Enttäuschung in meiner Stimme mitschwang.

39. Kapitel

Meine Enttäuschung war wie weggeblasen, als Liam mir das Cottage zeigte.

Es handelte sich um ein kleines, frei stehendes Häuschen mit weißer Fassade im Landhausstil. Früher hatte ich Cottages immer mit einem reetgedeckten Dach verbunden, doch dieses hier hatte ein Flachdach wie bei einem Bungalow und sah sehr modern aus.

Eine breite graue Treppe führte zu dem Häuschen hinauf, das ringsherum von einer Hecke umgeben war. Der Schlüssel steckte.

»Bereit?«, fragte Liam mich, um meine Neugier zu schüren.

»Bereit«, bestätigte ich, und Liam öffnete die Tür.

Er ließ mich zuerst eintreten. Ich tastete die Wand ab und fand auf der rechten Seite einen Lichtschalter. Gleich darauf wurde das Innere des Häuschens in warmes Licht getaucht.

»Ist das schön!«, entfuhr es mir.

Vor uns erstreckte sich ein heller Flur, in dem man unser Handgepäck abgestellt hatte. Liam hatte keine Sekunde zu früh hinter uns die Tür geschlossen, denn jetzt brach draußen ein wahres Unwetter los. Das Rauschen des Regens drang durch die Fenster, und als ich einen Blick hinauswarf, waren die Konturen der Berge im Hinterland nur noch verschwommen zu erkennen. Wir hatten es zum Glück noch rechtzeitig zum Cottage geschafft.

Neugierig ging ich von Tür zu Tür, Liam folgte mir.

Links vom Flur befand sich das erste Schlafzimmer. Der Boden war aus rustikalen Holzdielen und stand im Kontrast zu dem eleganten, cremefarbenen Bett. Es war so groß, dass locker zwei Erwachsene und ein Kind darin hätten schlafen können, und selbst dann hätte es sich vermutlich noch riesig angefühlt.

Eine dunkelbraune, samtige Tagesdecke überzog das Bett, und am Kopfende befanden sich zahlreiche weiße Kissen, die so gemütlich aussahen, dass ich nichts dagegen gehabt hätte, augenblicklich meinen Kopf darin einsinken zu lassen. Über dem Bett befand sich ein Moskitonetz, das je nach Belieben heruntergelassen werden konnte.

Vor dem Bett stand eine Fußbank, auf der frische Handtücher und ein Bademantel lagen.

Liam und ich lugten durch die nächste Tür links vom Flur, hinter der sich das Badezimmer versteckte. Wobei »verstecken« wohl nicht der passende Ausdruck war, denn dieses kleine Juwel konnte sich definitiv sehen lassen.

Bei der Gestaltung des Bads hatte man auf helle, champagnerfarbene Natursteinfliesen gesetzt, während der Boden aus dunklem Schiefer war und das Waschbecken durch seine kantige, strahlend weiße Optik bestach.

Hinter der Tür rechts vom Flur offenbarte sich das zweite Schlafzimmer, das ähnlich gestaltet war wie das erste.

Am Ende des Flurs gelangten Liam und ich in ein riesiges Wohnzimmer, das direkt in die Küche überging. Darin fanden sich Dekoelemente wieder, die mich an Südafrika erinnerten, wie zum Beispiel eine bunte Vase auf der Fensterbank. Sie war mit Giraffen und Zebras bemalt.

Vor dem offenen Kamin waren zwei ebenfalls cremefarbene Sessel und eine Couch in derselben Farbe um einen Glastisch angeordnet. An den Wänden hingen zahlreiche Gemälde, die die Weinberge zeigten, sowie bunte Masken aus Holz.

Neben der Couch befand sich eine mit aufwendigen Schnitzereien versehene Holztruhe, auf der ein paar Bücher und Zeitschriften lagen.

»Dein Großvater hat wirklich ein Auge fürs Detail.«

»Ich kann mir vorstellen, dass das hier vielmehr das Werk meiner Grandma ist. Sie hat sich sehr für Inneneinrichtung interessiert. Um ehrlich zu sein, habe ich Grandpa aber nie danach gefragt«, antwortete Liam.

Die Küche war vollständig in Weiß gehalten, wobei ich immer wieder verspielte, aufwendige Zierelemente entdeckte. Mein absolutes Lieblingsstück in der Küche war jedoch der große Massivholztisch, um den sich sechs graue, gepolsterte Stühle gruppierten.

Mir gefiel dieses Natürliche, das durch ein paar geschickt gesetzte Highlights und Elemente unterstrichen wurde.

»Dein Grandpa ist sehr großzügig, dass er uns das Cottage überlässt«, murmelte ich.

»Ich finde, für seinen Lieblingsenkel kann er das ruhig mal machen«, befand Liam, schob dann allerdings etwas kleinlauter hinterher: »Gut, er hat auch nur einen. Sonderlich wählerisch kann er also nicht sein.«

Mein Blick fiel auf die große Wanduhr in der Küche. Mittlerweile war es 23 Uhr. Wahnsinn, wie schnell der Tag heute verflogen war!

Etwas unschlüssig standen Liam und ich in der Küche.

Ich glaube, keiner von uns wollte den Tag enden lassen, und dennoch war es, als würde die Zeit einem durch die Finger gleiten.

Liam deutete etwas hilflos in Richtung Flur. »Welches Schlafzimmer möchtest du denn haben?«

Ich zögerte. Es war fast ein bisschen *schade*, dass dieses Cottage über zwei Schlafzimmer verfügte, denn andernfalls hätten Liam und ich in ein und demselben Zimmer geschlafen.

Obwohl – Liam wäre vermutlich Gentleman genug gewesen, um auf dem Sofa zu übernachten und mir das Schlafzimmer ganz allein zu überlassen.

Was waren das nur wieder für Gedanken?, schalt ich mich. Irgendwie wollte ich gerade nicht allein sein. Aber vernünftiger war es natürlich, wenn wir in getrennten Zimmern schliefen. Alles andere würde die Sache nur viel zu kompliziert machen. Ich zuckte daher mit den Schultern. »Ach, das ist mir eigentlich egal.«

»Du entscheidest«, beharrte Liam, und da er nicht lockerlassen wollte, wählte ich schließlich das Zimmer auf der linken Seite.

Nachdem Liam und ich uns beide im Bad die Zähne geputzt hatten, standen wir uns im Flur gegenüber.

Von draußen drang das Geräusch von prasselndem Regen zu uns.

»Nur gut, dass das Wetter bei der Weinverkostung noch gehalten hat«, meinte Liam.

»Ja, stimmt«, pflichtete ich ihm wenig einfallsreich bei, bevor wieder Stille einkehrte. Es war zum Verrücktwerden! Wohin war die Lockerheit verschwunden, mit der wir uns die ganze Zeit zuvor unterhalten hatten?

»Tja, also … Schlaf gut, Nike.«

Erneut machte sich Enttäuschung in mir breit, dennoch gab ich mir Mühe, mir nichts davon anmerken zu lassen. Stattdessen hob ich meine Mundwinkel zu einem Lächeln.

»Schlaf gut, Liam.«

Ich hatte gehofft, dass Liam vielleicht doch noch bleiben würde, doch noch irgendetwas sagte, aber er griff nach seinem Rucksack, drehte sich noch einmal nach mir um und verschwand schließlich in seinem Zimmer, während ich allein im Flur zurückblieb. Dann schnappte auch ich mir meinen Rucksack und ging in mein Zimmer.

Dort tauschte ich mein Kleid gegen Shorts und ein Schlafshirt.

Als ich in meinem Bett lag, das so federweich war, dass ich eigentlich sofort hätte einschlafen müssen, fanden meine Gedanken keine Ruhe. Sie wanderten hin und her. Immer wieder ließ ich den heutigen Tag Revue passieren. All die schönen Dinge, die ich erlebt hatte, zusammen mit Liam.

Liam.

Ein Seufzen verließ meine Lippen.

Es war überhaupt nicht mein Plan gewesen, mich hier in Südafrika zu verlieben. Ganz im Gegenteil. Doch jetzt war ich auf dem besten Weg dazu. Allein der Gedanke an Liam ließ mein Herz höherschlagen.

Ich hätte jetzt gern mit Sophie geredet. Kurz kam mir der Gedanke, sie anzurufen, aber es war einfach nicht dasselbe, als wenn sie direkt bei mir gewesen wäre. Außerdem hatte ich Sorge, dass die Wände des Cottage sehr dünn waren und Liam alles mit anhören könnte. Immerhin waren wir nur durch einen Flur getrennt. Ja gut, und durch zwei Türen.

Das Wissen, dass Liam nur wenige Meter von mir entfernt ebenfalls in seinem Bett lag, ließ meinen Puls wieder in die Höhe schießen.

Hatte ich mich in Tims Gegenwart jemals so lebendig gefühlt?

Ich drehte mich auf die Seite, und Liams Gesicht schob sich vor mein inneres Auge. Die blonden Surferhaare. Die graublauen Augen. Seine Nase. Sein Lächeln.

Langsam begannen meine Lider schwer zu werden, während mich sein Blick fortwährend gefangen hielt …

40. Kapitel

Ich stand auf der Veranda einer luxuriösen Lodge, den Blick in die Ferne gerichtet. Der laue Sommerwind verfing sich in meinem orangenfarbenen, bodenlangen Kleid. Der weiche Stoff umschmeichelte meinen Körper wie ein Tuch aus Seide.

Die dünnen Vorhänge auf der Veranda flatterten in der Brise, blähten sich auf und bewegten sich in sanften Wellen.

Meine Locken wehten mir immer wieder ins Gesicht, und ich strich sie zur Seite, während meine Augen suchend über die Savanne glitten, die in rotgoldenes Licht getaucht war. Die Sonne zeichnete sich tief am Horizont ab. Am Wasserloch standen Elefanten, und ich erspähte Giraffen, die erhaben ihre Hälse in die Luft reckten.

Ich merkte, dass er hinter mich getreten war, noch bevor er überhaupt ein Wort gesagt hatte. Ich spürte seine Präsenz mit jeder einzelnen Faser meines Körpers. Sein warmer Atem strich über meinen Hals und liebkoste meine Haut, während er mit seinen Fingern auf Tuchfühlung ging. Starke Hände glitten über meine nackten Arme, ertasteten jeden einzelnen Millimeter.

Ich biss mir auf die Unterlippe, um ein Keuchen zu unterdrücken.

»An was denkst du?«, flüsterte er mir mit belegter Stimme ins Ohr, während er mich weiter streichelte. Sein heißer Atem an meiner Wange in Kombination mit seinen Berührungen und seiner heiseren Stimme brachte mich fast um den Verstand.

»Das wüsstest du wohl gerne«, hauchte ich, während ich meinen Blick nach wie vor auf die wilde Landschaft gerichtet hielt.

»O ja, das wüsste ich nur allzu gerne«, raunte er und senkte seine warmen Lippen auf die Haut an meinem Schlüsselbein, bevor er zart hineinbiss und an der Stelle zu saugen begann.

Diesmal konnte ich ein leises Keuchen nicht unterdrücken, und ein angenehmes, prickelndes Ziehen breitete sich zwischen meinen Beinen aus.

»Verrat mir, was du denkst«, forderte er mich erneut auf, und meine Selbstbeherrschung ließ von Sekunde zu Sekunde nach. Ich konnte mich nur noch auf seine Hände konzentrieren, die überall auf meinem Körper zu sein schienen.

Er knabberte an meinem Ohrläppchen und stieß immer wieder sanft mit seiner Zunge dagegen. Ich begann mir unweigerlich vorzustellen, wozu seine Zunge an anderen Stellen meines Körpers imstande wäre. Wie sie sich anfühlen würde und welche Lust sie mir bescheren konnte.

Allein der Gedanke genügte, dass ich mich in seiner Umarmung wand wie eine Schlange.

Ich wusste, dass ihm meine Reaktion nicht entgangen war, da ich sein Lächeln an meiner Wange spürte. Mittlerweile hatten seine Hände von meinen Armen abgelassen und wanderten langsam unter mein Kleid. Behutsam tastete er sich vor und strich über die Innenseite meiner Oberschenkel.

Ich sog scharf die Luft ein, meine Beine begannen zu zittern.

Kaum dass er schließlich meinen Hals mit Küssen bedeckte, bog ich mich ihm erwartungsvoll entgegen. Verlangen strömte durch meine Adern, und die Lust pulsierte in meiner Mitte.

Doch als wollte er mich absichtlich reizen, ließ er meine empfindlichste Stelle immer wieder aus.

Ein drängendes Seufzen perlte von meinen Lippen, und er schien es mit Genugtuung aufzusaugen.

Als er an meinem Venushügel angelangt war, fühlte es sich an, als würde ein Feuer in mir entfacht. Es kam mir vor wie eine Erlösung, als sein Finger endlich immer weiter unter den dünnen Stoff meines Slips glitt. Mal sanft, mal fordernd rieb er über meine empfindlichste Stelle, und mein Stöhnen hallte über die Savanne.

Es war unglaublich aufregend, so von ihm berührt zu werden. Hier im Freien, wo uns jeder hören und sehen konnte.

»Fuck, bist du feucht ...«, stöhnte er und ließ seinen Finger tief in mich hineingleiten.

Er zog mich an sich, und ich spürte, wie hart er war. Es war nur noch eine Frage der Zeit, bis ...

Ich wachte von dem Geräusch von Regen, der laut prasselte und vom Wind gegen die Fensterscheibe gedrückt wurde, auf. Mein Blick wanderte durch das Dunkel des fremden Zimmers. Mein Herz schlug wild in meiner Brust, so schnell, als hätte ich eben einen Sprint hingelegt. Die nebulösen Schleier meines Traumes lösten sich nur langsam auf, und es brauchte ein paar Sekunden, bis ich realisierte, dass ich nicht auf der Veranda einer Lodge stand, sondern in einem warmen, weichen Bett lag.

Dieser Traum ... Er hatte von Liam gehandelt. Von uns.

Er hatte sich in meine Fantasien geschlichen und bescherte mir heiße Träume. Wie hatte das nur so schnell passieren können? Mein Puls ging unregelmäßig, und noch immer konnte ich jede einzelne seiner Berührungen auf mir spüren.

Nur allzu gern wäre ich wieder in diesen Traum abgetaucht, hätte mich von ihm mitreißen lassen wie von einem wilden Fluss.

Ich konnte leider nicht verneinen, dass mich dieser Traum ungemein beflügelt hatte. Mein Körper war von einem dünnen Schweißfilm bedeckt. Mein Slip fühlte sich feucht an. Sehr feucht.

Beinahe an jedes Detail konnte ich mich erinnern.

An was denkst du?, hatte er mich gefragt. Fast war es so, als würde Liam hinter mir sitzen, als wäre er bei mir. Fortwährend hatte ich den Klang seiner heiseren Stimme im Ohr, und allein die Erinnerung daran genügte, dass sich meine Brustwarzen aufrichteten und härter wurden.

Ein unkontrolliertes Stöhnen verließ meinen Mund, gleich

darauf biss ich mir auf die Zunge. Verdammt, was, wenn Liam mich gehört hatte?

Noch immer spürte ich das Pulsieren in meinem Unterleib. Ohne groß darüber nachzudenken, ließ ich meine Hand in mein Höschen gleiten. Wärme und eine angenehme Feuchte empfingen mich. Diesmal passte ich auf und keuchte so leise, dass es nicht mehr als ein Hauch war. Ich wollte keineswegs, dass Liam etwas hörte und wach wurde.

Dennoch fragte ich mich unweigerlich, was er wohl gerade auf der anderen Seite des Flurs machte. Schlief er? Dachte er nach? Hatte vielleicht auch er wilde Träume?

Oder war nur ich es, der allmählich die Kontrolle über die Situation entglitt?

Ich fragte mich, wie mein Traum verlaufen wäre, wenn ich nicht aufgewacht wäre. Ganz sanft strich ich dabei über meine Vulva, um anschließend einen Finger in mich hineingleiten zu lassen.

Ich stellte mir vor, es wäre Liams Finger. Stellte mir vor, wie ich noch immer an dem Holzgeländer stand in diesem traumhaft schönen Kleid, während sich die Sonne wie ein gigantischer Feuerball Richtung Horizont neigte. Ich malte mir aus, wie Liam mich immer weiter reizte, meine Lust schier ins Unendliche trieb. Wie er mich zum Kommen brachte.

Und wie er kurz vorher aufhörte.

Wie ich mich nun doch zu ihm umdrehte und meinen Blick über das weiße Hemd und seinen Rangerhut wandern ließ.

Hätte ich den Traum nach meinem Belieben verlaufen lassen können, hätte Liam mich hochgehoben, in die Lodge getragen und sanft auf dem Bett abgelegt, um sich anschließend mit lustverhangenem Blick über mich zu beugen.

Allein die Vorstellung raubte mir den Verstand. Wie es sich wohl anfühlen würde, wenn Liam mich wirklich mit diesem Blick bedenken würde? Wenn ich das Gefühl hätte, dass mich allein seine Augen auszogen und alles von mir offenbarten?

Wenn es kein Geheimnis mehr zwischen uns gab, keine Regung, die ungesehen blieb?

Ich erschauerte unter meinen eigenen Streicheleien, die immer unkontrollierter, immer fahriger wurden. Meine Gedanken verloren sich in einem Strudel aus Fantasien und Sehnsüchten und verselbstständigten sich.

Es war, als hätte diese Geschichte ein Eigenleben entwickelt. Als wartete sie nur darauf, zu Ende erzählt zu werden.

Mittlerweile bestand ich nur noch aus purer Erregung. Ich spannte mich an, wollte endlich Erlösung finden.

Als ich mich immer näher dem Höhepunkt entgegen neigte und sich mein Blickfeld verengte, zerschnitt ein greller Blitz die Landschaft vor meinem Fenster und tauchte mein Zimmer in unheimliches Licht. Nur drei Sekunden darauf ertönte ein dermaßen lauter Knall, dass ich vor Schreck zusammenzuckte und mit weit aufgerissenen Augen nach draußen starrte.

Meine Lust war mit einem Schlag wie fortgeblasen, zitternd zog ich die Hand aus meinem Slip. Waren es eben noch Verlangen und Sehnsucht gewesen, die mich genährt hatten, strömte nun Angst durch mich hindurch.

Ein weiterer Blitz erhellte das Zimmer. Der Donner kam diesmal so schnell und heftig, dass ich wie erstarrt war. Er hatte sich wie ein Schuss angehört.

Unweigerlich musste ich an jene Nacht zurückdenken, in der ich durch die Gewehrschüsse der Wilderer wach geworden war und mit laut klopfendem Herzen in der Dunkelheit unserer Rundhütte ausgeharrt hatte. Es war, als würden jene schlimmen Erinnerungen in mir lauern und sich nun abermals einen Weg zurück an die Oberfläche bahnen.

Mittlerweile wütete vor meinem Schlafzimmerfenster ein wahrer Kampf, grelle Blitze durchzuckten den rabenschwarzen Nachthimmel, und ich begann, am ganzen Körper zu zittern.

Mit wackeligen Beinen stand ich auf und suchte die Stelle im Zimmer, die am weitesten vom Fenster entfernt war.

Ich dachte daran, wie aufgebracht ich gewesen war, wie hilflos ich mich gefühlt hatte in dem Wissen, dass im Nationalpark Menschen herumliefen, die bereit waren zu töten.

In diesem Augenblick fühlte sich jeder weitere Donner wie ein Schuss an, der mein Herz in tausend kleine Einzelteile zersplittern ließ. Es kam mir so vor, als wäre ich erneut in diesem Albtraum gefangen. Ich konnte sogar einen Schrei hören.

Dass es mein eigener Schrei war, der durch das Zimmer hallte, als ein weiterer Blitz den Himmel erleuchtete, bekam ich nur wie in Trance mit. Die Angst hatte mich fest im Griff und ließ mich nicht aus ihren Klauen.

Zitternd kauerte ich mich neben meinem Bett zusammen, zog die Beine ganz dicht an meinen Oberkörper und hielt mir die Ohren zu, während Tränen meine Wangen hinabrannen.

Ich hatte das Klopfen nicht einmal gehört, geschweige denn mitbekommen, dass jemand das Zimmer betreten hatte, als ich auf einmal eine sanfte Berührung an meinem Arm spürte.

»Nike, hey. Nike, sieh mich an! Hörst du mich?«

Benommen hob ich meinen Kopf, meine Augen tränenverschleiert.

Liam kniete, lediglich mit Boxershorts bekleidet, vor mir und sah mich zutiefst besorgt an. Behutsam nahm er meine Hände, sodass ich diese sinken ließ. Dann umfasste er sanft mein Gesicht, damit er mir in die Augen sehen konnte. Pure Besorgnis schimmerte in seinem Blick.

Kurz blitzte der Gedanken an meinen feuchten Traum auf, und eine Welle von Scham überkam mich, doch sie verlor sich in einem dunklen Nichts, kaum dass weitere Blitze über den Himmel peitschten und es wieder donnerte.

Liam zog mich an sich, sodass mein Kopf an seiner Brust lag, und hielt mich fest im Arm. Immer wieder flüsterte er mir beruhigende Worte ins Ohr, die jedoch nicht richtig zu mir hindurchdrangen.

Ich wusste nicht, wie lange wir so verharrten, beide in dieser kauernden Position vorm Bett, während ich mein Gesicht an Liams Brust vergrub. Er strich mir durch meine Locken.

»Alles ist gut. Dir passiert nichts. Ich bin bei dir.«

Liam stellte keine Fragen, sondern war einfach für mich da. Ich war so dankbar, ihn in diesem Moment an meiner Seite zu wissen, dass ich irgendwann meine Arme um seinen Hals schlang und ihn ganz fest an mich drückte. Als wäre er in dieser Nacht mein sicherer Hafen, in dem mir nichts passieren konnte.

Irgendwann hob Liam mich einfach hoch und trug mich zum Bett, während er sich selbst danebenlegte.

»Sieh einfach mich an«, sagte er leise. »Und achte nicht auf das, was hinter dir passiert.«

Ich nickte, während mein ganzer Körper starr war vor Angst.

»Kann ich irgendetwas tun, damit es dir besser geht?«, fragte Liam leise.

Ich schüttelte den Kopf. »N-nein, ich glaube nicht … Oder … Oder doch. Kannst du hier bei mir bleiben?«

Ich wollte nicht allein in diesem Zimmer sein, während draußen die Welt unterging.

Liam nickte. »Sicher«, sagte er.

Wir lagen beide auf der Seite, dem jeweils anderen das Gesicht zugewandt. Seine Nähe beruhigte mich.

»Wir sollten versuchen, zu schlafen«, meinte Liam. »Hilft es dir, wenn … Also …« Liam brach in seinem Gestammel ab. Offensichtlich fiel es ihm schwer, die richtigen Worte zu finden. »O Gott, das klingt so plump.« Er lachte leise. »Möchtest du, dass ich dich …«

Als ein weiterer Blitz Liams Gesicht erhellte und lautes Donnergrollen über unser kleines Häuschen fegte, erlöste ich Liam von seinem Gestotter und rückte ganz dicht an ihn heran. Als wären plötzlich keine Worte mehr nötig, drehte er sich von der Seite auf den Rücken, damit ich meinen Kopf auf seine Brust betten konnte, und schlang seinen linken Arm um mich.

Mein Herz schlug wild und ungezähmt, doch ich wusste nicht, ob es an dem Gewitter oder an Liams Nähe lag. Wahrscheinlich an einer Mischung aus beidem.

Als könnte Liam meine Angst spüren, als könnte er sehen, wie jeder einzelne Donner nicht nur das Zimmer, sondern auch meine Seele erschütterte, legte er seinen Arm noch etwas fester um mich, und ich ließ es zu. Ganz fest zog er mich an sich, sodass kaum noch ein Blatt Papier zwischen uns gepasst hätte. Ich vergrub meinen Kopf noch etwas tiefer an seiner Brust und genoss, wie Liams Finger durch mein Haar streiften. Wie er nacheinander Locke für Locke um seinen Finger wickelte und sich schließlich einer neuen Haarsträhne widmete.

Während er mit seiner Hand sanft durch mein Haar strich, lauschte ich seinem Herzschlag. Fühlte die Wärme, die von seinem Brustkorb ausging. Hörte sein sanftes Atmen.

Je mehr ich mich darauf konzentrierte, desto ruhiger wurde es in mir. Die Blitze, die in kurzen Abständen das Zimmer erhellten, und das Grollen, das bereits binnen weniger Sekunden folgte, rückten nach und nach immer weiter in die Ferne.

»Willst du mir verraten, warum dir das Gewitter solche Angst macht?«, hakte Liam sanft nach. »Ich habe mal gehört, dass man seinen Ängsten die Schwere nimmt, wenn man sie laut ausspricht.«

Kurz zögerte ich.

»Natürlich musst du mir nicht davon erzählen«, ruderte Liam zurück. »Nur wenn du möchtest.«

Ich schluckte geräuschvoll.

»Das laute Donnern, der Knall … es lässt Erinnerungen wieder hochkommen«, sagte ich leise.

»Welche Erinnerungen?«, fragte Liam mit einfühlender Stimme.

»Die Erinnerungen an die Nacht, in der die Schüsse der Wilderer durch den Nationalpark hallten. Es ist alles wieder da. Die ganzen Gefühle, die Hilflosigkeit, der Anblick von Kibibi … Ich kann es nicht abstellen.«

Liam hörte mir schweigend zu, während er mich nach wie vor geborgen in seinem Arm hielt. Und so bescheuert sich das irgendwie auch anhören mochte … Ich fühlte mich sicher. Er schenkte mir dieses Gefühl von Sicherheit.

Meine Worte waren etwas wirr und durcheinander, doch ich glaube, dass Liam trotz allem verstand. Er unterbrach mich nicht, sondern ließ mich einfach erzählen, ohne dass er seinen Kommentar dazu abgab.

»Obwohl alles glimpflich verlaufen ist, muss ich die ganze Zeit daran denken, was Kyano und dir alles hätte passieren können, als ihr früh morgens und noch im Dunkeln in den Busch gefahren seid. Wie viel Glück im Unglück ihr hattet.«

Mein Hals schnürte sich zu, und ich hatte Mühe, Luft zu bekommen. Die erneut aufsteigende Angst drohte mich zu überwältigen, und es fiel mir sehr schwer, gegen diesen Strudel anzuschwimmen.

Als Liam irgendwann anfing, mit seiner Hand sanft über meinen Unterarm zu streicheln, und mir damit signalisierte, dass er mir zuhörte und für mich da war, breitete sich eine Gänsehaut auf meiner Haut aus. Ich holte tief Luft.

»Mir war vorher nicht bewusst, welchen Gefahren ihr euch tagtäglich als Ranger aussetzt. Dass ihr da draußen zum Schutz der Tiere euer Leben riskiert. Die Wilderer haben keinerlei Skrupel, weder Tieren noch Menschen gegenüber. Was ist, wenn sie wiederkommen? Wenn sie noch mehr Tiere töten und immer weitermachen?«

Eine Weile lang sagte Liam nichts, und ich hatte Sorge, er könnte meine Angst als lächerlich betrachten. Stattdessen zog er mich noch näher an sich.

»Ich würde dir gerne sagen, dass die Wilderer nicht wiederkommen, aber das kann ich nicht«, sagte er leise und mit aufrichtigem Bedauern in der Stimme. »Was ich dir aber versprechen kann, ist, dass Kyano und ich auf uns aufpassen. Das war leider nicht unsere erste Erfahrung mit Wilderern, und es wird auch nicht die letzte sein. Wir wissen, wie wir uns im Notfall zu verteidigen haben.«

Ich hob meinen Kopf, sodass ich Liam ins Gesicht blicken konnte.

»Ich hatte wirklich Angst um dich«, flüsterte ich.

Liam strich mir eine Haarsträhne hinters Ohr. »Mir ist aber nichts passiert. Ich bin hier bei dir, unversehrt. Das ist es doch, was zählt. Uns beiden geht es gut. Und wir konnten Kibibi und ihr Junges retten.«

Er sah mich nachdenklich an.

»Ich hasse die Wilderer«, sagte ich aus tiefstem Herzen. »Und die Menschen, die davon profitieren, die Schmuggler und die Käufer.«

Ich sah den Schmerz nur allzu deutlich in Liams Augen. Er schluckte, und seine Stirn lag in tiefen Falten. Sicher war all das für ihn noch viel härter. Er erlebte es jeden Tag.

»Es tut mir unendlich leid, dass du diese Seite von Südafrika kennenlernen musstest«, antwortete er mit gesenkter Stimme. »Dieses Land ist wunderschön, aber mindestens genauso schonungslos. Ich würde dir so gern etwas Aufbauendes sagen, aber ich weiß einfach nicht, was. Nike, ich …« Er stockte.

Ich legte meine Hand auf Liams nackte Brust und spürte sein Herz dicht unter meiner Hand schlagen. »Du musst gar nichts weiter dazu sagen. Und du hattest recht: Es tut gut, seine Angst laut auszusprechen.«

Liam strich mir sanft über die Wange. »Ich hätte dich gern früher kennengelernt«, sagte er kaum hörbar. »Dann wäre sicher vieles anders gewesen.«

41. Kapitel

LIAM

Nike sah mich wieder mit diesem Blick an, der mich innerlich zerriss. So wohlwollend und rein. Geduldig wartete sie darauf, dass ich weitersprach.

Und ich wollte ja auch so gern ehrlich mit ihr sein, ihr endlich alles über meine Vergangenheit erzählen. Es war nicht fair, dass sie nur einzelne Puzzleteile von mir zu sehen bekam und sich aus diesen Puzzleteilen ein falsches Bild von mir zurechtlegte.

Denn mein Puzzle – die Wahrheit – würde anders aussehen. Es würde definitiv mehr Ecken und Kanten haben, und einige Puzzleteile würden nie richtig passen. Ich hatte Fehler gemacht, die nicht wiedergutzumachen waren und die mich immer wieder daran erinnerten, wie gedankenlos und schwach ich gewesen war. Doch Nike ließ mich glauben, dass ich gut so war, wie ich eben war. Sie sah nur das Gute in mir. Sie glaubte an mich. Was mich zusätzlich unter Druck setzte.

Ein weiterer Donner ließ Nike zusammenfahren. Noch immer war sie sehr aufgewühlt. Ich las die Angst in ihren Augen. Die Angst vor den Wilderern. Dabei waren wir hier mehrere hundert Kilometer vom Kruger-Nationalpark entfernt. Ihr konnte nichts passieren.

Aber es gab noch etwas anderes, das sich wie ein Stachel in mein Herz bohrte. Nike hasste die Wilderer. Und alle, die von der Wilderei profitierten. Als Nike diese Worte ausgesprochen hatte, war etwas in mir kaputtgegangen. Das letzte Fünkchen Hoffnung war erloschen. Hoffnung darauf, dass ich mich Nike anvertrauen konnte und sie mich nicht als Unmensch abstempeln würde.

Nike schien mittlerweile vergessen zu haben, dass ich ihr in gewisser Weise noch eine Antwort schuldig war.

Ich streichelte über ihren Arm. »Es ist alles gut, ich bin bei dir«, bestätigte ich ihr erneut.

Sie nickte. »Danke, dass du bei mir bist.« Mit diesen Worten kuschelte sie sich noch ein bisschen enger an mich. Was leider auch mein unteres Körperteil in helle Aufruhr versetzte. Fuck! Das war wirklich nicht förderlich, um einen klaren Kopf zu behalten.

Die Situation war aber auch vertrackt. Da lagen wir hier dicht nebeneinander in einem Bett, beide nur halbwegs bekleidet, und draußen tobte das Unwetter. Es gab so vieles, was ich gerade lieber mit ihr anstellen würde, als mir hier den Kopf zu zerbrechen …

Schon als wir unter dem Sternenhimmel gelegen hatten, hätte ich sie am liebsten geküsst. Doch ich hatte das Gefühl, dass ich diese eine Sache erst noch klarstellen musste, bevor wir uns aufeinander einließen. Bevor wir beide einander näherkamen.

Ich versuchte, ruhig zu atmen und meine Gedanken zu ordnen. Die Wahrheit würde zwar alles zerstören, aber alles war besser als dieses Versteckspiel. Und vielleicht sollte ich es auch einfach schnell hinter mich bringen, bevor noch mehr Gefühle zwischen Nike und mir ins Spiel kamen …

Als ich meinen ganzen Mut zusammengenommen und mich gedanklich endlich dazu durchgerungen hatte, Klartext zu sprechen, kam Nike mir zuvor.

»Weißt du, was? Das Wildereiproblem ist ein Zukunftsproblem, dem wir uns auch nach diesem Wochenende widmen können.«

Es war zum Haareraufen! Da hatte ich endlich die Eier, mit ihr zu reden, und jetzt blockte sie das Thema ab.

Andererseits war es vermutlich nicht sonderlich klug, ausgerechnet jetzt über meine Vergangenheit zu reden, wenn Nike so aufgebracht wegen des Wildereivorfalls war. Das hätte in diesem Augenblick wahrscheinlich alles nur noch schlimmer gemacht. Aber ich würde mit ihr sprechen, sobald sich eine passende Gelegenheit ergab. Ich musste es tun, vor allem ihr zuliebe. Sie bedeutete mir mehr, als ich mir selbst eingestehen wollte. Auch wenn ich mit der Wahrheit jegliche Chance, sie näher kennenzulernen, zunichte machen würde.

Resigniert starrte ich an die dunkle Zimmerdecke. Doch meine trüben Gedanken verflüchtigten sich, als Nike sich aufrichtete und mich ansah. Obwohl ich den Ausdruck ihrer Augen im nächtlichen Zimmer nicht richtig erkennen konnte, zogen sie mich sofort in ihren Bann. Nike wirkte so verletzlich. Und doch war da noch etwas anderes in ihrem Blick …

In mir verfestigte sich der unbändige Wunsch, sie berühren zu wollen. Sie zu fühlen. Und das nicht nur flüchtig.

Ich wusste nicht einmal genau, was ich tat, als ich meine Hand hob und an ihre Wange legte.

42. Kapitel

Das Gewitter hatte nachgelassen. Ab und zu hörte ich noch ein leises Grummeln, doch der Sturm schien sich gelegt zu haben.

Liam war es wirklich gelungen, mich abzulenken.

Seine Hand lag auf meiner Wange und löste einen angenehmen Schauer bei mir aus. Sanft fuhr er mit seinem Finger die Konturen meiner Wangenknochen nach, bis er an meinem Mund stoppte und langsam von meiner Oberlippe zu meiner Unterlippe strich.

Etwas hatte sich verändert. Zwischen uns.

Das Knistern in der Luft war beinahe greifbar, und das lag gewiss nicht an den Blitzen, die kurz zuvor noch über den Himmel geschossen waren.

»Ich kann gerade gar keinen klaren Gedanken fassen, Nike. Und das nur deinetwegen. Das Einzige, das ich weiß, ist, dass ich dich unwahrscheinlich gern küssen würde. Und das macht mir Angst.«

Liams Worte trafen mich mitten ins Herz. Seine Stimme ging durch mich hindurch. Etwas Vibrierendes lag darin. Es konnte Angst oder Verlangen sein. Oder beides. Und genau dieses Schwingen spürte ich auch in mir. Wie ein Echo hallte es in mir nach.

Er war mir jetzt ganz nah.

Es hatte etwas Aufregendes an sich, dass das Zimmer überwiegend in Dunkelheit getaucht war und nur durch das Dämmerlicht von draußen erhellt wurde.

Erwartung lag in der Luft. Spannung. Und Erregung.

In meinem Unterleib begann es verheißungsvoll zu ziehen. Aufregung und Freude prickelten durch meinen Körper. Mein Atem ging schwerer, das Blut pulsierte durch meine Adern.

»Vielleicht kannst du diese Angst nur loslassen, indem du es einfach machst. Indem … Indem du mich küsst«, flüsterte ich.

Als hätte Liam nur auf diese Erlaubnis gewartet, griff er in meinen Nacken und zog mich zu sich heran.

Sein heißer Atem strich über meine Lippen. Liam blickte mir ein letztes Mal in die Augen, bevor er auch den letzten Abstand zwischen uns überbrückte und sich seine Lippen warm auf meine legten.

Dieser Kuss war anders als jeder Kuss, den ich bisher erlebt hatte.

Er war wie ein guter Wein.

Prickelnd und überraschend wie der Rosé, den Liam und ich am Abend getrunken hatten. Fast bildete ich mir ein, noch die letzten Tropfen des Weins auf Liams Lippen zu schmecken. Die Aromen von Erdbeeren und Cassis.

Tim hatte nach Struktur, nach Sicherheit geschmeckt. Und nach Alltag.

Liam dagegen schmeckte nach Wildnis. Nach Abenteuer und Sehnsucht. Nach orangeroten Sonnenuntergängen. Und nach einem Versprechen.

Ein Versprechen, dass das hier erst der Anfang von allem war.

Und dass am Ende dieser Reise noch weitaus wundervollere Dinge auf uns warten würden.

Liams Griff in meinem Nacken wurde stärker, und ich stöhnte leise auf. Ich konnte nicht genug bekommen von seinem Kuss.

Sanft, nur ganz leicht, öffnete Liam seinen Mund und stupste mit seiner Zunge gegen meine Lippen. Als ich meine Lippen nun ebenfalls ein Stück weit öffnete und unsere Zungen einander berührten, war es, als würde mein Herz entflammen.

Mal war Liams Kuss sanft, dann wieder forscher und leidenschaftlicher.

Auch er konnte sich nicht mehr zügeln und keuchte leise, als ich sanft an seiner Unterlippe knabberte und hineinbiss.

Liam ließ meinen Nacken los, legte stattdessen die Hand an meine Wange und vertiefte den Kuss, während er mit der anderen Hand über meinen Rücken streichelte. Irgendwann wanderte seine Hand immer tiefer, war schließlich an meiner Taille angelangt und legte sich auf meinen Hintern.

Als Liam unter meinen Po fasste und mich noch ein Stück näher an sich heranzog, stöhnte ich leise auf. Ich spürte seine pulsierende Härte an meinem Unterleib.

Doch plötzlich ließ Liam von mir ab und sah mir in die Augen. »Vielleicht sollten wir besser aufhören, bevor …«

»Bevor was?«, unterbrach ich ihn und hauchte sanfte Küsse auf seinen Hals, wobei ich mich immer weiter abwärts arbeitete. Seine Schlagader pulsierte unter meiner Zunge, und ich leckte spielerisch über die Stelle, was Liam aufstöhnen ließ.

»Bevor wir beide keine Kontrolle mehr über das hier haben«, brachte Liam stockend hervor.

Merkwürdigerweise war ich diejenige, die Liam von seiner Unsicherheit befreite.

Ich ließ von seinem Hals ab und sah ihm stattdessen direkt in die Augen.

»Haben wir nicht ohnehin schon die Kontrolle verloren?«, flüsterte ich. Ich konnte nicht mehr verbergen, wollte nicht mehr verbergen, wie sehr mich Liam erregte.

Wollte nicht aufhören oder darüber nachdenken, welche Folgen das für uns haben würde.

War es nicht so, dass wir oft die schönsten Momente im Leben verpassten, weil wir uns selbst im Weg standen? Weil wir zu viel grübelten und uns über mögliche Konsequenzen den Kopf zerbrachen, anstatt wirklich zu leben?

Ich wollte mich nicht mehr von Unsicherheiten leiten lassen, ich wollte meinem Gefühl folgen. Und das hier fühlte sich einfach verdammt gut an.

Wie unbeabsichtigt strich ich mit meinem Handrücken über Liams Boxershorts und beobachtete zufrieden, wie er unter meiner Berührung erschauerte.

Es war, als hätte sich mit einem Mal ein Schalter bei Liam umgelegt: Alle Zweifel waren verschwunden.

Liam drehte mich schwungvoll auf den Rücken, sodass er nun über mir war und mich musterte. Seine Augen erinnerten mich in diesem Augenblick nicht mehr an sanfte Wellen, sondern vielmehr an einen dunklen Meeresgrund.

Ich musste schlucken.

Liam beugte sich über mich, stützte sich dabei auf der Seite ab und ließ seine Hand schließlich unter mein Schlafshirt gleiten. Er streichelte meine erhitzte Haut, bis er bei meinen Brüsten angelangt war. Die harten Knospen zeichneten sich bereits deutlich unter dem dünnen Stoff ab. Als Liam begann, meine Nippel sanft zu kneten und sie zwischen seinen Fingern zu zwirbeln, bäumte ich mich auf.

Die Hitze in meinem Unterleib schien immer unerträglicher zu werden.

Liam hob den Saum meines Shirts an. Ich richtete mich etwas auf und streckte meine Arme aus, sodass Liam den Stoff mühelos über meinen Kopf ziehen konnte.

Mit feurigen Augen ließ Liam seinen Blick über meine nackten Brüste schweifen, dann zog er mir auch meine Shorts aus.

Mittlerweile lag ich nur noch in meinem knappen Spitzenslip vor ihm.

Als er mit seinen Fingerspitzen den Saum entlangwanderte, suchte er nach meinem Blick. Als wollte er meine Zustimmung für das haben, was als Nächstes folgen würde.

Anstatt etwas zu sagen, ging ich nun selbst auf Tuchfühlung und strich mit meinen Händen über Liams glatte Brust. Dann tastete ich nach dem Stoff seiner Boxershorts und zog sie herunter.

Ich ließ mir Zeit, Liam zu betrachten, und er tat dasselbe mit mir.

Liam streifte die Boxershorts ganz ab und stützte sich mit den Händen rechts und links von mir ab, wodurch die Sehnen an seinen Armen stärker hervortraten.

Als Liam mit seinem Glied über meine empfindliche Lustzone rieb, stöhnte ich ungehemmt auf.

Das hier fühlte sich so unglaublich gut an.

Ich schlang meine Beine um Liams Mitte und presste ihn damit noch enger an mich heran, während unsere Lippen einander erneut fanden.

Plötzlich lehnte sich Liam ein Stück zurück und fuhr sich mit der Hand durchs Haar.

»Mist«, sagte er und machte ein schuldbewusstes Gesicht. »Ich hab kein Kondom dabei.«

»Ich hab leider auch keins mit«, entgegnete ich.

Wir schauten beide etwas ratlos drein, doch dann musste ich lächeln. Dass wir beide so unvorbereitet waren, bedeutete ja auch, dass all das hier wirklich spontan zwischen uns passiert war.

Liams anfänglicher Ärger über sich selbst war binnen eines Wimpernschlags verflogen, und ein vorfreudiges Funkeln trat in seine Augen.

»Wie gut, dass es noch so viele schöne andere Dinge gibt, die wir gemeinsam erleben können«, murmelte er, und seine Stimme hatte wieder diesen heiseren Ton angenommen, der mich alles um mich herum vergessen ließ.

43. Kapitel

Als ich am Morgen erwachte, dauerte es einen Moment, bis ich wusste, wo ich war. Ich überlegte: Liam und ich hatten einen tollen Abend auf dem Weingut seines Großvaters Joe gehabt, nachts hatte es dann gewittert, während wir im Cottage …

Heilige Scheiße!

Ich richtete mich kerzengerade auf.

Liam und ich waren intim miteinander geworden. Hier, in diesem Bett. War das wirklich passiert?

Als ich meinen Kopf nach links wandte, war von Liam keine Spur zu sehen. Lediglich das zerwühlte Bettlaken gab Aufschluss darüber, dass er bis eben noch neben mir gelegen hatte.

Er war doch jetzt wohl nicht einfach aus der Situation geflüchtet und hatte mich hier allein zurückgelassen, oder?

Kurz überkam mich ein Anflug von Unsicherheit und Panik, aber dann nahm ich den unvergleichlichen Geruch von Kaffee wahr, der durch die halb geöffnete Zimmertür hereinströmte.

Ich hörte ein leises Klappern und vermutete, dass es aus Richtung Küche kam. Es klang, als würde Besteck klirren. Da mir bewusst wurde, dass ich noch immer nackt war, griff ich schnell nach meinem Slip und meinem Schlafshirt am Boden und zog mir beides über.

Gerade als ich meine Beine über die Bettkante schwingen wollte, um dem Geruch und den Geräuschen im Cottage zu folgen, wurde die Zimmertür ein Stück weiter aufgestoßen und Liams Wuschelkopf erschien im Türrahmen.

Verdammt, bei Tageslicht sah Liam noch viel besser aus als gestern Nacht. Bis auf seine Boxershorts war er unbekleidet. Schlagartig stieg mir wieder die Hitze bis in die Ohrenspitzen.

Liam hielt ein Tablett in den Händen, auf dem ich zwei Kaffeetassen, einen Brötchenkorb und verschiedene Aufstriche ausmachte. Bei dem Anblick lief mir das Wasser im Mund zusammen.

Gleich darauf schämte ich mich zutiefst, dass ich in meiner eigenen Unsicherheit angenommen hatte, Liam wäre einfach gegangen.

»Guten Morgen«, begrüßte er mich gut gelaunt, und sein Lächeln genügte, um mich völlig aus der Fassung zu bringen.

»Guten Morgen«, entgegnete ich etwas verlegen. Der verlockende Kaffeegeruch klärte meine noch immer leicht vernebelten Sinne und ließ mich augenblicklich wacher werden.

Liam stellte das Tablett vorsichtig neben mir ab und hockte sich schließlich mir gegenüber im Schneidersitz aufs Bett.

»Wann hast du das alles vorbereitet?«, fragte ich und wusste überhaupt nicht, wohin mit all den Emotionen, die in mir Wellen schlugen. Mein Hals schnürte sich zu. So etwas hatte noch kein Mann für mich getan. Nicht einmal Tim während unserer Beziehung.

Diesmal war es Liam, der sich verlegen an den Hinterkopf fasste. »Ach, das ist doch nicht der Rede wert. Ich bin etwas eher aufgestanden, als du noch geschlafen hast.«

»Nicht der Rede wert?«, echote ich. »Das ist total schön, Liam, danke.«

»Ich dachte, wir könnten etwas Stärkung vertragen, bevor wir heute die Rückreise antreten«, antwortete er. Bei seinen Worten spürte ich eine gewisse Beklommenheit.

Ich wollte hier gar nicht weg.

Um keine Traurigkeit aufkommen zu lassen, beugte ich mich über das Tablett und inspizierte die Köstlichkeiten.

»Den Brötchenkorb muss Joe uns vor die Tür gestellt haben, die Aufstriche habe ich im Kühlschrank entdeckt. Leider habe ich also nicht alles davon organisiert, Asche auf mein Haupt.« Liam lachte leise.

»Das sieht alles unfassbar lecker aus.« Mein Magen knurrte vorfreudig.

Liam reichte mir eine der Tassen, bevor er sich selbst eine nahm. »Pass auf, ist noch heiß.«

Ich nahm einen Schluck und seufzte glücklich auf.

»Gut?«, erkundigte Liam sich, bevor er selbst einen Schluck davon nahm.

»Viel besser als nur gut«, antwortete ich mit einem Grinsen.

Noch immer stand unausgesprochen zwischen uns, was letzte Nacht vorgefallen war. Ich beäugte Liam aus dem Augenwinkel. Sollte ich das Thema ansprechen?

Meine Gedanken lösten sich zumindest vorerst für ein paar Sekunden in Luft auf, als Liam mir den Brötchenkorb reichte.

Wir machten uns hungrig über das kleine Minibüfett her. Ich schmierte mir ein Brötchen mit Schokoladencreme.

Zeitweise war nur unser genüssliches Kauen zu hören. Von draußen drang hin und wieder das leise Zwitschern eines Vogels zu uns, und ich meinte, Regentropfen zu hören, die von der Regenrinne auf den Boden fielen.

»Das hat gutgetan«, befand Liam, als wir die Brötchen und auch den Aufstrich fast vollständig verputzt hatten.

Dem konnte ich nur beipflichten und lehnte mich zufrieden an das Kopfende des Bettes. Liam tat es mir gleich und verschränkte seine Arme hinter dem Kopf.

»Ich würde am liebsten hierbleiben. Gemeinsam mit dir«, gestand Liam auf einmal.

»Ich würde auch gern noch länger hierbleiben«, erwiderte ich leise.

Liams Finger tasteten nach meiner Hand, und er wandte mir sein Gesicht zu. »Letzte Nacht war wirklich schön, Nike.«

»Das finde ich auch«, antwortete ich und hätte vor lauter Glück platzen können.

Ich ergriff Liams Hand, und unsere Finger verflochten sich ineinander. Seltsamerweise hatte ich das Gefühl, als würden Liam und ich uns schon lange kennen. Ich fühlte mich wohl in seiner Nähe. Er brachte mich dazu, meine Welt, mein Leben zu überdenken. Er half mir, Gedanken auszusprechen, die ich davor noch nie laut geäußert hatte.

Tim und ich hatten zum Ende hin nur noch aneinander vorbeigelebt. Nicht einmal vor ihm hatte ich mich getraut, meine Ängste oder auch meine Wünsche anzusprechen.

Bei Liam war das anders. Er sah mich. Er sah mich wirklich. Nicht nur oberflächlich, nein, er interessierte sich für das, was im Inneren verborgen war.

Er deutete an seine Lippen, jedoch, um mich selbst zu spiegeln. »Du hast da noch Schokoladencreme.« Seine Mundwinkel hoben sich zu einem verschmitzten Lächeln.

»Oh«, entfuhr es mir peinlich berührt, doch als ich meine Hand hob, um mir über den Mund zu wischen, griff Liam sanft nach meinem Arm.

»Nichts da«, wisperte er sanft. »Ich weiß da etwas viel Besseres.«

Noch bevor ich zu einer Antwort ansetzen konnte, beugte Liam sich zu mir herüber. Dann senkte er seine Lippen hauchzart auf meine, bevor er meinen Mund und meine Mundwinkel mit kleinen Küssen bedeckte und anschließend mit seiner Zunge über die Stelle fuhr, an der sich offensichtlich die Schokoladencreme befunden hatte.

Mein Herz fand keinen regelmäßigen Takt mehr. Es stolperte, schlug holprig, nur um mir dann fast davongaloppieren zu wollen.

Wie machte Liam das bloß? Und wem wollte ich hier eigentlich noch etwas vormachen? Obwohl ich bei meiner Reise nach Südafrika keineswegs die Absicht gehegt hatte, jemand anderen außer mich selbst zu finden, hatte ich mich Hals über Kopf in Liam verliebt. In den lebenslustigen Safari-Guide, der seinen Platz in der Wildnis des Kruger-Nationalparks gefunden hatte.

Als Liam sich von mir löste und wir einander in die Augen sahen, erkannte ich das Gefühlschaos, das auch in seinem Inneren herrschte. In seinem Blick lag etwas Weiches, Zärtliches. Aber auch etwas Nachdenkliches.

»Das kam alles irgendwie unerwartet … Ich meine, ich hatte nicht geplant, dass das passiert. Auch wenn ich es mir vielleicht gewünscht habe, als ich dich gefragt habe, ob du mich nach Kapstadt begleitest.«

Bedeutete das, Liam hatte sich schon vorher Gedanken über mich gemacht? Über uns?

Da Liam mir gegenüber so offen war, gab auch ich mir einen Ruck.

»Ich glaube, mein Unterbewusstsein hat es eher gewusst als ich. Ich … Ich hab letzte Nacht von dir geträumt. Von uns. Also, bevor du bei mir im Zimmer aufgetaucht bist«, murmelte ich verlegen in meine dampfende Kaffeetasse hinein.

Liam hob erstaunt seine Augenbrauen. »So? Was hast du denn geträumt?«

In dem Augenblick bereute ich meine vorschnelle Zunge und dass ich überhaupt angefangen hatte, von diesem Traum zu erzählen.

Ich verschluckte mich an dem heißen Kaffee, und Liam klopfte mir auf den Rücken. »Sag bloß, der Traum war *so* heiß«, scherzte er.

Mir wurde unerträglich warm, obwohl ich nur meinen Slip und mein Schlafshirt trug.

»Ähm … nun ja …«

Liams Grinsen war mittlerweile so breit, dass es fast bis zu seinen Ohren reichte. Er stupste mich liebevoll an. »Na komm.

Du kannst mir doch nicht erst erzählen, dass du einen Traum von uns hattest, nur um mir dann nicht zu verraten, was darin passiert ist. Jetzt bin ich wirklich neugierig.«

Ich stieß einen tiefen Seufzer aus. »Also gut, du gibst ja vorher sonst keine Ruhe«, ließ ich mich von Liam breitschlagen, auch wenn mir die Situation noch immer ein bisschen unangenehm war. Aber das Eigentor hatte ich mir selbst geschossen.

»Wir waren in einer Lodge. Vor uns nichts weiter als Savanne und der Ausblick auf einen atemberaubenden Sonnenuntergang. Ich trug ein langes, orangefarbenes Kleid, und du standest hinter mir …«

Ich stockte, um Liams Reaktion in Augenschein zu nehmen.

Mittlerweile war das Schelmische aus seinem Blick verschwunden, stattdessen entdeckte ich darin etwas anderes: Lust.

»Und was ist dann passiert?«, fragte er mit heiserer Stimme und lehnte sich ein Stück weiter zu mir. Seine Nähe verwirrte mich, und es fiel mir schwer, mich auf meinen Traum zu konzentrieren.

»Dann hast du angefangen, mich überall zu küssen und zu berühren …«, flüsterte ich. Liam nahm mir die Kaffeetasse ab, stellte seine und meine auf das Tablett und schob dieses schließlich hinter sich, als wollte er nicht, dass es länger zwischen uns stand.

»Und wie hat es sich angefühlt, als ich dich geküsst und berührt habe?«, fragte er, seine kehlige Stimme jagte mir einen wohligen Schauer über den ganzen Körper.

»Gut«, antwortete ich schnell, woraufhin Liam seine Augenbrauen empört zusammenzog.

»Gut? Nur gut? Also, an dieser Bewertung sollten wir aber noch arbeiten.«

Er umfasste mein Gesicht mit beiden Händen, zog mich zu sich heran und küsste mich mit einer Leidenschaft, dass es mir den Atem raubte. Dieser Kuss hatte längst nichts Zaghaftes mehr an sich.

Als Liam und ich uns schließlich voneinander lösten und er seinen Kopf gegen meine Stirn lehnte, fragte er mich:»Und? Würdest du das immer noch als nur *gut* bezeichnen?«

Ich konnte mir ein diabolisches Grinsen nicht verkneifen und legte gespielt nachdenklich einen Zeigefinger an mein Kinn.»Hmm, da habe ich leider wirklich zu wenige Anhaltspunkte, um eine genaue Bewertung abgeben zu können.« Meine Stimme hatte einen neckenden Unterton angenommen, und Liam verstand sofort, worauf ich anspielte. Offensichtlich hatte ich seinen Ehrgeiz geweckt, denn seine Augen funkelten plötzlich freudig auf.

»Willst du mich etwa herausfordern?«, fragte er.

»Vielleicht.« Ich zuckte betont gleichgültig mit den Schultern und grinste.

»Wenn das so ist: Das lasse ich mir bestimmt nicht zweimal sagen.« Er legte seine Hand auf meinen Brustkorb und drückte mich sanft, aber bestimmt nach hinten, bis ich auf einmal mit dem Rücken auf dem Bett lag und Liam über mich gebeugt war.

Er ließ keine Zeit verstreichen, sondern begann, meinen Hals mit kleinen Küssen zu bedecken, während er mit seinen Händen unter mein Shirt wanderte und meine Brüste streichelte. Seine Lippen glitten warm und feucht über meinen Hals, bis sie meinen Mund fanden.

Seine Zunge zog sich immer wieder vor und zurück.

Ich wusste überhaupt nicht, worauf ich mich konzentrieren sollte: auf seine Hände, die meinen Körper erkundeten, oder seine Lippen, die mich verwöhnten. Zufrieden stöhnte ich in den Kuss hinein.

Ich schloss die Augen und ließ mich fallen. Blendete alles andere um mich herum aus und konzentrierte mich nur auf das Hier und Jetzt. Auf diesen besonderen Augenblick mit Liam.

»Und? Wie lautet Ihre Antwort jetzt, Mrs Sonnenfeld?«, fragte er nach einer Weile etwas atemlos.

Ich leckte mir über meine pochende Unterlippe, was Liam mit Genugtuung verfolgte.

»Nun, ich würde sagen, durchaus *besser* als beim ersten Mal.« Es machte mir unfassbar Spaß, Liam ein bisschen aufzuziehen und zu sehen, wie er dabei die Fassung verlor.

»*Besser?*«, höhnte Liam. »Wollen Sie mich etwa kränken, Mrs Sonnenfeld?«

Ich schüttelte energisch den Kopf. »Auf gar keinen Fall«, ging ich auf das Spiel ein und fand inzwischen immer mehr Gefallen daran. »Ich möchte Sie lediglich ein bisschen reizen …«

»Oh, das können Sie nur allzu gut …«

Liam verschränkte meine Arme über meinem Kopf, sodass ich ihm in gewisser Weise hilflos ausgeliefert war.

»Nun, Mrs Sonnenfeld, ich gebe Ihnen eine letzte Chance, Ihre Antwort noch einmal zu überdenken. Wie lautet Ihr Urteil?«

Ich hob meinen Fuß an, strich damit ganz leicht über Liams ausgebeulte Boxershorts, wodurch ich ihn aus dem Takt brachte. Sein Griff an meinen Handgelenken lockerte sich, und ich nutzte den Überraschungseffekt.

Ich bäumte mich auf, schubste Liam von mir und drehte ihn auf den Rücken, sodass ich nun in Reiterstellung auf seinem Unterleib saß.

»Na, wer von uns beiden hat jetzt das Sagen?«, fragte ich übermütig.

Liam lachte und hielt abwehrend seine Arme in die Höhe.

»Okay, okay, du hast gewonnen. Ich gebe mich geschlagen.«

»Wie schön, dass du das endlich eingesehen hast.« Ich grinste verschmitzt.

Dann kletterte ich von Liam herunter und legte mich neben ihn auf den Rücken. Ich ließ ein paar Sekunden verstreichen, bevor ich mich ganz nah an ihn schmiegte und zu seinem Ohr hinüberbeugte. Meine Stimme war nicht mehr als ein Hauch, und ich stieß absichtlich mit meiner Zungenspitze gegen Liams Ohr.

»Und um auf deine Frage zurückzukommen … Deine Küsse in meinem Traum waren berauschend, aber deine Lippen in der Realität auf meinen zu spüren, ist noch weitaus berauschender.«

Liam drehte sich auf die Seite und blickte mich an. Sein Lächeln wirkte noch strahlender als sonst.

»Mit dieser Antwort bin ich einverstanden, Mrs Sonnenfeld.«

Eine Weile lang sagte niemand von uns beiden etwas, doch die Stille war nicht unangenehm. Wir genossen die Nähe und die Wärme des anderen.

Liam hob die Bettdecke an und wollte sie gerade über uns ausbreiten, als von irgendwoher ein Handywecker klingelte.

»Mist«, Liam seufzte frustriert auf. »Ich hatte mir extra einen Wecker gestellt, damit wir rechtzeitig hier loskommen und unseren Flug nicht verpassen.«

»Dann sollten wir wohl langsam unsere Sachen zusammenpacken«, sagte ich, und Wehmut schwang in meiner Stimme mit.

Liam seufzte. »Ja, das sollten wir.«

44. Kapitel

Mit gepackten Rucksäcken standen Liam und ich vorm Haupthaus. Joe wartete bereits auf der Veranda, um sich von uns zu verabschieden.

Der Himmel war aufgeklart. Die dicken Wolken waren verschwunden, stattdessen traute sich die Sonne allmählich wieder hervor. Erst jetzt wurden mir die Folgen des nächtlichen Gewitters in ihrem ganzen Ausmaß bewusst, denn auf der Allee, die zum Weingut führte, lagen überall abgebrochene Äste. Einige Mitarbeiter waren schon dabei, die gröbsten Hindernisse zu beseitigen.

Joe deutete auf das Chaos. »Da hat das Gewitter ganze Arbeit geleistet heute Nacht. Ich hoffe, ihr konntet trotzdem einigermaßen gut schlafen.«

Wenn man überhaupt von Schlafen sprechen konnte …

Liam und ich warfen uns einen kurzen Blick zu, den Joe jedoch nicht bemerkte.

Der alte Mann kam mit ausgebreiteten Armen auf uns zu. »Zu schade, dass ihr nicht länger bleiben könnt. Ich habe mich sehr über euren Besuch gefreut. Ich hoffe auf ein baldiges Wiedersehen. Also von euch beiden zusammen, selbstverständlich.«

Er zwinkerte mir zu. Ob Joe doch ahnte, dass zwischen Liam und mir etwas vorgefallen war? Röte schoss mir in die Wangen, und ich mied es, Joe direkt ins Gesicht zu sehen. Dieser Mann schien die Fähigkeit zu haben, in einem zu lesen wie in einem offenen Buch. Oder waren es nur seine hellen Augen, die den Eindruck vermittelten, sie würden alles um sich herum mitbekommen?

Joe nahm zuerst seinen Enkel in den Arm. »Es ist so schön zu sehen, was für ein Mann aus dir geworden ist, Liam. Ich weiß, ich sage das viel zu selten, aber ich bin stolz auf dich. Und deine Mutter wäre es ebenso.«

»Danke, Grandpa.« Als die beiden sich voneinander lösten, hatte ich den Eindruck, dass sowohl Joes als auch Liams Augen feucht schimmerten.

Ich wandte mich ein wenig ab, da ich diesen vertrauten Familienmoment nicht stören wollte. Vermutlich sahen sich Liam und sein Grandpa tatsächlich sehr selten. Auch wenn die beiden nur ein paar Flugstunden voneinander entfernt waren – wahrscheinlich würde man sich eher in ein Auto setzen, um eine gewisse Distanz zu überbrücken, als jedes Mal in ein Flugzeug steigen zu müssen.

»Nike, lass dich auch drücken«, vernahm ich Joes Stimme an meinem Ohr und drehte mich wieder um. Joe schloss mich in seine Arme. »Es hat mich gefreut, deine Bekanntschaft zu machen. Du bist eine beeindruckende junge Frau. Mit einem großen Gespür für Wein.«

Ich blickte zwischen Liam und Joe hin und her und war auf einmal unfassbar gerührt, mit welcher Gastfreundschaft und Freundlichkeit ich hier empfangen worden war. Eines war klar: Südafrika würde für immer einen großen Platz in meinem Herzen einnehmen. Dessen war ich mir bereits sicher.

Jetzt traten auch mir Tränen in die Augen. »Danke, Joe. Danke für diese einmalige Erfahrung. Einfach für alles. Es war wundervoll. Und ich glaube, ich habe mich ein bisschen in dein Weingut verliebt.«

Joe schmunzelte. »Bist du ganz sicher, dass es das Weingut ist, Liebes?«

Der alte Mann nahm wirklich kein Blatt vor den Mund. Aber genau das machte ihn so unheimlich sympathisch.

Ich wusste nicht, was ich darauf antworten sollte, daher schwieg ich, konnte ein Lächeln aber nicht unterdrücken.

»Tja, was soll ich sagen: Wer dieses Weingut betritt, verlässt es als anderer Mensch. Mit mehr Magie und Liebe im Herzen. So ist das«, fuhr Joe fort.

Ich horchte in mich hinein. Joe hatte recht. Etwas hatte sich an diesem Wochenende verändert. Etwas Grundlegendes. Denn ich war endlich wieder ein Stück weit der Person näher gekommen, die ich sein wollte. Das fühlte sich unbeschreiblich gut an. Und dann war da auch noch Liam … Ich warf einen verstohlenen Blick in seine Richtung, doch gleich darauf forderte Joe schon wieder meine ganze Aufmerksamkeit.

Der alte Mann breitete in einer theatralischen Geste seine Arme aus, als würde er sich seine eigenen Worte erst jetzt so richtig verinnerlichen.

»Wow, das könnte ein wirklich guter Slogan sein. Vielleicht sollte ich eine Marketingkampagne daraus machen.«

»Joe, das klingt großartig«, pflichtete ich ihm bei. »Den Plan solltest du weiterverfolgen. Und wenn du Hilfe brauchst: Ich wäre sofort dabei!«

Joe nickte langsam, als würde er ernsthaft über diese Idee nachdenken. »Abgemacht, ich überlege mir was und gebe dir dann Bescheid, Nike.«

Ich machte große Augen. Meinte Joe das wirklich ernst?

Der alte Mann lächelte sein sanftes Lächeln, das dem von Liam sehr ähnlich war. »Wer könnte sich besser eignen für eine Kampagne als jemand, der so viel Liebe und Faszination für Wein im Herzen trägt wie du?«

»Das hast du deinem Enkel Liam zu verdanken. Er hat mir geholfen, meine Liebe für Wein neu zu entdecken. Andernfalls hätte ich dieser Leidenschaft vielleicht nie eine zweite Chance gegeben.«

»Leidenschaften, die neu entflammen, sind meist die besten«, bekannte Joe. »Weißt du, es ist nicht verwerflich, wenn man zwischendurch Zweifel hegt, ob man diese Leidenschaft noch aufrechterhalten kann. Aber wenn es einem gelingt, sie wieder zu entfachen … Ich sage dir, diese Liebe bleibt für immer. Ich spreche aus Erfahrung. Was meinst du, wie oft ich überlegt habe, dieses Weingut aufzugeben? Vor allem nach dem Tod von Liams Grandma.«

»Davon hast du mir nie erzählt.« Liam wirkte betroffen.

»Du hattest während dieser Phase genug mit dir selbst zu tun, da wollte ich dich nicht auch noch damit belasten.« Liam zuckte zusammen, als würden ihn die Worte seines Grandpas schmerzen. Was hatte Joe gemeint? Vielleicht konnte ich Liam in einem günstigen Moment danach fragen.

Meine Gedanken wurden unterbrochen, als Joe in seine Hosentasche griff und mir eine Visitenkarte reichte. »Hier, bitte, Nike. Da stehen sämtliche Kontaktdaten von mir drauf. Ich würde mich sehr freuen, wenn wir im Austausch bleiben. Der Weinhandel deiner Eltern hat mich neugierig gemacht. Vielleicht magst du deinen Eltern ja ebenfalls meine Kontaktdaten geben, und wir setzen uns einmal in Verbindung. Es wäre eine optimale Gelegenheit, meine Weine auch exklusiv in Deutschland anzubieten.«

»Das wäre wirklich fantastisch, Joe. Das bedeutet mir viel. Ich werde mit meinen Eltern sprechen.«

»Sehr schön.«

Liam blickte auf sein Handy. »So ungern ich das auch sagen möchte, aber ich glaube, wir müssen uns auf den Weg machen, wenn wir nicht unseren Rückflug verpassen wollen.«

»Also gut, machen wir den Abschied nicht schmerzvoller, als er ist. Habt eine gute Heimreise, ihr zwei. Und lasst bald mal wieder etwas von euch hören.«

Ein letztes Mal genossen Liam und ich unsere Fahrt durch die Winelands. Alles hatte sich verändert. Ich spürte den Fahrtwind in meinen Haaren, während Liam meine Hand hielt und mir immer wieder diese Blicke von der Seite zuwarf. Blicke, die meine ganze Haut kribbeln ließen. Blicke, die sich in meiner Seele verankerten und die ich niemals mehr missen wollte. Dieser Tag oder vielmehr das gesamte Wochenende zählte zu den besten meines ganzen Lebens.

Doch nach der Euphorie der letzten Nacht machten sich jetzt auch wieder Zweifel in mir breit. Eine Frage nagte besonders an mir: Wo würde Liams und meine Geschichte hinführen? Bisher hatten wir ja nicht einmal darüber geredet, was das zwischen uns beiden eigentlich genau war. Je eingehender ich darüber nachdachte, desto mehr Fragen schwirrten durch meinen Kopf. War ich überhaupt schon bereit für eine neue Beziehung? Wie würden die anderen in der Sibaya Lodge reagieren? Was bedeutete es für Liam und mich, wenn ich in zweieinhalb Monaten zurück nach Deutschland ging? Würde Liam seinen Traumjob in Südafrika aufgeben, um mir zu folgen?

Doch die größte und wichtigste Frage war: Wollte ich das überhaupt?

Am Flughafen angekommen, gaben wir den Mietwagen zurück und machten uns auf den Weg zu unserem Gate.

Diesmal ergatterten Liam und ich im Flieger eine Reihe für uns allein, und ich war mehr als froh darüber. So süß die alte Dame bei unserem Hinflug auch gewesen war – ich wollte heute nicht von noch einer weiteren Person die Frage gestellt bekommen, was genau das zwischen Liam und mir denn nun eigentlich war.

Denn ganz ehrlich: Ich hatte keine Ahnung. Und ich wollte jetzt auch nicht darüber nachdenken.

Um mich abzulenken, kramte ich Joes Visitenkarte wieder hervor und machte ein Foto. Das wollte ich später an meine Eltern schicken. Prompt traf ich auf das nächste Problem, über das ich mir gerade eigentlich gar nicht den Kopf zerbrechen wollte: Wie konnte ich meinen Eltern erklären, dass ich meine

Leidenschaft für Wein wiederentdeckt hatte, ohne ihnen auf die Füße zu treten?

Denn das hieß noch lange nicht, dass ich auch wieder im Weinhandel arbeiten wollte, noch dazu an der Seite von Tim. Ich fand es viel spannender, ein eigenes Weingut zu leiten, so wie Joe. Die Zeit in der Natur zu verbringen, richtig anpacken zu können und etwas zu bewegen. Mich vielleicht sogar auf ökologische Anbaumaßnahmen zu spezialisieren.

Als wir in Hoedspruit landeten, hatte ich noch immer keine einzige Zeile an meine Eltern geschrieben. Dafür passte aber das Wetter zu meiner Stimmung, denn Hoedspruit empfing uns mit einem grauen, trostlosen Himmel.

Großartig!

»Wir hätten definitiv länger in den Winelands bleiben sollen …«, murmelte Liam.

Zu dem Zeitpunkt ahnte ich noch nicht, wie recht Liam mit seiner Aussage behalten sollte. Denn sonst hätte ich alles dafür getan, postwendend den nächsten Flug zurück nach Kapstadt zu nehmen.

45. Kapitel

Auf der Fahrt zurück zur Lodge rotierten meine Gedanken. Von dem, was am Wochenende zwischen Liam und mir passiert war, über das Weingut bis hin zu meinen Eltern.

Ich musste die ganze Fahrt über recht still gewesen sein, da Liam irgendwann über meine Schulter streichelte.

»Hey, du wirkst so in Gedanken versunken.«

»Sorry.« Ich seufzte. »Ich muss dieses Wochenende erst noch richtig verarbeiten. Das waren viele neue Eindrücke.«

Liam nickte. »Das verstehe ich. Geht mir nicht anders.«

Ich tastete nach Liams Hand. »Vielleicht … Vielleicht können wir die Tage ja mal eine Fahrt in den Busch machen? Nur wir zwei?«

»Ja, das sollten wir machen. Für mich ist das hier auch alles sehr verwirrend. Aber ich würde gern mehr Zeit mit dir verbringen.«

Ich lächelte. »Bestimmt kann ich Fleur auch mal bestechen, in die Hütte von Matti und Carlo zu wechseln.«

»Oder«, wandte Liam grinsend ein, »wir verbringen einfach Zeit bei mir, das würde es deutlich einfacher machen.«

»Stimmt.« Ich verpasste mir selbst einen leichten Schlag gegen die Stirn. »Wieso nur habe ich völlig vergessen, dass du ja über den Luxus verfügst, allein in einer Hütte zu wohnen?«

»Ach komm, ich glaube, du hast deine Mitbewohnerin Fleur

sehr lieb gewonnen. Manchmal fände ich es auch cooler, einen Mitbewohner bei mir zu haben. Aber dadurch, dass Kyano außerhalb wohnt, hat sich das wohl erübrigt.«

»Ich komme dich besuchen«, sagte ich ernst.

»Versprochen?«, hakte Liam nach.

»Versprochen, versprochen«, bestätigte ich, als wir bereits den Eingang des Camps erreicht hatten und an dem Schild vorbeifuhren, das wir zusammen erneuert hatten. Das Willkommensschild hatte wirklich deutlich an Stil gewonnen.

Der Wagen rumpelte über ein paar Schlaglöcher, die mit schlammigem Wasser vollgelaufen waren. Offensichtlich hatte es auch hier heftig geregnet.

Und obwohl ich das Wochenende in den Winelands gerne noch etwas ausgedehnt hätte, legte sich ein Lächeln auf meine Lippen. Es war mir zuvor nicht aufgefallen, aber ich hatte das Camp vermisst. Es war schön, wieder hier zu sein. Es fühlte sich fast an, wie nach Hause zu kommen. Und das, obwohl ich erst seit zwei Wochen hier war.

Liam parkte den Wagen vor dem Haupthaus und drehte den Schlüssel im Zündschloss. Der Motor erstarb, als auch schon Fleur und Carlo auf uns zueilten. Freudig wollte ich ihnen entgegengehen, doch der besorgte Ausdruck auf ihren Gesichtern ließ mich stutzig werden.

Ich stieg aus dem Wagen aus, Liam schlug die Tür auf der Fahrerseite zu. Im nächsten Atemzug zog Fleur mich an sich. »Gott, es waren nur zwei Tage, aber ich hab dich sooooo vermisst.«

Danach reichte Fleur mich an Carlo weiter, der mir ebenfalls um den Hals fiel, als hätten wir uns wochenlang nicht gesehen. Ich freute mich ja, dass ich den beiden allem Anschein nach gefehlt hatte, aber die Reaktion fand ich für zwei Tage doch etwas übertrieben. Irgendetwas stimmte hier nicht.

Nach der Begrüßung nahm Carlo wieder den Platz an Fleurs Seite ein.

Noch immer zogen die zwei Gesichter, als wollten sie den Weltuntergang verkünden. Mindestens.

»Leute, ist alles in Ordnung? Ich freue mich auch, euch wiederzusehen. Aber warum schaut ihr denn so ernst?«, fragte ich verunsichert und warf einen Blick zu Liam. Er umrundete den Wagen und gesellte sich zu unserem kleinen Grüppchen.

Carlo holte tief Luft. »Nike, du steckst so was von tief in der Klemme, das glaubst du gar nicht. *Chaos is in da house.* Und das meine ich leider wortwörtlich.«

»Hä?«, machte ich nur, bevor ich irritiert Liam ansah. Er schien ebenso verwirrt zu sein wie ich.

Fleurs Blick schoss von mir zu Liam und zurück, dann weiteten sich ihre Augen, als würde ihr plötzlich ein Licht aufgehen. Sie stöhnte auf.

»Oh, das ist nicht gut. Gar nicht gut. Sag bloß, ihr beide habt …«

Weiter kam Fleur nicht, da ich sie in dem Moment unterbrach. Ich fasste sie bei den Schultern.

»Fleur, was ist hier los?«

»Da wartet ein Problem in unserer Hütte«, zischte Fleur und blickte sich hektisch um.

»Problem in unserer Hütte? Wovon zum Teufel sprich…?«

»Nike?«

Mein Herzschlag setzte beim Klang seiner Stimme für einen winzigen Moment aus. Diese Stimme – ich hätte sie unter Tausenden wiedererkannt. Unter Millionen.

Ich brauchte nicht meinen Blick zu heben, um zu wissen, zu wem diese Stimme gehörte. Und als ich schließlich doch aufschaute, blieb mir fast das Herz stehen.

»Tim?! Was tust du hier?«

Ich starrte ihn an wie eine Fata Morgana.

Alles an ihm wirkte beängstigend vertraut und doch so fremd. Seine Haare waren etwas länger geworden, das Gesicht und die Arme sonnengebräunt. Manchmal vergaß ich, dass in Deutschland gerade Sommer war.

Tim hob verunsichert die Hand. »Hey, Nike.«

Es war ungewohnt, ihn in diesem Outfit zu sehen. Für seine Verhältnisse trug er sogar mal etwas einigermaßen Lockeres. Dunkles T-Shirt, blaue Shorts. Lediglich die hochgezogenen weißen Socken in seinen Sneakers ließen ersichtlich werden, wie viel Zeit er neben der Arbeit auf dem Golfplatz verbrachte.

»Allein für die Socken sollte er geköpft werden«, murmelte Carlo so leise auf Englisch, dass Tim es nicht hören konnte. Was Mode betraf, kannte Carlo kein Erbarmen.

Tim hatte mittlerweile zu uns aufgeschlossen, und Fleur und Carlo traten zur Seite.

Bisher war Liam noch still gewesen, doch jetzt blickte auch er ungläubig zwischen Tim und mir hin und her.

»Sag mir jetzt nicht, dass das dein Ex-Freund ist.«

»Ähm … Ich glaube schon«, antwortete ich zögernd, da ich bis eben noch ernsthaft mit dem Gedanken gespielt hatte, ob Tims Auftauchen vielleicht wirklich nur eine Art Fata Morgana war.

Tim blickte entrüstet drein. »Ich hab vielleicht keine Freudenschreie erwartet, aber das … Ernsthaft, Nike?« Er wandte sich mit finsterem Blick an Liam. »Erstens: Ja, ich bin ihr Ex-Freund. Und wer genau bist du eigentlich, wenn ich fragen darf? Und zweitens …« Jetzt widmete Tim mir seine Aufmerksamkeit. »Was heißt denn hier bitte ›Ich glaube schon‹? Solange bist du ja jetzt auch noch nicht hier, dass du dich nicht mehr an mein Gesicht erinnern könntest!«

Das konnte doch alles nicht wahr sein! Wo war das nächste Erdferkelloch, in dem ich unauffällig für ein paar Stunden verschwinden konnte?

Da ich noch immer stumm dastand und mein Mund auf- und zuklappte, ohne dass auch nur ein einziges Wort über meine

Lippen gekommen wäre, übernahm schließlich Liam das Reden.

»Ich bin Liam«, antwortete er vollkommen ruhig.

»Aha«, machte Tim lediglich. »Schön für dich. Noch nie von dir gehört.«

»Von dir habe ich auch nur wenig gehört«, konterte Liam trocken.

»Was passiert hier gerade?«, flüsterte Fleur an meinem Ohr, während ich wie ferngesteuert mit den Schultern zuckte.

»Ich habe keinen blassen Schimmer«, murmelte ich.

Diese Situation war einfach nur grotesk.

Liam starrte Tim regelrecht nieder. Wobei – die beiden trennten größenmäßig vielleicht fünf Zentimeter voneinander. Weder Liam noch Tim mit seinen etwa 1,85 m waren klein.

Liams Adamsapfel stach hervor, die Muskeln unter seinem Shirt spannten sich an.

»Uuuuuh, das ist ja noch viel besser als ein Löwenkampf mitten im Busch, hier sprudelt das Testosteron ja nur so. Wieso habe ich kein Popcorn dabei?«, hauchte Carlo theatralisch und blies die Backen auf, aber niemand nahm richtig Notiz von ihm.

Fleur rammte ihm einen Ellbogen in die Seite. »Benimm dich!«, zischte sie.

Tim und Liam schienen mich mittlerweile vollkommen vergessen zu haben, da sie einander ansahen, als wollten sie sich jeden Moment an die Gurgel gehen. Was ich unbedingt verhindern musste.

»Tim, was machst du hier?«, ging ich dazwischen, als ich mich endlich aus meiner Schockstarre gelöst hatte. Ob meine Eltern ihn geschickt hatten? Sollte er mir doch noch einmal ins Gewissen zu reden und mich zur Rückkehr in den Weinhandel bewegen? Bisher hatte meine Mutter mir auch immer noch nicht auf meine Nachricht geantwortet.

Tim wandte seinen Blick von Liam ab. »Können wir unter

vier Augen reden, Nike? Ohne diesen Primaten da im Hintergrund?« Seine Stimme hatte einen leicht überheblichen Unterton angenommen.

»Lieber Primat als Lackaffe«, schoss Liam auf Deutsch und mit Blick auf Tims hochgezogene Socken zurück, was Tim geflissentlich ignorierte.

Carlo rümpfte die Nase. »Hmm, ich verstehe zwar nicht, was die beiden da reden, aber sie haben doch eher etwas von giftigen Hyänen als von Löwen, meint ihr nicht auch?«

»Du solltest Kommentator werden, Carlo, ehrlich!«, schnauzte ich ihn auf Englisch an. »Wäre nur schön, wenn du dabei nicht mein Leben kommentieren würdest.«

Carlo hob abwehrend die Hände. »Sorry. Ich dachte, es würde leichter fallen, wenn wir die Situation mit Humor betrachten.«

»Ruhe jetzt, alle zusammen!«, brach es aus mir heraus, und sowohl Fleur und Carlo als auch Tim und Liam verstummten abrupt. Alle starrten mich mit großen Augen an. Ich würde nicht den Fehler machen und schweigen, wie ich es zuvor so oft bei Tim und meinen Eltern getan hatte. Ich wollte endlich wissen, was das alles hier zu bedeuten hatte, verdammt!

Als ich gerade Luft holte und die Worte in meinem Kopf zurechtlegte, kamen zu allem Überfluss auch noch Loraine und Taio auf uns zu.

Und sie sahen nicht weniger ernst drein als zuvor Carlo und Fleur.

»Liam, können wir dich einen Augenblick sprechen? Es ist wichtig.«

»Ich komme sofort«, antwortete Liam, doch Loraine und Taio machten keine Anstalten, sich vom Fleck zu rühren.

»Es tut mir leid, Liam, aber die Angelegenheit duldet keinen Aufschub. Bitte komm mit uns ins Büro. Jetzt.«

Plötzlich hatte sich die Stimmung von unterkühlt zu frostig geändert. So bitterernst hatte ich Loraine noch nie erlebt, mal abgesehen von der Nacht, in der die Wilderer im Park gewütet hatten.

Obwohl die Luft nicht kalt war, begann ich unweigerlich zu frösteln.

Fast bildete ich mir ein, dass Loraine mich mitleidig ansah. Für Tim, Carlo und Fleur hatte sie keinen Blick übrig.

Auch auf Taios Gesicht lagen dunkle Schatten.

»Selbstverständlich.« Liam nickte.

Bevor er sich zum Gehen wandte, griff er nach meiner Hand.

»Alles wird gut«, deutete er mit seinen Lippen an, und ein Lächeln zeigte sich auf seinem Gesicht, doch in seinen Augen entdeckte ich etwas anderes – Angst.

Und das wiederum machte mir unfassbare Angst.

Plötzlich war ich mir sicher, dass etwas Schlimmes passiert sein musste. Und als sich Liams und meine Fingerspitzen voneinander lösten, hatte ich so ein ungutes Bauchgefühl, dass ich Liam am liebsten festgehalten hätte.

Was hatten Loraine und Taio so Wichtiges mit ihm zu besprechen? Mein Magen zog sich zusammen.

Ich blickte Carlo und Fleur forschend an. »Wisst ihr etwas darüber?«

Meine Freundin hob abwehrend die Hände. »Ich habe keinen blassen Schimmer, ehrlich!« Selbst Klatschmaul Carlo musste verneinen.

»Hör zu …« Fleur nahm mich ein Stück zur Seite, und ich sah, wie Carlo Tim zur Ablenkung in ein Gespräch verwickelte.

»Dein Ex stand hier auf einmal auf der Matte, und Carlo und ich waren total überfordert von der Situation. Er hat die ganze Zeit gefragt, wo du bist und wann du zurückkommst … Vorschlag: Carlo und ich versuchen etwas wegen Liam herauszufinden, und du kümmerst dich um deinen Ex-Freund. Und siehst am besten zu, dass du ihn schnell wieder loswirst.«

Ich nickte wie ferngesteuert.

»Ich glaub, ich dreh durch, Fleur …« Ich schnappte nach Luft.

»Cool bleiben, Nike, du packst das. Wir stärken dir den Rücken. Und hey: Ich will später alles wissen. Die Sexfunken, die zwischen Liam und dir sprühen – hui, da wird man ja ganz wuschig.«

»Fleur!« Ich war mir sicher, dass ich rot anlief.

Sie grinste mich an. »Aufgeschoben ist nicht aufgehoben, ich will später jedes Detail wissen.«

Fleur deutete noch einmal mit ihrem Mittel- und Zeigefinger von ihren Augen zu meinen Augen und schnappte sich dann Carlo, um mit ihm in Richtung Haupthaus abzuziehen.

46. Kapitel

So kam es, dass Tim und ich allein waren.

»Wollen wir uns vielleicht ein ruhiges Fleckchen zum Reden suchen?«, hakte Tim vorsichtig nach. »Ich erzähle dir dann auch alles, versprochen.«

»Sicher. Komm, ich weiß da einen Platz.«

Wir liefen schweigend durch das Camp, bis ich mich schließlich im Schneidersitz im Schatten meines Lieblingsbaumes niederließ. Tim setzte sich neben mich ins Gras, jedoch mit gewissem Abstand. Er zog seine Beine dicht an seinen Oberkörper und umfasste diese, während er hinaus in die afrikanische Wildnis starrte. Er wirkte nachdenklich und fast schon schüchtern.

Ich sah meinen ehemals besten Freund und Ex-Partner an.

»Tim, was machst du hier? Haben meine Eltern dich geschickt?«

Er wandte mir ruckartig seinen Kopf zu und blickte verletzt drein. »So denkst du über mich? Ehrlich? Du traust mir nicht mal zu, dass ich aus freien Stücken hierhergeflogen bin?«

Über uns ertönte ein hämisches Kreischen, und als ich nach oben blickte, turnte ein Affe über unseren Köpfen herum.

»Also wenn meine Eltern dich nicht geschickt haben, was machst du dann hier?«, griff ich das Thema erneut auf.

Obwohl es erst zwei Wochen her war, seitdem ich Deutschland verlassen hatte, kam es mir so vor, als wäre all das Millionen Lichtjahre entfernt. So viel war passiert. So viel hatte sich verändert.

Ich hatte mich verändert.

Tim seufzte und fuhr sich mit seiner Hand durchs Haar. »Es tut mir leid, wie wir beide auseinandergegangen sind«, setzte er an. Er redete stockend, und ich spürte, wie viel Überwindung ihn dieses Gespräch kostete. »Mir ist erst im Nachhinein bewusst geworden, dass ich überhaupt nicht gesehen habe, wie unglücklich du eigentlich gewesen bist, und dass ich da nicht unschuldig dran war. Ich hätte dir viel mehr zuhören müssen.«

Tim schenkte mir einen kurzen Seitenblick, bevor er weitersprach. »Ich habe immer angenommen, dass die gemeinsame Arbeit im Weinhandel deiner Eltern nicht nur mein Traum ist, sondern auch deiner. Aber das war wohl falsch.«

Tims Worte rührten mich.

»Ich bin da nicht gänzlich unbeteiligt dran, Tim«, sagte ich leise. »Ich hätte viel eher mit Mama, Papa und dir reden müssen. Aber ich war zu feige. Vielleicht auch zu bequem.«

»Trotzdem … Ich hätte es sehen müssen. Hätte es bemerken müssen. Ich meine, ich bin dein Freund. War dein Freund«, korrigierte Tim sich selbst und schüttelte den Kopf. »Aber ich habe nicht gesehen, wie es dir geht. Und dass ich dich dadurch verloren habe, das tut mir am meisten leid.«

Diesmal war ich diejenige, die den Kopf schüttelte. Sanft legte ich Tim eine Hand auf den Arm. »Das stimmt so nicht, Tim. Und es ist nicht deine Schuld, dass ich nach Südafrika geflogen bin. Ich musste diesen Schritt einfach gehen. Für mich. Um meinen eigenen Weg zu finden und nicht nur den weiterzuverfolgen, den Mama und Papa für mich festgelegt hatten.«

»Ja, mittlerweile habe ich das auch verstanden.« Tim sah mich traurig an.

»Warum hast du mir nie zurückgeschrieben?«, fragte ich. »Bis auf diese einzige Nachricht, dass ich dich in Ruhe lassen soll? Ich habe mir wirklich Sorgen gemacht.«

Tim richtete seinen Blick wieder in Richtung Buschland. »Weil es zu sehr geschmerzt hat. Und weil ich zu feige war, mich mit meinen eigenen Fehlern auseinanderzusetzen. Es ist immer einfacher, die Schuld auf andere abzuwälzen, weißt du? Es ist mir leichter gefallen, meinen Ärger auf dich zu richten.«

Schweigen breitete sich zwischen uns aus, lediglich das Kreischen des Affen über uns durchbrach die Stille.

»Blöder Affe, lacht der etwa über uns?«, murmelte Tim, was mich auflachen ließ.

Ich holte tief Luft. »Du hast mir gefehlt.«

Tim lächelte und griff nach meiner Hand. »Du hast mir auch gefehlt, Nike.«

Als mir die Berührung zu intensiv wurde, zog ich meine Hand wieder fort. »Du hast mir trotzdem noch immer nicht meine Frage beantwortet, Tim. Ich meine, du bist doch nicht extra hierhergeflogen, um mir das zu sagen? Da hätte auch ein Telefonat oder eine WhatsApp-Nachricht ausgereicht.«

»Du weißt ganz genau, dass ich sowohl im Telefonieren als auch im Schreiben von WhatsApp-Nachrichten noch nie sonderlich gut gewesen bin«, lenkte er ab.

»Das stimmt wohl. Also?«, bohrte ich nach.

Tim holte tief Luft, dann blickte er mir fest in die Augen. »Nike, ich liebe dich noch immer. Und halte mich für altmodisch, aber das wollte ich dir gewiss nicht übers Handy sagen oder schreiben. So viel Anstand besitze ich noch.«

Ich schluckte. Mit dieser Antwort kam ich gerade nicht zurecht. Zumal ich endlich begonnen hatte, nach vorne zu blicken. Und dann war da ja jetzt auch noch Liam …

Ich schwieg, meine Gedanken überschlugen sich.

»Bitte, sag doch was. Irgendwas. Damit ich hier nicht wie ein kompletter Versager dastehe«, bat Tim.

»Ich … Ich würde gern etwas sagen. Aber ich weiß nicht, was«, gestand ich.

Tim griff abermals nach meinen Händen. »Empfindest du denn gar nichts mehr für mich? Hast du all unsere guten Zeiten schon vergessen?«

Ich schüttelte den Kopf. »Wie könnte ich die je vergessen, Tim? Auch wenn wir uns voneinander entfernt haben, bist du mir wichtig, und ich würde gern weiterhin mit dir befreundet sein.«

»Freunde also«, murmelte Tim ernüchtert.

Hilflos zuckte ich mit den Schultern. »Ich weiß nicht, was ich denken soll.«

»Ist es seinetwegen?«, fragte Tim auf einmal. »Wegen diesem Liam?«

»Nein. Ja. Vielleicht. Ach, ich weiß es doch auch nicht!« Ich fuhr mir frustriert durchs Haar. »Tim, ich brauche Zeit, um das zu verdauen. Das ist alles ein bisschen zu viel für mich. Und nimm es mir nicht übel, aber ich bin wirklich hundemüde. Lass uns morgen weiterreden, okay?«

»In Ordnung.« Tim nickte. Er stand auf und hielt mir seine Hand entgegen, um mich hochzuziehen.

»Wir müssen dir erst mal noch einen Schlafplatz organisieren. Ich kümmere mich darum.«

Ich hoffte, dass Taio und Loraine Liam mittlerweile aus ihrem Krisengespräch entlassen hatten. Ob Carlo und Fleur irgendetwas hatten herausfinden können?

Tim legte mir vertrauensvoll eine Hand auf den Arm. »Ich kümmere mich darum. Ich bin schließlich auch ohne Ankündigung hierhergeflogen und habe dein Leben auf den Kopf gestellt. Also werde ich mit dieser Loraine sprechen.«

Als wir schließlich vor Fleurs und meiner Rundhütte angelangt waren, sah Tim mich bittend an.

»Kannst du mir eine Sache versprechen, Nike?«

»Was denn?«

»Dass du dir wenigstens noch mal Gedanken über uns machst?«

»Tim, ich will ehrlich mit dir sein«, antwortete ich. »Ich weiß nicht, ob ich mir das vorstellen kann. Es ist viel passiert. Aber ich werde darüber nachdenken.«

Tim nickte. »Danke. Das bedeutet mir viel. Darf … Darf ich dich vielleicht einmal drücken?«

»Sicher.« Ich lächelte, ging auf Tim zu und nahm ihn in den Arm. Es fühlte sich vertraut an, aber gleichzeitig fiel mir auf, dass ich mich in seiner Nähe ganz anders fühlte als in Liams Gegenwart. Bei Tim fand ich Sicherheit, aber es war, als läge eine zu dicke Decke auf mir, unter der ich mich nur schwer bewegen konnte. Aber wenn ich bei Liam war, fühlte ich mich so kribbelig wie ein ganzer Ameisenhaufen. Ich fühlte mich wild und frei und ungezwungen. Lebendig.

In Liams Nähe war alles bunter, lauter, intensiver.

Ich wollte Tim nicht verlieren. Er war den ganzen weiten Weg hergeflogen, um mir zu sagen, dass er mich noch liebte. Aber ich war mir auch ziemlich sicher, dass er und ich als Paar keine gemeinsame Zukunft mehr hatten. Trotzdem wollte ich Tim das nicht an diesem Abend sagen. Nicht heute.

Bevor Tim sich auf die Suche nach Loraine machte, drehte er sich noch einmal zu mir um.

»Ach, und Nike?«

»Hmm?«

»Ich weiß, dass deine Mutter das manchmal nicht so gut zeigen kann, aber du fehlst ihr sehr. Sie redet ständig von dir. Ich dachte, das solltest du wissen.«

47. Kapitel

In der Hütte ließ ich mich stöhnend auf mein Bett sinken. Dieser Tag hatte mich wirklich geschlaucht. Vor allem hatte er sich ganz anders entwickelt, als ich es mir jemals hätte vorstellen können.

Keine fünf Sekunden später schwang die Tür auf, und Carlo und Fleur kamen herein. Carlo keuchte wie ein Nilpferd nach einem Marathon.

»Ich bin zu alt für so einen Scheiß«, schnaufte er und ließ sich wie ein Pumpsack neben mir aufs Bett fallen. Er bedachte mich mit einem Seitenblick und rutschte dann noch ein Stück näher an mich heran, während Fleur es von der anderen Seite versuchte. Von außen betrachtet mussten wir aussehen wie die Hühner auf der Stange.

»Gurl, haben wir dich da vorhin mit deinem Ex kuscheln sehen? Kennst du nicht den Spruch ›Aufgewärmter Kaffee schmeckt nicht‹? Das Gleiche gilt übrigens für aufgewärmte Beziehungen!«

»Habt ihr uns etwa beobachtet?«, fragte ich entrüstet und blickte von einem zur anderen.

»Nein«, antwortete Fleur, die Augen abgewandt.

»Doch«, entgegnete Carlo ganz unverhohlen.

Ich seufzte. »Leute, das war eine harmlose Umarmung. Tim hat mich gefragt, ob er mich mal drücken könnte, und ich habe Ja gesagt.«

Fleur und Carlo sogen gleichzeitig scharf die Luft ein.

Ich schüttelte den Kopf. »Zu welchem Zeitpunkt seid ihr eigentlich siamesische Zwillinge geworden? Da bin ich mal ein Wochenende in Kapstadt, und dann passiert so was. Ich seh es schon kommen: Bald zeichnet ihr noch einen Podcast zusammen auf. Der heißt dann *Buschfunk* oder so ähnlich.«

»Das ist ja *die* Idee!« Carlo war begeistert. »Meinst du, Loraine hat irgendwo ein Mikrofon? Aber erst mal wieder zu dir: Was war das jetzt mit der harmlosen Umarmung?«

Ich hob warnend den Zeigefinger. »Das kommt nicht in deinen Podcast, mein Lieber! Dass ich mich da klar ausgedrückt habe!«

»Ach, manno«, maulte Carlo. »Aber bitte, dann eben nicht. Langweilerin. Dabei hast du mich erst auf diese grandiose Idee gebracht.«

»Touché«, gab ich zu. »Alsooo … Eventuell ist Tim mir hinterhergeflogen, um mir zu sagen, dass er mich noch immer liebt.«

»Waaas?!«, kreischten Carlo und Fleur gleichzeitig los.

Carlo schnappte nach Luft. »Und du erzählst uns hier was von ›harmloser Umarmung‹?«

Mir schwirrte der Kopf, während Carlo und Fleur über meinen Kopf hinweg in eine hitzige Diskussion verfielen.

»Na ja, ist vielleicht doch ganz gut, wenn sich Nike den Golfsocken-Fuzzi erst mal warmhält, jetzt, wo Liam in Schwierigkeiten steckt«, überlegte Fleur laut.

Als ich das hörte, schrillten bei mir sämtliche Alarmglocken. »Was soll das heißen? Liam steckt in Schwierigkeiten? Habt ihr etwas herausgefunden? Erzählt!«

Fleur machte ein zerknirschtes Gesicht. »Sorry, wir neugierigen Aasgeier waren echt egoistisch. Also, Carlo und ich haben gehört, wie Loraine sagte, die Behörden hätten ein Ermittlungsverfahren eingeleitet. Wegen der Wilderei. Jeder angestellte Ranger, jede Rangerin in diesem Park, egal ob Parkwächter oder bei einer Lodge angestellter Safari-Guide, wird durchleuchtet. Sie wollen auch Liam und Kyano dazu befragen.«

»Aber Liam und Kyano haben doch nichts zu befürchten? Ich meine, die beiden würden nicht einmal einer Fliege etwas zuleide tun.«

Fleur zuckte mit den Schultern. »Carlo und ich konnten nicht alles verstehen. Aber die Lage klang sehr ernst. Offenbar gehen Loraine und Taio davon aus, dass nicht alle Ranger eine weiße Weste haben. Sie scheinen zu glauben, dass einige von ihnen in die Wilderei im Nationalpark verwickelt sind oder mit den Wilderern gemeinsame Sache machen.«

»Und das sagt ihr mir erst jetzt?«, fragte ich und sprang wie von der Tarantel gestochen auf, doch Fleur und Carlo brachten mich durch eine sanfte Geste dazu, mich wieder hinzusetzen.

»Nike, da ist noch etwas, das wir dir sagen müssen …«, setzte Fleur an und sah so aus, als würde sie am liebsten davonlaufen.

Als ich meinen Blick Carlo zuwandte, sah ich nur noch, wie er Fleur mit einer eindeutigen Geste bedeutete, den Mund zu halten, dann jedoch hastig die Hand hinter seinem Rücken verschwinden ließ.

Fleur schluckte. »Wir wollten es dir erst nicht sagen, aber …«

»… aber wir haben dich lieb, und wir möchten nicht, dass du verletzt wirst«, beendete Carlo Fleurs Satz.

Plötzlich fühlte sich mein Mund staubtrocken an.

»Was wolltet ihr mir nicht sagen?«, fragte ich und merkte, wie sich mein Puls vor lauter Angst beschleunigte.

Fleur holte tief Luft. »Loraine hat Liam bezichtigt, vor nicht allzu langer Zeit hier in Südafrika in irgendwelche Schmuggelgeschäfte verwickelt gewesen zu sein.«

Mir wich jegliches Blut aus dem Gesicht. »Was?«, fragte ich tonlos. »N-nein, das kann nicht sein. Da müsst ihr etwas falsch verstanden haben!«

In dem Moment schoben sich Liams Worte in meine Erinnerungen. Dass es eine schwierige Phase in seinem Leben gegeben hatte.

Er hatte immer wieder so seltsame Andeutungen gemacht und zuletzt dann doch gekniffen …

»Liam hat es nicht bestritten, Nike«, sagte Carlo leise neben mir.

Meine Augen füllten sich mit Tränen. »Nein, das kann nicht sein. Liam würde nie etwas tun, was einem Tier schaden könnte. Ich muss mit ihm reden, jetzt sofort! Ich halte das keine Sekunde länger aus!«

Ich riss mich von Fleur und Carlo los, ignorierte ihre Rufe, die noch hinter mir herhallten, als ich bereits die Hütte verlassen hatte.

Den Weg zu Liams Hütte legte ich rennend zurück.

Atemlos klopfte ich gegen die Tür, bis Liam mir endlich öffnete. Er wirkte abgekämpft und müde, und ich sah, dass seine Augen gerötet waren.

»Liam, ich …«, setzte ich an, als auf einmal Tim hinter Liam im Türrahmen erschien.

»Was machst *du* denn hier?«, fragte ich verstört, und Liam öffnete die Tür noch ein Stück weiter, sodass ich ins Innere der Hütte schauen konnte.

»Überraschung. Wir sind jetzt Zimmernachbarn«, antwortete Tim mit Grabesmiene. »Aber was machst *du* hier?«

»Ich … Ich muss etwas mit Liam besprechen«, antwortete ich. »Liam, können wir reden?«

Er trat vor die Hütte und schloss die Tür hinter sich, wobei mir Tims argwöhnischer Blick nicht entging.

Als Liam und ich allein draußen waren, wusste ich nicht, wo ich überhaupt anfangen sollte.

»Sag, dass das nicht stimmt«, flehte ich leise, während mir Tränen in die Augen stiegen. »Sag mir, dass es nicht wahr ist, was Carlo und Fleur gehört haben.«

»Was haben sie denn gehört?«, fragte Liam tonlos.

»Sie haben gehört, wie Loraine dich des Schmuggels bezichtigt hat.«

»Carlo und Fleur haben also gelauscht.« Bitterkeit schwang jetzt in seiner Stimme mit.

»Liam.« Ich griff nach seinem Arm. »Liam, bitte sag, dass das nicht stimmt. Dass das alles ein großes Missverständnis ist.«

Für einen Moment breitete sich eine unerträgliche Stille zwischen uns aus.

»Das kann ich nicht.«

Liams Antwort war wie ein Schlag in die Magengrube. Ich hatte das Gefühl, keine Luft mehr zu bekommen, gleichzeitig war der Schmerz in mir so übermächtig, dass ich mich am liebsten irgendwo festgehalten hätte.

»Und jetzt ist genau das eingetreten, wovor ich die ganze Zeit Angst hatte. Du siehst mich bereits mit anderen Augen, ohne die Hintergründe zu kennen.« Liam schnaubte, auf seinem Gesicht zeichneten sich die verschiedensten Emotionen ab. Wut, Trauer, Hilflosigkeit.

Ich erkannte diese Emotionen sofort wieder, denn mir erging es nicht anders. Auch ich fühlte mich zerrissen, in mir tobte ein Sturm.

Tränen liefen meine Wangen hinab. »Hast du etwas mit den Tiermorden im Park zu tun? Arbeitest du mit den Wilderern zusammen?«

Die Frage klaffte zwischen uns auf wie ein riesiges Loch.

Als ich in Liams Augen blickte, wusste ich, dass ich einen Fehler gemacht hatte. Ich las pure Enttäuschung darin.

»Ist das dein Ernst? Traust du mir das wirklich zu? Ich dachte, du würdest mich besser kennen, nach allem, was zwischen uns war.«

»Liam, ich weiß einfach nicht, was ich davon halten soll! Du hast mir nicht die Wahrheit gesagt.«

Er wollte sich bereits abwenden, aber dann überlegte er es sich anders. Wütend funkelte er mich an.

»Weißt du, was? Du hast mir ebenfalls nicht die Wahrheit gesagt, und ich weiß auch nicht, was ich davon halten soll.«

»Wovon?«, hakte ich verständnislos nach.

»Sag mir, dass du nichts mehr für deinen Ex-Freund Tim empfindest. Dass da nicht noch ein Funken an Gefühlen in dir war, als ihr euch umarmt habt.«

Er hatte uns auch gesehen. Die Erkenntnis sickerte langsam zu mir durch.

Schweigend sah ich Liam an, kein einziges Wort kam über meine Lippen.

»Du kannst es nicht«, fasste Liam zusammen. »Ich würde sagen, damit sind wir quitt.«

Dann ließ er mich stehen und ging zurück in die Hütte, während ich mich fragte, wie mein Tag so hatte enden können.

War das mit Liam und mir wirklich nur ein Traum gewesen? Flüchtig und für den Moment, wie ein Sonnenuntergang, dessen Farben verblassten, bevor der Sturm aufzog?

In der Nacht tat ich kein Auge zu. Carlo und Fleur gaben ihr Bestes, um mich aufzumuntern.

Wir lagen wie die Ölsardinen in meinem Bett, ich links Richtung Wand, Fleur rechts Richtung Bettkante, sodass sie fast schon von der Matratze fiel, und Carlo hatte sich irgendwie ans Bettende gewurschtelt. Bequem sah anders aus.

Die beiden hatten es sich nicht nehmen lassen, sich zu mir zu quetschen, damit ich in dieser Nacht nicht allein in meinem Bett lag. Ich war unendlich froh, hier in Südafrika zwei so tolle Freunde gefunden zu haben. Auch wenn alles andere in meinem Leben gerade einem Scherbenhaufen glich. Ich konnte es immer noch nicht fassen.

Ich erzählte meinen Freunden von meinem gemeinsamen Wochenende mit Liam. Erzählte ihnen von dem Weingut und davon, dass ich meine Liebe für Wein wiedergefunden hatte. Und ich vertraute ihnen auch an, was zwischen Liam und mir in der Nacht des Gewitters vorgefallen war.

»Ich hab es euch angesehen, als ihr hier angekommen seid. Eure Augen haben anders geleuchtet als sonst«, sagte Fleur leise.

Durch das geöffnete Fenster drangen die Geräusche aus dem afrikanischen Busch in unser Zimmer. Zu Beginn hatten sie mir Angst gemacht, mittlerweile beruhigten sie mich. Kurz glaubte ich, ein leises Schnurren zu hören. Ob Sibaya dort draußen war und auf uns aufpasste? Auch wenn es vielleicht nur ein Hirngespinst war, der Gedanke ließ mich lächeln.

»Und, war er gut? Der Sex?«, fragte Carlo etwas taktlos und in seiner direkten Art.

»Wir hatten keine Kondome dabei. Aber wir haben die gemeinsame Zeit trotzdem voll ausgekostet.« Mein Herz zog sich schmerzhaft zusammen.

Carlo seufzte tief. »Ich will auch endlich mal wieder Sex haben. Aber hier im Camp und mitten im Busch sind die Möglichkeiten leider begrenzt.«

Obwohl mir eigentlich eher nach Heulen zumute war, musste ich lachen. Hoffentlich belauschte niemand unsere Gespräche durch das offene Fenster.

»Ich dachte, du stehst auf Kyano?«, fragte ich. Obwohl sich der Gedanke, dass Carlo und Fleur wirklich gut zusammenpassten, immer mehr bei mir festigte … Leider schienen sich die beiden dessen nicht einmal ansatzweise bewusst zu sein. Vielleicht würde ich da noch nachhelfen müssen, damit wenigstens zwei Menschen hier ihr Glück fanden.

»Ich habe die Befürchtung, dass der zu hundert Prozent hetero ist«, seufzte Carlo.

»Vielleicht kannst du ihn ja umstimmen. Mit deinem Charme und deinem beeindruckenden Gespür für Mode«, flachste Fleur. »Wie sieht's mit Matti aus?«

»Nee, der steht auch auf Frauen. Außerdem hätte ich keinen

Bock, einen Reisejournalist und Tierfilmer an meiner Seite zu haben. Stell dir mal vor, wohin der einen überall mitnehmen würde. Am Ende sitze ich in irgendeinem Tarnzelt und muss stundenlang Vögel beobachten oder so. Mal abgesehen davon, dass mir ein Tarnzelt nicht stehen würde, das macht mich viel zu blass.«

Dann trat wieder Stille ein, jeder von uns hing seinen eigenen Gedanken nach, und meine wanderten unweigerlich zu Liam.

»Leute, glaubt ihr ... Glaubt ihr, Liam hat mit den Wilderern zusammengearbeitet?«

Mein Herz schlug so laut und hart gegen meinen Brustkorb, dass es sich anfühlte, als würde ich keine Luft bekommen. Zumal das Schweigen von Carlo und Fleur mehr sagte, als ich wissen wollte.

»Morgen sieht die Welt bestimmt schon wieder ganz anders aus«, versuchte Fleur mich aufzumuntern.

48. Kapitel

Doch die Welt sah leider auch am nächsten Tag nicht besser aus. Ganz im Gegenteil. Je öfter ich darüber nachgrübelte, desto erdrückender fühlten sich die Ereignisse des gestrigen Tages an. Geistesabwesend zog ich mich an. Fleur und Carlo hatten die ganze Nacht über »Wache« in meinem Bett geschoben, dementsprechend gerädert sahen wir alle drei aus.

Carlo warf einen Blick in den Spiegel und stieß einen spitzen Schrei aus, der Fleur und mich zusammenfahren ließ.

»Um Himmels willen, wie sehe ich denn aus? Ich habe ja Augenringe des Todes! Von diesem Schneewittchenteint mal ganz zu schweigen! O Gott, das kann nicht mal mehr mein Make-up richten.«

»Was hast du denn vor? Willst du heute irgendwen im Busch bezirzen? Die Tiere juckt das sicher nicht, wie du aussiehst.«

Carlo streckte Fleur nonchalant die Zunge heraus, was diese mit einem Grinsen quittierte.

So gerne ich mich auch von den Kabbeleien der beiden hätte mitreißen lassen, ich hatte für all das nicht mehr als ein trauriges Schmunzeln übrig.

Fleur trat hinter mich, die Haare zu einem unordentlichen Dutt nach oben gebunden. »Hey, du weißt, dass wir für dich da sind, egal, was passiert.«

»Aber so was von!«, stimmte Carlo zu.

Ich drehte mich zu den beiden um. »Ich bin froh, euch zwei zu haben.« Tränen stiegen mir in die Augen.

»Ooooh«, machte Carlo, ging dann jedoch auf Abstand. »Ruinier mir jetzt nicht mein Make-up. Ich sehe endlich nicht mehr aus wie eine wandelnde Leiche.«

Fleur hakte sich bei uns beiden ein. »Dann lasst uns die Giraffe mal bei den Hörnern packen.«

»Es heißt Stier«, korrigierte Carlo sie. »Den Stier bei den Hörnern packen.«

Fleur rollte lediglich mit den Augen.

Als Carlo, Fleur, Matti und ich uns am Treffpunkt für den morgendlichen Game Drive einfanden, war von Liam weit und breit keine Spur zu sehen. Stattdessen erspähte ich Kyano im Gespräch mit einem Mann, den ich noch nie gesehen hatte. Wieder breitete sich ein ungutes Gefühl in meiner Magengegend aus.

»Wo ist Liam?«, fragte ich Kyano ganz direkt.

Mir entging nicht, wie er meinem Blick auswich. »Liam wird bei dem heutigen Game Drive nicht anwesend sein. Stattdessen wird mein Freund Jonathan ihn vertreten, der ebenfalls als Safari-Guide bei einer Lodge arbeitet.«

Carlo, Fleur und ich wechselten einen kurzen Blick miteinander. Das konnte nichts Gutes bedeuten.

»Aber warum wird Liam nicht den Game Drive begleiten?«, bohrte ich weiter nach.

»Hör zu, Nike, ich kann dir da echt nicht mehr zu sagen«, wich Kyano mir aus.

Plötzlich mischte Matti sich ein. »Es ist wegen dieser Befragungen, oder? Wird Liam von der Polizei vernommen?«

Woher hatte Matti denn die Informationen? Ich stutzte.

»Wenn ihr Fragen habt, dann solltet ihr zu Loraine gehen«, sagte Kyano mürrisch.

»Und was ist mit Jonathan und dir?«, verlangte ich zu wissen.

»Warum wird nur Liam verhört?«

»Wir wurden bereits befragt, Nike.«

Ich schluckte. Dann war wirklich noch offen, wie es um Liam stand. Mir wurde schlecht.

Ausgerechnet in dem Moment tauchte auch noch Tim auf. Er hatte eine dermaßen gute Laune, dass meine direkt ins Erdreich des Nationalparks versickerte. Und von dort aus vermutlich auch nicht so schnell ihren Weg zurück an die Oberfläche finden würde.

»Und, gut geschlafen?«, fragte Tim. Ich wusste, dass er seine Frage nur nett meinte, aber ich war nicht in der Verfassung, Small Talk zu betreiben.

»Morgen«, brummte ich nur.

Weitere Fragen in der Gruppe wurden laut, woraufhin Kyano abwehrend die Hand hob. »Es wird Zeit, dass wir aufbrechen. Widmen wir uns daher nun der heutigen Agenda und der Gruppenaufteilung.«

Wie konnte Kyano bloß so ruhig bleiben? Machte er sich keine Sorgen um Liam? Die beiden waren schließlich Freunde.

Meine Nerven lagen völlig blank. Am liebsten hätte ich auf der Stelle nach Liam gesucht, doch offensichtlich wurde er gerade vernommen. Ich hatte ja nicht einmal einen blassen Schimmer, ob die Befragung im Camp oder bei der Polizei in Hoedspruit durchgeführt wurde.

Ich zog Tim beiseite, sodass die anderen uns nicht hören konnten. »Weißt du, wo Liam ist?«

Tim zuckte mit den Schultern. »Woher soll ich das wissen?«

»Weil du zufällig letzte Nacht mit ihm in einer Hütte geschlafen hast«, sagte ich ruhig, auch wenn ich meinen Ex-Freund am liebsten geschüttelt hätte.

»Notgedrungen«, antwortete er muffelig. »Das war ganz sicher nicht mein Wunsch. Genauso gern hätte ich mein Zimmer mit einem Warzenschwein geteilt.« Er verschränkte die Arme vor der Brust, dann seufzte er tief. »Ich weiß es wirklich nicht, Nike. Heute Morgen hat Loraine ganz früh an unserer Tür geklopft.«

»Und was wollte sie?«

Tim zuckte erneut mit den Schultern, inzwischen wirkte er ein bisschen genervt. »Auch das weiß ich nicht. Sie hat ihn gebeten, mit ihr zu kommen, und danach war er weg. Und seien wir mal ehrlich: Ich bin wohl kaum Liams erste Wahl, wenn es darum geht, wem er sich anvertraut. Was übrigens auf Gegenseitigkeit beruht. Zumindest in der Hinsicht sind wir einer Meinung.«

Meine Sorge um Liam wuchs von Sekunde zu Sekunde, und unser gestriger Streit schob sich wieder vor mein inneres Auge. Ich fühlte mich elend.

»Hey, tut mir leid, dass ich eben etwas patzig war«, lenkte Tim ein. »Ich glaube, ich vergesse manchmal, dass ich derjenige bin, der hier einfach aufgetaucht ist und dein Leben auf den Kopf stellt.«

Da ich nicht wusste, was ich darauf erwidern sollte, schwieg ich.

Tim strich mir über die Schulter. »Ich weiß nicht, wie lange ich bleiben werde. Aber wenn ich schon mal hier bin, dann fände ich es schön, wenigstens einmal eine Fahrt in den Busch mitgemacht zu haben. Und ich würde mich sehr freuen, wenn wir die zusammen machen könnten. Egal, wie das hier ausgeht – wir sind doch immer noch Freunde, oder?«

Ich lächelte zaghaft. »Ja, Tim, wir sind immer noch Freunde. Und du hast recht. Entschuldige.«

»Vielleicht ist Liam ja wieder in seiner Hütte, wenn wir von der Fahrt in den Busch zurück sind. Und es lenkt dich bestimmt ein bisschen ab.«

Ich nickte. »Ja, vielleicht hast du recht.«

Es war noch früh am Tag, die Morgendämmerung hatte soeben erst eingesetzt. Vereinzelt konnte man einige Sterne erkennen, und die feine Sichel des Mondes zeichnete sich noch am Himmel ab.

Auf dem Game Drive wurden Carlo, Tim und ich in eine Gruppe gesteckt, wir sollten bei Kyano mitfahren. Matti und Fleur fuhren bei Jonathan mit.

Die Anspannung war auch unter den anderen Volunteers zu spüren. Und auch wenn niemand etwas sagte – sie machten sich insgeheim ebenso Gedanken über Liam, wie ich es tat. Ich vielleicht mehr als die anderen.

Ich konnte mir beim besten Willen nicht vorstellen, dass Liam in die Wilderei im Nationalpark involviert war. Er trug so viel Liebe und Faszination für die Tierwelt in Afrika im Herzen. So etwas konnte man doch nicht vorspielen, oder? Aber da stand auch noch der Vorwurf des Schmuggelns im Raum. Hatte ich mich letzten Endes wirklich so sehr in Liam getäuscht? Eigentlich war ich bisher immer stolz darauf gewesen, eine gute Menschenkenntnis zu haben. Jetzt fragte ich mich, ob mich dieser Spürsinn verlassen hatte.

Tim war begeistert, als wir einer Elefantenherde am Wasserloch begegneten, und das führte mir vor Augen, wie aufgeregt ich bei meinem ersten Game Drive gewesen war. Wie neu das hier alles auf Tim wirken musste.

Ich fühlte mich innerlich zerrissen. Nach unserer Trennung hatte ich tagelang auf die Möglichkeit gehofft, doch noch ein vernünftiges Gespräch mit Tim führen zu können. Hatte gehofft, dass er sich endlich bei mir melden und mir verzeihen würde.

Und jetzt war er hier, saß keine zehn Zentimeter von mir entfernt, und das Einzige, woran ich denken konnte, war Liam.

Ich spürte, wie mir Carlo immer wieder prüfende Blicke zuwarf, als wollte er sicherstellen, dass es mir gut ging. Ich wusste seine Fürsorge zu schätzen.

Heute hatten wir wieder einmal die Aufgabe, die Speicherkarten sämtlicher Wildtierkameras auszutauschen. Bei einem unserer Stopps sichtete Carlo ein Chamäleon an einem der Bäume, an dem auch eine Kamera befestigt war. Das kleine Tier hatte sich wirklich gut getarnt und verschmolz förmlich mit der Rinde.

Ich redete mir ein, dass das Chamäleon vielleicht ein Zeichen dafür war, dass doch noch alles gut werden würde. Dass sich alles aufklärte.

Während Carlo und Kyano das Chamäleon weiterhin betrachteten, wandten Tim und ich uns ein Stück von der Gruppe ab, allerdings in Reichweite des Jeeps, sodass Kyano im schlimmsten Fall eingreifen konnte, sollte hier auf einmal ein Löwenrudel auftauchen.

Mittlerweile hatte sich die Sonne glänzend über den Horizont geschoben und tauchte das Buschland in sanfte Orangetöne. An diesen Farben würde ich mich niemals sattsehen können. Wie viele solcher Sonnenaufgänge Liam hier wohl schon gesehen hatte?

»Vielleicht kann ich jetzt ein bisschen verstehen, was dir an Südafrika so gut gefällt«, sagte Tim leise, während er das Farbenspiel beobachtete. »Solche Sonnenaufgänge gibt es in Köln nicht.«

Ich spürte Tränen in mir aufsteigen und hatte plötzlich einen dicken Kloß im Hals. Und ich fror entsetzlich. Wieso nur war das so mit Gefühlen? Manchmal machten sie, dass man vor lauter Glück am liebsten die ganze Welt umarmt hätte, und dann gab es diese Tage, an denen man nur weinen wollte.

Plötzlich spürte ich etwas Warmes auf meinen Schultern, und als ich mein Gesicht nach links wandte, stand Tim ganz nah bei mir. Er hatte mir seine Jacke über die Schultern gehängt.

»Hier, damit du nicht frierst.«

»Danke«, antwortete ich schwach.

Gemeinsam betrachteten wir den spektakulären Sonnenaufgang.

»Schau mal!« Tim deutete Richtung Himmel. »Das Rot dort oben rechts, findest du nicht auch, dass es an die Farbe eines Cabernet Sauvignon erinnert? An einen dunklen Rotwein?«

Kurz flammte ein warmes Gefühl in meiner Brust auf. Es machte mir deutlich, warum Tim und ich so lange ein Paar gewesen waren. Und was ich immer an ihm geschätzt hatte. Immer noch schätzte.

Dass wir Farben mit verschiedenen Weinen verglichen, war unser gemeinsames Ding gewesen. Niemand sonst hatte mich in der Hinsicht verstanden wie Tim.

Bis vor wenigen Wochen war mein Leben noch intakt gewesen, zumindest rein oberflächlich. Ich hatte studiert, im Weinhandel meiner Eltern gearbeitet, und Tim und ich waren noch ein Paar gewesen. Obwohl es mich nicht glücklich gemacht hatte, fehlte mir auf einmal diese Vertrautheit.

Tim legte seinen Arm um mich, und ich ließ es zu, dass ich meinen Kopf an seine Schulter legte. Erlaubte mir selbst, mich einen Moment fallen zu lassen und etwas Schönes darin zu sehen.

»Nike, ich …« Tim brach ab und löste sich von mir, um mir in die Augen sehen zu können. »Da ist noch so vieles, was ich dir sagen will, erklären will, aber … Ich weiß nicht, wie. Und vielleicht verstehst du es besser, wenn …?«

»Wenn was?«, fragte ich mit großen Augen nach.

Tim kam ein Stück näher. Ich musste zu ihm aufsehen und meine Augen gegen das Licht der aufgehenden Sonne abschirmen.

Als Tim seinen Kopf zu mir runter senkte und seine Lippen nur noch wenige Zentimeter von meinem Mund entfernt waren, wich ich zurück und sah ihn entgeistert an.

»Was tust du da, Tim?«

»Ich … Ich wollte dir zeigen, dass …« Tim brach ab. »Bitte verzeih mir.«

Ich schluckte, überfordert von dieser Situation. »Ich hätte dir keine Hoffnungen machen dürfen und sagen, dass ich noch mal eine Nacht über uns schlafe.« Ich holte tief Luft, mein Körper bebte, und meine Stimme zitterte, als die nächsten Worte meinen Mund verließen. »Ich liebe dich nicht mehr, Tim. Zumindest nicht auf diese Art und Weise.«

Es war das erste Mal, dass ich die Worte laut aussprach. Dass ich meine Gefühle nicht nur mir selbst, sondern auch einer anderen Person gegenüber eingestand.

»Ich bin dir dankbar, dass du hergeflogen bist. Das bin ich wirklich. Du weißt gar nicht, wie oft ich an dich gedacht habe. Wie oft ich mir gewünscht habe, mit dir sprechen zu können. Aber nicht mehr als Partner, sondern als Freund. Es tut mir leid, wenn du dir etwas anderes erhofft hast.«

Ich sah die Erkenntnis in seinen Augen. Die Erkenntnis, dass es zwischen uns beiden endgültig vorbei war.

Tim nickte und fuhr sich durchs Haar. »Ich weiß. Vielleicht habe ich es nicht wahrhaben wollen. Gott, was für eine Blamage!« Er lachte trocken auf.

»Hey, sag so was nicht. Du hast dich nicht blamiert. Wenigstens hast du um uns gekämpft. Das habe ich nicht getan«, gab ich zu.

Kyanos Stimme schallte zu uns herüber. »Tim, Nike, kommt ihr? Wir wollen weiter.«

»Ja, wir kommen sofort«, rief ich ihm zu, bevor ich meine Aufmerksamkeit noch einmal Tim zuwandte.

»Es tut mir leid«, wiederholte ich.

Tim sah mich nachdenklich an. »Liam bedeutet dir wirklich viel, oder?«

Ich nickte. »Ja, das tut er. Auch wenn ich gewiss nicht mit der Absicht hergekommen bin, mich neu zu verlieben, Tim. Es ist einfach so passiert.«

Tim vergrub die Hände in den Hosentaschen. »Wir sollten zurück zur Gruppe. Kyano und die anderen warten.«

Mit hängenden Schultern ging er voran, dabei hatte ich eigentlich geglaubt, ich könnte mich nicht noch elender fühlen.

49. Kapitel

Die Fahrt zurück zum Camp verlief schweigend.

Unruhe fraß sich wie eine Schlange durch meinen Körper, und ich konnte nichts daran ändern. Einfach gar nichts. Und das fühlte sich beschissen an.

Auch Tim war sehr still.

Mit einem kurzen Seitenblick stellte ich fest, dass er in die Landschaft blickte, sie jedoch nicht richtig wahrzunehmen schien.

Als wir bei der Lodge ankamen, wusste ich sofort, dass etwas passiert war. Ein Polizeiauto parkte vor dem Haupthaus, und Loraine und Taio standen sichtlich aufgewühlt daneben.

Mir wurde Angst und Bange, und es fühlte sich so an, als würde sich ein Schraubstock fest um mein Herz legen. Ich schluckte. Ohne auf den Rest der Gruppe zu achten, sprang ich aus dem Wagen und eilte auf Loraine und Taio zu.

Die Campmanagerin nahm kaum Notiz von mir, stattdessen murmelte sie immer wieder: »Wie haben wir uns nur so in ihm täuschen können, Taio? Wie? Ich verstehe das alles nicht.«

Die normalerweise so resolute und toughe Loraine wirkte nur noch wie ein Schatten ihrer selbst.

»Loraine, Taio, was ist passiert? Wo ist Liam?«

»Was macht denn die Polizei hier?«, vernahm ich Mattis Stimme in meinem Rücken. Im Hintergrund wurde Gemurmel und Getuschel laut.

Loraine sah mich an, Tränen standen in ihren Augen. »Es tut mir leid, Nike. Ich weiß, dass du Liam sehr magst. Aber ich fürchte, wir haben uns in ihm getäuscht.«

Und da verstand ich, dass die Polizei wirklich wegen Liam hier war.

Loraine öffnete ihren Mund und schien noch irgendetwas zu mir zu sagen, griff sogar nach meiner Hand, doch ich war wie in Trance.

Ich rannte los, rannte in Richtung der Rundhütte von Liam.

Vor der geöffneten Tür standen zwei Männer in Uniform. Als ich die beiden Polizisten sah, wurde mir schlecht. Ich hätte mich am liebsten übergeben.

Die uniformierten Männer schienen die Tür zu Liams Hütte zu bewachen. Was im Inneren vor sich ging, konnte ich nicht erkennen.

»Pack nur das Nötigste ein«, wies der jüngere Polizist Liam in schroffem Tonfall an.

»Was … Was ist hier los?«, fragte ich aufgelöst und erhaschte nur einen winzigen Blick in die Hütte, da sich der schlaksige, junge Polizist sofort vor den Eingang schob und mir die Sicht versperrte.

»Und Sie sind?«, fragte er mit strenger Stimme.

»N-Nike. Nike Sonnenfeld«, stammelte ich eingeschüchtert. »Ich bin als Volunteer in diesem Camp.«

»Aha«, machte der Polizist bloß.

»Können Sie mir fünf Minuten mit Liam geben, Officer? Nur fünf Minuten? Bitte!«, flehte ich ihn an.

Der jüngere der beiden sah mich knallhart an, kein einziger weicher Zug umspielte seine Lippen.

Doch der ältere von ihnen, ein stämmiger Mann mit grauem Haar, hatte wohl Mitleid mit mir.

»Fünf Minuten«, sagte er. »Keine Sekunde länger.«

Ich nickte. Es fiel mir schwer, nicht auf der Stelle in Tränen auszubrechen.

Sie ließen mich zu Liam in die Hütte, der wahllos ein paar Sachen in eine Sporttasche stopfte. Ich bemerkte, dass seine Bewegungen fahrig waren und seine Hände zitterten.

Noch bevor ich auch nur ein Wort sagte, ging ich auf Liam zu, schlang meine Arme um seinen Körper und drückte ihn ganz fest an mich. Keine Sekunde später erwiderte Liam die Umarmung.

Als ich mich von ihm löste, blickte ich ihn mit tränenverschleiertem Blick an. »Liam, was ist hier los?«

Liam umfasste mein Gesicht mit beiden Händen und strich mir die Tränen aus dem Gesicht.

»Hör zu, wir haben nicht viel Zeit. Die Polizei nimmt mich mit aufs Revier, um mich weiter zu befragen. Ich bin derzeit der einzige Verdächtige, den sie haben, da die Parkverwaltung des Kruger-Nationalparks von meiner Vergangenheit erfahren hat. Nike, ich … Ich wurde vor vier Jahren am Flughafen in Johannesburg festgenommen, weil der Zoll bei mir Elfenbein im Gepäck gefunden und mir Schmuggel vorgeworfen hat. Natürlich nehmen die das jetzt zum Anlass, mich näher ins Visier zu nehmen. Ich wollte dir all das schon viel eher sagen. Aber ich habe mich nicht getraut …«

Ich merkte, wie mir jegliches Blut aus dem Gesicht wich. Liam war mit Elfenbein erwischt worden? Bedeutete das etwa, dass … Ich wagte nicht einmal, daran zu denken.

Die unausgesprochene Frage stand zwischen uns wie eine riesige Mauer.

»Ich arbeite nicht mit den Wilderern zusammen, falls es das ist, was du denkst. Mein damaliger Mitbewohner aus meiner WG, den ich fälschlicherweise für einen *Freund* hielt«, er spuckte das Wort abfällig aus, »hatte mich gebeten, ein Geschenk für einen Bekannten mit nach Deutschland zu nehmen, da ich geplant hatte, meinen Dad zu besuchen. Ich hab mir da nichts bei gedacht, schließlich war ich überzeugt, ich könne ihm vertrauen. Ich hatte keine Ahnung, dass mein Mitbewohner mit

Elfenbein handelte. Er wollte mich als Kurier benutzen.« Liam sprach abgehetzt, da uns die Zeit im Nacken saß und draußen die beiden Polizisten warteten.

Er griff nach meiner Hand. »Ich konnte später jedoch zum Glück glaubhaft machen, dass das Elfenbein meinem Mitbewohner gehörte und dass er der Händler war. Und dass ich mit seinen krummen Geschäften nichts am Hut hatte. Leider war ich so dumm gewesen, den falschen Menschen zu vertrauen. Ich kam mit einer milden Strafe davon. Ich sollte gemeinnützige Arbeit in einem Elefantenschutzprogramm leisten. Deshalb habe ich anschließend auch angefangen, mich dem Tierschutz hier im Nationalpark zu widmen.«

Pure Erleichterung breitete sich in mir aus. Ich glaubte Liam. Ich spürte, dass er ein guter Mensch war, und diesen Glauben würde ich nicht einfach so abschütteln. Auch wenn es mich traf, dass Liam mir nichts von seiner Vergangenheit erzählt hatte.

»Aber was hat denn der alte Fall hiermit zu tun?«, fragte ich fassungslos. »Du bist freigesprochen worden, und du hattest keine Ahnung, was dein Mitbewohner da für illegale Geschäfte betreibt! Hier geht es um Wilderei, das ist doch etwas völlig anderes!«

»Vermutlich hat sich die Polizei gedacht, dass es vom *unwissentlichen* Schmuggel mit Elfenbein auch nicht mehr weit zum *wissentlichen* Schmuggel mit Elfenbein und dem Horn eines Nashorns ist.«

»Die können dich doch nicht wegen eines Verdachts mitnehmen, die haben überhaupt keine Beweise oder Anhaltspunkte!«

Weiter kam ich nicht, da in diesem Moment die polternde Stimme des Polizisten erklang: »Die fünf Minuten sind um!«

Keine Sekunde später stand der schmächtige Polizist mit grimmiger Miene im Türrahmen.

»Los, mitkommen jetzt!«

Er packte Liam unwirsch am Arm und zog ihn nach draußen, Liam konnte gerade noch so nach seiner Tasche greifen.

Der ältere Polizist versuchte, seinen jüngeren Kollegen etwas im Zaum zu halten, aber das funktionierte nur in Maßen. Ich stolperte den beiden Beamten und Liam hinterher.

»Liam, du kommst nicht ins Gefängnis, du hast nichts getan! Die Polizei muss die wahren Komplizen der Wilderer finden! Liam!«

Als wir wieder das Haupthaus erreicht hatten, vor dem auch der Polizeiwagen stand und der Rest der Gruppe wartete, waren alle wie erstarrt und blickten entsetzt auf die Szene. Carlo und Fleur sahen mich mit weit aufgerissenen Augen an, nur um dann auf mich zuzulaufen und sich jeweils beschützend rechts und links von mir zu positionieren.

Mittlerweile kullerten die Tränen haltlos über meine Wangen. Der ältere Polizist verzog mitleidig das Gesicht.

Sein Kollege hatte bereits die hintere Tür auf der Fahrerseite geöffnet und legte Liam seine Hand auf den Kopf, um ihn auf die Rückbank zu drücken, als Tim auf einmal dazwischenging.

»Halt!«, rief er. »Stopp! Ich möchte eine Aussage machen!«

Ich hielt in meinem Schniefen inne und starrte Tim an. Was war denn jetzt los? Was hatte er bloß vor?

Tim räusperte sich unsicher, als die Blicke aller auf ihm lagen. Vor allem der junge Polizist sah so aus, als würde er Tim am liebsten in die Mangel nehmen.

Glücklicherweise hatte der betagtere Polizist ein sonnigeres Gemüt als sein Partner. Ermutigend nickte er Tim zu. »Rede, mein Junge, was hast du zu der Sache beizutragen?«

»Ich habe gehört, wie Ranger Kyano ein Gespräch geführt hat. Heute Morgen, vor dem Game Drive. Ich war zu früh am Treffpunkt. Die anderen waren noch nicht da, aber ich habe Kyano bei den Jeeps gesehen. Er hat mit jemandem telefoniert.«

Sämtliche Köpfe drehten sich zu Kyano um, der zu alldem bisher noch kein einziges Wort gesagt hatte.

Kyanos Kiefer spannte sich an, und mir war, als würde er Tim einen drohenden Blick zuwerfen, als dieser weitersprach. »Ich … Ich konnte aus der Entfernung nicht alles verstehen, aber Kyano wirkte aufgebracht. Er hat etwas davon gefaselt, dass er jetzt raus wäre aus der Sache und dass er all das nicht mehr mit seinem Gewissen vereinbaren könne. Dass er nie wollte, dass Tiere oder Menschen ernsthaft zu Schaden kämen.«

Eine angespannte Stille legte sich auf unsere kleine Gruppe, und eine eisige Kälte kroch mir in den Körper.

»Kyano, sag mir, dass das nicht wahr ist.« Liam sah seinen Freund aus großen Augen an, Ungläubigkeit schwang in seiner Stimme mit.

Ich blickte zu Tim. Ihm war anzumerken, wie unwohl er sich fühlte.

Auch Loraines Augen hatten sich geweitet. »Kyano?«, fragte sie. »Ist das wahr, was Tim da sagt? Das … Das würdest du doch nicht tun, oder?«

»Das … Das stimmt nicht!«, bestritt Kyano mit bebender Stimme, sein Kehlkopf hüpfte aufgebracht auf und ab. »Er irrt sich!« Seine Stimme überschlug sich zum Ende fast. Mir entging nicht, dass er seine Hände zu Fäusten geballt hatte.

»Ich habe vielleicht nicht das ganze Gespräch mitbekommen, aber ich weiß, was ich gehört habe«, hielt Tim dagegen. »Was für einen Nutzen sollte ich daraus ziehen, mir so etwas aus den Fingern zu saugen? Ich bin ja nicht einmal mit Liam befreundet.«

Loraine hatte sich als Erste wieder im Griff und machte einen Schritt auf Kyano zu. Ihre Stimme klang sanft, als sie das Wort an den Safari-Guide richtete. »Kyano, es ist noch nicht zu spät. Wenn du etwas damit zu tun hast, dann sag es jetzt. Ansonsten bist du für längste Zeit in unserem Camp willkommen gewesen. Ich habe dich immer für einen ehrlichen und aufrichtigen Menschen gehalten. Lass mich das nicht bereuen.«

Loraines warmherzige, aber zugleich auch ernste Worte brachten Kyanos Schutzmauern schließlich vollständig zum Einstürzen.

Er schlug sich die Hände vors Gesicht und weinte so bitterlich, dass mein Herz einen Schlag lang aussetzte.

»Es … Es tut mir so leid«, wimmerte er. »Ich wollte nicht, dass es so kommt, das müsst ihr mir glauben! Meine kleine Tochter Taya ist schwer krank und benötigt dringend ein Medikament, das ich mir niemals hätte leisten können. Als ich in einer Nacht auf einen der Wilderer traf, bot er mir einen Handel an. Er würde mich am Leben lassen und mich noch dazu an dem Geld, das man für das Horn eines Nashorns auf dem Schwarzmarkt bekommt, beteiligen, wenn ich ihm Informationen lieferte, wo die Tiere am besten zu finden seien. Und wenn ich ihn decken würde. Und plötzlich war da ein Ausweg. Ein Lichtblick für meine Tochter. Also bin ich den Deal eingegangen, unter der Bedingung, dass die Tiere nicht getötet werden, sondern dass ihr Horn glatt abgetrennt wird.«

Auf einmal setzten sich die einzelnen Puzzleteile zu einem großen Ganzen zusammen. Kyanos Sorgenfalten neulich und seine Worte, dass er schlecht geschlafen hätte, als er zu Liams und meinem »Frühstück« mit den Giraffen dazugestoßen war. Seine wortkarge Art, als wir nachts wegen der Wilderer im Haupthaus zusammengesessen hatten. Sein Wutausbruch, nachdem wir das verletzte Nashornweibchen Kibibi gefunden hatten. Es waren Anzeichen gewesen, die niemand von uns richtig gedeutet hatte.

Gleichzeitig wurde mir bewusst, wie sehr Kyano uns die ganze Zeit über etwas vorgespielt hatte …

»Kyano!«, hauchte Loraine fassungslos, im selben Moment glitt ihr Blick zu Liam hinüber. Sie machte einen Schritt auf ihn zu.

»Es tut mir so entsetzlich leid, dass wir dich verdächtigt haben.«

Der junge Polizist wirkte verärgert. »Ja, und jetzt?«

Sein Kollege deutete auf Liam, Kyano und Tim. »Allesamt mitkommen. Eure Aussagen müssen auf dem Revier aufgenommen werden. Danach sehen wir weiter.«

50. Kapitel

Der Schock saß tief: Kyano befand sich in Untersuchungshaft. Liam war freigelassen worden, jedoch sollte er der Polizei für weitere Befragungen zur Verfügung stehen. Um nach dem ganzen Chaos und Stress wieder etwas Ruhe im Camp einkehren zu lassen, schlug Loraine am nächsten Tag vor, abends ein typisch südafrikanisches Braai zu organisieren mit anschließendem Filmabend bei Sonnenuntergang. Die Filmauswahl war noch »geheim«, wie Loraine sagte, aber sie hatte dabei dieses Grinsen im Gesicht, das mich stutzig machte.

Noch immer lag mir die Aufregung von gestern schwer im Magen. Zudem blickte ich dem heutigen Tag mit einem lachenden und einem weinenden Auge entgegen, da Tim sich entschlossen hatte, zurück nach Deutschland zu fliegen.

Ich war ihm unendlich dankbar dafür, dass er Liam entlastet hatte, obwohl er ihn mehr oder weniger als Rivalen betrachtete. Das rechnete ich ihm hoch an. Auch wenn es mit uns beiden als Paar nicht funktioniert hatte – ich wusste, dass Tim mir auch in Zukunft in schwierigen Momenten zur Seite stehen würde und ich mich immer auf ihn verlassen konnte. Er hatte ein gutes Herz, das hatte er schon immer gehabt.

Als ich am Morgen den Weg zu Tims und Liams Unterkunft einschlug, fand ich Tim bereits mit gepacktem Koffer draußen vor der Tür vor. Zu meiner Überraschung stand Liam neben ihm. Sie schüttelten sich in fast schon freundlicher Geste die Hände.

Für einen Augenblick musterte ich die beiden. Zwei Männer, wie sie unterschiedlicher nicht hätten sein können. Wie Tag und Nacht. Tim, der sich bereits wieder für ein Köln-taugliches Outfit entschieden hatte und ein schwarzes, elegantes Hemd zu einer langen Jeanshose und Sneakers trug, und Liam, der in seiner Cargohose, dem etwas zerschlissenen weißen Shirt und den schweren, dreckverkrusteten Boots wirkte, als wäre er soeben erst von einem Game Drive aus dem Busch zurückgekehrt.

Wie hatte ich mich eigentlich in zwei so unterschiedliche Männer verlieben können?

»Danke, Mann«, sagte Liam zu Tim, gerade, als ich nah genug bei ihnen war, um das Gespräch mitzuverfolgen. »Du hast mir wirklich den Arsch gerettet. Das werde ich dir nicht vergessen.«

»Wir sind uns aber nach wie vor einig, dass wir uns nicht mögen, oder?«, fragte Tim misstrauisch und runzelte die Stirn.

Liam nickte todernst. »Keine Sorge, ich kann dich kein Stück leiden.«

»Hervorragend, ich dich nämlich auch nicht.«

»Guten Morgen«, begrüßte ich die Männer. »Habe ich irgendetwas verpasst?«

»Wir haben das Kriegsbeil begraben«, ließ Tim mich wissen. »Vorerst.«

Ich machte einen Schritt auf ihn zu und nahm ihn fest in den Arm. »Danke«, murmelte ich an seiner Schulter. »Danke für alles.«

»Nicht dafür.« Tim strich mir übers Haar und schob mich schließlich ein Stück von sich.

Ich bedachte ihn mit einem bedauernden Blick.

»Tut mir übrigens leid, dass du den Weg nach Südafrika umsonst auf dich genommen hast.«

»Der war keineswegs umsonst«, widersprach Tim. »Ich habe hier eine wichtige Erkenntnis über mich selbst gewonnen.«

»Ach ja? Und die wäre?«

Tim zupfte sich einen Fussel von seinem Hemd. »So gern ich behaupten würde, dass es anders ist, aber … Die Natur und ich, wir werden keine guten Freunde mehr. Ich gehöre in eine Großstadt mit Autolärm, Auspuffgasen, nervigen Menschenmengen und einem ordentlichen Cappuccino.«

Liam und ich prusteten los, und auch Tim stimmte in unser Lachen ein.

»Nein, mal ehrlich.« Tim schulterte seinen Rucksack, dann sprach er weiter. »Ich kann verstehen, warum das hier dein Ding ist, Nike. Aber du ahnst ja nicht, wie sehr ich mich auf die Annehmlichkeiten freue, die Köln zu bieten hat.«

»Ich kann es mir lebhaft vorstellen«, erwiderte ich grinsend.

In dem Moment kam Taio den Weg entlang, in der Hand hielt er einen Autoschlüssel. Er hatte angeboten, Tim zum Flughafen zu bringen.

»Tja, dann heißt es wohl Abschied nehmen«, sagte Tim.

Wir umarmten uns ein letztes Mal, doch diesmal hielten Tim und ich uns ein bisschen fester.

»Weißt du, warum es auch keine Verschwendung war, hierhergeflogen zu sein?«, flüsterte er dicht an meinem Ohr.

Ich schüttelte den Kopf.

»Ich verstehe endlich alles. Viel besser als vorher. Und ich habe meine älteste Freundin wiedergefunden.«

»Hör auf, sonst fang ich gleich noch an zu heulen«, schniefte ich.

»Tust du doch eh schon.«

Ich boxte Tim leicht auf den Arm. »Blödmann«, nuschelte ich.

Tim rieb sich grinsend über die Stelle und wandte sich schließlich Liam zu. »Auch wenn wir in diesem Leben vermutlich keine Freunde mehr werden … Pass mir gut auf Nike auf, ja? Und bring sie heil zurück nach Köln. Ich war dumm genug, sie ziehen zu lassen, also mach nicht den gleichen Fehler wie ich.«

Liam nickte. »Werde ich nicht«, sagte er, doch statt Tim anzusehen, warf er mir einen liebevollen Blick zu.

Bevor Tim Taio folgte, drehte er sich noch einmal zu mir um. »Und gib dir endlich einen Ruck und ruf deine Mutter an. Ihr seid beide solche Sturköpfe.«

Er grinste, und es fühlte sich ein bisschen so an, als hätte ich meinen besten Freund zurückbekommen.

»Außerdem«, ergänzte Tim, »brauchst du doch einen Grund, um zurück nach Köln zu kommen.«

Er zwinkerte mir zu, bevor er sich endgültig zum Gehen wandte.

Loraine hatte wirklich keine Mühen gescheut, um uns ein traditionelles südafrikanisches Braai zu präsentieren. Ich glaube ja, dass sie ihr schlechtes Gewissen, Liam fälschlicherweise beschuldigt zu haben, schwer belastete und dass sie den Grillabend eigentlich ihm zuliebe ausrichtete.

Loraine und Taio erklärten uns, dass wir es beim Braai heute »ganz ursprünglich« halten würden. Dafür hatten sie einen Grillrost verwendet, der nun über dem offenen Feuer hing. Der Geruch von Grillfleisch waberte durch die Luft. Loraine hatte uns allen bereits voller Freude ihre Lammspieße angepriesen, Sosaties, ein traditionelles Braai-Rezept. Die Besonderheit dabei waren getrocknete Aprikosen, die ebenfalls mit auf den Spieß kamen. Auf einem Tisch standen Schüsseln mit köstlichen Salaten, und im Hintergrund lief leise Musik.

Auf der Wiese hatten Taio und Matti eine Leinwand für den anschließenden Filmabend aufgestellt, davor lagen überall verteilt bunte Sitzkissen. In den Bäumen hingen farbenfrohe Lampions.

Obwohl uns allen der vergangene Tag noch immer in den Knochen steckte, nahm ich mir felsenfest vor, den heutigen

Abend zu genießen. Immerhin gab es ja auch allen Grund zum Feiern, denn Liam wurde nun nicht mehr von der Polizei verdächtigt. Doch dass Kyano hinter all dem gesteckt hatte, war ein schwerer Schock für alle. Es war schrecklich, dass durch ihn Tiere in Lebensgefahr geraten waren. Niemals hätte ich ihm so etwas zugetraut. Andererseits verspürte ich auch tiefes Mitleid mit ihm. Wie verzweifelt musste er gewesen sein, um zu dermaßen drastischen Mitteln zu greifen? Und warum hatte er sich niemandem anvertraut? Er schien wirklich keinen anderen Ausweg mehr gesehen zu haben.

Niemand von uns wusste, wie es für ihn weitergehen würde. Aber es lag auf der Hand, dass er wohl nicht glimpflich aus der Sache herauskommen würde und eine Strafe zu erwarten hatte.

Was dann aus seiner Familie werden würde? Er hatte sich zu dieser schlimmen Tat hinreißen lassen, um sich um seine Familie zu kümmern. Um seine Tochter zu retten. Ich wusste nicht, was ich an seiner Stelle getan hätte. Das Schicksal war manchmal wirklich hart und unfair.

Auch wenn Mama, Papa und ich uns das Leben manchmal gegenseitig unnötig schwer gemacht hatten, finanzielle Probleme gab es nie. Und ich hatte das große Glück gehabt, in einem Land mit einem guten Gesundheitssystem aufzuwachsen. Ich nahm mir fest vor, diesen Umstand in Zukunft mehr wertzuschätzen.

»Hey.« Liam war neben mich getreten und strich mir sanft über den Arm. »Du wirkst so in Gedanken vertieft.«

»Ich kann nicht aufhören, an Kyano zu denken«, gestand ich leise. »Warum er das getan hat und wie es jetzt für ihn und seine Familie weitergehen wird.«

Liam vergrub die Hand in der Tasche seiner Jeans. Er hatte sich für das Fest umgezogen und sah einfach zum Anbeißen aus. Zu der Jeans hatte er sich ein graues T-Shirt mit leicht angedeutetem V-Ausschnitt angezogen, und der Blick auf

Liams nackte Brust darunter ließ meinen Puls in die Höhe schießen. Dagegen kam ich mir fast schon underdressed vor. Auch ich hatte mich für eine Jeans entschieden, dazu trug ich ein eng anliegendes, schwarzes Shirt, das meine Kurven betonte.

»Ja, das kann ich verstehen. Ich muss auch immer wieder an ihn denken.«

»Bist du gar nicht wütend auf ihn?«, fragte ich Liam. »Ich meine, er hat zugelassen, dass man dich der Zusammenarbeit mit den Wilderern beschuldigt. Und er hat die ganze Sache selbst dann nicht aufgeklärt, als du bereits von den Polizeibeamten abgeführt wurdest.«

Liam dachte länger über meine Frage nach. »Das ist schwer zu beantworten, Nike. Du kannst das Leben in Südafrika nicht mit dem Leben in Deutschland vergleichen. Du und ich, wir beide sind in völlig anderen Verhältnissen aufgewachsen als Kyano. Verstehst du? Kyano hat nie die Privilegien gehabt, die wir hatten. Das ist keine Entschuldigung für sein Verhalten, aber es ist zumindest eine Erklärung.«

Liam schwieg für ein paar Sekunden.

»Ich bin wütend, dass Kyano nicht mit mir geredet und sich mir nicht anvertraut hat. Ich dachte, wir wären Freunde. Gemeinsam hätten wir eine Lösung finden können.«

»Vielleicht hat er sich geschämt«, vermutete ich.

Liam nickte. »Ja, vielleicht.«

»Hattest du eine Ahnung, dass seine Tochter krank ist?«

Liam schüttelte den Kopf. »Nein. Wenn ich nur wüsste, wie man Kyanos Familie unterstützen könnte …«

Er wirkte nun ebenfalls tief in Gedanken versunken, doch dann hellte sein Gesicht sich auf, und er sah mich an.

»Na komm, Loraine hat so ein schönes Fest organisiert. Es ist noch genügend Zeit, sich morgen über all das Gedanken zu machen. Aber nicht heute. Bist du dabei?«

Ich lächelte sanft. »Wie könnte ich bei so einem charmanten

Begleiter denn Nein sagen?« Als ich Liams Lächeln sah, wusste ich, dass er meine Andeutung in Bezug auf unsere Plänkelei auf Joes Weingut verstanden hatte.

Wir gesellten uns zu den anderen.

Matti, Carlo und Fleur waren guter Laune. Alle hatten sich herausgeputzt.

An diesem Abend versuchte ich die schrecklichen Ereignisse hinter mir zu lassen. Liam hatte recht. Heute sollten wir das Leben genießen. Morgen konnten wir uns überlegen, wie wir Kyanos Familie am besten helfen konnten.

Carlo und Fleur zogen mich zur Seite. Fleur hielt ein Weinglas in den Händen und wirkte leicht betrunken. Sie hickste und hielt sich grinsend die Hand vor den Mund.

»Upsi.«

Sie sah aus, als wollte sie ein Festival besuchen, denn in ihrem Gesicht glitzerten überall kleine silber- und pinkfarbene Sternchen. Als mein Blick über ihr ebenfalls pinkfarbenes T-Shirt wanderte, musste ich herzlich auflachen. »Give me a hug« stand darauf, darunter war ein Erdmännchen zu sehen, das seine Arme ausgebreitet hatte.

Carlo hatte sich ebenfalls ordentlich in Schale geschmissen. Seine dunklen Augen waren mit schwarzem Eyeliner betont, die Haare hatte er mit etwas Gel in Form gebracht. Dazu trug er eine beigefarbene Hose und ein dunkelblaues Hemd, das er so weit aufgeknöpft hatte, dass ich fast bis zu seinem Bauchnabel blicken konnte.

Selbst Matti war für seine Verhältnisse heute auffallend bunt gekleidet. Er hatte sich für ein farbenfrohes Hemd entschieden, das den traditionellen Stil Afrikas widerspiegelte. Ob Taio ihm das geborgt hatte?

»Und?«, fragte Carlo und nahm ebenfalls einen Schluck aus seinem Glas. Die Flüssigkeit, die darin schimmerte, sah nach Bowle aus. »Wie steht es um dich und deinen blonden Traumprinzen?«

»Ich weiß nicht«, sagte ich und zuckte mit den Schultern. »Liam und ich haben noch nicht wieder über uns geredet.«

»Laaaaangweilig«, tönte Fleur. »Wir wollen ein Happy End sehen, okay?«

»Sagt mal, wie viel habt ihr zwei kleinen Schnapsdrosseln eigentlich schon getrunken?«, fragte ich liebevoll und musste amüsiert lächeln.

Fleur hielt das Weinglas in ihrer rechten Hand weiterhin fest umklammert, während sie mit der linken Hand mit ihren Fingern zählte. Stolz hielt sie drei in die Luft.

»Oder waren es doch vier?«, murmelte sie und musterte skeptisch ihre Finger.

Carlo war noch etwas nüchterner und beäugte Fleur. »Na klasse, die fängt doch gleich an zu singen. Womit habe ich das eigentlich verdient?«

Als ich meine Freunde so vor mir sah, wurde ich auf einmal von meinen Gefühlen überwältigt. Ich fühlte unendlich viel Wärme für die beiden, die sich immer mehr in meinem Brustkorb ausbreitete. Zu allem Überfluss stiegen mir jetzt auch noch Tränen in die Augen.

»O Gott, ich … Ich weiß auch nicht, wo das jetzt herkommt, aber kann ich euch mal ganz doll drücken?«

»Na sicher, oder hast du etwa mein Erdmännchen-Knuddel-Shirt nicht gesehen?«, fragte Fleur und warf sich überschwänglich in meine Arme. Carlo musterte mich skeptisch.

»Das kann ja heiter werden«, murmelte er mit verstellter Stimme. »Süße, bist du dir sicher, dass du das willst? Aber wer wäre ich, wenn ich bei einer Umarmung Nein sagen würde?«

Grinsend schloss er sich der Umarmung an, sodass wir drei von außen nun sicher wie ein verrücktes, buntes Wollknäuel wirkten. Drei Erdmännchen auf einmal.

Aus dem Augenwinkel sah ich, wie Matti auf uns zuhielt, angesichts unseres Gruppenkuschelns jedoch auf dem Absatz kehrtmachte, als wollte er dem unbedingt entgehen. Ich grinste in mich hinein. Klar, Matti war nun mal eher ein einzelgängerischer Pangolin. Trotzdem hatte ich auch ihn während der letzten Wochen in mein Herz geschlossen.

»Ich hab euch ja soooo lieb«, säuselte Fleur und schwankte ein wenig. »Hoppala! Ich glaub, ich hab dir ein bisschen Wein über die Haare gekippt.«

Ich grinste. »Vollkommen egal.«

»Ich wette, da kümmert sich Liam später gern drum«, flachste Carlo, wofür ich ihm einen leichten Knuff verpasste.

»Wo bleibt denn eigentlich euer *Buschfunk*?«, fragte ich nach.

»Oh, der ist bereits in Planung«, ließ Carlo mich wissen. »Der Podcast wird legendär. Just saying!«

»Oh, ich hab's, ich hab's!«, rief Fleur aus, während wir drei uns noch immer nicht entwirrt hatten. Fleur hielt die Luft an, bevor sie mit ihrer Idee herausplatzte: »Carlo und Fleur – zwischen Elefantenmist und Grünschnabelscheißern.«

Kurz herrschte Stille, dann prusteten wir alle los.

Als Fleur Liam entdeckte, sprintete sie sogleich auf ihn zu, um in Erfahrung zu bringen, warum wir denn eigentlich noch keine Erdmännchen gesichtet hatten. Sie tippte bedeutungsvoll auf ihr Shirt, und ich schmunzelte.

Carlo und ich beobachteten derweil Loraine und Taio, die eng umschlungen am Feuer tanzten. Die beiden wirkten verliebt wie am ersten Tag. Matti hatte sich derweil seine Kamera geschnappt und filmte das Ganze.

Carlo seufzte schwer. »Da wird man fast ein bisschen neidisch …«

Sein Blick schweifte zu Fleur rüber. War das etwa ein Anflug von Eifersucht, der über sein Gesicht huschte, als er Liam ins Visier nahm?

Wieder drängte sich mir der Gedanke auf, dass Carlo und Fleur einfach ein perfektes Match wären … Ich musste mich zusammenreißen, um nicht zu grinsen.

»Manchmal liegt das Gute direkt vor einem, doch man sieht

es nicht«, sagte ich geheimnisvoll und mit einem Lächeln auf den Lippen.

Carlo wandte seine Aufmerksamkeit wieder mir zu. Er runzelte die Stirn und musterte mich skeptisch. »Schatz, ich versteh, dass dich die Sache mit Liam und Tim irgendwie ein bisschen aus dem Konzept gebracht hat, aber ich wusste ja nicht, dass es deine geistige Verfassung *derart* beeinträchtigt hat.« Er fasste mich bei den Schultern. »Ich hab dich wirklich lieb, aber mit uns beiden würde das niemals klappen. Und nimm es mir nicht übel, aber ich steh einfach nicht auf Locken.«

Ich starrte Carlo für mehrere Sekunden lang sprachlos an, dann prustete ich an diesem Abend abermals los. »Dachtest du echt, das sollte eine Anmache werden?«

Mein Freund wirkte fast ein bisschen gekränkt und verzog beleidigt das Gesicht. »Was ist daran bitte so abwegig? Ich bin ein sehr attraktives Geschöpf!«, entgegnete er und plusterte sich auf wie ein Gockel.

Als ich mich wieder einigermaßen unter Kontrolle hatte, verpasste ich Carlo erneut einen leichten Knuff.

»Mensch, Carlo, ich rede von Fleur!«

Carlo stutzte, seine Augen weiteten sich. »Oh.«

Er griff an seinen rechten Kreuzohrring und zwirbelte ihn zwischen seinen Fingern.

»Meinst du wirklich, dass …?«, fragte er verunsichert. Plötzlich wirkte er längst nicht mehr wie der selbstbewusste, vorlaute Carlo, den ich kannte.

Er warf erneut einen Blick in Richtung Fleur, die genau in dem Augenblick aufsah und zu uns herüberschaute. Sogleich legte sich ein Strahlen auf ihr Gesicht.

Auf Carlos Wangen breiteten sich hektische rote Flecken aus. Wie ertappt ließ er seinen Kopf zurück zu mir schnellen.

»Was ist, wenn sie mich nur als Freund sieht?« Wieder spielte er an seinem Ohrring.

Diesmal war ich diejenige, die Carlo bei den Schultern fasste.

»Carlo, jetzt mal ganz im Ernst: Fleur und du, ihr passt zusammen wie Arsch auf Eimer. Also trau dich! Und außerdem …«

»Außerdem was?«, hakte er nach.

»Na ja, sie trägt heute ihr Knuddel-mich-Erdmännchen-Shirt. Da lässt sich doch bestimmt noch mal eine Umarmung einfädeln …«

Das brachte auch Carlo zum Grinsen.

Es wurde noch ein richtig schöner Abend. Nachdem wir uns allesamt die Bäuche vollgeschlagen hatten mit den Köstlichkeiten vom Büfett, machten wir es uns kurz vor Sonnenuntergang auf den gemütlichen Kissen auf der Wiese bequem. Der Boden war schon recht kalt, und auch die Luft hatte sich abgekühlt, sodass Loraine Decken an uns verteilte.

Liam und ich saßen nebeneinander und teilten uns eine Decke, Fleur und Carlo hatten schräg rechts von uns ebenfalls gemeinsam unter einer Decke Platz genommen. Ich schenkte Carlo, der näher zu mir saß als Fleur, ein Daumen-hoch-Zeichen, woraufhin er nur die Augen verdrehte, jedoch so, dass Fleur von alldem nichts mitbekam. Zaghaft legte er ihr schließlich einen Arm um die Schultern. Matti saß etwas abseits und packte seine Kamera ein. Anscheinend hatte er genügend Material gesammelt.

Loraine hatte uns bisher noch immer nicht den Film für den heutigen Abend verraten, aber als schließlich der Vorspann über die Leinwand flackerte, ging ein begeistertes »Aaaah« und »Ooooh« durch unsere Gruppe.

»König der Löwen«, stieß Matti begeistert aus. »Was für eine perfekte Filmauswahl!«

Dem konnte ich mich nur anschließen. Noch dazu handelte es sich um den alten Trickfilm, den ich persönlich viel schöner fand.

Draußen hatte bereits die Dämmerung begonnen.

Als die Szene kam, in der Mufasa den kleinen Simba dem Tierreich auf dem Felsen präsentierte, senkte sich die Sonne blutrot über den Horizont, und der Himmel über unseren Köpfen war in die verschiedensten Farben getaucht.

Während des ganzen Films über hatte ich mich eng an Liam gekuschelt, den Kopf an seine Schulter gelehnt.

Auch wenn es mir ein bisschen peinlich war, dass ich so emotional reagierte, musste ich schniefen. Weil ich so glücklich war. Liam merkte es und griff unter der Decke nach meiner Hand.

Andächtig ließen wir alle diesen Moment auf uns wirken. Zwischendurch gesellte sich Sibaya noch zu uns und machte es sich ebenfalls auf einem der bunten Kissen bequem. Sie war ein Teil dieser kleinen Familie.

Und ich wusste: Egal, in welche Richtung jeder von uns nach dieser Reise gehen würde, die Erinnerung an unsere Zeit in Südafrika würde uns alle für immer vereinen.

51. Kapitel

Als nur noch der Abspann des Films lief, sonderten Liam und ich uns von der Gruppe ab.

Jedoch nicht unauffällig genug, denn Carlo und Fleur hatten uns bemerkt. Carlo tat so, als würde er jemanden in seinen Armen halten und ihn leidenschaftlich küssen, während Fleur mir mit ihrem Weinglas zuprostete. Allerdings so schwungvoll, dass der halbe Inhalt über den Rand des Glases hinausschwappte.

Ich deutete mit meinen Fingern ein Herz an, woraufhin Fleur Carlo verwirrt ansah. Offensichtlich musste man den beiden mal einen Schubs in die richtige Richtung geben.

Liam nahm mich bei der Hand und zog mich mit sich. »Vertraust du mir?«

»Natürlich vertraue ich dir«, sagte ich. »Das habe ich immer getan.«

Lächelnd dirigierte mich Liam zu den Autos. Mir fiel auf, dass auf der Rückbank des Jeeps ziemlich viel Zeug lag. Waren das etwa Decken und ein Schlafsack?

Als wir eingestiegen waren, warf ich Liam einen neugierigen Blick zu. »Du willst mich jetzt aber nicht entführen und den Löwen zum Fraß vorwerfen, oder?«

Liam lachte. »Das denkst du von mir?«

Er drehte den Schlüssel im Zündschloss, und der Motor brummte laut auf. Okay, spätestens jetzt war von »unauffällig davonschleichen« wohl keine Rede mehr.

Die Scheinwerfer des Jeeps warfen ihre Lichtkegel auf die staubige Piste, als wir uns einen Weg durch die Dunkelheit bahnten. Einerseits fand ich es etwas unheimlich, nach Einbruch der Nacht noch in den Busch hinauszufahren, andererseits wusste ich auch, dass mir an Liams Seite nichts passieren würde.

Wir fuhren zu einer Art Plateau, einem kleinen Felsvorsprung, an dessen Fuße Liam den Wagen zum Stehen brachte. Liam und ich stiegen aus. Er lief einmal um den Jeep herum und griff nach dem Rucksack, den Decken und dem Schlafsack, die im hinteren Teil des Wagens lagen. Sein Gewehr hatte er ebenfalls dabei. Mit einer Taschenlampe in der Hand erklommen wir beide den Felsvorsprung.

»Wow«, sagte ich leise. Unter uns erstreckte sich im Dunkeln der Nationalpark, aus dem die vielfältigen Geräusche des nächtlichen Busches an mein Ohr drangen. Doch was noch viel gigantischer war, war der Sternenhimmel, der sich über unsere Köpfe spannte. Das Firmament funkelte so hell, als wollte es uns signalisieren, dass wir nicht allein waren. Dass unsere Zukunft unter einem guten Stern stand.

Liam legte die Sachen ab und trat neben mich.

»Gefällt es dir?«, fragte er leise.

Ich nickte, noch immer sprachlos von diesem Anblick. Ich drehte mich zu Liam um. »Es ist atemberaubend.«

»Ich habe diesen Ort entdeckt, nachdem ich angefangen hatte, als Safari-Guide für die Sibaya Lodge zu arbeiten«, erklärte Liam mir. »Seitdem komme ich regelmäßig hierher. Hier finde ich immer Ruhe und Klarheit. Probleme und Unsicherheiten wirken dann auf einmal ganz klein.«

»Das kann ich gut nachvollziehen. Hier oben fühlt man sich wirklich winzig«, antwortete ich leise.

Liam begann schließlich, ein paar Äste zusammenzuklauben, und schichtete sie für ein Feuer auf. »Damit wir besser geschützt sind«, war seine Anmerkung dazu.

Dann breitete er zwei Decken übereinander auf dem Boden aus, den Schlafsack legte er darüber.

»Ich hoffe, es ist in Ordnung, dass das hier ein Schlafsack für zwei ist«, sagte Liam verlegen, und mir wurde allein bei dem Gedanken daran warm.

Ich nickte. »Sicher.«

Als das Feuer brannte, schlüpften Liam und ich in den Schlafsack und richteten unsere Blicke nach oben in die Nacht.

»Wenn ich in den Sternenhimmel sehe, wird mir immer wieder bewusst, *wie* klein wir doch eigentlich sind. Und wie gigantisch das Universum. Eigentlich hat nichts wirklich eine Bedeutung, alles ist endlich.«

Im Hintergrund knisterte leise das Feuer.

Ich drehte mich zu Liam um. »Ich möchte aber nicht, dass alles endlich ist oder dass nichts wirklich eine Bedeutung hat. Denn das mit dir … das bedeutet mir unheimlich viel, Liam.« Ich holte tief Luft, bevor ich weitersprach. »Seitdem Kyano festgenommen worden ist, haben wir noch nicht richtig miteinander geredet. Und ich möchte, dass du weißt, wie leid es mir tut, dass ich an dir gezweifelt habe.«

Meine Stimme brach, und ich spürte, wie mir Tränen in die Augen stiegen. Es schmerzte mich so sehr, dass ich überhaupt in Erwägung gezogen hatte, Liam könnte in die Wilderei im Park verwickelt sein. Ich hätte von Anfang an wissen müssen, dass er niemals imstande wäre, eine solch folgenschwere Tat zu begehen.

Liam hatte sich ebenfalls zu mir umgedreht und hob mein Kinn an. »Hör auf, dir Vorwürfe zu machen. Es war falsch von mir, dir nichts von meiner Vergangenheit zu erzählen. Du hattest also jedes Recht dazu, misstrauisch zu werden. Ja, ich habe in einer schwierigen Phase falsche Entscheidungen getroffen. Manche bewusst, manche unbewusst. Aber ich würde niemals einem Lebewesen etwas zuleide tun. Südafrika hat mir geholfen, wieder auf den richtigen Weg zu kommen. Ich möchte, dass meine Mutter stolz auf mich ist, auch wenn sie nicht mehr unter uns weilt. Und ich … Ich möchte ein guter Mensch sein.« Liam griff nach einer Locke von mir und spielte damit. »Ich wollte dich nicht direkt schon am Anfang mit der Wahrheit über mich vergraulen. Ich hatte Angst, du würdest mir einen Stempel verpassen. So wie es viele Leute getan haben. Doch jetzt weiß ich, dass das nicht richtig war. Ich hätte anfangs auch mit offenen Karten spielen sollen, als ich mich bei Loraine beworben habe.«

»Aber jetzt ist die Wahrheit raus«, sagte ich leise.

»Ja«, antwortete Liam ebenso leise. »Danke, dass du geblieben und nicht mit Tim gegangen bist.«

»Was Tim betrifft«, setzte ich an. »Ja, du hattest recht, dass ich noch Gefühle für Tim habe, weshalb ich dir auf deine Frage auch keine Antwort geben konnte. Aber es ist nicht so, wie du denkst. Ich kenne Tim fast schon mein ganzes Leben, und er bedeutet mir immer noch viel. Als Freund. Ich habe keine romantischen Gefühle mehr für ihn, weil …« Ich stockte und nahm meinen ganzen Mut zusammen. »Weil ich mich in dich verliebt habe, Liam.«

Liams Augen weiteten sich erst überrascht, bis da diese winzigen Lachfältchen rund um seine Augenpartie erschienen.

»Ich habe mich auch in dich verliebt, Nike«, erwiderte er strahlend.

Mein Herz klopfte wie verrückt.

Plötzlich war es so, als bräuchte es in diesem Moment keine weiteren Worte mehr. Denn zumindest für diesen Augenblick war alles gesagt. Alles, was zählte und wichtig war.

Daher fühlte es sich vollkommen natürlich an, als sich unsere Gesichter einander näherten und sich unsere Lippen fanden.

Und dieser Kuss war noch viel besser als jene in der Nacht auf dem Weingut. Weil sich das hier vertrauter anfühlte.

Liam zog mich in dem Schlafsack noch näher an sich heran.

Und je länger wir uns küssten, je länger wir uns berührten, desto weniger konnten wir voreinander verbergen, was wir eigentlich wollten.

»Hast du ein Kondom dabei?«, fragte ich.

Liam nickte. »Ja, habe ich. Aber … Ich glaube, wir haben ein ganz anderes Problem.«

Erst dachte ich schon, er würde mir jetzt offenbaren, dass er in der Nähe einen Löwen gesichtet oder er es sich mit mir doch noch anders überlegt hatte, als er auf einmal sagte: »Wie sollen wir uns gegenseitig in diesem Schlafsack ausziehen?«

Ich starrte Liam an, dann lachte ich laut los. Laut und befreit.

Ich konnte nicht mehr sagen, wie lange Liam und ich lachten. Irgendwann krochen wir wieder aus unserem Schlafsack heraus.

Die Luft war kühl, doch durch Liams Nähe war mir von innen heraus so warm, dass ich es gar nicht weiter registrierte. Zudem spendete das Feuer zusätzlich angenehme Wärme.

Schweigend sahen Liam und ich einander in die Augen, bis Liam auf mich zutrat, mit den Fingern unter mein Shirt griff und es mir über den Kopf zog, sodass ich nur noch im BH vor ihm stand.

Ich erschauerte unter seinem forschen Blick und spürte, wie mir die Hitze zwischen die Beine schoss.

Erneut umfasste Liam mein Gesicht und küsste mich so lange und intensiv, dass mir fast schwindelig wurde. Mit jeder Sekunde, die verstrich, wuchs mein Verlangen nach ihm.

Liam zog mich an sich, öffnete den Verschluss meines BHs und streifte ihn von meinen Schultern.

Auch ich hatte mich darangemacht, Liam sein Shirt auszuziehen, und meine Hände trafen auf warme glatte Haut.

Unsere Bewegungen wurden schneller, ungeduldiger.

Ich wollte Liam spüren, überall. Mit jeder Faser meines Körpers.

Unsere Kleidungsstücke flogen achtlos auf den Felsen, Stück

für Stück, bis ich vollständig entkleidet war und Liam nur noch seine Jeanshose trug.

Als ich an dem Knopf seiner Hose nestelte, die schon deutlich ausgebeult war und nichts mehr der Fantasie überließ, gab Liam ein unterdrücktes Stöhnen von sich.

»Lass mich mal machen«, raunte er.

Ehe ich mich versah, stand auch Liam vollkommen nackt vor mir. Die Flammen des Feuers züngelten über seinen Körper, malten Schatten darauf.

Liam presste mich eng an sich, sodass ich seine Erregung direkt an meiner empfindlichsten Stelle spüren konnte, und ein kehliger Laut verließ meine Lippen.

Mein Atem ging stoßweise. Ob da draußen zahlreiche Tieraugen auf uns gerichtet waren? Ob man im Schein des Feuers und unter dem offenen Himmelszelt die Silhouetten unserer nackten Körper sah?

Als Liam einen Finger in mich gleiten ließ, entfuhr mir ein unkontrolliertes Stöhnen, das durch die Dunkelheit schwebte und irgendwo im Busch verhallte.

Er begann, seinen Finger in mir zu bewegen, und ich krallte mich an Liam fest. Meine Beine begannen zu zittern. Dann ließ auch ich meine Hand über Liams warmen, pulsierenden Schaft gleiten, während Liam mich eng umschlungen hielt.

Er keuchte auf, Begierde blitzte in seinen Augen auf, die mich selbst noch hungriger werden ließ.

Als sein Glied abermals über meine Lustzone rieb und wir immer weiter auf den Höhepunkt zutrieben, legte ich Liam eine Hand auf die Brust. Ich wollte, dass wir eins wurden, wenn wir gegenseitig von der Welle mitgerissen wurden. Daher umfasste ich sein Handgelenk und zog ihn sanft, aber bestimmt in Richtung Schlafsack.

Diesmal waren wir jedoch schlau genug, uns nur daraufzulegen und unsere nackten Körper mit einer Decke zu verhüllen, sodass wir genügend Bewegungsfreiheit hatten.

Liam griff in seinen Rucksack und holte ein Kondom daraus hervor. Ein leises Ratschen war zu hören, kurz darauf blickte mir Liam noch einmal in die Augen, als wollte er sichergehen, dass ich mich zu nichts gedrängt fühlte.

Als Antwort darauf zog ich ihn einfach auf mich.

Er rollte sich fahrig das Kondom über, und mein Herz flatterte. Das alles hier … Es fühlte sich so richtig an. Und ich wollte ihn in mir spüren. Jetzt.

Als Liam schließlich heiß in mich glitt, hatte ich nicht mit den Gefühlen gerechnet, die mich in diesem Augenblick überkamen. Ich streckte meinen Rücken durch, krallte mich an Liam fest und stöhnte.

Auch Liam erschauerte, gab ein Keuchen von sich und begann, sich nach anfänglichem Zögern kraftvoll in mir zu bewegen. Pure Lust strömte durch mich hindurch.

Da war keine Zurückhaltung mehr, sondern nur noch Verlangen. Der Wunsch, den anderen tief in sich zu spüren.

Unsere Körper fanden den gleichen Takt, wie auch unsere Herzen, die dicht beieinander schlugen. Die Klippe, die wir beide überwinden wollten, kam immer näher. Liam presste mich an sich, stieß tiefer in mich. Ich zitterte, und auch Liams Körper erbebte.

Als wir beide an diesem Abend zu einem wurden, spürte ich die Wildnis in meinem Herzen. Die Leidenschaft in meiner Seele. Und die Liebe, die mich lebendig werden ließ.

Epilog

ZWEI WOCHEN SPÄTER ...

»Der Wein schmeckt ausgezeichnet, Joe«, lobte meine Mutter und schwenkte den Cabernet Sauvignon im Glas hin und her, sodass die rote Flüssigkeit darin kleine Wirbel schlug.

»Dem kann ich mich nur anschließen, eine ganz hervorragende Sorte«, sagte auch mein Vater und nickte anerkennend.

Joe griff sich an die Brust, seine warmen Augen leuchteten regelrecht. »Vielen Dank, das ehrt mich sehr.«

Er blickte zu seinem Enkel Liam. »Und, was denkst du? Wird aus dir irgendwann auch noch ein richtiger Weinliebhaber?«

Liam nippte an seinem Glas. »Ich bin zumindest auf dem Weg dorthin«, antwortete er, was meine Eltern lächeln ließ.

»Wir würden uns wirklich freuen, wenn wir deine Bioweine exklusiv in Deutschland vermarkten dürften, Joe«, griff mein Vater das Thema wieder auf. »Ich bin mir sicher, sie würden reißenden Absatz finden.«

»Nike hat mir viel von eurem Weinhandel erzählt, und ihr scheint einen beachtlichen Kundenstamm zu haben. Das gefällt mir. Zumal mir der familiäre, persönliche Aspekt eures Weinhandels sehr zusagt.«

»Was haltet ihr davon, wenn ihr schon einmal in Ruhe das Geschäftliche klärt und Nike mich noch ein bisschen auf dem Weingut herumführt?« Meine Mutter wandte sich mir zu. »Nike, hast du Lust, dass wir gemeinsam eine Runde gehen?«

Ich nickte eifrig, hatte aber ein etwas mulmiges Gefühl dabei. War jetzt der Zeitpunkt unserer Aussprache gekommen? Mir wurde gleichzeitig heiß und kalt.

Noch immer konnte ich nicht glauben, dass meine Eltern nach Südafrika geflogen waren, um Joe und sein Weingut kennenzulernen. Wobei ich dazusagen musste, dass Tim ebenfalls seine Hände mit im Spiel gehabt und ganze Überzeugungsarbeit geleistet hatte.

Während sich Joe und Pa dem Geschäftlichen widmeten und Liam sich weiterhin mit den Weinen vertraut machte, standen Mama und ich von der Holzbank unter dem schönen, großen Olivenbaum auf. Im Weggehen warf Liam mir noch einen aufmunternden Blick zu, was ich mit einem dankbaren Lächeln beantwortete.

Wir schlugen schließlich den Weg in Richtung der Weinstöcke ein.

Mama stieß ein tiefes Seufzen aus. »Es ist wunderschön hier.« Ihr Lächeln wirkte offen und weich. Als hätte auch sie sich in den letzten Wochen verändert.

»Ja, nicht wahr?« Ich lächelte ebenfalls.

Wir erreichten den Holzsteg, der auf den See führte, und meine Mutter ließ ihren Blick über die malerische Kulisse gleiten.

»Also …«, setzte sie an und lehnte sich mit dem Rücken an das Holzgeländer. Ihre sturmgrauen Augen musterten mich, aber anders als sonst. Eine gewisse Wärme war in ihren Blick zurückgekehrt. »Wie sehen deine Pläne aus?«, hakte sie nach. »Was ist dein Traum?«

Es war das erste Mal, dass sie mich nach meinen eigenen Wünschen fragte, und das ließ mich schlucken. Vielleicht waren wir beide doch auf einem guten Weg, uns wieder einander anzunähern. Wohlige, hoffnungsvolle Wärme breitete sich in meinem Körper aus.

Ich flocht meine Finger ineinander, mein Herzschlag beschleunigte sich, so nervös war ich.

»Mir ist klar geworden, dass meine Leidenschaft für Wein nach wie vor da ist«, begann ich und beäugte Mama aus dem Augenwinkel. Sie sagte nichts und blickte mich nur aufmerksam an. Ich konnte nicht deuten, was in ihr vorging, was mich nur noch nervöser machte.

Meine Hände wurden schwitzig. Ich faltete sie wieder auseinander und wischte sie möglichst unauffällig an meiner Hose ab.

»Jedoch möchte ich gern mehr an der Produktion von Wein beteiligt sein, mich aktiver mit dem Ganzen befassen, vor allem mit den ökologischen Aspekten. Mir gefällt die Arbeit, die Joe hier macht, sehr. Die Arbeit an der Luft, die Weinlese. Ich würde einfach gern tiefer in die Materie einsteigen.«

Meine Mutter sah mich weiterhin an und unterbrach mich nicht, während ich redete.

»Sosehr ich unseren Weinhandel in Köln auch liebe, kann ich mir zum jetzigen Zeitpunkt einfach nicht vorstellen, ihn eines Tages zu übernehmen. Habt ihr schon einmal ernsthaft in Betracht gezogen, wie es wäre, wenn Tim euer Nachfolger wird?«

In den letzten zwei Wochen hatte ich mir über diese Idee intensiv Gedanken gemacht und war zu dem Entschluss gekommen, dass das wirklich klappen könnte.

»Ich weiß, dass es ein Familienunternehmen ist. Und auch wenn Tim und ich kein Paar mehr sind, gehört er irgendwie immer noch zur Familie. Ich kann mir keinen ehrgeizigeren und gewissenhafteren Nachfolger vorstellen als ihn.«

Mama blinzelte.

»Du hast dir wirklich ernsthafte Gedanken gemacht …«, sagte sie beeindruckt und runzelte die Stirn.

»Ich weiß, ich bin davon noch lange entfernt, aber … Mein Traum wäre es, irgendwann ein eigenes kleines Weingut zu führen. Und einen Teil des Gewinns an eine ehrenamtliche Organisation wie die *World Wildlife Savers* zu spenden. Inwiefern sich das dann realisieren lässt, wird sich zeigen. Erst mal könnte ich anfangen, auf einem anderen Weingut zu arbeiten. In den letzten Tagen habe ich mich mal ein bisschen schlaugemacht. Es gibt verschiedene Studiengänge, die in Richtung Weinbau gehen. Das sagt mir deutlich mehr zu als BWL.«

Plötzlich standen meiner Mutter Tränen in den Augen, und sogleich war da wieder diese unfassbare Angst in mir, sie ein weiteres Mal enttäuscht und vor den Kopf gestoßen zu haben.

Ich hielt inne und war wie gelähmt, doch dann schlich sich auf einmal ein sanftes Lächeln auf Mamas Gesicht.

»Aus dir ist wirklich und wahrhaftig eine selbstständige junge Frau geworden«, sagte sie und wischte sich über die Augen.

Und dann stieß sie sich von dem Geländer ab und nahm mich ganz fest in den Arm. Ich konnte nicht sagen, wann sie das das letzte Mal getan hatte.

Daher genoss ich diesen vertrauten Moment umso mehr.

Als wir uns voneinander lösten, sah meine Mutter mich nachdenklich an.

»Es gibt noch vieles zu besprechen gemeinsam mit deinem Vater, aber ich glaube, das hier ist schon mal ein guter Anfang. Für die ganze Familie.«

»Das finde ich auch«, entgegnete ich.

»Es tut mir leid, dass ich deine Wünsche nicht respektiert habe«, sagte Mama mit ehrlichem Bedauern in der Stimme, ihre Schultern sackten nach unten.

»Mir tut es auch leid, dass ich nicht von Anfang an ehrlich zu euch war.«

Wir drückten uns noch einmal kurz, und zumindest für diesen Augenblick fühlte es sich so an, als wäre das Wichtigste erst einmal gesagt.

»Sollen wir langsam zurück zu den anderen?«, fragte meine Mutter. »Nicht dass dein Vater Sorge hat, wir zwei wären uns an die Gurgel gegangen.«

Ich lachte befreit auf. »Gute Idee.«

Wir waren schon auf halbem Weg zurück, als Mama mir einen Seitenblick zuwarf. »Ach übrigens, der Liam ist schon ein Sahneschnittchen und noch dazu äußerst charmant. Gute Wahl.«

Mir blieb der Mund offen stehen. »Mama!«

Ihre Antwort war nur ein Grinsen. Dann wurde sie wieder ernst. Die nächste Frage schien ihr Unbehagen zu bereiten.

»Wirst du in Südafrika bleiben?«

Ich zuckte mit den Schultern. »Ich weiß es noch nicht genau. Ich überlege, nach meiner Arbeit in der Sibaya Lodge noch ein Praktikum bei Joe zu machen und anschließend mein neues Studium in Deutschland aufzunehmen.«

»Und Liam?«, hakte meine Mutter weiter nach. »Was ist mit ihm?«

»Es steht noch nichts fest, aber ich könnte mir vorstellen, dass Liam mich nach Deutschland begleitet. Er möchte auch endlich wieder mehr Kontakt zu seinem Dad haben. Vielleicht wäre das also eine Chance für uns beide. Und wer weiß, wohin es uns anschließend verschlägt.«

Meine Mutter strich mir über den Arm. »Ihr werdet das sicher meistern. So wie du auch bisher alles gemeistert hast.« Stolz schwang in ihrer Stimme mit.

Und mein Lächeln wurde noch ein bisschen größer.

Auch wenn ich diese Südafrikareise gebraucht hatte, um einen Neuanfang zu wagen und eigene Wege zu gehen – ich hätte nicht gedacht, dass ich dabei doch noch irgendwie zu meinen Wurzeln zurückkehren würde. Dahin, wo alles angefangen hatte. Alles begann und endete bei meiner Vorliebe für Wein.

Danksagung

Ich freue mich sehr, dass ich euch nach meiner *Lake-Louise*-Reihe erneut auf eine turbulente Reise mitnehmen darf, und möchte mich dafür bei einigen tollen Menschen bedanken, die das ermöglicht haben.

Ein riesiger Dank gilt meiner Agentin Christine Härle. Christine, ich wiederhole mich vermutlich zum x-ten Mal, aber ohne dich wäre ich nicht da, wo ich heute bin.

Ich danke dem gesamten Team von everlove/Piper, dass meine *Whispers-of-the-Wild*-Reihe hier wieder so ein schönes Zuhause gefunden hat. Allen voran gilt mein Dank meinen Lektorinnen Ronja Keil und Isabelle Toppe. Die Zusammenarbeit mit euch macht mir wahnsinnig viel Spaß und ich bin mehr als happy, dass wir so ein gutes und eingespieltes Team sind.

Ebenso bedanken möchte ich mich bei meiner Grundschullehrerin Frau Creutzburg. Ich bin mir sicher, dass Sie damals schon den Grundstein für meinen heutigen Werdegang als Autorin gelegt haben. Danke, dass Sie mir Südafrika auf so persönliche Art und Weise nähergebracht haben.

An Leo, Saskia, Annika, Yasmin und Ledissa: Es ist schön, solch großartige Testleserinnen wie euch zu haben. Danke dafür.

Weiter danken möchte ich meiner Familie, allen voran Mama, Papa und Jan, und meinen Freunden (ihr wisst, wer gemeint ist ;)). Ihr seid immer für mich da, und ich kann euch nicht genug für eure Unterstützung danken. Und danke Steffi, für die wunderschönen Fotos und dass du mich an deinen eigenen Safari-Erlebnissen hast teilhaben lassen. Ich bin ja immer noch der Meinung, du solltest über deine Erlebnisse als Stewardess ein Buch veröffentlichen. Oder ich schreibe einfach eins über eine Stewardess, mal schauen. ;)

Danke aus tiefstem Herzen an meinen Freund Robin. Danke, dass du meine Liebe zum Schreiben so unterstützt und dass du diesen verrückten Weg gemeinsam mit mir gehst. Auch wenn du immer noch hoffst, dass all meine Bücher als Hörbücher erscheinen (damit du fein raus bist beim Lesen :D), ertappe ich dich immer wieder dabei, wie du in die Buchhandlungen stürmst und voller Stolz nach meinen Romanen Ausschau hältst ;). Ich sag's dir, ich mach aus dir noch einen Buchliebhaber.

Und wie heißt es doch so schön, last, but not least: Danke an euch alle da draußen. Danke, dass ihr Nike und Liam eine Chance gegeben habt. Ich freue mich auf ein Wiedersehen im zweiten Band, wenn Nikes beste Freundin Sophie gemeinsam mit Jonas Island unsicher macht.

Wir lesen uns also hoffentlich schon bald wieder.

Eure Mareike

Contentwarnung

(Achtung, Spoiler!)

A *Touch of Wilderness* enthält potenziell triggernde Inhalte.
Diese sind: Wilderei und Tierleid.

Bitte lest dieses Buch nur,
wenn ihr euch momentan dazu in der Lage fühlt.